ハヤカワ文庫 JA
〈JA693〉

ムジカ・マキーナ

高野史緒

扉イラスト／加藤俊章

音楽は天をさいなむ

——シャルル・ボードレール

目次

ムジカ・マキーナ

登場人物

ベルンシュタイン公爵………………音楽愛好家。ベルンシュタイン公国の君主
フランツ・ヨーゼフ・マイヤー……ウィーン・フィルの練習指揮者。テクノ／クラシック系DJ
ブルックナー教授……………………ウィーン音楽院教授。オルガン奏者
ウエストサーム男爵
セントルークス卿……英国貴族。舞踏場の経営者
モーリィ………………………………セントルークスの舞踏場の興行師
スティーヴ……………………………テクノ系DJ
ダニエル・グローヴァ………………テクノ／エスニック系DJ
ヨハン・シュトラウス二世…………シュトラウス楽団の楽長。作曲家
ヨーゼフ・シュトラウス……………ヨハン二世の弟。シュトラウス楽団の指揮者。作曲家
ツィルク子爵夫人……………………ベルンシュタインの友人。プロイセンの諜報員
グザヴィエ……………………………ベルンシュタインの諜報員
ルイ・ナポレオン・
ボナパルト三世………フランス帝国皇帝。亡命者
サンクレール…………………………ボーヴァル王室付きオルガン技師
マリア…………………………………ベルンシュタインの後見下にある孤児

ex machina…

ボーヴァル王国司教座ステラ・マリス大聖堂付きオルガン調律師、ジルベール・サンクレールは、頃合いを見はからって機械室を出ると、楽楼《トリビューヌ》上のオルガン奏者席に向かった。荘重なトッカータは結末部《コーダ》に向かって収束しつつある。蒸気機関はもう止めてしまった。音が出なくなるまではまだ数分の猶予があり、終止和音までは間に合うだろう。が、彼のフーガをまかなえるほどの力はもう残っていない。

神がかりなほど厳粛でありながら、乙女の純潔を思わせる柔らかさと繊細さを持つこの音の大伽藍は、もとは心もとないほど単純な主題——実際それは、教会の裏手で遊んでいた子供たちが口ずさむ戯歌《ざれうた》から取られたものだった——で始まった。恐る恐る鍵盤の上に乗せられた素朴な旋律は、ひとたび彼の手に落ちるや、驚くほどの変容をごく自然に行ない、そしてえも言われぬ天上世界のうつし絵となってしまったのである。蛹から蝶が孵るように。あるいは農作業の合間に尻を乗せて休む岩に希代の聖母子像が刻まれるように。しかも、これが即興でなされているとは！　長い歳月をかけて練りあげられるべき緻密さと、まさに音楽が生まれ落ちる瞬間の瑞々しい霊感。その両方を当然のように同時に持った音楽。

　彼は厳格な楽典理論の限界を征《い》きながら、あらゆることをやってのける。そういう時のオルガンはまさに彼の一部であり、彼の下僕であり、同時に彼が跪拝《きはい》する主なる神である。オルガンはそのすべての役割に応えている。調律師サンクレールはその感触を得て至福を味わった。

　ステラ・マリスの大オルガンは、ヴァイオリンにたとえるならシュタイナー・イン・アプサムか。音色はやや地味かもしれない。しかし、弾き手の技量、音楽性をあからさまにしてみせる残酷さを持ち合わせている。音響。機動性。見目の麗しさ。ことに機械は完璧。何処のものよりも。何より、このサンクレール自身が手がけているのだから。

　ステラ・マリスは、この手のひらほどの小さな王国内ではもちろん最高のものだが、歴史的名器であるフライブルクのジルバーマン・オルガンに比してもまったく遜色のない名器だと断言できる。またパリのノトル・ダーム大聖堂の最新式のものと比してもしかり。かの名工カヴァイエ・コルが古くなりすぎたノトル・ダームの楽器に改修を加え、最新の内部システムと五段手鍵盤を与えたのはいつだっただろうか。一八六〇年——そう、もう九年も前のことだ。ノトル・ダームはその時点で歩みをほとんど止めたが、このステラ・マリスは今でも進化している。そう、今風の言い方に従えば、まさに進化し続けているのだ。

サンクレールは楽《トリビューヌ》楼に出ると、対位法の響きに包まれて、一瞬自分の役目を忘れそうになった。少し離れたところから、外装箱を支える有翼天使像越しにオルガニストのほうをのぞきこむ。祈りの教皇のごとき表情。典礼の身振り。オルガンを弾きやすくするためというゆったりした服は僧衣を思わせる。

トッカータはさらに昇りつめ、昇りつめて、ついには天にも届きかねない頂点を築いた。ステラ・マリスの穹《きゅうりゅう》窿に響き、聖母の青の彩色を通して、そして祭壇に捧げられた灯明にとけこむ。晩禱を終えて人気《ひとけ》のなくなった身廊を満たして余りある音楽は、自分の素晴らしさに耐えきれなくなったように最後の終止和音を解き放った。何という法悦！

その残響が消えた後、おそらくオルガニストは、同じ主題、あるいは何か別な主題をもちいてフーガを始めるつもりだろう。惜しいがやめさせなければならない。その一瞬の合間を捉えると、サンクレールは弾き手に声をかけた。

「Monsieur le professeur !」

オルガニストは再び鍵盤に乗せようとしていた手を止めた。が、自分が呼ばれたのかどうか確信がないようにも見える。サンクレールはすぐに気づいて、ドイツ語で言いなおした。

「教授殿！　申し訳ない。もう……蒸気を落としたので……」

教授と呼ばれたオルガニストは、突然意識を取り戻したように振り返った。

「えっ……ああ、はいはいはい、そうでっか！　もうそんな……」

彼はあたふたとふところを探ると、ばかでかい懐中時計を取り出して中を覗きこみ、強く訛ったドイツ語で叫んだ。

「ありゃあ、もうこりゃ……えらい時間になっちまいまして…どうもすまんこってす。本当に。どうも夢中になっちまうんでして……どうも本当に…」

オルガニストはまた慌てふためいて時計をふところにつっこむと、追い払われたように奏者席から降りてきた。そのとたん、ザカリヤの僧衣は着古しただぶだぶの上着とズボンに変わり、アブラハムの動作は田舎くさいどたばたに変わった。彼はあちこちのポケットを探って大きな色つきのハンカチをひっぱり出すと、短い頸や口髭、そして農夫のように刈りこんだ頭までも無造作にふき始める。オルガニストは心底申し訳なさそうに何度も頭を下げながら、サンクレールのほうへやって来た。

「本当にもう、なんでっか、四十分も過ぎてしもて……夢中になり過ぎましたわ。すまんです。だけんども、その…ほんとにまあ、ええオルガンじゃけん……」

「そうでしょう？　わが王国の誇りの一つですからね。それに、私自身の誇りでもある。手をかけてますすよ。いつでも完璧であるように、と……」

「そうでしょう、そうでしょうとも！　本当に素晴らしいオルガンですわ！　なにもかも…特に響きがもう、なんちゅうか、優しゅうて……聖王教会のオルガンが華やかで、燭天使のトランペットやいうたら、ステラ・マリスは…そうじゃの……天使の合唱やな」

「ええ、聖王教会のものはどちらかというと今のフランスの風潮に近いですからね。対位法ならステラ・マリスのほうがよろしいでしょう？」

「そらもう！　ここのプリンツィパール群は……なんでっか、二十六％？　最初はえらい少ない思ったんですが、いや、だけんどまったく不自由しないんですな。これが。驚きましたわ。それに、機械がええですわ、本当に。それにまあ、反応がはようて……最初はびっくりしましたわ。調律かて、どんなに転調しても、まるで平均律やないみたいで……どんなことでもでけます。こりゃ…なんでもできます。本当に。なんでもですわ」

「光栄です。あなたにそう言っていただけると」

「そう言わしていただくのはわしのほうじゃけん。こんないい楽器を弾かしてもらって。時間ばかりくってしまいましたわ。あさってには帰らにゃならんかと思うと、なんだかもう、名残り惜しゅうて……」

「明日のコンサートでは思いきり弾いていただきますよ。サンルイ中…いえ、全ボーヴァル王国の音楽愛好家が押し寄せるでしょうし、それどころかミュルーズやバーゼル、ストラスブールからも聴衆が集まるはずです。ニースとパリでのあなたの評判はたいへんなものでしたからね。今までに聴いたことのないほどの神々しさだ、と……」

「あ、いやいや、そんな……そんなこと、いいオルガンあってのこってす。そして神の恩寵の……」

　音楽家は照れて言葉を失った。が、そのがっしりしたまぶたの下の目には、はっきりと自信と誇りが見て取れる。彼はその視線を西の薔薇窓《ローズ・ド・ロクシダン》の前にそそり立つパイプ群に沿わせ、天に向けた。調律師はそれにつられて上を向き、普通よりだいぶ大きめの眼鏡越しに金属音栓群の並びを見つめた。二人はしばらくの間、無言でオルガンの前にたたずんでいた。こうして並べておくと、オルガニストのほうが調律師よりも十歳ほども年上のように見えるが、実は二人ともほぼ同じ年頃——もうそろそろ四十代の中頃にさしかかろうという——なのである。

調律師はいつの間にか放心し、独り言のようにつぶやいた。

「Musica……」

「は？」

「ex machina……」

「……？」

「……音楽が届くのですよ。天上の音楽が。あの装置を通して……」

「天の、なんですと？……サンクレールさん？ もしもし？ サンクレールさん！」

調律師ははっと我に返った。

「あ、いえ、なんでもありません。ただちょっと……」

「天上の音楽だなんて、そんな、とんでもないです。わしの音楽は、そりゃ確かに、我が主の恩寵あってのこってすが、しかし、それはほんのちょっとですよ。天使のラッパの一音にもならんのですが……だけど、わしのごときはそんで充分なんです」

「天使のラッパの……ええ、きっとそうでしょうね。でもそれは、あなたのせいではないのですよ。それ以上のことができる人間はいない。そもそも天の音楽は、人間を通して地上に届かせることはできないのですから。それができるとすれば、それは人の手を介さない時だけです。宇宙の律動が直接に……」

サンクレールは軽く首を振って微笑むと、音楽家の肩を親しげにたたいた。

「明日のために、今日は早いうちにお休みなさい。楽器は完全にしておきますよ。今よりもね」

「そうでっか。どうもお世話になりますわ。わしは邪魔にならんよう、もう失礼さしていただきますわ。そんじゃ、お先にごめんなすって」

「Bonne nuit, professeur……」

サンクレールは、危なっかしくどたどたと階段を降りてゆくオルガニストを見送ると、自分の聖域である機械室へと戻っていった。

大聖堂の拝廊を出ると、音楽家は右手に曲がり、サン・マルタン街の瀟洒なホテルを目指して歩き始めた。招待主であるボーヴァル第三公女マリー＝クレールは、彼のためにサンルイでもっともよいホテルを用意させたのだった。

外はもうとっくに暗くなっていた。聖堂から少し離れた大通りにはまだ行き交う人々の気配がしたが、この辺りはささやかな街灯に見守られ、静かな夕暮れに安らっている。居酒屋やフランス風のカフェに出入りする町の人々、サロンを訪問し合う貴顕たち。大気は暖かい。

五月のブルゴーニュは、エスターライヒのそれとはだいぶ違った甘やかさに満ちている。彼のような者にとっては気恥ずかしくさえある甘やかさだ。

彼はヌムール街の手前まで来ると、いつもの癖で、どこか居心地のいい居酒屋を探そうかと立ち止まった。が、公女の肝いりで、料理長が最高の皿を用意して待っていてくれるはずなのを思い出し、また歩き始めた。……小さな足音が再び聞こえ始める。彼は鈍感ではなかった。聖堂を出たときからずっと、誰かが自分の後ろについて来ていることを知っていた。楽楼を降り、帰る前に祭壇に向かって短い祈りを捧げた時、彼は、誰もいないと思っていた側廊に人影があるのに気づいたのだった。ずっと彼のオルガンを聴いていたのらしい。その人影は聖堂を出た音楽家についてきたのである。

まるで教会そのものの中から生まれ出たかのようなその影はいかにも頼りなげで、足音は軽く、小さく、今にも消えてしまいそうだった。とても小柄で、ほっそりとしていて、おそらくは子供、いや、ごく若い女性に違いない。彼は独特の直感でそう思っていた。

物乞いだろうか。音楽家はまた数歩先まで行ったが、どうしても気になり、街灯の下で振り返った。例の人影は、またそれに合わせて立ち止まる。が、彼が明らかに自分を待っているのだと悟ると、光の輪の縁まで近づき、また立ち止まった。

大きな暗色のショールを頭からかぶり、そこからこぼれ落ちた、細かく波打つ黒か暗褐色の長い髪。頬骨の高い、彼にとっては見慣れない感じの異国的な顔立ち。黒い瞳を驚いたように見開き、その視線で目の前の音楽家を凝視している。やはり思った通り、小柄な少女だった。

物乞いにしてはきれいななりをしている。手も貴族の令嬢のように真っ白だ。

音楽家は思いきって声をかけた。

「あの……なんか、その……わしに用でっか？　あ、いや、私にご用でしょうか、お嬢さん《フロイライン》？　ああ、私の言うことがお分かりになりますでしょうか？　なにしろ、私はその、フランス語はまったくだめなのでして……ドイツ語でかんべんしていただきませんとですね……その……？」

娘は返事をしなかった。少しばかり哀しげに上目づかいになったが、何かを恵んでもらう者の技巧ではない。むしろ、何か誇りのような……。

音楽家ははっとして一歩引き下がった。パリの表通りで堂々と、相手を高慢に見下したような態度で媚を売る、あの種の女たち。……しかし、こんな小さな少女が？　だがあり得ないことではない。音楽家は判断するより速く、踵《きびす》を返して立ち去ろうとした。が、それよりわずかに速く、少女は口を開いた。

「ズ・イルフェ……」

「はあ？」

少女はか細い声で言いなおした。何度目かに、音楽家は、それはひどくフランス語に訛ったドイツ語だということにやっと気づいた。彼女はこう言ったのだ。Zu Hilfe……〈救けて〉と。

音楽家は困惑した。

「救ける……救ける言うても、その……いとはん、どないや、わしにどないせいちゅう……何のこっちゃか……」

「あなたでないと……」

「わしが……？」

少女はその瞬間、魔法が解けたように歩み寄ると、瞳を大きく見開いて彼を見つめ、はっきりと言った。

「そうです！　あなたでなければならないのです！　救けて…ああ……どうか、救けてください！　彼らは機械で音楽をつくろうとしているのです！　あの機械を……あの機械を止めてください！」

彼女はその言葉を言い終えるのと同時に気を失い、音楽家が慌てて差し出した腕の中に倒れこんだ。

第一楽章

ウィーン

奏楽天使

理想の音楽とはいったいどんなものだろう？　あるいは、音楽の理想とは？　心を奪う音楽。心を奪い尽くす音楽。そして、永遠に心を奪うほどの……。理想そのものである音楽。その完全な具現化。

人は音楽を聴く時に、意識的、あるいは我知らず、未だ見ぬ理想を音楽のうちに探る。聴き慣れた音楽には、その音楽としての理想を。聴き知らない音楽には、未知なる理想の天啓のごとき出現を。

知った音楽の理想とは、すなわちその演奏の理想である。主題の取り上げ方、反復の具合、そしてヴァリアシオン、和声の進行、対位法の絡み合い、かすかな息づかいの起伏から、ほんの一瞬の間の取り方に至るまで、ありとあらゆる音楽の瞬間の、その決定的にして唯一の方法。人は誰もがそれを知っているようでありながら、誰一人としてそれを為すことができない。何故だろう？　何かをつかみ損ねている、解釈が違う等々と言いながらも、それではどうしたらいいのか……結局のところ、誰にも分かってはいないのだ。

そうでありながら（程度の差こそあれ）魂の何処かに理想を知っている。だからこそ人は、それを求めて新しい演奏を試みるのだが、やはり満たされはしないのである。その繰り返しだ。いつでも。永遠に。何というもどかしさだろう！　照準器のない狙撃銃。実現できない同盟案。あるいは綱領のない革命。

知らない音楽！　初めて聴く音楽！　それはまた、自分が知らないからこそ期待する理想の可能性なのだ。それを聴いた瞬間、誰もが、魂の奥底に沈められた沈黙の器官、理想を探知する感覚が呼び起こされ、活動し始めるのを期待する。そしてその感覚器官が、これこそが理想であると判定することを期待する。この曲が理想の音楽、あるいは音楽の理想であってくれれば……と。しかしそれは、既知の音楽の場合同様、いつだって満たされることのない虚しい期待として終わってしまう。いつでも。そして永遠にだ。

待っているだけではなく、自ら造り出すことはできないだろうか？

ああ、音楽よ……そう思って音楽に身を投じる者のいかに多いことか！　そしてそれと同じ数の失望者を生み出す。少しずつ満足することはあっても、それは砂漠の巡礼がたどりつく一つひとつのオアシスに過ぎない。何処にあるのかさえも分からぬまま星に導かれ、彷徨《さまよ》い求める聖地は遠い。ただ一人の預言者の言葉だけでは誰もついて来ようともしないほどに遠く、未知なのだ。砂の波間にほの見える楽聖たちの、満たされぬ（しかし陶酔した）あの白い骨を見るがいい。

——詩神《ミューズ》よ、聖セシリア、そして天使イズラフェルよ……ここに私の心がある。この中には、生まれる前に天上にて与えられた理想の音楽が鳴り響いているはずだ。これを引き出すことはできないのだろうか？　私自身にできないのならば、誰かそれをなし得る者はいないのだろうか？　そうであるのなら、私は自らの国を傾けてでも、その祝福された者に限りのない手助けを与えるだろうに。演奏家でも作曲家でも、どちらでもよいのだ。理想の音楽をあらしめてくれるのならば。求めるもののすべてを与えよう。完全な保護か？　暮しの保証はもちろん、五線紙一枚買うにしても、値段など気にすることもないように。オーケストラか？　それならば可能な限り優秀な楽員たちを揃えよう。そして劇場……。

「だが、どうやって見つける？」

ラインハルト・マクシミリアン・フォン・ベルンシュタイン公爵は、自分自身の考えを否定するように、そう口に出して問いかけた。

地所内の森のそばまで来てしまったことに気づくと、彼は早朝の深く冷たい霧の中で立ち止まった。振り返っても、半時ほど前に後にした居城はまったく見えない。わずかにぬかるんだ散歩道の真ん中にたたずんで、ベルンシュタイン公は何かを必死に思い出そうとする人のように、身動きもせず考えこんだ。馬を牽いてつき従う従者たちも、少し離れたところで足をとめ、物音はほとんどしなくなった。森の匂い、そこに身をひそめる鳥や獣のかすかなこだま、朝の大気、遠い湖水の気配、そして耳の底にこびりつくような濃い沈黙だけがある。

霧の流れる音までが聞こえてきそうなほど深い沈黙の中で、ベルンシュタインはため息をついた。

三十代も半ばにさしかかろうとしているこの男盛りの貴族は、ゲルマン騎士の理想とも言える長身にして屈強な体軀を持ち、その幅広い肩には後光を思わせる金の髪を豊かに垂らしていた。髪よりやや濃い色合いの口髭をたくわえた面長の相貌は、近代的な写真よりも大判の肖像画にふさわしい。が、その顔立ちは整っていながらも、単純に美しいという言葉をあてはめるのをためらわせる何かがあった。性格的に脆弱という印象を与えかねない頰の線と、深くくぼんだ眼窩の底から見つめ返す深く冷たい湖の色をした瞳には、無限の熱狂の兆候がひそんでいる。それが騎士然とした肉体と知性に、特異な性格が含まれていることをはっきりと証《あか》ししているのだった。

例えばあのバイエルン王ルートヴィヒ二世のように、ある種の突出や逸脱に敏感な観察者は、彼のうちにひそむ異常さをはっきりと見抜き、そして魅了されるだろう。実際ルートヴィヒは、ベルンシュタインをタンホイザーか何かだと思いこんでいるらしい。確かに、飾りのついた銀の甲冑や重い剣、そしてあの観念的な竪琴も、彼にはさぞ似合うだろうし、騎士でありながら音楽の甘美さに心を奪われてしまうあたりなど、性格的に似たところがなくもない。

「どうすればいい？　どうすれば……」

公爵は不意に振り返って、連れの少女に問いかけた。少女は逆に問い返すような目で彼を見返す。磨いた黒玉の瞳は公爵の姿をとらえていても、視線は空中に放たれたままだった。

少女は何も答えなかった。

「私のこの言葉を笑いもせず、反論もせずに聴いてくれるのはお前だけだ。どうしたらい い？　マリア？　いったい誰が理想の音楽を紡ぎ出してくれるのか、どうすれば判るのだろう？」

ベルンシュタインは右手をのばし、彼の胸にようやく届くくらいの小柄な少女の頭に触れた。寝起きのまま結っていない黒髪は、かすかに露に濡れて、はねあがった幾本かの毛先に細かな水滴を宿らせている。腰まで届く、細かに震えるように波打った黒髪の流れ。薄皮をむいたアーモンドのように白い肌とは対照的に東の血筋を思わせる顔立ちには、聖性と狂気をあわせ持った、女預言者シビュラを思わせる複雑な気高さがあった。華奢な手。小さな唇。歳の頃はまったく判らない。子供っぽい身体つきをしているが、十歳から二十歳の間のどの年齢でもあり得た。

マリアと呼ばれたその娘は、公爵の手の暖かみにわずかに反応して、陶器のような手を彼に差し出した。公爵はその手を、蝶を握り潰さないよう気づかう手つきでそっと取り、もう一方の手を重ねた。マリアは白いドレスにまつわりついた自分の髪を見つめるのをやめ、公爵に向かって曖昧な笑みを見せた。

彼女だけが唯一の〈選定基準〉かもしれない。彼女こそが本物のミューズなのかもしれない。

〈詩神の谷《サクレ・ヴァロン》〉とあだ名されるボーヴァルで彼女と出会ったのも、あるいは単なる偶然ではないのかもしれない。

「お前の〈耳〉を信じようと思う」長い沈黙の後、ベルンシュタインはまた不意に言った。「お前をウィーンに連れていこう。そこには何人か、私が目をつけている音楽家たちがいる。その他でも構わない。私は、お前が選んだ者を最高の音楽家として遇しようと思う。いいね?」

娘は一瞬、はっきりとした意志を見せて微笑み、公爵に向かってうなずきさえした。が、その微笑みもすぐに空白状態に向かってゆらぎ、いつもの魂の抜けた表情にとけこんでしまった。しかしベルンシュタインは、この決定的な一瞬を見逃してはいなかった。

……誰かが馬を走らせて来る。伝令はベルンシュタイン公を探していた。従者が霧の中に声をかけると、騎馬の伝令は真っすぐにやって来た。

「旦那さま! ベルリンの宰相閣下からのお使いです! すぐにお屋敷のほうへお戻りください!」

伝令が使者の名を告げると、ベルンシュタインは従者に預けてあった馬の手綱を取り、少女を従者たちに任せずに一緒に騎乗させた。彼はそのまま、だいぶ薄らいできた霧をついて居城に向かった。

ラインハルト・マクシミリアン・フォン・ベルンシュタインは、連邦の盟主プロイセン国王ヴィルヘルム一世の依頼によって、ある任務のためにウィーンに向かった。

　一八七〇年七月十四日、八十一回目の大革命記念日にあたる日、フランス帝国は閣議において、プロイセン王国に対する開戦を決議し、五日後には皇帝ナポレオン三世により正式な宣戦布告が発せられた。しかしそれはプロイセンにとっては災難ではなく、むしろ待望の好機以外のなにものでもなかったのである。

　四年前の対オーストリア帝国戦での勝利により、ハプスブルク家を盟主と仰いできた旧ドイツ連邦を解体させ、そしてシュレスヴィヒ・ホルシュタイン両公国からナッサウ公国までを領土として加えたプロイセンの王国は、その条約さえ発効しないうちからすでに、小ナポレオンとの対戦は避け得ないものとみなしていた。もはや、隣接の地に敵たるはフランス帝国のみなのだ。今や事実上の覇者、中世の権威を帯びずに独力でやり遂げたベルリンの王朝は、宰相たるビスマルクの巧みを極める手腕を最大限に利用する。彼は外交上の引き糸を操ってナポレオンの帝国を孤立させた。イタリアとロシア、そしてオーストリアさえもがこれに利用される。あとはただ、開始の合図さえあればよかった。

　それは意外にもイスパニアからやって来た。本来、問題だったのは直接に両国にかかわることではなくイスパニア王位の継承権だったのだが、それをめぐって両国関係はプロイセンの――と言うより、この場合はむしろビスマルクの――望んだように、確実に開戦に向かって悪化したのだった。いったん触媒を与えられると、反応は時として爆発に近い速さで進行することがある。すでにメキシコ遠征によって消耗し弱体化しつくしていたフランス軍は手も無くプロイセン軍に負け続け、九月二日、ナポレオン三世はセダンで降伏してプロイセンの捕虜となった。その二日後、彼は国民にさえ見捨てられて、九月四日の午後四時、市庁舎においてフランス皇帝ナポレオン三世は廃位とされたのである。

ベルンシュタインは、セダンの戦いのすぐ後にヴェルサイユへ移転した北ドイツ連邦の大本営を離れ、数日間自分の公国に滞在した後、すぐにオーストリア帝国の首都へと向かった。対フランス戦の戦後処理に関して帝国との調整をする外交団の一人としてである。

彼がかつての対オーストリア戦の戦功で受けた鉄十字勲章をつけてウィーンに入ったのは九月のちょうど半ば、十四日の聖十字架記念日だった。ウィーンはポーランドのそれに劣らない輝くばかりの黄金の秋を今まさに迎えようとしている。大気は急速に冷えて透明になり、長年この地に住み続ける者にも、かつてこの地を訪れたことのある者にも、そして初めて訪れる者にも、それぞれに何かしら懐かしい思いを抱かせる雰囲気に身をひたしていた。昔の恋人に逢いにゆく風情だ。ベルンシュタインは秋のウィーンはあまり好きではなかった。それはむしろ、この季節があまりに切なく美しいからに他ならない。

新しい楽友協会、新しい劇場、新しい公園……ベルンシュタインが久しぶりに目にしたウィーンは、たった四年の間にウィーンとは思われないほど変容していた。十二年ほど前に始められた旧市街の防塁の撤去と環状道路《リンク》の布設は、近年急速に進んだらしい。だいたいオーストリアは近年、ハンガリーに自治権を与えて帝国自体を新しくしてしまったばかりではないか。

新しい環状道路の出来上がった部分をたどると、王宮庭園の延長上に、六百万フローリンという（ベルンシュタイン公国ならおそらく国が傾くに違いない）巨費を投じて造られた新しい宮廷歌劇場に行き当たる。様式が寄せ集めだの、あの正面の列柱はみっともないだのとけなされ、皇帝陛下までもが「沈んだ箱のようだ」と評されたとの噂が流れたため二人の設計者のうち一人は落成前に自殺、もう一人はその死を気に病んだあまり、ある日設計机の上で心臓発作で死んだという。しかしウィーンっ子は今でも悪口を並べつつ、毎日この劇場一杯に満ちあふれるのだった。

……宮廷からマリアヒルフやブリギッテナウの果てに至るまで、およそ市中のありとあらゆる人間の気がふれているとしか思えない。レオポルトシュタットのツィルク子爵夫人邸からドナウ運河対岸を眺めながら、ベルンシュタインは思わずため息をもらした。フランツ・ヨゼフス河岸通りの緑地帯のそばを、濃紺のアッティラ上着を着たハンガリー騎兵が二人歩いていく。最後の西日の残りを受けて、旧市街にはフォーティフや聖シュテファンの尖塔が光って浮かび上がる。

「そんなところにラインハルト・フォン・ベルンシュタインが立ってると、向かいのロシア公使邸から狙撃されてよ」

ツィルク夫人がそうからかうと、バルコニーに立ちつくしていたベルンシュタインは、夢から醒めたような気持ちになって振り返った。

「ワルコフスキーが来ているわ。しかもよりによって息子のほうが。父親は失った地位を取り戻そうとしてつまらない謀《はかりごと》をたくらむ陰謀家もどきに過ぎないけど、息子は本物の陰謀家よ。お祖父さん似ね。ベルンシュタイン家の名を覚えていて、今でも憎悪しているって話よ」

「よしてください。そんなものはウィーン会議の頃、お祖父さんの代のことですよ」

「でもロシアのご友人方は覚えているわ。それに、ワルコフスキーは当代のベルンシュタイン公も嫌っててよ。彼がいつウィーンに来たかご存じ？　九日よ。ベルンシュタイン公国軍がロートリンゲンから引き上げた直後でしょう？　あなたがすぐにウィーンに来て帝室との交渉に当たるものと読んでいたに違いないわ。翌日にはルトスワフスキとカンチェリに会ってるもの。それから、グバイドゥリーナ男爵夫人と、ネチャーエフを追っているグレッキ将軍を呼び寄せて会っているわ。帝政廃止でフランスに革命が起こるとでも思っているのかしら。なんにしても、ワルコフスキーが来てから、ここの帝国警察もちょっとぴりぴりしてるみたい。また郵便が遅れるようになったわ。お笑いね。若い頃を思い出してよ」

「相変わらずさすがですな、あなたも。探り過ぎが昂じて疑われないよう、お気をつけていただきたいものだ」

「大丈夫よ。あたくしなんて、夫も息子も戦争で亡くして、僅かばかりの領地もプロイセンに接収されて、どうにか体面を保てるだけの年金も遊びに使い果たしてしまう噂好きな年増の未亡人だとしか思われていませんもの。誰もあたくしが政治的なことに関わりあってるだなんて想像もしないわ。ましてや恨みあるはずのプロイセンに協力しているだなんて、ねぇ、

「言い返す言葉もありませんね、まったく」

ツィルク夫人はその魅力的な低い声で笑うと、銀の盆の上に並べられたチョコレートを一つつまんで口に入れた。とうに盛りを過ぎて――ベルンシュタインの母親ほどの年齢になるはずだった――容貌は衰えたとはいえ、未だにその美しさの名残りをとどめている。光沢のある緑のドレスに包まれた身体はコルセットが保証する以上の形をとり、露出した肩には張りがあり、髪は今でも娘時代の肖像画と同じ色をしている。毎晩のように出かけるオペラや夜会、そして舞踏会も、彼女を生き返らせこそすれ決して疲れさせはしないかのようだ。ツィルク夫人自身に言わせれば、若さを保つ秘訣は踊ること、できるだけ若い男と恋をすること、そしてウィーンで芸術家にならないことの三つであるという。彼女のように夢見て過ごす遊び人が、それこそ帝国警察をもあざむき続けている秀逸な諜報員だとは、確かに誰も思いはしないだろう。

ベルンシュタインは冷えてきた大気から彼女を守るようにバルコニーのフランス窓を閉めると、称賛の目で彼女を眺めた。

「それで、ラインハルト？　いったいどうしたっていうの？　あなたはメッツに残るのだとばかり思っていたわ。要塞はまだ落ちていないのでしょう？　それなのにあんなしけた外交団に加わるなんて」

「どういうこと、ですって？　それは私よりあなたのほうがご存じのはずでしょう？　私は冗談にも思っちゃいなくてよ」

ただベルリンからの電報を受け取っただけですよ。ハプスブルクとの交渉に行ってくれというやつです。ただ、こういうつけ足しがありましたがね。是非ともモーツァルト好きのツィルク子爵夫人を訪ねて《魔笛《ツァウベルフレーテ》》の感想をお聞きください、と」

ベルンシュタインが意味を含んだ沈黙を置くと、夫人は少しつり上がった目で彼を見返した。もうどちらにもその言葉の意味は分かっているのだ。

「ということは、やはりあの《魔笛》と呼ばれる麻薬の件ですね？　今、ウィーンの音楽家たちの間でひそかに流行しているという噂の。薬物に関する件で私が動員されるとすれば、理由はただ一つですな」

「もうお分かりのようね。ええ、その《魔笛》の正体が、かつてあなたが極秘で探させていたあの危険な薬なのではないかということよ。あの薬……何て言いましたっけ？」

ツィルク夫人がその名を忘れているはずはなかった。彼女はただ、それをベルンシュタイン自身の口から言わせたいのだ。

「《イズラフェル》」

「そう、確かそんな名前でしたわね」

「つまりあなたは、我がベルンシュタイン公国の最高機密である《イズラフェル》がウィーンで麻薬として出回っている、と言いたいわけですかな？　どういうことか、もっと具体的に話していただけますか？」

「それだったら、あなたのウィーンでの目であり耳であるグザヴィエ本人から直接お聞きになって。もう来ていると思うのですけど」

　ツィルク夫人は小間使いを呼び寄せて下に楽士が来ていることを確認すると、彼を居室に上がらせるように命じた。小間使いが下がってものの数分もしないうちに、小柄なフランス人の老楽士がヴァイオリンのケースを抱えてやって来た。薄くなりつつある灰色の髪は乱れ放題だが、まだ緑の色合いを保った大きな瞳は生気をたたえ、見る者に活動的な印象を与える。古着らしいがかなり上物の上着を身にまとい、その襟元から色褪せた絹のスカーフをのぞかせていた。上流の館に音楽家として出入りするのがやっとという格好だが、彼はそんな身なりに構わず堂々とした態度で振る舞い、二人の貴族からすすめられる前に長椅子にどっかりと腰を下ろした。そうすると、誰もが気づかざるを得ない彼の特徴がさらに際立った。彼は悪いほうの足を投げ出すようにして座る癖がある。彼の左足の下半分は木の義足だった。

「旦那《モンセニュール》、お久しぶりですな。フランスはいかがでしたかな？」

「のっけから嫌味な奴だな。こいつもまた相変らずといったところか」

「へっ、嫌味で言っとるんじゃないですぜ。今回はけったくそ悪い〈小人《プティ》ナポレオン〉を追っ払ってくれちまって感謝しとるですよ。もっとも、奴をぶっ殺してくれんかったことは恨んどりますが」

　グザヴィエは少し唇を歪めてにやりと笑うと、ベルンシュタインは気心の知れた相手にしか見せない笑みを返した。彼らはその一瞬の間に連携のリズムをはかり直すと、グザヴィエは四年近く会っていなかった事実上の主人に対して挨拶らしい挨拶もはぶいて、今まで毎日同じことをしてきたかのようにすぐに報告を始めた。

「今回は《魔笛《ツァウベルフレーテ》》のこってしょう？　まあ、あたしが《魔笛》に目をつけたのは、もとから《イズラフェル》のことを知ってたからじゃないんですわ。ほとんど偶然、でなきゃ一種の本能みたいなもので嗅ぎつけたんかもしれません」

「確かに。お前ならそうかもしれん。話してくれ」

「へぇ。まあ、もともと宮廷づきの楽長からエロ本書きの三文作家まで、いわゆるゲージュッ家ってな人種がヘンな薬や怪しい混ぜ物をした酒なんかに手を出すのは世の習いですがね、ここんとこウィーンじゃそれが目に見えてひどくなっちまったですよ。いつからかっちゅうと、ちょうどあれが出来てからですわ。……ああ、旦那は《プレジャー・ドーム》のことは知ってなさるんで？」

「評判だけはな。あの怪しげなイングランドの興行師がやっているいかがわしい舞踏場のことだろう？」

「そうです。こちらの奥様が毎晩のようにいらっしゃってる、あれで」

「マダム！　あなたは……！」

「そのことはいいわ、ラインハルト。後で話すわよ。いいから、グザヴィエ、先を」

楽士はちらりと肩をすくめると、責任は負いかねるといった態度で淡々と話を続けた。

「あれが出来たのと妙に時期が一致するんですわ、ウィーンでも《魔笛》の中毒患者が出始めたのは。今じゃだいぶ噂になっとりますが、あたしが何か変だと思い始めたのはわりと早いんで、二月の……そう。四旬節になってすぐの頃でした。で、最近、旦那からは給料ばっかり貰って仕事を貰っとらんでしょう？　手持ち無沙汰っちゅうか、もともと好きなんですな、それに腕が鈍らんようにとも思って、ちょっと《魔笛》のことを嗅ぎ回ってみたんですわ。そしたら、最初はあたしも偶然かと思ったんですがね、どうもその効能って言うか、その作用がね、旦那から以前に聞いた《イズラフェル》っちゅう薬のことを思い出させるってわけで、気になったんですわ。旦那があれのこと言ってらしたのは帝国とプロイセンが一緒になってデンマークと戦争してたすぐ後だから、もう何年ですか……ああ、そんなになりますかね、一八六五年ですか、へぇ、五年も前のこってすか、あの戦争のすぐあとでしたでしょうが。あの頃は薬は漏れてないらしいってことで、調査は沙汰止みになったはずでしたっけが、ここに来てどうもそれっぽい薬が出回り始めてる。できるだけ確実なところまで探って、こちらの奥様に報告したわけですわ。七月頃でしたっけかね。そしたらベルリンのえらい博士が来て、あたしの話を聞いとられましたが、おそらく間違いないだろうと言い出しました。ま、そんなとこですが」

グザヴィエはそれから、彼がシュタットラー博士にしたという報告をもう一度繰り返した。

《魔笛《ツァウベルフレーテ》》とはおおよそ二年ほど前からロンドンやパリで噂になり始めた麻薬だが、阿片や精製されたヘロイン等とは違い、医学者や化学者が関与しておらず、医薬品として用いた経緯もない。言わば根っからの麻薬なのだった。成分も明らかにされていないが、それどころか、その存在さえ未だ伝説や噂の域を出ておらず、オーストリア帝国警察などは存在を否定しているほどだった。

異常なまでの幸福感、陶酔の感覚、痛みや不安感は消え去り、専門の用語を用いるなら〈意識水準の低下〉が見られる。ペルシャやインドからもたらされるハシッシュの類に似ているが、ああいった大麻類のような視覚的な幻覚はあまりなく、作用中に発作的な不安をきたして窓から飛び降りたりするようなこともない。《魔笛》の最大の特徴は、その持続的な至福の感覚と、ことのほか聴覚からの刺激を快感に変える作用だった。音楽はまさに天からもたらされる恵みのごとく素晴らしい悦楽となる。時には性的な絶頂感の何倍もの快感をもたらし、服用者は音楽そのものの悦びで気を失う。強壮効果や視覚的幻覚作用を得るには適しないが、音楽には絶大な効果がある。当然の帰結だろう、《魔笛》を常用するのは主に芸術家、特に音楽家や熱狂的音楽愛好家だった。

グザヴィエやシュタットラーが《魔笛》が《イズラフェル》であると判断した最大の理由は、この音楽に対する快感の増大だった。

「まあ、聞き回ってるうちにおいおい分かってきた事ですが、《魔笛》っちゅうのは一種の総称で、厳密に言うともっと細かく等級が分かれているんですな。大麻にも強さで内分けがあるでしょう？　ガーニアだのチャラスだのって。《魔笛》もそういうのがいろいろあるようですわ。音楽を聴いただけでイッちまうような強いやつは、通称《タミーノ》と呼ばれてますがね、これは高価で、本職の音楽家だったとしても、例えばジラルディやレーヴェみたいによっぽど儲けた奴でないと手に入らない。もっと上に《ザラストロ》ってのがあって、これはもうどんなへっぽこ楽士でもこいつをやれば神童モーツァルトの域だといいますが……まあ、これなんかはゴロ合わせの冗談でしょ。実物を見たという噂もない。だいたい末端まで回って来るのは《パパゲーノ》っちゅう混ぜ物をした薄いやつで、酒場の連れこみ個室だとか怪しげな舞踏場で、アルコールと一緒に飲んでちょっとラリっちまうという程度ですわ。効果が薄いんで、旦那があん時言ってらしたみたいな激しい後遺症は出ませんがね。あたしも仲間に実物を見せてもらったことがありますが、何だか黄色っぽくて、安物の白粉《おしろい》みたいな匂いがする粉でした。もっとも、その頃はとっくに《イズラフェル》じゃねえかって思ってたもんで、おっかねえんでやりはしませんでしたがね。効果が薄いと言っても、ちょっとアブナくなってきた奴もいますし、仲間でずい分と給金をすっちまった奴もいます。売人はたいてい雲助かポン引きみてえな奴らですが、ちっとくらい調べたってどうにも元締めまで行き着かない。もっとも売人にだって分かっちゃいないようですがね」

ベルンシュタインは眉根を寄せて黙りこんだままグザヴィエの言葉を聞いていたが、一通り聞き終わると、独り言をつぶやくような様子でうなずいた。

「シュタットラー博士の知る限りでそういった効果の出る薬物が《イズラフェル》以外にないと言うのなら、そうであるとしか考えられないな。しかし……信じられん。何故、今頃になって……」

「でも、ラインハルト、一つだけ聞いてもよくって？　その《イズラフェル》ってのは、本当はいったいどういう薬なの？　あたくしも、それがあなたとプロイセンの宰相閣下が国家的な機密として極秘扱いしながら探していた薬物だということしか知らないのよ。もしそれがどこからやって来て、どうしてあなた方がお探しになってるのかを知らせてくだされば、あたくしだってグザヴィエだって、もっとお役に立てるかもしれませんのに」

「あたしもあの頃からずっとそう思っとったところですがね、旦那」

ベルンシュタインはしばらく考えていたが、一言、分かったと言うと、組んでいた脚を解き、御前会議で報告するように姿勢を正した。

「そうですな……それは私も考えたことがなかったわけではない。いや、五年前の《イズラフェル》が何処にも漏洩していないという調査結果がそのままなら、そうは考えなかっただろう。しかしここに来て今度こそ《イズラフェル》が姿を現わしたとなると……マダム、あなたもグザヴィエも事の真相を知らされる権利があるというものでしょうな。いいでしょう。私の話を聞いていただきましょう。しかし、はっきりと誓っていただきたい。たとえどんなことがあっても他言は無用です」

ツィルク夫人は小首を傾げるようにしてうなずき、グザヴィエは国の言葉で誓いを立てた。

ベルンシュタインは自分とはまるで無関係のことを報告するかのように冷静に話し始めた。

「兵法が変わる、あるいは今様の言い方をすれば〈進化する〉のは止めようもないことです。私の先祖は槍や剣で対等の勇者たちと渡り合ったのでしょうが、前世紀にはすでに火薬による火器が主流となってしまっていた。当然、死傷者も増えようというものです。しかも、ここ数年の間の戦争ときては……あまりに不必要な犠牲者が出すぎる。戦争とは、まともな道理が通らない相手に対して実力で分を思い知らせるためのもので、これを廃することはできないにしても、兵卒に要らぬ苦痛を与えたくないと思うのはどの国の軍にとっても同じ事です……。しかし、不幸にして出てしまった負傷兵に真っ先にしてやらねばならない処置は、何といってもその苦痛をできるだけ速やかに取り除いてやる事です」

苦痛を取り除く最良の方法――中世的な〈とどめの一撃《ミゼリコルド》〉ではなく――は、今のところはアジアの芥子から取れる樹脂状抽出物、すなわち阿片、あるいはその精製薬剤の化学構造に手を加えたジアセチルモルフィネである。しかしその原材料となるパパベル・ソミフェルムの産地はアジアのごく一部の地域に限られる。ベルンシュタイン公国は、彼ラインハルトの代になって間もない頃から、そういった天然の薬物に代わり得る合成鎮痛剤の開発を積極的に行なっていたのだった。

ベルンシュタインがそれを任せた化学者ツィマーマンは、まさに狂気と紙一重の老学者だったが、神経に作用する薬物にかけては比する者のないほどの才を発揮した。彼は仕事を始めて三年も経たないうちに試作品を作り出した。主成分は意外にも一般的な植物からの抽出成分なのだが――ベルンシュタインはこの部分を故意に曖昧にしたまま話をすすめた――驚いたことにツィマーマンは、そのありふれた植物からは考えられなかった強力な鎮痛作用を持つ薬を作り出したのである。

何かにとり憑かれたようになった老化学者は、その植物のもっとも効率的な種を求めて自らチューリンゲンの森林を這いまわり、高純度の金属触媒を得るためにアメリカの大学から詐欺同然の手口で電気分解の方法を手に入れた。最後に彼は蒸留の仕方と再結晶の過程にイスラム医学の方式を用いることを思いつき、かつて追放同様に去ったサンルイ大学に臆面もなく出向いていった。秘密厳守を第一義に考えるベルンシュタインにとって、これは予定外の博打に他ならなかった。たとえひと月かふた月とは言え、ツィマーマンを国外に出すのは危険が大きすぎる。しかし、彼の賭けは吉と出た。老化学者は、世界中でサンルイの書庫にしか残っていないという十六世紀の貴重な文献を頼りに、シーラーズの秘密教団が儀式用として使っていた秘薬の精製法をつきとめたのである。

試作品は彼の帰国後まもなく、六四年の四旬節の間に完成された。そして化学者自身が自分に用いて実験をした結果、視覚的な幻覚はほとんどなく、音楽に対する感受性が高まり、これが鎮痛作用と相まって負傷者の精神に安楽をもたらすということが分かった。薬はこの音楽的作用と例のイスラム秘密教団にちなんで《イズラフェル》と名づけられた。イズラフェルとは、イスラムの天国にいるという奏楽天使の名である。コーランによれば、彼は竪琴を弾き、えも言われぬ美しい声で歌うという。

ベルンシュタインがビスマルク公に《イズラフェル》の報告をするかしないかというちょうどその頃、デンマーク王は以前の問題を蒸し返し、シュレスヴィヒ・ホルシュタインの両公国を分離、前者のデンマークへの併合を画策していた。これは明らかにロンドン議定書に対する違反行為だった。二重、三重にもつれ合う帰属と同盟、連帯意識等々の中で、プロイセンはのちにはこのことを原因として宿敵となるオーストリア帝国と手を携え、デンマーク国王に対し開戦を宣言した。

　この戦争自体は帝国とプロイセンの同盟軍が勝利したのだが、しかし、負傷者は予想外に多く、陸軍大臣ローンはまだ実験段階に等しい《イズラフェル》をあえて実用に供させたのだった。その結果は驚くべきものとなった。確かに《イズラフェル》の鎮痛作用はモルフィンやヘロインと同等以上の効果を上げ、作用時間も十時間を超えることも稀ではなかった。しかしそれのもたらす意識の混濁、多幸感、陶酔感は予想以上で、それは異常でさえあった。手の施しようもない傷口から膿と血を滴らせながらも陶酔に浸り、それまで内心はどれほど嫌ってきたかもしれない起床ラッパのひと節にさえ恍惚と聴き惚れる傷痍兵たちの姿は、あまりにも見るに忍びない眺めだった。

　だが、それ以上にベルンシュタインやシュタットラー博士にとって衝撃だったのは、その中毒性である。苦痛の長引く者に限って持続的な投与を行なった結果、彼らの多くは精神に重大な後遺症を持ったのだった。彼らはみな薬が切れるとうって変わったように虚脱し、周囲の物事への反応が目に見えて鈍くなる。そして、投薬期間が長くなればなるほどこうした後遺症はひどくなり、明らかな人格低下がみられた。中毒者は一つの例外なく回復しないいま廃人となる。翌六五年の早々、《イズラフェル》はたった一年の命でやむなく廃棄という処置が取られた。もともと《イズラフェル》の存在を知っていた者がほんの数人であったために、彼らが口外しなければその秘密は保たれるはずだった。

　問題はツィマーマン博士だった。彼は自分の〈最高傑作《マイスターヴェルク》〉を破棄されると聞かされて怒り狂い、処方をもってハプスブルクの帝国かロシアに売りこみに行くとまで言い出したのである。ベルンシュタインとビスマルクは相談の末、老化学者にはエーデルベルクの離宮に〈隠居〉をしてもらうことになった。しかし老化学者はどうやったものか、北ドイツ連邦きっての策士ベルンシュタインの裏をかいて離宮から姿を消したのである。

探索は迅速かつ執拗に行なわれた。ベルンシュタインはツィマーマンの行方を追う一方で、グザヴィエやその他幾人かの信頼のおける間諜たちに、ロシアやオーストリアが新種の薬物を入手していないか、あるいは怪しげな麻薬が出回っていないかを探らせた。ツィマーマン自身は、それから半年と経たないうちにフランスとの国境付近の森で腐乱死体として発見された。また新種の薬物に関する情報もどこからも出ず、ベルンシュタインらは一年ほどで探査を中止させたのだった。六六年にはまた別な問題——議会の強制解散とオーストリアとの戦争——が持ちあがり、ベルンシュタインもそれに集中して《イズラフェル》の忌まわしい記憶を完全に葬り去ったのだった。

葬り去った……はずだったのである。

「なんとまあ……何とも言いようがありませんやな。そりゃ旦那が《魔笛》のことをお気になさるはずですわ。その、何ですか、〈人格低下〉ってやつは、やっぱり《魔笛》の後遺症と一緒ですな。その筋じゃイングランド語で〈アシッド・ヘッド〉っちゅうそうですが、まあ、あたしが《魔笛》と《プレジャー・ドーム》に関係があるんじゃないかと思ったのも、この言葉が理由の一つで」

「そう、確かにそれはあり得る。そもそも、《魔笛》の噂の発祥はロンドンだ……」

ベルンシュタインはまた窓際に行き、急速に陽の落ちてゆく旧市街を厳しい目で見つめていた。聖シュテファンの尖塔に最後の陽が宿り、一瞬、夜に抗うかのように燃え上がると、やがて不意にその光を失う。グザヴィエは立ち上がって、室内のすべての灯りをもっと明るくした。ツィルク夫人はいくらか青ざめていたが、気丈にも表情を少しも崩していなかった。

「私はツィマーマンの死ですべては終わったと思っていた。唯一、正確な処方を記憶していた彼は死に、現物はすべて破棄され、《イズラフェル》はどこにも出現しなかった……はずだった。それが五年も経って……気づくのが遅すぎたのだ。私も去年パリで《魔笛》の噂を耳にした時、《イズラフェル》かと疑ってみるべきだったのかもしれない。しかし、《イズラフェル》のものとして知っていた激しい後遺症の話がまったくなかったので疑うことをしなかった。……その上、なおさら悪いことに、グザヴィエ、お前はあれに関して死者や行方不明者が出ていると言っていたな。そのことについてもう少し詳しく聞かせてもらえないだろうか」

「そうですな、芸術家で様子のおかしいのが出ると、仲間内じゃすぐに《魔笛》にやられたっちゅう噂が立ちますがね、そんなふうにあからさまに変になる奴はみんな金回りがよくて、おそらく《タミーノ》の買える奴ですよ。そうしてしばらくすると、ある日突然死体で発見されたり、どっかにいっちまったり。もうウィーンで噂になっただけでも二十人以上ですな。舞踏場のバルコニーから飛び降りた文士だとか、役者を気取ってた金貸しがごみ溜めで死んでたとか。しかも、そいつらはみんな《プレジャー・ドーム》の常連ですわ。そんで、《プレジャー・ドーム》についてもちょっとばかし情報を集めてみましたがね、やっぱり何だか怪しいですわ。あのイングランド人興行師、モーリィってな若造ですが、こいつが以前にミュンヘンにいた時、やっぱり分かってるだけで音楽家が二人突然姿をくらましてる。宮廷歌劇場の首席チェロ奏者がどっかに行っちまってそれっきりで、しけたピアニストがイザール河から溺死体で発見されてますがね。このことはまだ誰もモーリィに関わったことだたぁ思ってないようですが、あの頃から、あれは少なくとも《魔笛》の餌食だっちゅう噂はあったらしいです」

「《魔笛》の餌食か……」

「まあ、モーツァルトもビックリってとこでしょうな」

三人はしばらくの間、それぞれの沈黙にひたった。少なくとも考えられるのは、《魔笛》はほぼ完全に《イズラフェル》であるだろうこと、それが《プレジャー・ドーム》との間に関わりがあるらしいこと、そしてミュンヘンとウィーンでの芸術家たちの失踪も、おそらくは何らかの形でその両方に関係があるのに違いないだろうということ、である。

「モーリィって野郎がイングランドでは何をしてたのか、そこまではちょっと分からんかったのですがね、どうやら、イングランド貴族のパトロンがいるらしいですわ。ウエストサーム男爵とかいう。まあ、本物のお貴族様かどうか、怪しいもんですが」

「まさか大英帝国が関わっているなどということがなければよいのだが……」

ベルンシュタインが振り返ると、グザヴィエは指令を受けた将校のように立ち上がり、楽器のケースを手にした。することはもう分かっている。いつもの通りなのだ。

「グザヴィエ、これを持って行け。足りなくなればそう言うがいい。報告はこまめに頼む。しかしだ、絶対にむちゃなことはするな」

「Oui, oui. monseigneur.」

楽士はベルンシュタインから渡された重い財布を受け取ると、にやりと笑って片目をつぶって見せた。ツィルク夫人は台所の女中に楽士に夕食を供するように命じると、グザヴィエは幸せそうにうなずき、女中のあとについて階下に降りていった。


「あの娘《こ》はどうするの？　こちらに置いておいてよろしくって？」

「マリアのことですね。あなたがよろしければそうお願いしたいものです。私は留守がちにしていますからね。まあ、乳母を一人つけてありますから、あんなふうでも手はかからないでしょうし」

「ええ、それはいいの。あの娘は可愛いし、だいいち、あたくしのピアノを嫌がりもせずに聴いてくれるのはあの娘だけなんですもの。でもラインハルト、あの娘、いったいあなたの何なの？　血縁とも見えませんけど」

「預かりものとでもいったところでしょうか。ボーヴァルでね、ちょっと訳あって、彼女を拾った人から託されたんです。手首や足に縄の痕がついている上にひどく怯えていたので、もしかしたらもと居たところで虐待されて逃げたのではないかと思って、どこにも届けずに連れて帰ったんですよ。身元も名前も判らないので、彼女がいた聖堂にちなんで私がマリアと名づけたのですが、最近、ようやく自分の名前だと分かってきたようです。最初は妻の侍女たちに任せたのですが、仕事らしい仕事は何一つ覚えられなくてね、それっきり自由にさせています。働かせる理由などありはしませんしね。だいたい、マリアにはすでに、マリアでないとできない仕事があるんですから」

「あの子にしかできない仕事、ですって?」

「ええ」ベルンシュタインは秘密めいた笑みを見せた。「詩神であること、です。まさにミューズなのですよ、あの子は。……この話はまた後ほどしましょう。さしあたって今のところは、どうかあなたの手元に置いてやってください」

夫人は弱々しいながら笑みを見せてベルンシュタインの頼みを快諾した。ベルンシュタインは甘い香水を香らせた夫人の手に、お別れの挨拶として軽く唇を触れさせると、あなたは本当は音楽の才があるのに違いないとつけ加えた。あの詩神がそう認めたのなら。

公爵は帰りがけにマリアの髪を撫で、マダム・ツィルクのところでいい子にしているのだよと言い聞かせて、いったんは玄関を出たが、すぐに引き返して、いまにも泣きそうな目で彼を見送る娘の頰に口づけをした。柔らかな桃のような頰にかすかな笑みが浮かぶのを確かめると、彼は少しばかり浄化されたような気持ちになって、旧市街への帰途についた。

ツィルク子爵夫人邸の暖かな台所で肉さえついた夕食を平らげた後、グザヴィエは下僕たちとビールを飲みながら世間話に興じた。彼らも《魔笛《ツァウベルフレーテ》》の噂は多少なりとも知っているらしい。しかし、彼らは音楽家でもないし、もとより《魔笛》はその給金で手の出る代物ではなかったのだから、実物にありついた者は彼らの仲間内には一人もいなかった。グザヴィエは少し酔いを冷まして、九時過ぎにようやく帰途についた。

ラントシュトラーセの貸し部屋に帰るにはそうとう歩かなくてはならなかったが、本物の手足のように馴染んだ義足で長距離を歩くのはもうとっくに慣れっこになっていて、そのくらいは少しも苦痛に思ってはいなかった。むしろ、肉料理とめったにありつけない上物のビールの滋養、そして久しぶりに重くなった財布とベルンシュタインとの話が、彼を例の裏稼業の興奮へと駆り立て始めていた。楽士は子爵夫人邸の気心の知れた下僕の一人に大事な楽器を預けると、ぎゅうぎゅうづめに混みあった乗り合い馬車になんとか割りこんでプラーターに向かった。《プレジャー・ドーム》のあるところである。

ウィーンっ子のダンス好きは何も今に始まったことではない。会議は踊る、されど進行せず——半世紀ほども前、フランツ二世帝の御世、ウィーンの寵児たるド・リーニュ公がかの国際会議を評して言った名句は、この頃にはすでにこの地に抜きがたく染みついてしまっていた性質をごく控えめに言い表わしたに過ぎない。ワルツは政治的な用語を使えばまさに

〈革命〉であり、公共の場で男性が女性の腰を引き寄せ自分の腰に密着させて激しく旋回するという不謹慎さは、幾度となく禁止令を発せられたが、それは生き延びてついに宮廷にまで浸透したのである。

《プレジャー・ドーム》はまさにウィーンっ子の舞踏狂いにつけ入るようにして作られた舞踏場だった。しかも、その主は音楽の才はまるでないものと信じられてきたイングランド人である。その怪しいイングランド人興行師はウィーンにやって来て、去年の今頃だっただろうか、鉄骨を使った新しい工法を用いて、この〈悦びの殿堂〉を恐ろしい速さで作り上げてしまったのである。営業を始めたのは今年の謝肉祭のシーズンからだった。去年に発布された勅令によって四旬節の間にもダンスが許されるようになっていたので、それが彼らに幸いした。新しいもの嫌いのウィーンへの定着は意外にも速かった。

夜の《プレジャー・ドーム》は外にまで吊された数多くのガス灯に照らし出されて、この世のものではない不思議な美しさをたたえていた。場所はプラーターの南のはずれ近く、ドナウ運河がラントシュトラーセに向かって大きく湾曲し、もう一度プラーターの側に小さく湾曲するところ、そのプラーター側の湾曲の頂点の岸辺ぎりぎりの場所に建っている。一見いかにも市のはずれのようだが、市内からここに来るにはラントシュトラーセを抜けて運河を渡る一本道があるため、旧市街から毎晩通いつめるにも不便ということはなかった。

グザヴィエは他の大勢の踊り手たちと一緒に乗り合い馬車を降りると、しばらくは彼らと一緒に歩いていたが、やがて様子を見て少し道をそれた。ご婦人方の香水の香りが漂う玄関口を離れると、ドナウ運河に面した側に廻りこんだ。

　そのまま円形の壁沿いに行き、ドナウ運河のほうに向かう。その名の通り短い円筒の上に丸屋根を載せた《ドーム》は、真ん中がふっくらと盛り上がるように焼かれたトルテのような形をしている。全体はややクリームがかった白の漆喰で塗られ、円蓋にはイスラムの寺院を思わせる金の縁取り、壁には深い陰影をたたえた布襞、そして円蓋に近い上部をオーストリアの旗になぞらえた赤のリボンが取り巻き、色とりどりの花々がまき散らされている。遠目にはいかにも豪華なそれらの飾りは、実はみな絵の具で描かれた騙し絵なのだった。しかも、こうして間近に見ると、あちこちにいくらか剝げたり色褪せたりしている部分が見え、何かしら街娼の厚化粧じみたところがあった。

　中は、一本の支柱も立てずに広々とした空間を確保した巨大な穹窿《きゅうりゅう》で出来た円形舞踏場を中心として、幾つかの控えの間、玄関ホール、彼らが誇らしげに〈ＶＩＰルーム〉と呼ぶ特別な常連客のための小部屋などから成り立っている。円形舞踏場はその巨大さの他にも幾つかの驚くべき特徴を持っていた。まず人目を引くのはその照明である。舞踏場は劇場のように高い吹き抜けになっているのだが、その穹窿からは、化学反応を利用して様々な色を出すガス灯が設置され、それらはどういう仕掛けになっているのか、音楽に合わせて動いたり点滅したりするようにさえなっていた。そしてフロアは一度に数千人もが踊れる広さであり、正面奥の部分は特に上手な踊り手のための舞台として一段高くなっている。今やウィーンの舞踏狂の間では、《プレジャー・ドーム》の〈お立ち台〉で左旋回のワルツを踊ることが一つのステイタスとなっているほどである。

しかし、《プレジャー・ドーム》の最大の驚異といえる特徴は、何と言ってもフロア上にオーケストラが見当らないことだった。このことは開場当時には暴動を引き起こしかねない――他の都市においては大げさな比喩表現に過ぎないだろうが、ウィーンではこれはまさに文字通り本当のことである――ほどのスキャンダルとなったのだった。

もちろん、音楽がないわけではない。それどころか、シュトラウス楽団を全員動員したのより華麗だと思われるほどの音楽を使っているのだ。しかしそれでも、オーケストラが踊り手たちの前に姿を現わしたことは一度もなかった。彼らは、舞踏場の二階ほどの高さに設置された格子の向こう側で演奏しているのである。その格子は舞踏場をすっかり取り巻く形に作られていて、見た目には穹窿の飾りでしかないように思われる。しかし、舞踏場の側からは中を覗くことができないその格子の向こうには、何十人、いや何百人いるかも定かでない人数の大オーケストラが控えているはずなのである。

音楽は通常オーケストラ・ピットのある場所からのみ聞こえてくるものだが、《プレジャー・ドーム》ではそうではない。音楽はその格子のある場所、つまり、あらゆる方向から聞こえてくるのだった。天上から降りそそぎ、舞踏場全体を魔法のように包みこむ音楽の中で、踊り手たちはかつてない陶酔と悦び《プレジャー》に魂を奪われ、本能と官能をあらわにし、それこそ気を失って〈果てる《スペント》〉まで踊るのである。

しかも《プレジャー・ドーム》オーケストラの演奏たるや、ある評論家の言葉を借りるとするなら、まさしく「ウィーン宮廷歌劇場オーケストラ（すなわち、通称で言うウィーン・フィルのことだが）のレヴェルでハンス・フォン・ビューローが指揮するシュトラウス楽団的超熱狂音楽」であり、興行師自身の言い方によれば「ディープでグルーヴィーなサウンド」なのである。そしておそらく交替制にでもしているのだろうが、《プレジャー・ドーム》のオーケストラはたとえまる一晩であろうと、最後の一曲に至るまでまったく疲れを見せずに演奏しきるのだった。再び興行師自身の言い方をもちいれば、それは〈ノン・ストップ・レイヴ・パーティ〉なのだ。

奏される音楽もまた他の追随を許さなかった。流行のオペラ、オペレッタからの接続曲集《ポ・プリ》、まだ出来たてで出版されてもいないシュトラウス〈息子《ゾーン》〉の新曲まで、しかも本来は実際に踊るために作られたわけではない演奏会用の速いポルカやワルツをも含んでいたのである。《プレジャー・ドーム》は並のダンスでは満足できなくなった通人や、情熱と体力のあり余った若者たちを魅了しつくした。何という陶酔、何という激しさ、何という熱狂、官能、魅力、そして何という快楽！　《プレジャー・ドーム》は、本来はベッドの中でしか許されない快楽をこの広い舞踏場に持ちこみ、次から次へと相手を取り替えることを許したも同然だった。非現実的なイルミネーションと踊る人々の熱気の中で、極上のシャンパーニュの栓が無数に抜かれ、裾飾りのレースが空中高く蹴り上げられ、想像上の熱帯の花が咲き乱れる。激しい息づかいをもってその濃厚な甘い息吹きを胸いっぱいに吸いこめば、この悦楽の殿堂はまさにその名にふさわしい別天地となるのだ。舞踏場の正面奥、オーケストラのいる格子の段には、教皇が現われて祝福を送るにもふさわしいバルコニーが設けられているのだが、毎晩、音楽が始まるその前に、《プレジャー・ドーム》の司祭たる興行師モーリィがそこに現われる。そしてそのまだ少年とも言えるほど若々しいイングランド人は、極めつきの舞踏狂都市から集まった極めつきの舞踏狂たちに向かってこう叫ぶのだった。

——悦びの殿堂《ウェルカム・トゥ・ザ・プレジャー・ドーム》にようこそ！

すべて嘘のようだが、何もかも本当のことなのだ。話だけを聞いたなら誰も本気にはすまい。オーケストラは未だに謎のままだった。驚いたことに、興行師モーリィは一人の楽士も雇わないまま、前代未聞の大オーケストラを揃えて営業を始めたのである。レヴェルはウィーン・フィル級ということもあって、非番の宮廷劇場楽団員の副業説さえ流れたが、たとえ宮廷歌劇場を総動員したところで、連日この人数とレヴェルを供給することはどう考えても不可能だった。もちろん非番のシュトラウス楽団説もあった。しかし、それもやはり問題外である。それどころか、楽器を抱えた人間が一人でも出入りしているところを見た者さえいないのだ。

グザヴィエはドナウ運河の岸辺までやって来た。《プレジャー・ドーム》はまさしくドナウ運河の縁ぎりぎりのところに建てられている。それどころかラントシュトラーセのほう、つまり向こう岸から見るとよく分かるのだが、その一部は運河にはみ出してさえいた。義足の楽士は低い柵に突き当たったが、器用にそれを乗り越えた。ガス灯のイルミネーションが届かない建物のすぐ足元のところに沿ってそのまま進む。中からはいつものごとく、音楽に可能な限りの快楽が鳴り響いている気配がするのだが、どういう作りなのか防音が効くらしく、気配以上のものは聞こえてこなかった。

大気がかなり冷えて、グザヴィエの無事なほうの足にも時々痛みが走った。四八年のパリ、あの希望を打ち砕かれた六月の最中に失ったほうの足は、まだそこについているかのように痛むことがある。グザヴィエは六月蜂起の記憶とともに、言いようにないやるせなさを感じて思わず立ち止まった。徒弟時代のこと、一人前のヴァイオリン職人になったばかりの頃のこと、サン・シモン、プルードン、ルイ・ブランらが夢見させてくれたアソシアシオンの夢。

「そういえば、昔、シュトラウス〈父《ファーター》〉がパリにも来たっけな。あの六月の十年くらい前だったかな……」

一瞬の感傷に我を忘れかけ、ふと気がつくと、背後から扉がきしむ音と足音が聞こえた。振り返ってみると、革の上着にはちきれんばかりの筋肉を包んだ若い男が、裏口らしい扉から出てきたところだった。

「何だてめえ、どっから入って来やがった」

「ああ、この辺りは入ってきちゃいかんのらしいな。すまないこった。どこに行ったらいいのか、よく分かんなかったもんでね」

「言い訳はいらねえや。てめえは何だって聞いてんだよ、糞ったれじじい」

「いや、あたしは人畜無害のヴァイオリン弾きでね。あんたここの人かい？　もしよかったら、ちょっとここの支配人《ディレクトール》さんに会わしてもらえんもんかな」

「支配人《ディレクトール》さんだぁ？」

「モーリィさんのことかな？」

　革の上着の男の後ろから現われたもう一人の若者がそう言うと、二人は外国語で早口に話し合ったが、すぐに革上着のほうが振り返って、拳をふり上げて悪態をつきながらグザヴィエを追い出しにかかった。乱闘や暴力の誇示を見慣れたグザヴィエは素早く形勢不利とみて退却を決めこんだが、彼が二歩も歩かないうちに、開け放しにされた扉から三人目の人物が現われた。逆光で姿こそよく見えなかったが、その声は間違いなく、毎夜《プレジャー・ドーム》への歓迎の一言を告げるモーリィに違いなかった。

　二人の若者はモーリィに向かってまた早口の外国語で話し始めたが、モーリィはそれをろくに聞きもせず二人を中に入らせると、寒そうに絹のスカーフをかき寄せながらグザヴィエのそばにやって来た。黒い髪を短くした頭、色白の輪郭がガス灯に浮かび上がる。

「ああ、ごめんなさいね」まだ子供っぽさを残した若いイングランド人は、見かけ以上に優しい口調で話した。「彼らはみんなリヴァプールから連れてきたがさつ者ばかりだから。ドイツ語も悪い言葉ばかり覚えちゃってて。それより、僕に会いたいって、あなた？　僕がモーリィです。もしや何か苦情でも……？」

「いや、とんでもない。あたしゃヴァイオリン弾きなんですが、もしできるんでしたら、ここで雇ってもらえんもんかと思いましてね」

　モーリィは女性的な笑いを洩らして、いかにも同情的な口調で言った。

「なるほどねぇ……そう、なるほど。でも、申し訳ないけど、うちはスカウトみたいなことはやってないのでね。そういうわけだから……」

「あんたにそう言われちゃしょうがないですな。まあ、人手が必要になったらいつでも声をかけておくんなさい。あたしゃ《月光《モントリヒト》》亭の楽士でグザヴィエ・デュポンってもんです。お忘れなきよう」

「分かった。でも期待しないでよ、マエストロ。と、いうわけで、どうもお疲れさま」

　モーリィはいかにも業界人といった口調でお決まりの挨拶を口にすると、ひらひらと手を振ってさりげなくグザヴィエを追い出しにかかった。グザヴィエは怪しまれないようさっさと《プレジャー・ドーム》を離れた。再び柵を乗り越えながら振り返り、モーリィとその背後の謎の水車小屋を素早く一瞥すると、モーリィは彼を見送っているつもりか、あるいはなにがしかの疑いをもって監視してでもいるのか、まだ外に出てグザヴィエの後ろ姿を見ていた。

第七番　第二楽章

パリ包囲が開始された。十五日にフェリエールで持たれたビスマルクとジュール・ファーヴルとの会見が失敗に終わったからである。ビスマルクは当然のこととしてエルザースとロートリンゲンの割譲を求め、ファーヴルはやはり当然のこととしてアルザスとロレーヌの割譲を拒んだ。首都包囲は交渉決裂の三日後、すなわち九月十八日に開始された。

秋から冬に向かって急速に増す寒さの中、食料配給の不公平の噂（悪いことに、これにはそれ相応の事実があった）、耐乏生活、粗悪な代用食、自治のための組織、対外戦争……あらゆることが行なわれる。ネズミの肉さえ売られた。これから朝方に薄氷さえ張るだろう旧革命広場にたむろする理想主義者たち、かつては亡命の身のマルクスを驚嘆せしめた〈社会主義を論ずる知的労働者〉たち、そして彼らの理想と情熱は、はたしてこの現実に耐えきれるのだろうか。パリにアルコール中毒が増加しているという噂が広まり始めている。

パリは大革命の頃のそれにも似た急進性を見せ始めている。もちろんプロイセンにとっても自由主義や革命的傾向はありがたくないに決まっているが、しかしプロイセンとしては、ああしたごたごたで消耗し嫌気がさしたフランスが、プロイセンと講和する――すなわちプロイセンの言うことをきく――執行政府を作るのならそれにこしたことはないのである。そちらの作業はビスマルクとモルトケに任されていた。その一方でベルンシュタインは、真新しい環状道路《リンク》に面したウィーン王宮《ホーフブルク》に参内し、時に皇帝執務室にまで通され、そこで慎重と単純、保守主義と伝統主義のないまぜになったオーストリア皇帝を相手に、ロシアの噂と大革命の歴史、四八年の思い出などをちりばめたつかみどころのない話をして過ごさなければならなかった。

ベルンシュタインは日増しに苛立ちをつのらせていた。十月になってもメッツの要塞はまだ落ちていなかった。そしてヴェルサイユとベルリンからの電報だけではなく、グザヴィエがもたらす情報にも行き詰まりの兆候がはっきりと顕われはじめている。グザヴィエは毎朝、楽器を抱えてケルントナー・リンク街までやって来ると、ベルンシュタインの滞在する続き部屋《アパルトマン》の居間で二、三曲演奏し、公爵が手ずから入れる朝食のチョコレートを堂々と飲み、いくつかの情報をもたらして帰っていった。

しかし日を追うごとに報告すべき情報は目に見えて減ってゆき、手だれの間諜であるグザヴィエにも焦りが見え始めた。彼はかなり危ないところにまで踏みこんでいるらしいのだが、それでも、ベルンシュタインがもっとも必要としているものはまだ手に入らなかった。

ベルンシュタインがもっとも欲しているもの、それは《魔笛》そのものである。

「やっぱり無理でしたわ。あれは、売人の目の前でヤル客にしか売らんのですわ。売人が出没するのは舞踏場とか居酒屋、つまりその場に音楽があるところばかりですからね。《魔笛》をヤッて音楽でイッちまうならここで充分、他に持ち出す必要なんぞないはずだ、ってなわけで。持ち出し禁止。売人ってのはみんな見るからに下っぱのごろつき風なんですがね、これが案外、難物なんですわ。連中はえらく目はしのきく奴らばかりで、ちょろまかしができませんでね。その上、どんなに金を積んでも、奴ら、この持ち出し禁止の規則にはえらい忠実で、あんまりしつこく言うとこっちが目をつけられかねないんで、どうにもなりゃしませんわ」

「見た目はチンピラだが、業務には帝国役人のごとき忠誠を発揮しているというわけか。おそらく、連中も何者かに監視されているのだろうな」

「あたしもそうだろうと睨んでますがね。わりに近いところに元締めだか監視人だかがいるんじゃないでしょうかね」

しかもその管理は、少なくともこれまでのところはかなり成功しているようだ。よほどしっかりした体制を取っていると見える。ベルンシュタインは、かつて自分自身が《イズラフェル》の周囲にしいた厳しい管理体制を思い出し、苦い思いを味わった。親玉はかなりの権力と組織を持っているに違いない。そして、拠点となる場所がすぐ近くにある。

グザヴィエは彼のその考えを読み取ったように、いくつか《プレジャー・ドーム》のことを話した。水面下ではすでによく知られたことだが、あそこは確かに、《魔笛》の売人と常客の〈溜り場〉だった。しかしそれ以上のことは、まだグザヴィエにもつかめていなかった。
ベルンシュタインはため息をついた。早起きの皇帝陛下が待つ王宮《ホーフブルク》に参内しなければならない時間が近づいている。グザヴィエは、ベルンシュタインの身勝手なピアノに引きずられてモーツァルトを一曲弾かされると、ラントシュトラーセに帰っていった。

　フランス！　オーストリア帝国！　イタリア！　《魔笛《ツァウベルフレーテ》》！　そしてベルンシュタインにはまだ幾つもの気がかりがある。マリアを演奏会に連れていってやるのもままならず、自分自身の音楽に関する計画も完全に棚上げになっていた。ウィーンの秋は一気に冬となる。重い鉛色の雲に聖シュテファンの尖塔が突きささり、野外の演奏会はとっくに行なわれなくなっていた。せめて何か一つの進展があれば！　ウィーンに居ること自体が堪え難くならないうちに！　メッツのバゼーヌ将軍が白旗を上げるのは明らかに時間の問題だ。ヴェルサイユからの電報は彼に待機を指示し、王宮も模様眺めの態勢に入る。死にかけた病人の枕元で、遺言状を手にしてその時を待つ風情だ。

　しかしこのことでいくらか時間的な余裕を得たベルンシュタインは、何日かぶりでマリアに会いに行った。彼女はツィルク夫人のもとでとても大事にされているらしく、彼が持たせたのではない新しい薔薇色の部屋着を着て、見晴らしのよい部屋で垂れ耳のパピヨン犬と戯れていた。が、ベルンシュタインはすぐにそれに感づいたのだが、彼女はエーデルベルクでは見せなかった不安そうな様子をしていた。やはり、こんな人目が多い異郷の都会に置いておくのはよくはないのかもしれない。

ベルンシュタインの心配をどこまで理解したのかは定かでないにしろ、マリアは逆に彼を慰めるように、その手を取って弱々しく握りしめた。指先が少し冷たい。

「私に……」

「……？　マリア？」

「私に……音楽を聴かせて……最高の……最高の音楽を……」

普段はまったく言葉を発しないマリアが口にする、ほぼ唯一の言葉。彼は久しぶりにそれを聞いてはっとした。一瞬、メッツの要塞も王宮もどうでもよいような気持ちに駆られる。何にも優先してマリアに音楽を聴かせてやらなければ。そして幾人かの音楽家、とのほかフランツ・ヨーゼフ・マイヤーのことを考えなければならないだろう。

金曜日の午後遅く、練習中の指揮台に一枚のメモが届けられた。

――来客につき、早めに終わらせてください。

フランツはそれをちらりと一瞥しただけで譜面台と総譜の間にすべりこませると、右手に振り返って言った。

「第二ヴァイオリン……その一九一から一九三小節のeとaはどっちも開放弦で弾かないようにに。誰かいるでしょう？　目立ちますよ」

演奏が困難でしかたなしにそうするような箇所ではない。彼らは明らかに何らかの意図――

―それが何であるかは想像しないほうがいい――をもってそうしているのに違いないのだ。フランツが第二ヴァイオリンが占める右側を向いている間、その反対側でコンツェルトマイスターと次席奏者が視線を交わして肩をすくめた。――おいおい、そんな奴いないって、坊や。しかしフランツの視線の先では、第二ヴァイオリン後方の一列が、おや、ばれちゃったのかい、といった調子でにやりと笑った。

フランツはあえてどちらも見なかったふりをして、総譜を数ページめくった。練習番号B……いや、一四四小節目から。弦の対位法が気になる。どうしても……そう、ここは単なるつなぎではないのだ。

「一四四小節目からもう一度。木管からヴァイオリン、順に入って」

伝令にされた事務員はまだその場を去らずに、指揮台の後ろで何か言いたげにもじもじしている。本音では、今すぐ練習を切り上げろと言いたいのだろう。フランツはそれを完全に無視した。こちらも本音なら、思いきり嫌な顔をしたいところだ。だが、それを団員たちに見られるのはもっと嫌だ。

彼は長い腕をのばして木管にアインザッツを出すと、すぐに弦五部の注意を引きつける。その間、金管の一群を黙っていろという意味の睨みをきかせ、弦の中に交互に出てくる十六分音符のフレーズに注意を向ける。ティンパニとトランペットは、どうにかピアノで入ったが、クレシェンドをやり過ぎたあげく、ほとんどディミヌエンドしない。

何てこった。……まあいい。問題は一八三小節からだ。対位法はそれぞれの旋律が歌っているだけではなく、縦の線がそろっていなくてはならない。各声部が違うものでありながら、それらは全てが同じ一つのものであり、一つの音楽の一部でありながら、それぞれが己れの存在意義を持った何にも代用できない固有のものである音楽。それが対位法だ。個であることと部分であること、相違性と同一性、独立と統一……そのどちらの一端が突出してもいけない。楽典的な構造に関わることを繰り返すのはやめた。どうせ陰で、若造の定員外副楽長に音楽の授業をされるのなんかまっぴらだと言われるに決まっている。

「まだクレシェンドしない！　木管が入ってからだ！」

……まだだ。もう少し。もう…少し。この快楽を引き伸ばすような一瞬があってこそ……そう、少しずつ……ホルン……ティンパニの連打があって……一気に……

この緊張感のなさはいったいどうしたことだ！

フランツはまったく気がつかなかったが、事務員は諦めて指揮台のそばを離れた。彼が練習室から出ようとした時、それとすれ違うようにして、背の高い、いかにも貴顕の士らしい男が入ってきた。事務員は慌てふためいてその男を押しとどめようか、何か言い訳をするべきかと迷ったが、入ってきた男はきっぱりとした態度で事務員を黙らせ、下がっていいと身振りで示した。

「コーダまでやる！　転調してもテンポ緩めないで！　カンタービレ…」

十六分音符の細かなリズムから、それよりはいくらか緩い三連符のリズムへ。その移行ができるだけ滑らかであるように。ホ短調からホ長調へ。

しかしオーケストラにとって、指揮者とはいったい何者なのだろう？　ことに、彼のようにどの団員よりも年若い指揮者は？　ある種の名状しがたい不思議な一体感とともに、決して完全な仲間にはしてもらえない敵対関係がある。認めたくはないが、それはあるのだ。確実に。とりわけ彼ら宮廷歌劇場オーケストラ――ウィーナー・フィルハーモニッカーは、自我意識を持った一人の人間のようであり、そして複数の違った部分で成り立ちながらも統一された国家のようでさえある。それ自体に一個の生命体のごとき有機的な自己完結性があり、その扱いには、時に首席指揮者のデソフでさえも持て余す。確かに彼らは比類なく優秀であり、どんな要求にも応える能力がある。もちろん、それは要求に従ってくれた場合に限り、だ。

第一ヴァイオリンの一群に向かって鋭く振り返った瞬間、その指揮者の横顔がベルンシュタインにもちらりと見えた。ベートーヴェンのアレグレットに、あるいは自分自身の音楽に没入していることがはっきりと見て取れる（単なる練習《プローベ》に過ぎないというのに！）。背丈はさほど高くもなく、太っても痩せてもいず、濃い金色の髪を流行よりやや短めにした、これといって突出したところのない三十前の若い音楽家。面立ちはややシューベルトの肖像を思わせるが、決定的な違いはその目だ。彼はごくありふれた、角度によって青みがかって見える薄茶色の目をしていたが、それには並はずれた熱気と挑戦的でさえある活力に満ちている。

フランツ・ヨーゼフ・マイヤー……ベルンシュタインは彼をよく知っていた。彼が練習の時でさえ今のような演奏をしている以上、あの瞳の色合いは、かつて公爵が普墺戦争の前に見たのと同じ光に満ちているに違いない。少し痩せたようにも見えるが。

ベルンシュタインは今までに二度、フランツ・マイヤーと関わりを持っていた。一度は、彼自身が爵位を継いでいない頃、まだ子供だったフランツのヴァイオリンの才能を高く買い、手に入れたばかりの銘器を貸し出したことがあった。そしてもう一度は四年前、ウィーン音楽院生だった彼の後援を考えたことがあったのである。フランツに対する後援は、一度目は様々なごたごたの連続があってうまくいかず、二度目も戦争によって実現しなかった。ベルンシュタインはそのことにどうしても負い目を感じているのだ。そして今、マリアの心を捉える才能があるとすればそれは彼ではないかと、彼は半ば確信とも半ば祈りともつかない気持ちでそう思っているのだった。

再びホ短調。ここから先はコーダだ。単純な音形とピアニシモ。しかし緊張感は失ってはならない。最後に一度だけフォルテになるのだが、そこは……。

トゥッティのフォルテはうまく入らなかった。それどころか、誰もが練習の終わりのことしか考えていないのかもしれない、何人かはピアニシモにならないうちに早めに切り上げた。フランツは最後まできっちり指揮棒を振り下ろしてから顔を上げたが、彼にできたのは、誰かが帰り支度を始めるより前に練習の終わりを宣言することだけだった。

「お疲れさま……今日はここまでで……」

フランツがそう言い終わらないうちに、金管群が申し合わせたように立ち上がった。それとほぼ同時に、いつの間にか彼のすぐ後ろにやって来ていた練習室管理人が、できるだけ小さな声で彼の注意をうながした。ひどく気に病んだような目つきで見上げる管理人を指揮台の上から見下ろすと、フランツは彼の心配をわざと無視するように、練習室の出口に向かう団員たちにも聞こえるような声で言った。

「分かってますよ。あなたが何を言いたいのか。それに、誰が来ているのかということもね。何度も言うようだが、僕は彼に会うつもりはまったくありませんから」

「しっ……マイヤーさん、そんな大声で……あのですね、今……」

「僕は誰に聞かれても構いませんよ。あなただって、僕がそう言うと分かっていたはずだ。だから、あなたはわざと誰が来ているのか書かなかったんでしょう？　あの件をどうしてもと言うのなら、僕のところになど来ないで直接デソフさんのところへ行くべきだ」

「……マイヤーさん！」

「今は顔を見るのさえ嫌なんだ。帰ってもらってください」

「もういい。分かった。君の望み通り帰ることにしよう」

フランツは反射的に、その声の方に振り返った。

「……ベルンシュタイン公！」

「残念だったな。おそらく会いたがりはしないだろうと思ってはいたが、まさかそこまで嫌われてようとは」

ベルンシュタインは、彼のもとに突進してきて跪《ひざまず》きかねない管理人に手を上げてそれを押しとどめると、ゆっくりと立ち上がって、この光景を興味深げに眺めていた団員たちの前を抜けて出口に向かった。フランツは両腕に抱えていた総譜を取り落とした。

「待ってください！　僕は……僕はまさかあなただとは……」

ベルンシュタインは立ち止まって振り返った。

「……僕は、その……違うんです……僕はあなたじゃなくて……」

「分かった。少なくとも、嫌われているのは私ではないようだな。もしそうなら、これから少しつき合ってはくれないか？」

公爵はそう言うと、フランツの返事を待たずに再び歩き始めた。練習室に残っている数名の楽員たちは、安堵と同時にやや落胆の表情を見せている。フランツは足元の楽譜を拾い直すと、指揮台から飛び降りて公爵のあとを追った。


外はもうすでに暗くなっていた。オーケストラや歌手たちが出入りする楽屋口からフィルハーモニア通りに出ると、ベルンシュタインはそのまま真っすぐにアルベルティーナー広場を横切って王宮の方に向かった。彼はフランツを無視するかのように何も言わずに歩を進めたが、機嫌を損ねたような様子はなかった。フランツは行き先を聞かずに後に従った。

「お久しぶりです。それなのに、こんなことを……本当に申し訳ありません。まったく違う人のことだとばかり思ってたものですから。あなたがウィーンにいらっしゃることさえ知りませんでした。てっきりメッツにいるものだとばかり……」

「ひと月ほど前からここにいるが、みんなそう思っていたらしい。何処に行ってもそう言われるよ。隊は副官に任せてパリに遣った。メッツのほうも問題はない。おそらく、ウィーンのどの新聞の予想より早く落ちるだろう」

「それでは、ウィーンには休暇で？　それとも政治的な用向きですか？」

「だいたいそんなところだな。まあ、そんなことはどうでもいい。私は音楽家相手に戦争や外交の話をしに来たわけではないからな。私のほうは何もかも順調だ。君のほうはどうなんだ？　パトロンはついたようだが、違うかな？」

「いいえ全然！　僕なんかにいったいどんなパトロンがつきますか？　何故そう思ったんです？」

「音楽家があれほど会いたがらない相手と言えば、パトロンに違いないと思ったんだが」

「そんなんじゃないですよ。あれは……何て言うか、同業者と言うか…僕の昔の音楽の先生だった人なんですが……」

「先生？　それにしてはひどく嫌っていたな。そんなに嫌な奴なのか？」

「いいえ、そんな、嫌な奴だなんてとんでもない。あれはただ勢いで言い過ぎただけです。最近ちょっともめたことがあったので、つい……」

「もめた？」

音楽家は少し迷ったが肯定した。ベルンシュタインはやはり何も説明しないまま、アルベルティーナー宮沿いに真っすぐ新王宮《ノイエ・ホーフブルク》のほうへ向かっている。公爵は衛兵の挨拶を受けると、彼に何事かを尋ねたが、やがてまた先へ歩き始めた。

「ちょっと待ってください。いったい何処へ……？」

「君に会わせたい人がいる。行けば分かるよ」

公爵はアルベルティーナー宮と新王《ノイエ・ホーフブルク》宮の間を抜けて行こうとしている。どうやら行き先はスイス宮らしい。皇帝の居城である。

「それで？　いったい何があった？」

「あ…あのことですか……もめたとは言っても、何か争い事のようなことがあったわけではないんです。ただ、彼は今年、交響曲を持ってきたりしたもので」

「交響曲？　ウィーン・フィルにか？」

「ええ。デソフさんに見せにきて」

「で、それがまたとんでもない駄作だった、と」

「さあ、どうだったんでしょうね」

「何だ、君は総譜を見ていないのか？」

「いいえ見ましたよ」

「音楽家が楽譜を見て分からないというのはどういうことだ？　君は専門家だろう？」

公爵は彼を連れたままスイス宮に入った。フランツはまた一瞬返答に窮したが、すぐに思い直して今年の三月のことを簡単に説明した。彼の先生の持ちこんだ交響曲はいったんウィーン・フィルによって試奏されたが、デソフにも団員たちの誰にも把握できないままだったという。デソフは作曲者に、この曲のいったいどのあたりが主題なのかと聞いてみたが、作曲者は何かひどい酷評でも受けたかのように怯えて作品を引っこめてしまった。そのくせ、未だに自作を演奏してもらいたがっているのか、時々、いろいろと理由をつけてフランツのところにやって来るのだ。フランツはそれでも、自分自身を弁護するかのようにつけ加えた。彼には才能がないわけでは決してない、何故なら、彼は帝国一のオルガン奏者なのだから、と。

ベルンシュタインは微笑まずにはいられなかった。どうやら自分は、彼が今、もっとも会いたがらない人物のところに彼を連れてゆこうとしているらしい。しかしあの教授が交響曲を書いているとは。どうにも信じがたいことだが。

短い廊下を抜けて礼拝堂の扉を開けると、中からオルガンの音が聞こえた。フランツははっとして、公爵に率直に非難の視線を向けた。

「あなたはまさか、僕をブルックナー教授に会わせるつもりでわざわざ王宮なんかに連れてきたってわけですか？　どういうつもりです？」

「いや、会わせたいというのは別な人物だ。より正確に言うなら、会わせたい人がいると言うより、見せたいものがあると言ったほうが正しいな。しかし、それを見せるにはどうしてもブルックナー教授が必要だ。悪く思わないでくれ」

ベルンシュタインはフランツを押しやるように王宮礼拝堂《ホーフブルクカペレ》に入らせた。オルガンの音が礼拝堂いっぱいに広がる。中にいたのは、少女と女中を連れたツィルク子爵夫人と、皇后付きの女官らしい婦人が二人、地位の高い文官が一人、そして聖具係の若い助祭が一人だけだった。ここは町中の教会のように人の出入りが多くないので、公爵の目的にとってはもっとも好都合な場所だった。

フランツは、祭壇の福音書側に席を取っている夫人のもとに挨拶をしに行こうとしたが、夫人は音楽に集中しているらしく、二人に軽くうなずいてみせただけだった。ベルンシュタインはやはり軽くそれに応えると、フランツを祭壇から離れた所に連れていき、席に着かせた。音楽はバッハだった。コラール・パルティータの第三変奏……いや、第四変奏がちょうど始まったところだ。聖具係はやはり音楽好きなのか、蠟燭の手入れをするふりはしているが、実はうわの空で、オルガンの方をよけいに気にしている。

フランツは再び、どうするつもりなのかをベルンシュタインに尋ねかけたが、ベルンシュタインはそれを許そうとはせず、蠟燭の暗い明かりの中でさえ時おりはっきりと青に光る瞳でフランツを見据えると、彼に対する尋問を開始した。返答は軍律的に絶対なのだ。ベルンシュタインは明らかに、彼の職業の現在についての興味を見せている。フランツは動揺していた。あまり期待しすぎてはいけないのだ。

「パトロンの件はともかくとして、その他の点ではどうなんだ？　去年の末に老ティルマンが亡くなって、そのおかげと言っては何だが、君は練習指揮者の地位は脱したと聞いているが」

「いいえ。僕自身の地位上の変更は何もありませんでした。確かに、彼の死で演奏会日程に空白が生じて、結果として僕も一度、謝肉祭シーズンに新しい楽友協会に出演できる機会を得ましたが……でもそれは幸運としてはあまりにもささいなものです。彼の死は、僕にはむしろ高くつきましたよ」

　確かにその通りだった。彼は最大の庇護者を失ったのである。音楽院時代からフランツに目をかけてくれたのも、ウィーン・フィルに引っ張りこんでくれたのも、そしてフランツを軽んじようとする楽員に睨みをきかせてくれたのも、みんな老ティルマンだったのだ。宮廷での地位が無給の練習指揮者である以上、個人教授で食いつながなければならないが、ティルマン教授の推薦という護符を失った今、それも以前に増して厳しいものとなっているはずだ。

「ただ、今年になってヘルベックさんが宮廷歌劇場監督に就任されたので、いくらかの恩恵は受けました。今年の夏に代役で一度オペラをやらせてもらいました。その時はとても上手くいったということもあって、今年の後半はマチネを三回やらせてもらえることになりました。まだ二回残ってます。明後日とその二週間後に一度ずつです」

「もしや、さっきのベートーヴェンは君自身のプログラムかね？　だいぶ大物をやるようだな」

「ええ。この曲だけは明後日とその次と、二度ともやります。七番はいつでもどこでも人気の演目ですからね。僕なんかがやっても客はそこそこ入るだろうというわけです。もしティルマン教授が知ったら、それをやるのは早すぎると言うかも知れませんが。しかし……悠長なことは言っていられません。少しくらい危険を冒してでも先に進まないと」

「そうだろうな。無給の定員外宮廷楽員のままではキルヒベルガー嬢との結婚もままならないだろうし」

「そんな……ヘルミーネのことまでご存じなんですか？　参りましたね。でも、まだ何も正式には決まってませんよ。この先どうなるか分かりません。しかし、彼女は、今はまだ若いからいいようなものの、歌手としてはそれほどのものでもありませんから、どうせなら人気に翳りが出る前に引退させてやれるほうがいいとは思っています」

「歌手としてはそれほどでもない、か。恋人としてはえらく冷静だな」

「彼女には言わないでくださいよ！」

ベルンシュタインはにやりと笑ってうなずいた。オルガニストは第二手鍵盤のフレーテ管を素早く変更すると、第五変奏を開始した。

守護者の死。カール劇場歌手の恋人。上昇しなかった地位。その上楽員たちは、相変わらずフランツをデソフの雑用係くらいにしか思っていなかった。フランツは楽団の悪口にならないよう慎重を期したが、彼が何を言いたいのかベルンシュタインにはよく分かった。フランツが何かひとこと言うたびに自分の境遇を自嘲するような言葉をはさむのも、だんだんとその口調に焦燥がつのってゆくのも、理由のないことではない。もっと自分を認めさせる機会が欲しいのだ。

聴衆から賛美を受ける機会がない限り、楽員たちはいつまで経っても彼を下請けの練習指揮者だとしか思わないだろうし、そしてそうである限り、彼を聴衆に認めさせる機会はやって来ない。互いを束縛し合う二つの課題。それは、この丁稚奉公の長い職種にある者のすべてが通って来る道なのだが、彼の性急さは力ずくでその距離を縮めたがっている。今やそれは、生き急いでいるというより死に急ぐ速度に達している。

彼には、自分の経歴を少し思い出させてやる必要があるらしかった。

「僕は別に、また誰か病気になって代理の役が回ってくればいいとまで思っているわけではありません。しかし、僕だって来年にはもう三十歳になるんですよ。たいていは……」

「君は医学部を辞めて何年になる？」

「それは……五年、いえ、ちょうど六年になります。どうしてです？」

「音楽院にいたのは確か三年だったな？　つまり、訓練期間を差し引いた実戦経験はたったの三年というわけだ。その程度の経歴で一度でも楽友協会の指揮台に立った音楽家がいったい何人いる？　出世の速度は並以上に、いや、異例と言っていいほど速い。そのことを忘れるべきではないだろうな」

「確かに……僕は音楽家としての始まりが遅かったですから。しかし、あなたは誰よりもよくご存じでしょう？　僕は子供の頃に〈神童〉とまで呼ばれて、普通よりは距離を稼いでいますし――確かに一時は音楽よりも医学を選んだこともあります。それは家系の慣例である以上に僕自身の選択でしたから、そのこと自体は後悔していません――その空白期間を置いても、音楽院の試験はまったく苦労しなかったし、ヴァイオリンの腕は落ちていなかった―

—むしろ上がっていたくらいですよ！——音楽院の課程も普通よりもだいぶ早めに終わらせています。プローベなしのオペラも成功させた……僕に実力がないと思いますか？　もっと相応の機会が与えられてしかるべき能力が？」

「夏に君が一度演奏会を任されたのは聞いている。しかし、その時の評判はあまり良くなかったそうだな。いや、有り体に言ってかなりひどかったと聞くが」

「当然でしょうね！　ここはウィーンですから！」

なるほど、さもあろう……ここは初陣を飾るにはあまりに苛酷な戦場である。敵は百戦錬磨、装備は旧弊ながら戦術は最高で、しかも手加減は一切ない。それに対し、こちらの司令官は普通以上に戦闘経験の少ない元医学生、オーバーエスターライヒ出の田舎者、実際の歳よりだいぶ若く見える若造、そのくせ自信と自意識は人一倍強いときている。ベルンシュタインはもちろん、その自信にはそれに相応の才能があることを以前から知っている。だが、指揮者としてやってゆくには、音楽の才能だけではどうしようもないこともまた事実なのだ。

二人は黙って第九変奏を聞いた。ミクスチュア群にほんの少し変化を加えるだけで、オルガンは見事なまでに変身して新しい音響を紡ぎ始める。次の変奏が始まると、フランツが再び口を開いた。

「あなたが何を言いたいのか、僕にも分かっています。そしておそらくはあなたのほうが正しいのだろうということも。ウィーンの聴衆とは、何年もかけて少しずつ理解し合っていかなければならないでしょう。そう……何十年もかけて。しかし聴衆に媚びる必要はないし、僕はそうするつもりもまったくない。ハンスリックに気に入られるか、ワグナーの取り巻きに加わるか、そんなことも……あなたになら打ち明けていいでしょう、そんなことはどうだっていい。ただ、聴衆との関係には時間が必要だとしても、少なくとも……せめてオーケストラとの間にもっと理解があればと思いますね。聴衆に理解されるためには、まずオーケストラから僕の求める音楽を引き出さないと」

確かにその通りだ。問題はもう一つあった。彼が率いる軍は、事実上コンツェルトマイスターを隊長に据えた傭兵部隊だということである。彼らは司令官に魂まで売り渡すことは決してない。

「僕はそのためにプローベに力を入れたいのですが、僕が自分の演奏会のために練習の時間を長く取りたがるのも、同じ演目を繰り返してやりたがるのも、彼らは僕に自信がないからだとしか思っていない。彼らはあまりに本番に慣れ過ぎていて、すでにできる曲を何度も練習させられるなんて馬鹿馬鹿しくてしかたがないんです。しかし練習というのは、同じことを何度もやるというだけのものではない。僕とオーケストラとの間に理解を築いてゆき、その曲に対する概念を作ってゆく場ですよ。……彼らはそのことを解ってくれているのか……すべては相互関係ですからね。僕は独裁者でもなければ、彼らのメトロノームでもない。僕は中世の王のようなものですよ。あるいはハプスブルク以前の皇帝です。同族の長――僕たちは等しくありながら、それでいて僕はその長なのです。僕は命令を下しているわけじゃない。しかし、お願いをしているのでもない。僕はオーケストラと理解し合いたいんです。聴衆と理解し合うのも、音楽の理想を追求するのも、まずそれがなければ」

ベルンシュタインはその一言を聞き逃さなかった。

「……音楽の理想？」

「ええ。僕が最終的に求めるのはそれです。音楽の理想。あるいは理想の音楽。僕がやりたいのは、大衆を手っ取り早く喜ばせるお手軽な音楽でもなければ、通人だけを感心させる高尚ぶったまがいものでもない。最高の理論家も、耳の肥えた評論家も、音楽のことなどまるで解らないという大衆や辻楽士のシュランメルンしか聞いたことのない労働者までも……つまり、それを聴くすべての人間を魅了し去る、本物の音楽の理想です」

「理想という言葉を口にするのはたやすいことだ……たいていの場合、実現されたその理想を人の前に差し出すことができないだけに、それはなおさらだ。実は理想など持っていなくともそのふりをし続けることとさえできる」

「僕は違います。僕は……。分かっているはずなんです。僕自身の理想、あるいは、誰にとっても真に理想である音楽……僕はある曲を頭の中に思い描く時、その曲は現実の演奏会では一度も聴かれたことのないほど完璧な姿で顕われる……そこに、つまり僕の頭の中に、理想の音楽が存在するのです。あるいは僕は、誰もが生まれる前には知っていたはずの理想の音楽を思い出そうとしているのかもしれない」

「君はプラトン主義者かね？」

「そう意識したことはありませんが……そうなのかもしれません」

「君にとってのみの理想の音楽ではなく、普遍的な理想の音楽が存在すると？」

「……はい」

ベルンシュタインは表情こそ変えなかったが、内心では微笑まずにはいられなかった。昔はこれほどではなかった。しかし今の彼はまるで、私が何を求めているのかを見通してでもいるかのようだ！　その調子だ。もっと言うがいい。オルガンは第十変奏を終えて、最後の一つを始めようとしている。ベルンシュタインは、もはや蠟燭の手入れのふりさえやめてバッハに聴き入っていた聖具係の助祭を呼ぶと、伝言を伝えて楽楼《トリビューヌ》に向かわせた。

「僕はオーケストラを少しでもその理想に近づけようと努力するのですが、しかし……弦のごくわずかなレガートの曲線も、フルートのほんの一瞬の、そう、八分音符の、たった三度の跳躍も……あるいは休止《パウゼ》の沈黙でさえ……何もかもが違う。僕はそれを伝えたくて繰り返しプローベをやるのですが……時には僕自身も驚くほどに理想的な一瞬がやって来ることもあります。しかし、それは繰り返されることはない……楽員たちだって、全員が僕よりも経験の長い老練家なんですからね、音楽が少しでも理想の境地に近づいた時の、あの何とも言い表わしがたい至福の瞬間を知っているはずです。しかし彼らは、それを捕まえていようとしない。僕はもどかしくてたまらないんです。手足を縛られているようだ……。どの方角に行けばいいのか分かっているのに、僕の足は地面にくくりつけられたままなんです」

　この若い音楽家は、自分を中世の同族的な王だと言った。しかし彼自身も自覚してはいないのだろう。彼はむしろ東方的な専制君主に他ならない。それはそれでいい。むしろそうであるべきなのかもしれない。

「君はそれをする自信があると？」

「はい。時間はかかるでしょうけれどね。せめてその手段さえあれば……」

手段……そう、そのための手段だ。それは最高のオーケストラであり、副業の必要のない生活であり、ウィーン流の陰謀のない劇場である。

「私がその手段を……」

「……え？」

フランツは性急に聞き返したことを次の瞬間には後悔した。しかし、両者の間にはもはや以前のそれに似た暗黙の了解があった。

「私がその手段を提供できるかもしれない。しかし、慌てないで最後まで聞いてくれ。まだ確約はできない。私は今、長年の夢を実現させようとしているところなのだ。……それが何であるか、君は知っているはずだ。そうだろう？　しかし今回は、私は公国の財政とベルンシュタイン家の私産とで可能な限りのことをするつもりだ。ただ一人に全てを賭けるのだ。エーデルベルクの既存の宮廷楽団ではなく、彼のために新しい、可能な限り水準が高く、そして彼に忠実なオーケストラを組織する。新劇場を造ることも考えている。バイエルン王以上のものをね。作曲をするのなら、出版など思いのままだ。ヨーロッパ中にその楽譜を行き渡らせてやろう。私自身としては、君が最有力候補だろうと睨んでいる。おそらく君が選ばれるだろう……そうあって欲しい」

フランツは息を詰めてその言葉を聞いていたが、彼は不意に、あることに気づいた。

「おそらく、とはどういう意味です？　あなたが選ばれるのではないのですか？」

「その通り。私が選ぶのではない。これは天才少年に楽器を貸与したり、音楽院を出たばかりの新米音楽家に生活費を出してやるのとはわけが違う。まったく違う。分かるね？　絶対に確実な者を選ばなければならない。しかし私にも自信がないのだ。君が本当にそれに値するかどうか、私にも判断できない」

「ではどうやって？　選考委員会でも置きますか？」

ベルンシュタインは、評論家の類へのあからさまな軽蔑を見せてそれを否定した。それこそ冗談ではない。それはわざと理想から遠ざかる手立てに他ならない。若い音楽家は不安と焦りを隠しきれない目でベルンシュタインを見つめ返した。変奏がコーダに向かう。聖具係に託した伝言は届いただろうか。終止和音が礼拝堂の穹窿いっぱいに響き渡る。公爵は振り返ってマリアのほうを見た。放心したようでもあり、集中しきったようでもある瞳は楽楼のほうを見上げている。

「私は今や、最高の選定基準を持っている」

「何ですって？」

「閣下！　公爵閣下!!　お久しゅうございます！　いらっしゃっているとは、その、まったく気づきませんで……その、どうもたいへんに申し訳ないことでございます！」

聖具係は使命を果たしたようだ。ブルックナー教授は楽楼から転げ落ちかねないほど身を乗り出し、なりふり構わず大声で叫んでいた。礼拝堂を出ようとしていた女官たちはくすくすと笑いながら退出し、バッハの余韻を叩きのめされた文官は眉をひそめた。

「本当にもう……失礼つかまつりました！　今すぐそちらに……」

「いや教授、それには及ばない。それより、聞いたね？　即興をやって欲しいんだが」

「あ……は、はいはい、はい！　即興でございますね！　はい。承知いたしました！」

教授はまたあたふたと奏者席に戻っていた。第一手鍵盤をプリンツィパールに戻し、第二手鍵盤をフガーラ、足鍵盤をヴィオロンに調整すると、パルティータの第八変奏に現われたオルゲンプンクトを使い、その主題をゆっくりとユニゾンで弾き始めた。

彼が楽楼から顔をのぞかせていた時とは雰囲気が一変する。ベルンシュタインは再びマリアのほうに振り返り、そのままマリアを見つめていた。左手に主題が移り、右手に対旋律が現われる。思わず息を呑むような対旋律！　いったい誰がこんな音を瞬間的に考えつくだろう！　フランツは、公爵が何かを見ているのだということに気づいて、同じ方向に振り返った。公爵の視線の先にあるのは、ツィルク夫人の連れの少女だ。イングランド風というのだろうか、コルセットをしない、ゆったりとした淡い色の散歩用アンサンブルを身につけている。その黒い瞳は大きく見開かれ……それは、誰の目にもひと目で尋常ならざるものを感じさせる表情だ。

フーガには第三声が加わった。しかしそれで終わりではなかった。第四声が入る。これが即興のすることだろうか！　バッハを聴き終えて礼拝堂を出ようとしていた文官は、扉の前で立ち止まってそのまま聴き入っている。聖具係は楽楼上に残ったままだった。足鍵盤の属音オルゲンプンクト上を、手鍵盤が対旋律を元にした上昇音形を描く。一段高いところから降り注ぐように主題がそれに応える。

その瞬間、マリアが不意に立ち上がった。彼女は席を離れ、何やらおぼつかない足取りで数歩前へ出たが、ツィルク夫人も乳母も、教授の即興に注意のすべてを傾けており、しばらくの間それに気づかなかった。職務に忠実な乳母がはっと我に返って立ち上がり、マリアのそばに駆け寄ろうとしたが、ベルンシュタインは黙って手を上げてそれを止めた。

マリアは真っすぐオルガンのほうに向かって歩き、フランツのすぐ脇までやって来た。フーガはもはや、誰にも止めようのない聖務に他ならない。遠隔調への転調。マリアは、その信じられないような転調で平衡を失ったかのようによろめいた。彼女は一脚の椅子に足を取られてそのまま倒れ、フランツは立ち上がるのとほぼ同時に、辛うじてその魂を奪われた少女を抱きとめた。見かけよりもなおさら華奢で軽い肉体は、まったく抵抗せずフランツの腕の中に預けられた。軽く結った髪が少しほどけて頬にかかる。フランツはマリアを抱え直して椅子に座らせ、そのまま両腕で支えてやった。もはや、独力では立つことはおろか、座っていることさえできなかった。近くで見ると、その頬は少し上気して見える。

少女は大きく息をすって少し震え、口を開いた。フランツは一瞬、彼女が癲癇の発作を起こすのかと思って次の処置のことを考えたが――医学生としての反応は完全に失われたわけではなかった――その恐るべき瞬間はやって来なかった。それは神託の瞬間だった。真に聖なる者のみが受けることを許される、あらゆる神託の中でももっとも神聖な神託。

「Je me souviens……」

「……え、何……？」

「……Je me souviens…sou…viens……de……」

「思い出す《スーヴニール》…？　思い出すって、何をです？　mademoiselle ?」

「…musique ! la……la musique……la……！」

フーガは収束に向かいつつある。上三声が主和音の四六転回の持続となり、それを足鍵盤の半音階上昇が支えるという、教授がもっとも得意とする頂点の築き方だ。

「最高の……音楽………さ…最高の…………天《ド・シエール》からの……の…」

「何……何ですって？　mademoiselle ?　天の、って……？」

「来る……音楽が…………でも違う！　違う！　違う…………!!」

「mademoiselle !」

終止和音の一歩手前、音楽が行き着くところまで行こうとするその瞬間の直前、突然——しかしそれは絶対になくてはならない——総休止《ゲネラルパウゼ》がやって来た。マリアは口を開いた時と同様に、不意に話すのをやめた。終止の音形があらゆる虚飾を排した形で終結する。マリアは気を失いこそしなかったが、ほとんどそれと同じくらいに放心した。フランツは天啓に打たれたように、彼女を抱きかかえたまま、茫然と残響を聴いていた。

《フニャディ・ラースロー》の序曲に始まって、主にエルケルのオペラから引いた一連の〈ハンガリアもの〉の小品がそれに続く。フランツはデソフの忠告を入れてブラームスの作品をそれに含めるのを忘れなかった。広く人気のある曲を（しかし軽薄になり過ぎないように）配置した前半は、思いのほかうまくいった。マジャール風の情熱的な音楽が、フランツが無意識のうちに発揮する強烈な推進力とよく調和したためだ。フランツ自身もその成功をかなり早いうちから感じていた。オーケストラの機嫌も良かった。聴衆の反応も良かった。

が、それよりもより慎重に準備した後半――ベートーヴェンの七番――は、最初のトゥッティの瞬間から、危うい緊張をはらんでいた。だが、全体の期待が高まってゆく第一楽章は、むしろそうした脆さは出にくい。案の定、ヴィヴァーチェに入ってしまうと、第一主題には危機感や不安定さといったものはまったく現われなかった。

しかし……そう、危機的なものはやはり第二楽章にやって来た。それまでにまったく忘れていたもの、音楽の流れに乗り切って、すっかり振り捨てたとばかり思っていた危うさは、ただ気づいていなかっただけで無くなったわけではなかった！　第一主題が弦の上に次第に重ねられ反復されてゆく間、その瞬間はまったく突然にやって来た。――何故、この第二楽章なのか？　全体が輝かしく、生気に満ちあふれ荘重であると同時に軽快に歌うこの交響曲のうちにあって、何故、この重苦しい葬送音楽のような楽章が存在するのか？

ほんの一瞬、ごくわずかな、まったく感知できないほど短い一瞬、そうした疑問が通り過ぎた。しかし、均衡を崩すにはそのあまりに短い瞬間で充分だったのだ。勢力はコンツェルトマイスターに傾きかけた。いざとなれば、彼らはよそ者は飾りとして最前列のお立ち台で踊らせておくだけで、それとは関係なく音楽を続行することさえできる。だがフランツは俊敏だった。そして、自覚してさえいない厳しい支配欲が、本能的に統制を取り戻させるべく、宙に彷徨《さまよ》った彼自身の意識を強引に地上に引き戻した。

考えてはいけない。今は何も考えてはいけない。考えてするのではなく、そして今ここで解釈を行なうのでもない。ただ、〈それ〉が来る、〈それ〉がこの場に現われるだけなのだ。そのことを妨げる何かは、いっさい為してはならない。ここで絶対なのはただ〈それ〉のみであり、全ては〈それ〉に従わねばならないのだ。

コンツェルトマイスターは抵抗せず、素早く座を明け渡した。そのあたりはさすがに本職だ。第三楽章は想像以上にうまくいき、第四楽章は不満というほどではなかったが、多少の疑問の余地を残しながらも、聴衆の受けはよく、全体としては成功として終わった。

だがあの一瞬、全体の長さから見ればあまりにわずかな一瞬が全てを決定しかねない。フランツは演奏会を成功させたばかりの指揮者とは思えないほど不安な面持ちで、楽屋でベルンシュタインと彼の〈選定基準〉を待った。しかし二人は現われなかった。そのことがフランツの不安を膨らませたが、事務員がやって来て、公爵から彼に、今日は残念ながら出席できないとの伝言があったということが伝えられた。彼の欠席を残念に思うべきだろうか。あるいは喜ぶべきなのだろうか？　おそらくは後者だろう。七番を聴いてもらうのならば、二回目のほうがいいに違いない。

翌々日の新聞は、彼の演奏を酷評というほどではなかったにせよ、ほとんどそれに近い口調で取り扱っていた。論評したのはハンスリックの取り巻きの一人である。彼らにはいつ気に入られて、何をすれば破滅させられるのか、その基準がいま一つよく判らない。評論家はフランツの演奏の音響的な美しさを褒めはしたが、「今どきの若い者、ことに《プレジャー・ドーム》に出入りするような青年は、音楽に〈ディープでグルーヴィーなサウンド〉を求めているに過ぎない。ムジークフェラインのマチネはウェアハウス・パーティか？　彼はベートーヴェンを娯楽的なダンス音楽と勘違いしているのではないか？」と、ワグナーの言葉をもじったような嫌味をつけ加えた。この評論家氏は、フランツが次回の演奏会でワグナーの序曲を使うことを知っている。先取りして非難しておこうというわけか？

この恐るべき評論が新聞に掲載されたのと同じ日、十月二十四日付けの別な政治向けの新聞は、フランスの戦況と外交の記事で紙面を飾っていた。メッツ――今まさに落ちようとしている帝国の威光の名残り、ひねりつぶされるか生き残るかを賭けた生まれたばかりの共和国の叫び、ベルンシュタイン公国領のすぐそばで行なわれるその包囲戦は、先日公爵自身が言ったように終結に向かいつつあった。公爵がマチネどころではないのも道理である。

フランツは、次回の、そして年内に予定されている最後の演奏会にベルンシュタイン公が来られるのかどうか不安に思いながら、自分に与えられたわずかなプローベに全ての労力を注ぎこんだ。考えてはいけない。〈それ〉を呼び寄せるだけだ。しかし本番で確実にそれができるよう、プローベではしっかりとした土台を築いておかなければならない。結局、メッツは二十七日木曜日に陥落した——再来週の日曜は公爵にとってより気楽なものになるに違いない！

ツィルク子爵夫人とベルンシュタイン公には、失望させてしまった音楽家に詫びる意味をこめて、月曜日に彼をツィルク邸の茶会に招いた。茶会とは言っても、他に誰を招待したわけでもなく、ただ三人で気兼ねなく音楽の話でもしようという内輪の集まりである。フランツは個人教授を早めに切り上げて、よく晴れた午後の河畔を渡ってツィルク邸に向かった。

ベルンシュタインは軽い青灰色の上着を着て——もちろん鉄十字勲章は無しだ——髪を自然に流れるがままにさせ、十日前に会った時よりはるかにくつろいでいる様子だった。ビーダーマイヤー調の時代など存在しなかったかのように華麗なロココ様式の面影を漂わせるツィルク夫人の客間では、小粒のチョコレートのひと盛りやプティ・パニエ、ザルツコンフェクト、フランツのようなリンツご当地の人間には洗練されすぎて見えるデメル製のリンツァートルテ等々が惜し気もなく並べられた。

ベルンシュタインはそうした甘味攻めには食傷の様子だったが、音楽の話題は三人ともまったく飽きることなく賞味した。フランツはやや興奮気味によく喋り、ツィルク夫人は時おり質問をした。ベルンシュタインはほとんど発言せずに二人の会話を聞いていたが、彼はフランツの音楽についての様々な意見には満足そうな様子を見せた。

話がハンスリックの絶対音楽についての理論に入りこみ始めた時、突然客間の扉がたたたかれ、ベルンシュタインの従者がやや慌てた様子で入ってきた。公爵は従者から何事かを耳打ちされると、少し眉をひそめて立ち上がった。

「すまない。ちょっと席を外させてもらう。野暮用だが伝令が来た」

ベルンシュタインは、従者が開け放しにしておいた客間の扉の向こうに、大人の集まりをうらやましげにのぞきこむ子供のような目をしたマリアを見つけると、彼女を中に呼び寄せて自分の席に着かせた。彼はフランツに振り返って言った。

「何か他に用事があるのなら帰っても構わないが、そうでないのなら、少し彼女にピアノでも弾いてやってくれないか？……ああ、あまり深刻に考えないでくれ。これは試験というわけではない。ただ、最近マリアに音楽を聴かせてやる機会が少ないのでね。頼まれてくれるか？」

「ええ。喜んで」

フランツがそう応えると、ベルンシュタインとツィルク夫人は彼とマリアを残して部屋を出ていった。


使者に立てられたのはワインガルトナー中尉だった。ビスマルクとベルンシュタインの間でもっとも重要にして最高の機密を要する事柄が伝えられる時は、電信の暗号ではなく彼が使われるのだった。まだ軍人らしい骨格も出来上がりきらないように見えるワインガルトナーは、最高機密を運ぶにはあまりにも若すぎるようにも思われる。が、若いということはそれだけ熱狂的な信念を持つということでもあり、疑いを知らないということでもあるのだ。彼は真っすぐに起立してツィルク夫人と公爵を迎えると、供された菓子にもコーヒーにも目もくれずに正確極まりない報告を始めた。

一つ目の報告はパリの暴動である。プロイセンのシューリヒト将軍の見立てによれば、トロシュの政府は遅かれ早かれ倒されるだろうし、場合によっては左寄りの〈下賤の輩〉による政府が立てられるかもしれないとのことだった。そして二つ目の報告はドイツにとってはなおさら不愉快なものだった。捕虜となっていたルイ・ナポレオンが脱走したというのである。どうやら北方に逃げたという形跡はあったが、まだはっきりとした足取りはつかめていなかった。しかし、もうすでに権力を失った成り上がり皇帝など誰がかばうだろう。発見されるのは時間の問題でしかない。ベルンシュタインはこの二つの報告にはたいして不安を感じなかった。が、三つ目の報告は、あらゆる想像を超えた驚くべきものだった。

「待ってくれ……すまない。もう一度言ってくれ。私に信じさせてくれないか？」

「はい……陥落したメッツの城塞から《イズラフェル》が発見されました」

信じられない。それは繰り返されても、容易には認めることのできない報告だった。

それは、より正確に言えば、メッツ要塞から警告を無視して逃走しようとして射殺された将校が運び出そうとしていたものだった。城塞が落ち、仏軍全体に降伏せよとの命令がなされた時、それを無視して脱走を試みた者があった。それがシャイー少佐である。彼らは東側の防塁を越えて城塞を脱出すると、武器を携えて騎乗し北に向かった。それは地形とプロイセン軍の展開を知り尽くした巧みな逃走で、彼は移動中の連隊を避けて包囲網を突破することにさえ成功したのである。しかし完全に成功したわけではもちろんない。彼には一連隊に相当する追っ手が放たれたが、逃走者はあきらめなかった。シャイー少佐は追っ手に発砲しながら逃走を続けた。だが結局、彼はおよそ二時間半ののちにプロイセンの狙撃兵の一撃に倒れたのだった。

息絶えたシャイー少佐が身につけていたのは火器だけではなかった。彼は大量の粉末の包みと、マイクロ・フィルム化した文書を持っていたのである。最初に検分した下士官はその粉末をコカインだと思ったというが、当たらずと言えども意外に本質をついていたわけだ。しかしそれを受け取った軍医は、プロイセンにとって幸運なことに、かつてホルシュタインの前線で《イズラフェル》を扱っていたヴァント博士だった。彼はひと目でそれが何であるのかを見分けた。彼は、周囲にはその薬物を下士官が言ったとおりコカインだと言っておいたが、ヴェルサイユの大本営には慎重に暗号化した報告を送り、それとほぼ同時に、その包みを持って自らベルリンに発った。ベルリンはシュタットラー博士の分析結果を得ると、その日のうちにワインガルトナーをベルンシュタインのもとに向かわせたのである。

発見された《イズラフェル》は、まだ正確な純度は分からないにしても、ヴァント博士の見立てでは、おそらくエーデルベルクで精製していたものと同じ最高純度だろうとのことである。しかもその量はフランスの単位できっかり十二キログラムもあった。混ぜ物をして

《魔笛《ツアウベルフレーテ》》としてウィーンで売れば、一生の間遊んで暮らせるかもしれない。

今頃は、ヴェルサイユにもヴァント博士かアイヒホルン将軍自らが向かっていることだろう（この件で動かせる人材は恐ろしく少ないのだ）。詳しい報告はこのワインガルトナーが取りに行くことになるので、もう少し後にならないと分からない。ベルンシュタインは苛立ちを感じた。まさかフランス軍がこの件に関わってこようなどとは！

「…分かった。それで？　文書についての報告は来ているのか？」

「はい。たった今、大使館から一緒に報告するようにと言われました。マイクロ・フィルムは、最近フランスが気球や伝書鳩で飛ばすやつと同じものでしたが、内容が……その、占領地に駐留する我が軍に関する詳細な報告であります」

それと《魔笛》とがいったいどう関係するのだろう？　フランス軍は誰かと――それが誰であるかはまた別な問題として――薬物と情報を交換してでもいるのだろうか？

「バゼーヌ将軍は何か知っていたかどうか、その報告はなかったか？」

「まだであります」

「だろうな。おそらく、ローン閣下が自ら慎重に尋問されるのだろう。……分かった」

ツィルク夫人はワインガルトナーに、まるでお使いに来た子供にしてやるように、アーモンドの粉をたっぷり振った菓子をたくさん持たせて帰してやった。

ベルンシュタインとツィルク夫人が客間を出てマリアと二人きりで残されると、客間は何かそれまでとは違った、微妙に高揚した——あるいは逆に夜中の聖堂のように静まりかえった——雰囲気に包まれた。陽が傾いて、背の高いフランス窓から部屋の奥にまで陽光を届かせる。マリアの結っていない髪の細かな波が、薔薇色の部屋着にかかり、陽を受けて研《みが》いた黒檀のように光った。その瞳——あの時のように神がかってはいないが、相変わらず放心したままの瞳孔——が、フランツを漠然と捉えている。今日の彼女は、社交界の婦人たちのようにリラの香りを身につけていた。そのせいかもしれない。教会で見た時よりも大人びて、そして幾分か理性的にも見えた。

彼女のことをもっと知っておきたかった。彼女はいったい何者なのか？　公爵とはどういう間柄で、何処から来たのか？　あの時、公爵はマリアについていっさい何の説明もしてはくれなかった。ただ、彼女を指し示し、紹介しよう、私の唯一の〈選定基準〉、マリアだ……と、そう言っただけだったのだ。教授の即興とマリアの反応に驚いたままのツィルク夫人も、何も話してくれなかった。

その他に公爵が言ったことといえば、彼はマリアの音楽に対する感受性に絶対の信頼を置いていること、彼女が「違う」と言わなかった者を選ぶつもりであること、すなわち、彼女から驚異的な反応を引き出した教授も、確かに候補ではあるが未だ「選ばれて」はいないということだけだった。それだけしか知らない。フランツにとって、彼女は一人の人間としてではなく、ただ純粋に〈選定基準〉として指し示されたに過ぎないのである。

「あの……」

フランツはマリアに声をかけようとして、やめた。彼女は多少のフランス語を解するらしいということは知っていたが、それ以上に、言葉そのものが無意味なような気がしたのだ。フランツは立ち上がってピアノのそばに行くと、マリアはその動作を理解したのか、少し瞳を見開いて彼の動作を目で追った。

「……la musique……」

「分かってるよ。何がいい?」

いちおうそう聞いてはみたが、やはり反応は返ってこなかった。フランツは飴色の木目が美しいピアノの前に座ると、何を弾くかも決めないまま鍵盤に指を這わせた。そして彼は我知らずのうちに、先週からずっと頭を離れない七番の第二楽章の最初の和声を鳴らしはじめていた。

第一楽章のイ長調と対置するかのように鳴らされるイ短調の主和音。本番の最中には考えてはいけないことも、今なら考えられる。何故なのだろう。何故、この輝かしく力をみなぎらせた交響曲に、この深淵のごとき楽章が存在するのだろうか。期待と高揚が高まってゆく第一楽章、生命力そのものの律動に身を委ねる第三楽章のスケルツォ、そして永遠の歓喜に向かって熱狂的に突き進む第四楽章!　その中にあの第二楽章がある。重く、荘厳で、思索的でさえあるあの音楽が。しかしそれはまったく不釣り合いな感じにはならないのだ。そればかりか、あの重々しい楽章は他の三つの華やかな楽章を引き立たせるための脇役ではない。

あの四つの楽章が対等に揃ってこそ、第七番は唯一にして完璧な交響曲になる。

この完璧な均衡！　少なくとも抽象的な理想の上では、七番はこのあまりにも完璧な均衡を失することはない。しかし、何故なのだろう？　実際に演奏してみるがいい！　その理想はどこかしら欠けたものになる。どんなに素晴らしい演奏にも、あの理想は完全に投影されはしないのだ。

フランツはピアノを弾き続けた。ヴィオラ以下の弦のユニゾンで奏される、単純なつくりでありながら神聖な何かを語るかのごとき第一主題。それはやがて第二ヴァイオリンに引き継がれ、ヴィオラ以下の弦群は胸に沁みるような対旋律を奏ではじめる。この微妙な軽さと重厚さとの釣り合いが、この旋律を通俗的な陰鬱から決別させるのだ。

しかしこの楽章の荘厳さをあまり深く追求しようとすると、その重々しさだけが突出してしまい、他の楽章との調和を失ってしまう。かといって、全体の華やかさにばかり気を取られていると、この楽章はただの辛気くさいやっかいものになってしまう。

理想としての完全さと、現実の脆弱さ。

しかし、もしその間隙を埋める解決法を知っていたとしても、まだ問題は残っている。オーケストラはそれに応えてくれるだろうか、ということだ。頭の中に理想の七番があったとしても、それを現実の音にすることなどできるのだろうか。

第二主題。そして例の対位法。マリアがふと立ち上がった。彼女はピアノのそばに来ると、その何を考えているともつかない――しかし確かに、音楽の中にある何かに反応している―

——目で、フランツを、あるいは彼の紡ぎだす音を見つめている。

フランツは魅入られたように彼女のその表情を見つめ返し、転調して再び明るめの第二主題が出るところで、自分の考えよりもマリアに気を取られて、手元が少しいい加減になりかけた。が、その何も解釈をしようとしない瞬間、まさにただ〈それ〉が現われるにまかせられた一瞬、天啓がやって来た。

それは言わば、天文学者が、望遠鏡の小さなレンズに映る砂粒のような光点の実際の大きさとその距離を直感した瞬間のようなものだったかもしれない。フランツは弾くのをやめた。が、音楽は理想の中で続いた。マリアはそれを聴いているかのように、ピアノの音が途切れたことをまったく意に介していない。フランツは、手をほんのわずかにのばしただけで届くところに来ていたマリアに両腕を差し出した。マリアはまったく抵抗せずにその腕に抱かれた。細い骨格の上にわずかに盛り上がった胸に頬を寄せる。マリアはまさしくその名にふさわしい手つきで——聖母子像のように——自分の肩と胸にもたせかけられたフランツを抱きとめた。

彼女は聴いている。これはまさに霊感の一瞬に他ならない。第二楽章の最後の主和音が鳴り、より複雑な始まり方をする第三楽章がそれに続いた時も、二人ともそれを聴き続けていた。彼女に触れている時のこの感覚が天啓そのものなのだ。あまりに神聖であるが故に、自ら求めることの許されない感触なのだ。しかしそれは今、彼に惜し気もなく与えられている。ベルンシュタインが言ったもう一つの言葉は、まさに比喩ではなく真実であるに違いない。

彼は言ったのだ。この子は詩神《ミューズ》なのだ、と。

悦びの殿堂

「オーストリアンか……。売れるね。やはり」

「でも……」

「いや、心配ない。前回の教訓もあることだ。今度こそ成功させてみよう」


解った……！　解ったような気がするだけだろうか？　違う、本当に解ったのだ。いや、感じ取ったと言うべきかもしれない。天文学者が望遠鏡のレンズに映る光点の本当の大きさを直感する瞬間のように。

七番の本質、それはまさに生命の本質に他ならないのだ！

生命は明と暗の側面を常に持ち合わせている。たとえひと時どちらかが突出して表現されることがあっても、生命はこの二つの本質をいつでも、本質的に身に帯びている。そしてそのことは何の矛盾も引き起こさない。何故ならそれは、生命の持つ明と暗は対立項目ではなく、その両方が揃ってこそ命となるからだ。

音楽はそれ自体が一つの生命だ。ましてやあの七番こそは、まさしく生命そのものではないか。そうである以上、七番にはあの第二楽章が当然あるべきなのだ。第二楽章がどれほど深淵を見せようとも、それが華々しい全体に対する均衡を失しないのはそれこそ当然だろう。それは楽聖ベートーヴェンの作為でさえない。彼は生命の本質を音楽の上に写し取っただけなのだ。あるいは生命としての音楽の本質をあらわにしてみせたのだ。

問題はそれを解釈し表現しようとする、その過程にある。

いかにオーケストラの音にするか。どうやって？ 何と言って伝える？ どう導けばいい？ 言葉も棒の一振りも、何もかもがすり抜けてゆく。オーケストラは嘆願に耳を貸さない革命裁判所のようだ。あるいは黙って座する古代彫刻の一群。その感触は冷たく、固く、そして無慈悲だ。この感覚、理屈ではなく、まさにこの音楽の感覚を共有しなければならないのだが……それこそまさに音楽によってしか伝達することのできない種のもので、それを音楽以外の方法で楽員たちに説明することは不可能だった。

再び楽友協会の指揮台に立つまでの約一週間の間、フランツは〈それ〉をオーケストラの上に降臨させようという必死の努力――しかし見通しのない――を続けた。楽員の中には、あからさまに練習を拒否する者も出た。彼を認めようとする者はむしろ減っていくかのようであり、デソフでさえ、楽員たちの抗議を無視するわけにいかなくなった。

しかしここで引き下がるわけにはいかない。マリアのそばで〈それ〉が訪れたあの瞬間、フランツは、彼女に選ばれるだろうということを確信していた。それはあまりにもはっきりとした確信だった。あとはオーケストラが完全に機能しさえすれば！

十一月六日、日曜日。前半にはヴィニャフスキのヴァイオリン協奏曲を配置してあった。顔見知りで気心の知れた独奏者とはいつもながら良く息が合い、またフランツ自身もヴァイオリン奏者であるために、彼は独奏とオーケストラの両方がどのように機能するのかをよく把握していた。前半は前回のそれと似て気楽にこなせた。しかし、より深く理解したはずの七番はかえって不安だった。お目当て美女の時に限って腰くだけ、という、あの下らない中世風ファルスを思わせるものがある。

だから何だというんだ？

フランツは自分が、目的の女を抱くことのできないファルス風間抜けな色男ではないと知っている。彼はオーケストラ全体に向かって棒を振り下ろすと、最初の主和音にアインザッツを入れた。

「次回に期待しよう」

慰めたり勇気づけたりするのはかえって屈辱を与えることになるのを、このプロイセンの軍人はよく解っていた。マリアは雪のように脆い素材の水色のアンサンブルを着て、少し不安そうにベルンシュタインの左腕にしがみついている。視界の中心にフランツを捉えてはいても、その瞳は決して彼に焦点を合わせてはいない。あの時彼女との間に渡された神秘なつながりはもはやなかった。

「問題は君自身と音楽との間にあるのではない。オーケストラとの間だ。マリアはちゃんと解っている」

しかし、それはやはり拒絶の言葉に他ならない。そればかりではない、公爵の口調、フランツを見る目つき、ささいな動作さえ、何もかも心なしかよそよそしく見えた。彼は何かを隠そうとしているわけではないが、フランツには故意に知らせようとしない何かを持っている。——僕が過敏になりすぎているだけなのか？　フランツは、その問いに自ら否と答えることを承知で自問した。ベルンシュタインは何故か、言葉で表わしている以上にフランツを拒絶しているように見えた。

帰りぎわに、次の予定は謝肉祭シーズン、一月八日のソワレであることを伝えるのが精一杯だった。芸術新聞は六日のマチネを「指揮者とオーケストラの調和を著しく欠き、七番は前回よりひどかった。彼はオーケストラを扇動しているだけである。ムジークフェラインのマチネはパリの市庁舎広場か？」と評することとなった。それはまた数日先の話だが、当日の段階でフランツ本人にはほぼ予想がついていた。

ヘルミーネ・キルヒベルガーもまた、彼に慰めや気休めのようなことをまったく言わなかった。彼女もある意味では一人前の戦士だからである。赤味がかった明るい色の髪とふっくらした頰、いくらか大きすぎに見える目を持ったこのソプラノ歌手は、見た目の愛らしさに期待される以上の気の強さを持っており、軽々しいところはむしろ少なかった。鼻っ柱が強いとさえ言える。声の調子から動作の一つひとつに至るまでのすべてに華があり、彼女はその髪のせいで緑のドレスが似合わないと言って嘆いたが、そんなことは彼女の華やかさにとっては何の損失でもなかったのである。

その彼女がいくらか気後れして見えるとすれば、それは彼女がすっかり落ち込んだフランツにどう話しかけたらいいのか迷っているからではなく、宮廷歌劇場の桟敷席に彼を誘おうとしているからである。それはささいなようでありながら決定的な進展だった。と言うのも、それは彼女の両親の予約席であり、その夜はリッター・フォン・キルヒベルガー夫妻こそ同行しないにしても、その場所にフランツを同行させることの許可が何を意味するか……フランツにも判らないはずはなかった。彼は動揺を隠しおおせた。そして、定時に彼女を迎えに行く約束をした。

昼間に楽屋口から出入りするのと、夜の正式な時間に正面玄関から入るのとでは、宮廷歌劇場はその様相を大いに変化させる。幾種もの香水の香りと宝石のきらめきの中に埋もれたご婦人方はみなそれぞれに粋な供ぞろいを連れ歩いたが、フランツとヘルミーネはその中でもかなり見栄えのするひと組だった。ヘルミーネは髪を流行の形に結い上げ、その髪の色とガス灯によく映えるオランジュがかった薄茶色のデコルテを着ていた。フランツが腕を貸して二階の上手側六番の桟敷席に導き入れると、ヘルミーネは他に客のいない桟敷で、最前列ではなく、深紅色の天鵞絨《ビロード》の陰に隠れるような少し引っ込んだところに席を定めた。彼女は何も言わず、ただちらりとフランツを見上げ、彼は左隣の席に座った。オーケストラはもう音合わせを始めている。プログラムはモーツァルト、指揮は確かバイスフロクだ。

序曲が始まる。そして主人公《ハウプトローレ》タミーノの登場。演奏は想像以上にうまくゆき、フランツはそれをライヴァルの演奏としてでなく音楽として楽しむことができた。そう、つまり、〈それ〉は来るのである。他人が演奏する音楽の内においても。それは当然のことだが、今まで自分の演奏のうちに理想を探すことばかりに気をとられていたフランツは、改めてそのことを思ったのである。〈それ〉は存在する。そして来る。たとえ気に入らないライヴァルであるバイスフロクの棒の下の音楽においてさえ。演奏の良し悪しは〈それ〉をどれだけ顕現させるかの問題であり、聴き手の感受性は演奏に現われた〈それ〉をどれだけ摑み取るかの問題である。しかし〈それ〉は程度の差こそあれ、いつでも存在する。そういう意味では、〈それ〉はどうにかして存在させようと苦闘しなくとも、本質的に存在するものなのである。

そうか……！　そう、確かに、そうなのだ。

〈それ〉が来る……。フランツはバイスフロクの棒の癖、歌手たちの出来不出来、オーケストラの反応、そして最近のウィーンで《魔笛《ツアウベルフレーテ》》という名につきまとう秘密めいた響きを越えて、モーツァルトと自分自身の間をつなぐ〈それ〉を感じ取ろうとした。来る……確かに。それはあのツィルク夫人の館で得た霊感の続きであり、第二の啓示であった。彼は自分自身でも気づかなかったが、あの時のように、ヘルミーネのほうに右手をのばし、その腰をそっと抱き寄せた。ヘルミーネは一瞬ぴくりとしてうつむいたが、その手をはね除けたりはせず自分も恋人に腕をからませた。デコルテの下に盛り上がった胸に頬を寄せると、薔薇と麝香《じゃこう》の香水が彼女の体温で暖められていっそう香り立つ。知り尽くしたとも今でもまだ未知だとも言える彼女の体の上で、フランツはそのままの姿勢で目を閉じた。もはや舞台さえ見ていなかった。〈それ〉が来る……！

生命は愛のうちにのみある
愛は苦しみをも甘くし
生きとし生けるもの総て
愛のためにはなにものをもいとわじ……

パミーナとパパゲーノは、それぞれにまだ見ぬ恋人を夢見ながら二重唱で唄う。愛のためにはなにものをもいとわじ……。ヘルミーネが右手をフランツの膝の上にのせた。そしてその手を上まで滑らせ、そっと奥にまで差し入れた。

「違う……！　離してくれ！」

フランツはヘルミーネの手を払いのけた。しかしそうは言っても、生理的には反応してしまった自分自身にも嫌悪を感じた。

「ちょっと待ってよ！　どういう事？　私に恥をかかせる気？」

「いや、すまない……でもヘルミーネ、そういう……ことじゃなくて、僕はその……」

ヘルミーネはきまり悪そうに彼から少し離れた。彼女が怒るのも無理はない。彼女にしてみれば定石を踏んだのに過ぎなかったのだから。

「そうじゃないなら、何だっていうのよ……」

「何て言ったらいいのか……それが……いや、つまり音楽の霊感、とでも言おうか……僕は今、モーツァルトの音楽の理想のようなものを摑みかけたと思った……」

「そのことと私にしたことと、いったい何の関係があるって言うの？」

「やっぱりどう言えばいいのかよく分からないな。でも、君はその霊感にとって必要だった……そう、今の僕にとって、君は詩神《ミューズ》なんだ。僕に霊感を与えてくれるミューズ……」

「いい気なものね。女はいつも男に霊感を与えるきっかけに過ぎないっていう、あれのことかしら？　ミューズだとか言って聞こえのいいことを言うけど、結局、あなたたち男性にとって、女は自分の芸術のための道具に過ぎないのよね。違う？　あなたが音楽の霊感を得るのは勝手だわ。でも私はどうなるの？　私はあなたの霊感のための道具じゃなくて、私自身が霊感を得る存在だとは考えたことがないんじゃないの？　私だって、あなたと同じ芸術家なのよ……あ……ちょっと、待ってよ、フランツ！　何処へ行くの⁉」

　もうこれ以上聞きたくはない。そこにある限りない断絶の深さも考えたくはなかった。フランツは桟敷を出ると、真っすぐクロークへ向かって外套を受け取った。ヘルミーネは追いかけてこようとはしなかった。どういう事情であれ、男を追いかけているところを見られたくないのだろう。フランツはいったんオペルン環状道路《リング》に出ると、特に行くあてもなく歩き始めた。

あの時の感触！　霊感。陶酔。充足。そして五感のすべてが一つの霊感に集約される実感！

〈それ〉は現われる。〈それ〉は僕自身の内に降臨する。〈それ〉は僕と一体化する。僕自身が〈それ〉となるのだ。しっかりと摑み取った時の充実感。しかし……！

いったいどうしろと言うのだ!!

何もかもがもどかしい！　オーケストラの前に立った時はその時なりに、そしてそうでない時にも、また違ったもどかしさに縛りつけられる。近づきたい。少しでも。もう一度手をのばしたい。星に触れるように。太陽を抱きとめるように。〈それ〉は確実に自分を待っているのだ。それが分かっているのに！　自分自身と一体でありながら、何故、手元に引き寄せ、留めておくことができないのだろう？　僕自身の一部なのに！

どこをどう通ったのかまったく覚えていなかったが、フランツはいつの間にか、街灯さえろくに立っていないうらぶれた界隈に自分を見出した。外套に袖を通しただけでボタンさえかけておらず、手にしたオペラハットは何かにぶつけたのか、絹地が少し破れてめくれ上がっていた。が、フランツ自身はまだそんなことに気づいてはいない。彼が見ているのは天空だけだ。おそらくは〈それ〉が来るであろう唯一の方向。〈それ〉の在処。それは天のように高く、地のように堅い。今にも届きそうに見えるのに、距離は無限大だ！　星が回った。光る爪のような上弦の月が夜の縁に引っかかっている。大気は切り裂くように鋭い。〈夜の女王〉は約束する。娘パミーナを褒美として取らそう。ただし……

成功した場合に限り、だ！

フランツは突然、強い衝撃を受けてのけぞり、そのまま仰向けに倒れかけた。

「おっと失礼！……あれ、あなたは……ああ、何てこった！　ついに見つけた！　今日はついてるな！　こんなに早く会えるだなんて！」

誰かが、平衡を失った自分の身体を支えている。フランツは声をかけられたのが自分自身であることにようやく気づいた。どうやら、まるで酔っぱらいのように誰かに正面衝突したらしい。そう気づくと急に意識がはっきりし始めた。フランツはきまり悪くなって、自分を支える手を振りはらうようにしてその誰かから離れた。が、その手は、青白く細い指に似合わない力でもう一度彼の左腕を捕らえなおした。左手の中指に大きな印章つきの金色の指輪をしている。顔を上げてその青白い手の持ち主を見ると、それは濃い黒髪を逆立つほど短く刈りこんだ細面の青年だった。

「大丈夫？　なんだかまともな様子じゃないようだけど？　ここがどこだか判る？」

「ああ……し…失礼……もう大丈夫です……もう……」

「本当に大丈夫なの？　そうは見えないんだけど……ちょっと待った！　行かないでよ。ずっとあなたのことを探してたんだから」

「探していた？……僕を？」

「そう。あなた、フランツ・ヨーゼフ・マイヤー君でしょう？　僕はモーリィです。それはどうでもいいんだけどさ。正確に言うと、探していたのは僕というよりこちらの方なんだ。ウエストサーム男爵トレヴァ・セントルークス卿」

外国語の訛りでモーリィと名乗った青年の後ろには、彼によって英国の貴族の称号を冠せられた男が一人立っていた。モーリィは痩せすぎの身体に大きな目と耳、不健康そうな青白い肌を持ち、子供っぽいほど無邪気な笑みを見せる天性の遊び人といった風情だが、もう一方の貴族は、慎ましく上品な中年紳士という以上の印象を与えない、控えめにすぎる人物だった。左目に金縁の片眼鏡をかけ、かなり長い間愛用しているらしい保ちのいいグレイのコートを皮膚の一部のように着こなしている。英国紳士の実物見本そのものだ。それにしても何という不釣合いな二人組だろう。モーリィが珍種の動物であるとすれば、ウエストサームの男爵は、そういう奇抜な動物を自分の領地に平然と野放しにしておく飼い主という感じだ。

セントルークス卿は帽子を少し持ちあげて、曖昧な挨拶をした。もともと灰色がかったものらしい髪にはかなり白いものが混じっている。フランツはそうしたことを観察しているうちに、彼らに見覚えがあるような気がし始めた。確かに見たことがある。今日の午後、楽友協会の楽屋に居合わせた人々の中にいたようにも思える。

モーリィはフランツの頭がはっきりしてきたのを見届けると、腕を放した。

「そういうわけで、よろしくお見知りおきを」

「お二人とも英国の方？」

「ええ、いちおう。でも、二人ともドイツ語は得意なほうなので、話し合いに問題はないと思うんだ。だいたい僕なんかは……」

　セントルークス卿がそっと片手をあげて制すると、モーリィは意外な恭順を示してそれに従い、口をつぐんだ。

「マイヤー君、お会いできて嬉しいですよ。やっと念願がかなったというところでしょうか。以前からお話しする機会があればと思っていましたので」

「……僕と？」

「ええ。ほんの少しでもと思うのですが」

　フランツは自分では気づかなかったが、思わず不信の表情を浮かべてしまったらしい。二人の英国人は、馴れ親しんだ者同士の絶妙な間合いで視線を見交わした。

「どう？　いちおう話だけでも。ああ、こんなところじゃなんだから……」

　フランツが何も返答しないうちに、モーリィは素早く再びフランツの腕をとり、二人組は彼を間に挟むようにして歩き始めていた。彼らには何か、人を自分のペースに巻きこんでしまう独特の術のようなものがある。

「ちょっと待ってくれ！　どういうことなんだ！」

「それをこれから話すんだってば。道ばたで立ち話というわけにはいかないでしょう？」

「手を放してくれ！　先に何の話かを聞いてからだ！」

フランツが思わず声を荒らげ、モーリィの手をさっき以上の荒々しさで振りほどいた。セントルークス卿は落ち着いた態度を崩さずに言った。

「君にとっても無益な話ではないと思います。私は音楽家の後援に関しては並以上に興味のあるほうなので」

英国貴族は恩着せがましくならないように控えめな笑みを見せ、間を置いてフランツとモーリィの両方をなだめるように軽くうなずくと、また何事もなかったように平然と歩き始めた。フランツはどう反応してよいかまた分からなくなり、いつでも反撃できるように身構えながらも彼らの後についていった。

三人はすぐ近くのありふれたカフェに入り、かなり混雑した中になんとか席を見つけてもらうと、楽士席のすぐそばの一隅に腰を落ち着けた。普段、気持ちが落ち着かないときには煩わしく感じられる俗っぽい酒場音楽に混じる喧騒、ソーセージやビールの匂い、そしてウィーンの下町言葉は、よく知った場所にいるのだという安心感を与え、むしろフランツの気持ちを落ち着かせた。セントルークス卿は無頓着そうにゆっくりと最初の一杯を飲み終えると、適当な間合いをとって再び話し始めた。

「今日の君のコンサート、聞かせていただきましたよ。たいへんに素晴らしい。君ほどのお年頃の、いわゆる若手の音楽家たちというものは、無謀と革新を取り違えて無意味な方向性におのれを見失うか、あるいは逆に大衆に迎合しがちになるものです。しかし君は違う。大胆さや実験性は、あくまで総譜を綿密に研究した上でのものですね？　それに、作曲家の心性への接近、近代的音響の積極的な肯定と応用の試み……本当に、何もかもが素晴らしかった。私は君の才能に素直に敬意を表しましょう。……ご迷惑でなければ」

「敬意を表わすだなんて……それはどうも」

フランツは失礼にならないように気をつけたつもりだったが、押さえきれない不信感はその表情にありありと表われていた。

「もちろん私は、ただの社交辞令のつもりでそんな美辞麗句を並べたてているわけではないのです。この私の称賛の気持ちを、本当に君の役に立てるやり方で表わすつもりです。もっと実用的に。ええ、もちろん、差し出がましくならない程度にですが」

「つまりそれは、僕の後援を、ということですか？　そう受け取っていいんですね？」

「後援と、そう簡単に言ってしまうには話は複雑かもしれませんが」

二人組はまた、ごく短い一瞬の間に多くのやり取りを交わすような視線を交えた。

「私どもと契約しませんか？　君には音楽家としての最高の待遇と、最大の仕事を提供するつもりです。もっとも、最初はロンドンに来ていただかねばなりませんが。大陸を離れるのは少々抵抗があるでしょうが、ご心配には及びません。ロンドンには耳の肥えた聴衆も多いですし、世界中に影響力を持つ帝国の首都でもあるわけですから。環境はここウィーン並み、あるいはそれ以上だと断言できます。いったんロンドンで評判を取れば、それはすぐに大陸にも波及し、正当にして効果ある名声を確実に得ることができますよ。当然、ウィーンは再び君に注目します。それのみか大陸全体が注目し、もちろんその影響たるや英帝国の全域、インドからオーストラリア等、未開の地にさえも及ぶでしょう」

「そう。新大陸にもね。ねえ、ハリウッドに行ってみたくない？　フランキー？」

「モーリィ！……失礼。マイヤー君。こいつはいつでもこんなふうなのでね、どうかお気になさらないよう」

モーリィは肩をすくめて何かを言ったが、その言葉は音楽と喧騒にかき消されて聞き取ることができなかった。

「新大陸云々の話は、もちろん君が希望した場合に限りです。何も強制はいたしません。要するに私どもは、君は新大陸にさえ及ぶほどの影響力を持っていることを前提としてすべてを考えているわけです。音楽家としてはかつてない広範囲においての成功――それは地理的な意味でもありますし、文化的、階層的な意味においてでもあるのですが――を必ずや得るものと確信しています。あなたはよけいな煩いをせずに、ただ音楽のことだけを考えていればよろしいのです。音楽以外のこと、例えばマネジメントやプロモーションはすべて私どもがお引き受けしますからね。私どものプロモーションに従っていれば、先ほど申し上げたような成功などあっという間です」

「……ちょっと待ってくれ。急にそう言われても……。確かに、僕のような音楽家にとっては後援の話はもちろんありがたい。いいオーケストラと契約できるのなら、それももちろん悪くない。だが、それはちゃんとした、まともな話の場合に限り……だ。それにもちろん、ウィーン・フィルをなげうつに値する場合に限りだ。もっと正直に言わせていただこう。僕には、どうもこんなふうに唐突に持ち出された話を理解することも、あなたたちを信用する気にもならないんだが」

「おっと、ちょっと待った！　それはセントルークス卿を信用できない、ということ？　フランキー？」

フランツはモーリィに向きなおると、今まで押さえてきたものを叩きつけるように言った。

「信用だと？　いったいどうやって？　君が自ら名乗った通りの名であり身分だと、いったい誰が保証する？　誰か信用のおける人物を介するなりの方法があるだろう？　こんなやり方があるか？　いきなり人を道ばたで捕まえて居酒屋で怪しげな契約を持ちかけるとはね！　場末のサーカス芸人や流れ楽士の興行師じゃあるまいし」

「失礼な！　王室とも縁続きの方にむかって言うことじゃないね！　そんなこと言ってると、後で後悔させてやることになるかもしれないぜ！」

「モーリィ！　やめなさい！……失礼した、マイヤー君。君がすぐに私を信用なさらぬのも当然というものでしょう。むしろ、君がそんなふうであるのは喜ばしいことです。結構、たいへん結構です。得体の知れない外国人から持ちかけられた美味しい話に簡単に引きこまれたりしないのは、君に下品な貪欲さのないことの証し以外のなにものでもない。素晴らしい。聡明で良識があり、そして何よりも誇りがある。素晴らしいことです。それに英国王室など……はは、もちろん何の保証にもなりますまい。王族出の金庫破りもいるほどですからね。

ベルンシュタイン公爵ほどの人物でもない限り、そう簡単には信用されなくて当然でしょうな」

セントルークス卿は相変わらず落ち着いた口調でそう言い、すねた子供のようなふくれっ面をしたモーリィと、ベルンシュタインの名に動揺したフランツの両方に向かって、保護者然とした笑みを見せてうなずいた。

「存じておりますよ。失礼だとは思いましたが、君については少々調べさせていただきました。どうしても必要なことですからね。問題の性質上、ベルンシュタイン公爵に関する事情は当然、存じております。君のパトロン候補……しかしあの方は、いまだに現実的な後援は何一つお与え下さらないと聞き及んでいるのですが……？」

「そう、じらすのが上手い恋人みたいに。そうでしょう？　フランキー？」

フランツは苛立たしげにモーリィを睨みつけ、モーリィは首をすくめて、上目づかいにフランツを見返した。彼が時々もたらす女性的な笑いはフランツをよけいに苛立たせ、それがかえってセントルークスの冷静さを引き立たせた。彼はいわば、うまく子供を利用して訪問客の気を惹くもてなし上手とでもいったところか。時々モーリィに注意を向けながらも、ほとんどその存在を無視するようにしてフランツだけを相手にしている素振りを崩さなかった。

「ずいぶんと失礼な質問かとは思うのですが、お許し願いたい。君は今日のコンサートの後で、おそらく公爵閣下からまた否定的な答えをされたのではないかと……そうお見受けしたのですが……いかがでしたでしょうな？　やはり……？」

「否定的だなんて……まだ何とも言えませんね。そんなこと……。何にしても、それは公爵と僕の問題です。あなた方にとやかく言われる筋合いはない」

「でもフランキー、隠さなくていい、顔を見れば分かるよ。そう書いてある。そうでもなけりゃ、酒も薬も女も抜きで、あんなふうにめちゃめちゃな状態になって街中をさまよってたりしないでしょうが？　違う？」

モーリィは悲しいことがあったのが自分自身のような口調でそう言った。フランツは何も答えなかったが、答えはほとんど口元まで出かかっていた。

「正直におっしゃっていただければ幸いです。私どもとの契約は、そのベルンシュタイン公との件についても、最終的には良好な結果をもたらすに違いないのですから」

「どういう意味です？　もっとはっきり言っていただきたい。もったいをつけられるといらいらする」

「分かりました。それでは、引き替えにと言っては何ですが、君こそ私どもの質問に率直に答えていただければと思いますね。それではまず私どものほうから。私どもの契約は通常、半期ごとの短期契約で、その度ごとに双方の希望や条件によって更新も破棄もあり得るというシステムになっています。ですから、もし君が私どものもとで充分と思われる成果を上げてベルンシュタイン公のご満足を得られれば、君は契約解除後に私どもの許を去って、晴れて希望通りの公爵閣下の庇護下に入ることができるのです。言わば君の本来のパトロンのお目にとまるよう、ロンドンで修業を積むとでもいったところでしょうか」

「しかし……仮に僕があなたの言われるほどの成功を収めたとしよう。もしそうなら、あなた方はそう簡単に僕を手放したりするだろうか？」

セントルークス卿はまた悠然とうなずいて言った。

「確かに。心配なさるのもごもっともでしょうな。君が公爵閣下より私どもをご自分の意志で選ばれるのならば、もちろんそれはそれで結構。しかし、お分かりでしょう？　私どもは悪徳興行師ではないのですよ。空前の成功を収めたアーチストたる君が留まってくれるのであれば、それは私どもにとっては確かに――下世話な言い方をお許しください――儲けになります。しかしそれでも、君が希望する限り、私どもは喜んで君を公爵閣下の許へお返しするつもりです。私どもが最初、君に対して援助を、と言ったのは、そういう意味なのです。差し出がましい言い方かもしれませんが。……さて、それではお約束どおり、君の答えを聞かせていただけませんか？　ベルンシュタイン公は何と？」

フランツは黙ったまま、貼りつきそうになるほど乾いた喉にすっかり気の抜けたビールを流しこんだ。これ以上に怪しい話があるだろうか。そして、これ以上に可能性のある話は？一方では理性や常識といったものが彼を引き止め、もう一方で――その片方の力がどれほど強いことか！――何かが、もはや止めようにない進行を始めてしまっている。

「彼は……ええ、確かに……保留はされました。しかし、まだ完全に否定されたわけじゃない。僕はまだ候補として残されてる。一度や二度のコンサートですべてを決められるわけがないんだ。彼はそれももちろん解っています。だからこそ……」

「しかし、今日のコンサート、君は相当に自信を持っておられたでしょうに。おそらく、今日で決まるだろうと、そう確信していたのではないでしょうか？」

「……………」

「自信はあった。ものすごくあった。そうでしょう？　フランキー？」

フランツはまた返事に窮した。最後の、もっとも微妙な部分に狙いがつけられている。

「自信はあったはずです。しかしその一方で、オーケストラは必ずしも君の思惑通りに演奏してはいない……そういう意味では失敗だった。そうでしょう？」

「それは……！」

「あふれるほどの自信がありながら、自分の能力を完全に発揮できない……そういうもどかしさが痛いほど伝わってきましたよ。オーケストラとの意思の疎通が思い通りにいかないのでしょうね。失礼ながら、それは君が指揮者としては未熟、あるいはその程度の才能なのだと言ってしまえばそれまでかもしれません。しかし、私にはどうしてもそうは思えないのですよ。むしろその逆だ。これ以上の指揮者はいないというのに。それなのにウィーン・フィルは、どうしたものか、必要以上に君を馬鹿にしているのではないでしょうかね？　違いますか？　本番であの調子ですから、プローべなどはさぞかし大変でしょうに。君は本当はこのように思っているのではありませんか？」

獲物を追いつめた英国貴族は、それでもまったく調子を変えずに続けた。

「オーケストラがあんなふうでさえなければ、とね。ベルンシュタイン公に良い印象を与えられないのは自分のせいではない……オーケストラのせいだ、と」

フランツは慎重に答えた。

「……そう…………そういう言い方をすればその通りかもしれない。団員たちが僕をどう見ているのかも知らなくはないですよ。デソフさんよりも僕に従ったりしないのはある程度は当然としても……しかし誤解しないでください、僕は、ウィーン・フィルそのものに不満があるわけじゃない。今回は練習が充分ではなかったし……少なくとも僕が必要だと思っているだけの練習はできなかっただけで……」

「モノは良いけれど同時にイッてくれない、と」

「モーリィ！……失礼。まあ、君が彼らに気を使わざるを得ないのも解ります。しかし、ここは正直に言っていただきたい。完璧にして従順、君の意図を寸分の違いもなく再現し、かつ臨機応変に鋭く反応するオーケストラがあればよいわけですよね？」

「そう。名器である上に同時にイッてくれるオケが欲しい」

「モーリィ！　つまりマイヤー君、必ずしもウィーン・フィルである必要はないでしょう？もっと言ってしまえば、オーケストラの音さえあれば、それを発するのは本物のオーケストラでなくてもよいのではないでしょうか？」

「本物のオーケストラではなくても……？　申し訳ないけど……僕はやっぱり、あなた方が何を言いたいのか、どうにも分かりませんね」

「ああ、そうでしょうね……もちろんそうでしょう。何と言いましょうか、君が心に思い描く音楽を、本物のオーケストラ以上に忠実に再現する手段。私どもは、君にそれを提供したいのですよ。しかし私も、これ以上言葉だけで説明するのは不可能です。やはりここは、実物を見ていただくのが一番ではないでしょうか」

「実物？　何のです？」

「その究極のオーケストラを、です。私の、というか、君の」

二人組はまた、どちらがそうしたともなく、まったく同時に視線を交わした。ここから先が難しいのだ。すべては慎重に、しかし手早く行なわなければならない。

モーリィが給仕をつかまえて支払いを済ませている間に、セントルークス卿はこれから何をするのかも告げないまま、しごく当然といった様子でフランツを促して席を立たせた。どうやら今からどこかに行くのらしい。外はいっそう冷えこみ、人通りもなおさら少なくなっていた。

彼らの言う〈究極のオーケストラ〉の正体への興味もさることながら、何かに挑戦されると受けずにはいられない性質、いったん棒を振り下ろせば終止和音まで止めることのできない彼の推力が、ごくわずかな一瞬のうちにフランツに決定を下させていた。モーリィが他の客を押しのけるようにして無理矢理辻馬車を拾った。セントルークス卿とフランツが中に乗りこみ、モーリィが御者席の隣に身軽に飛び乗ると、馬車はモーリィの告げた方向に向かって迷わずに走り始める。フランツはその行き先を聞いてはっとした。ここ半年ほどの間、ウィーン中の辻馬車が一日に一度は行くといわれている場所である。

「《プレジャー・ドーム》……！」

「その通りです。ご存じでしょう？」

「ええ……僕も時々、友人たちと来ますから。しかし、何故そこに？」

「今日は君のために休業にしたのですよ」

「休業って……それじゃ、あの舞踏場はあなたの……？」

セントルークス卿はフランツの言葉にならない驚愕の意味を理解した。が、彼は、いくぶん恥ずかしそうに、控えめにうなずいただけだった。

「私どもとしましてはね、仮契約さえ済ませていない君に《プレジャー・ドーム》の秘密をお見せするのは、正直に言って不安があるのですよ。良くない先例も……ああ、いや、何にしても、難しいところなものでして。しかしいったん実物を見ていただければ、君は私どもとの契約をすすんで承諾されるに違いないと確信しています。とても素晴らしいものですから。きっとお気に召すでしょう」

馬車は順調に最短距離を行き、ドナウ河運の河畔通りから慣れた様子で舞踏場の正面に廻りこんだ。《プレジャー・ドーム》にはいつものような夢幻的なイルミネーションはなく、玄関前に幾つかのありふれたガス灯がともされているだけだった。御者が今夜はいったいどうしたことですかとモーリィに尋ねたが、モーリィが自主的に景気よく割り増し料金を払うと、彼はそれ以上は何も聞かずに河岸通りを去っていった。

光と人気《ひとけ》のない《プレジャー・ドーム》は、見慣れないだけにひどく異様に感じられた。

この沈黙は死にかけた病人の枕元のそれに近かった。かろうじて生命の気配が残っているが、わずかな物音や空気の流れでさえもがそれをかき消してしまいかねない弱々しさなのだ。フランツはまた二人に両側から挟まれる形となって舞踏場の中へ導かれた。

「《プレジャー・ドーム》にようこそ《ウェルカム・トゥ・ザ・プレジャー・ドーム》！　フランキー！」

「よけいなことを言ってないで、モーリィ、もう少ししたら、マイヤー君をフロアにお連れして。私はスタジオのほうに」

「はいはい了解」

モーリィが妙にはしゃいだ口調でそう言うと、セントルークス卿は一人でクローク前の廊下を左手に曲がり、どこかへ姿を消した。彼らこそがまさに、ベルンシュタインの言っていた〈あくどいやり口とがめつい稼ぎ方で悪名高い英国の興行師ども〉なのだ。

英国紳士の白く浮き上がった後ろ姿が暗い廊下に吸いこまれると、フランツは得体の知れない小動物とともに深い闇にとり残された。モーリィはその動物的な感覚で何にもぶつからずに歩き、ささやかなオイル・ランプに照らされた控えの間にフランツを導いた。

「ああ、そんなに緊張しないで。そうだ、ワインがあったんだっけ。これでも飲んでて」

モーリィはランプの置かれた小卓の上からトカイ・ワインの壜を取り上げた。皇族が使うような上等なボヘミア硝子のグラスに惜しげなくそれを注ぎこむ。フランツは何故か、差し出されたグラスをあっさりと受け取ってしまった。

フランツが深い琥珀色に満たされたグラスを飲み干すと、モーリィは上目づかいにそれを見上げ、あの無邪気な笑みを見せた。彼は彼なりに、このどことなく異様な場所に連れこまれた音楽家に気を使っているのらしい。

「なかなかいけるでしょう？　最高級だからね。セントルークス卿の好物なんだ。けっこううるさいんだよね、こういうものにはさ。あの方は凝り性だし」

「あの方は……セントルークス卿は、その、もしかして……なんて言うか、イングランドでだいぶ名の知られた方じゃないか？　音楽家の……その……支援などをずいぶんとされているとかで……」

「あくどい興行師だって言いたいんでしょう？　それだったら、僕に言ってくれなきゃ。プロモーションがあくどいのは僕。あの方はプロデューサー兼レーベル・ヘッド。パトロンでもあるし、雇い主でもあるってところかな。プロデューサーとしては売れ筋を、パトロンとしてはあなたのように後援しがいのある音楽家を求めている人だよ。まあ、どっちにしても最高の音楽家が欲しいんだ。ジャンルは問わない。宮廷歌劇場の指揮者でも、大道芸人でもオペラ作家でもいいのさ。才能があればね。要は才能よ才能。それだけ」

「分かるよ、それは。しかし……」

「今はよけいなことは何も考えない。これから音楽が始まるんだからね。楽にしてて、楽しんでよ。ところでフランキー、ワグナーはお好き？」

「ああ。ミュンヘンまで聴きに行ったよ」

「それはよかった。好みに合うと思うよ。……もうそろそろかな、さ、行こうか」

モーリィはなれなれしくフランツの腕をとって、普段は大勢の踊り手でにぎわうフロアに向かった。フランツはさり気なくその腕を外したが、モーリィは少し悲しそうな目つきをしただけで何も嫌味なことは言わなかった。

フロアは外以上に異様な静まりようだった。イルミネーションはやはりない。頭上を取り巻く例の格子。踏み慣らされて磨いたようになった床。二人が立ち止まると、反響した足音が消えてさらに静寂が深まった。こんなに広い場所だっただろうか。しかし、人が大勢いる時には気づかなかった何か……ごくかすかな、何のものともしれないかすかな音がする。フランツは音に反応してあたりを見回し、モーリィはにやりと笑った。

「人がいないとなんだか変な感じでしょう？　別な場所みたいで」

「何だ……あの音は？」

「音？」

「あれだよ……どこから聞こえるのか……ほとんど聞こえるか聞こえないかという程度だけど、なんて言ったらいいのかな……」

かすかな……そう、遠い滝か、あるいは渓流の音。いや違う。もっと均一で、何にも似ていない音だ。フランツはそれを表現する言葉を持たなかった。

「ああ、あれね。ホワイト・ノイズ。さすがに鋭いね。あれが判るなんてさ」

「白《ホワイト》の……何だって？」

「どうかドームの中央に」

モーリィが答える前に、何処からかセントルークス卿の声が聞こえ、フランツは驚いて辺りを見回した。彼の声はすぐそばにいるかのようにはっきりと聞こえたが、フロアに彼の姿はなかった。胸を圧迫する異様な緊張感がしだいに高まってゆく。もうほとんど興奮状態に近い。セントルークス卿は突然、正面のバルコニーに姿を現わした。彼は手に煙草入れくらいの大きさのものを持ち、それに向かって話している。どういう仕掛けなのか、その声はフランツのそばにまではっきりと伝わるのだった。一種の伝声管のようなものだろうか……しかし、フランツの考えはそれ以上先へは進めなかった。もはや感情が思考を上回り始めているのだ。セントルークス卿は再び、その得体の知れない仕掛けでフランツに呼びかけ、彼をフロアの中心に立たせた。

「もう一歩前へ……ええ、そのあたりで結構です。ではこれから、このドームの持つ真にして最高の能力をお目にかけましょう。普段はこんなことはしないのですが、今日は特別です。充分に堪能してください。……スティーヴ、始めてくれ」

「Good trip！ OK？」

モーリィがそう言ってフランツから離れると、セントルークス卿も姿を消した。

あのかすかな音――モーリィがホワイト・ノイズと呼んだ、あの耳の底に軽く触れるような音に、何かしら極端に高い高音のような感触、聞こえはしないが、それに似た衝撃、ごくわずかに、繊細な衝撃のようなものが加わった。フランツはそれに再び――今度はいっそう過敏に反応した。自分自身にさえ不自然と思われるほどに鋭く。一瞬、目眩《めまい》のような不安定感が彼を襲う。しかしそれは不快な感覚ではなかった。ただでさえ暗い灯りがまた少し暗くなる。だが、それもまた心地よい刺激だった。自分の体が急に大きくなったような感じさえする。大きくなり、広がって、フロアの隅から隅に届くほどに神経が広がって、内側から爆発しそうなほどの高揚感が高まってゆく。

どこからか……あの格子の向こうから、あの聞き取れないホワイト・ノイズのそれにも似たかすかな、時計のように規則正しいリズムを刻む音が始まった。……四分の四拍子。間違いない。一拍に四つずつの十六分音符。その連続した、絶え間ない、永遠に続くかとさえ思われるリズム！　それは少しずつ大きくなり、聴覚をわずかずつ、しかし確実に捕らえる。機械的な音……だがそれは心地よくさえあった。胸の奥にその音の一つひとつが触れるようだ。この感触！　あらゆる感覚がひどく敏感になって、意識はしだいに、あの機械的なリズムだけに集中してゆく。心地よい……いや、そんなものではない。それは快感に、性的な快感に近い。快感そのものだ！　やがてリズムはドームの円周に沿って左回りに〈回り〉始める！　しかしどうやって！　何があの音を発しているのか……そんなことはどうでもよかった。何という感覚！　このリズムだけで、不思議な興奮状態はもっと深くなってゆく。そして……音楽。音楽だ。何の？　何……そう、そうだ……ワグナー？……そう、ワグナーの……

……

ホルンの巡礼歌が遠くから届く。何処か……舞台の距離以上の彼方から……あり得ない、その遠さをもって響き、聴く者の胸の中心を貫き通す！　物理的な完璧さをもって放物線を描いて。弦のアインザッツ。ああ……地面がせり上がるように、大地そのものが天に向かって大きく盛り上がるように。木管のアインザッツ。弦は一つひとつの拍を深く刻みつけるように……そして付点のリズムをもって続く。地上が天に向かって……いや違う……自分自身が世界そのものに向かって膨脹してゆくのだ。何処までも。彼方に。足元をすくうように……音楽はあらゆる方向、天も地もなく、左右から、前後から、そして穹窿の中心から湧き出るようにやって来る。この、何にも代えがたい快楽！　ヴィーナスの洞窟の音楽！　ほんの一瞬のヴァイオリン独奏の一節が、ごく稀にしかやって来ない完璧な絶頂の瞬間に、それ以上に、その何百倍にも匹敵する！　気を失うことさえできないほどの絶頂感！　トゥッティで……チェロの上行と下行……金管の全てが本能的な、ただひたすら動物的な快楽をのみ求める咆哮として……うねる波のように。繰り返しやって来る最高の瞬間をもって、巡礼の歌はヴィーナスのそれと重なる。互いに身を寄せあって……一つとなって……ともに最後の瞬間を目指し……再び、再び……そして……さらに…………。

天体の音楽

バゼーヌ将軍は本当に何も知らなかった。モルトケが、シャイーが誰とも知れない相手から「何らかの条件で」情報を受け取っていたらしい、という話を持ち出すと、将軍は誇りを傷つけられて絶句した。どうやらこれはシャイーの独走か、あるいは将軍の頭越しに政府がシャイーに命令を下していたかのどちらかのようである。捕虜バゼーヌは協定にしたがって丁重に扱われた。しかし、彼は拷問にかけられたのと同じくらい暗い顔をして過ごした。砦や捕虜を手に入れるたびに、モルトケは徹底的な捜索を行なったが、しかしメッツの時のようなものはまったく出てこなかった。フランスで成果が上がらないのと同じくらい、ウィーンでも成果は上がらなかった。

そしてロンドンからの情報はなおいっそう交錯していた。あそこにはあまりにも多くの怪しげな薬物が横行している。その多くは植民地渡りだったが、正体のつかめないものも多かった。《魔笛《ツァウベルフレーテ》》は確かに、ロンドン一の歓楽街ソーホウや劇場街でもてはやされていたが、あまりに行き渡りすぎているため、どこに焦点を絞って探査すればいいのかがかえって分からなくなっている。《魔笛》の売買は、ウィーンでは徹底的に管理するという形で秘密を保たれているらしかったが、ロンドンでは逆に、ある種の爬虫類のように〈尻尾を切る〉というやり方をするらしい。ソーホウの幾つかのクラブ——ことに《魔笛》が平然と売買されるような——はセントルークスの所有になるもののようだったが、しかし彼は実際に本物の貴族で、しかも王族に連なる身分であるため、かえって調査はうまくゆかなかった。

　待降節が過ぎ、降誕祭がやって来る。しかしキリストの誕生を祝う気にもならない年末だ。そして、重苦しい雰囲気の中で一八七一年が明ける。フランツの次回の演奏会は年明けから一週間ほどしてから、すなわち謝肉祭が始まってからになる。

「……つまりその、オルガンの音色を決めるか変えるかする要因は、大きく分けて二つあるように思われるんでございますが……一つ目は音栓や音管の形状とその並べ方で、これはまあ、何ちゅうか、意図的に音を〈変える〉もんでございますわ。で、もう一つはオルガンの容れ物、つまり教会や劇場の造りだとか内装、オルガンの場所なんかで、これはオルガンの音が〈変わる〉要因てなとこでございますな。オルガンの材料は、この両方に関わる問題ですわ。音を変えるために音管にわざわざ違う金属を使ったり、逆に、節約のため高価な樫の代わりに樅を使ったり、てな具合でございますか。人によっちゃ、鍵盤台や風箱の材料でもひどく音が変わる、言うたりもしますが、例えば……」

　ベルンシュタインが興味深そうに耳を傾けるので、教授は有頂天になり、我を忘れて、普段は専門家以外には誰も聞こうともしない話を嬉々として喋り続けた。ベルンシュタインも、儀礼上とりあえず聞きたそうな態度を装っているというのではなく、実際のところこの特別講義を楽しんでいたのだった。

「サンクレールさんなんかは、音栓を並べる上板の材質、その下の音高溝の空間の比率、それと空気漏れ止めの革の材質が意外に重要だ、言うてまして」

　公爵にとってブルックナー教授は、今やほぼ唯一の娯楽であり避難所であり、救済、そしてまたウィーンでただ一人の酒呑み友達《ツェヒブリューダー》なのだった。ベルンシュタインは実に三日に一度は必ず、一人所帯の教授をホテル・インペリアルのレストランに招いた。教授は最初のうちこそ自分には分不相応に思えるこうした招待に怖気づいていたが、ベルンシュタインが毎回音楽の話を持ち出しているうちに教授の緊張もほぐれていった。

　年が明けて間もなく、ベルンシュタインはフランツ・ヨーゼフ帝の宮廷行事から解放されると、さっそく酒呑み友達《ツェヒブリューダー》をインペリアルに招いた。公爵の今年最初の招待客となった教授は、一張羅を着こんで喜びに顔を輝かせながら飛んできた。が、彼はベルンシュタインの顔色がどことなくすぐれないのをすぐに見て取ったらしい。気を使ったつもりなのだろう、話がとぎれないように、そして公爵が悩み事を思い出さないために、終始喋り続けた。

「……その、空気漏れ止めっちゅうのは、まあ、あれですわ。弁《フェンティルカステン》の箱の中に弁の開閉用の棒が通ってるんですが、これと箱の板との間にはどうしても隙間ができてしまうんでございますが、これをどうやって塞ぐかっちゅうとですな、この棒と板との両方にくっついた小さな袋みたいなもんを作るわけですわ。仔山羊の革で作るんですがね。これなんかは空気が漏れんで、棒の動きをさまたげなければええと思うんですが……サンクレールさんはそれじゃあかん、言わはるんで」

「実際どうです？　あなたは違いを感じたことは？」

「いや、ああいう部分は取り替えるとすれば傷んだやつだけ替えるか、でなきゃ他の部分と一緒にまるごと替えるかですが、オルガン一台分まるごとの空気漏れ止めだけ替えた、っちゅうのは見たこともないんで、わたくしにはその、何とも判りかねるんでございますが……サンクレールさんはイタリアでそれをなさったことがおありなんだそうで。もっとも、そんで違いが分かった言う人はまるでおらんかった、と言って嘆いておられましたわ。でもあの方は何ちゅうか、一種の天才でして、どうも普通と違いますわな」

「ところでそのサンクレールさんというのは誰です？」

「ああ、こら失礼つかまつりました。閣下。サンクレールさんちゅうのは、ボーヴァルのオルガン製作者で、去年、あの時に知り合いになりまして。光栄ですわ。あの方は間違いなく今世紀最高の名匠の一人だす。現代のジルバーマン言うても過言やないですわ。この間もですね、新しい歌劇場を作りましたでしょう？　そんで、旧宮廷歌劇場のオルガンがいらなくなったいうんで、陛下からご下賜いただいて音楽院に移築したんですが、調整がどうもうまくゆかんのですわ。そしたら誰が呼んだんか、サンクレールさんがウィーンにいらっしゃって、三日ばかしいじっただけで、そのオルガンの回転板《ウェーレンブレット》やら手鍵盤連結装置《コッペル》の反応速度を見事に早めてしまわれまして。いや……素晴らしかったでございますよ」

教授はまた夢中になって、いとも神聖なる名工の数々の武勇伝を披露し始めた。サンクレールはもともとボーヴァル王室直属の職人で、サンルイ司教座聖堂オルガン管理者だが、ボーヴァル国王が一種の民間外交として、他国から要請があった場合彼を派遣しているのだという。

「ほんまにあの方は名工ちゅうよりは何か……神々しいほどですわ。オルガンそのものについてだけやなくて、楽典理論や演奏法、神学、アリストテレスやら何やらの認識論、その上医学まで学んでおられまして、ああ、そうや、建築学もなさっとられて、音響のために建物の内壁の塗り直しまでされるそうで。ご自分で特別調合の漆喰を作られるんだそうでございますよ。どっかに修理に行くっちゅう時には、時々その漆喰を持参されることもあって、こらあくまで噂ですが、例えば英国の……あの……もしもし、閣下？　やはりオルガンの話はお退屈で……？　何でしたら、わたくしめは今日はここらで退散いたしましょうか？　長くお引き止めしては申し訳ありませんのですから……」

「とんでもない、教授、どうしてです？　何故そんなことを？」

「いや、その、閣下、どうもその……お顔の色がすぐれないようにお見受けしてたんでございますが……？　お疲れになっとられるのではないかと……」

「そんなことはないだろう。私はすこぶる元気ですよ。どうもよけいな気遣いをさせてしまったようですな。ただ、少しばかり考え事をしすぎただけでしょう……どうしても頭を離れないことがあってね」

ベルンシュタインは少し考え込んだが、やがて意を決したように続けた。

「一人で考えこんでいるより、あなたにお聞きしたほうがいいのかもしれない。どうです？ 最近、フランツはどうしています？ まだ時々会いに行っているんでしょう？」

「フランツですか？ いや、実はそれが全然ですわ。まったく捕まりませんので」

「彼はあなたとつき合うにはあまりにせっかち過ぎるのかもしれませんな」

「いやその、ただそんな訳ならいいんですけんども……何ちゅうかその、あの子は最近、わしと会いたがらんどころか、もう居場所さえ分からんようになってしもて……何をやっとるんか、わしゃもう心配で心配で心配で。デソフさんでさえ、どうしていいのかと……ああ、閣下の煩いごととは、やはりフランツのことなので……？」

ベルンシュタインは力なくうなずいた。

「あの噂のことでございましょうか？」

「要するに、そういうことだな。教授、あなたはどのくらいご存じです？ 聞かせてくれませんかな？ あの噂について、どの程度知っているか」

教授は思案しているのか、うち沈んでいるのか、目の前に供されたザルツブルガーノッケルンの皿を見つめながら、しばらくの間黙っていた。彼は、ほんの少しの時間を置いただけで萎んでしまう繊細なデザートに無造作にスプーンをつっこんでかき回しながら、フランツが最近、あの英国人興行師の舞踏場に、しかもその裏口から出入りしていること、しかも昼間から入り浸りであるらしいこと、そのために音楽の個人教授の副業をすべて投げうってしまったと言われていることなどを話した。

ベルンシュタインは、フランツの噂に関しては教授より自分のほうが多くを知っているに違いないと思いこんでいたが、驚いたことに、二人の情報量はほぼ同じだった。そして、音楽関係者の多くが同程度のことを知っているらしい。

誰もが言っているのだ。《プレジャー・ドーム》の一番人気のＤＪ〈フランキー〉の正体はフランツ・ヨーゼフ・マイヤーに違いない、と。〈フランキー〉は今や、オペラの接続曲《ポ・プリ》やワルツのロング・プレイからハード・コアもアンビエントもいける最高にヒップなクラビングの帝王《カイザー》としてカルトな人気を博している、というわけだ。

「あなたがそこまで知っておられるとは、教授。もはや噂というよりは、ほとんど公然の事実といった趣だ。しかしデソフ氏の言うことによれば、彼は劇場とオーケストラのプローベにはちゃんと出てくるそうですな。ただし、そういう噂については完全に黙秘で通しているし、その他の自分自身のことについてもまったく何も話さない、と。怪しいと言われてもしかたがあるまい」

「いや、わたくしもですね、実はその、踊りに行くというのはたいへんに好きなほうなんでして……しかしその、あそこまで怪しい場所には近づかんですよ。あ、いや、その……つまり、ですからわたくしめも、その、自分でそういった噂が本当かどうか確認したわけではないのでありまして……信じてはおりませんのです。そんなことは。ですから、これ以上、無責任な噂話のことはもう何も言いたくはありませんのですが……しかしですね、閣下、わしはその……このことだけは確かや思うんですよ。つまり、フランツは閣下がまだ後援の件を考え続けてくださっておられることは存じておるはずなのでありまして、そうである以上はですね、フランツとて閣下のご信頼とお慈悲を忘れて、そんないかがわしい場所で副業をするような愚かな真似をするはずがありませんのです。そこまで馬鹿な奴でないんでございます！　ええ、決して！」

こういうところが師弟で似ているのかもしれない。教授は自分がフランツを非難していることに気づくと、慌てふためき、自分自身を弁護するように必死でフランツをかばい始めた。最後には、あんな噂は彼の才能に嫉妬した連中がでっちあげたガセネタで、フランツが個人教授を辞めてしまったのも、気前のいいパトロンを得たとか、何らかの幸運で資産か年金を受けたからで、もしや彼は、今ごろ長年の夢であった作曲に取りかかっていて家に籠もりきりなのではないか……と。

しかしベルンシュタインは、フランツがいつもライヒスラート街の自宅にいないということを知っていた。結局、それを教授に話すことはできなかった。たとえ彼がうさんくさい舞踏場で演奏をしていたとしても、ベルンシュタインとしてはその程度は許せないことではなかった。しかし、彼にはまた別な気がかりがあったのである。

グザヴィエは《プレジャー・ドーム》のVIP客の一人から《魔笛《ツアウベルフレーテ》》を譲り受けることに成功していた。ベルンシュタインの手元に渡ったそれはほんの僅かばかりだったが、それで充分だった。それはまぎれもなく《イズラフェル》だったのである。しかしこの決定的な進展は結果としてベルンシュタインにとって非常に高くついた。というのも、グザヴィエはそのためにだいぶ無理をしていたのらしい。彼はすでにマークされていたのだ。その翌日、彼はラントシュトラーセの下宿で変死体で発見された。頭部に打撲傷があり、警察は義足の彼が酔って転倒したのだろうと結論したが、もちろんベルンシュタインはそれを真に受けることはできなかった。

しかし年明け早々にベルンシュタインを激しく動揺させたのはグザヴィエの死だけにとどまらなかった。謝肉祭シーズンの最初に予定されていたソワレからフランツが降ろされたのである。理由はもはや誰の目にも明らかだった。ウィーン流の噂の速報によれば、彼は一月八日の演奏会の当日、《プレジャー・ドーム》のDJを辞めろと詰め寄ったデソフと相当派手にやりあったらしい。

当の《プレジャー・ドーム》はさらに奇怪な振る舞いを見せた。モーリィは突然、その日のうちに〈さよならウェアハウス・パーティ〉を行なうと宣言したのである。その宣言は《プレジャー・ドーム》が存在すること自体に慣れてしまったウィーン中の〈クラバー〉たち——この言葉自体がすでに当然のものとなってしまっていた——に衝撃を与え、彼らはその夜、ほとんど狂乱状態になって《プレジャー・ドーム》に押し寄せた。DJはもちろん帝《カイ》王《ザー》〈フランキー〉である。

〈さよならウェアハウス・パーティ〉が終わった後、ドーム自体の解体はあっけないほど簡単だった。作業は九日の朝に始まり、十日の午後にはすでに、見慣れた《プレジャー・ドーム》は跡形もなくなっていた。

発見者は土木技師だった。

ドナウ運河河岸改修工事の責任者サヴァリッシュは、一八七一年一月十二日の未明、現場の具合を確かめるため、早朝作業組の労働者四名とともに問題の場所に向かった。問題の場所というのはラントシュトラーセのはるか下流、ジンマーリンクの堤防で、もう数マイルでドナウ本流と運河が交わるというあたりである。

何年にもわたる河岸工事の結果、このあたりも昔のように一雨あれば泥の地獄ということはなくなった。が、堤防ができて数年経ってから分かったことだが、何箇所かには泥やごみが溜まってしまうのである。そのうち、少なくともこの〈問題の場所〉はどうしても堤防の作り自体をやり直す必要があった。いったんできたものを動かすのに、ウィーンほど時間のかかる場所はない。工事の許可が下りるのも遅かったが、工事そのものはもっと遅れていた。

沈殿は目に余るものとなっている。その上、いったん切り崩した堤防から崩れ落ちた土砂がそれに混じっているのだった。しかも、冬にはそれが凍りついたりぬかるんだりを繰り返す。足場の組み方や土嚢の数に至るまで気を配らずにはいられないサヴァリッシュは、早朝に凍りついた泥炭の具合も、部下に任せずに自分の目で確かめなければ気がすまなかった。彼はそういうわけで、日の昇らないうちからカンテラを下げて現場に向かったのだった。彼が家を出た時すでに外は頭が痛くなるほど寒くなっていたが、星が灯りに見えるほどよく晴れているので、日が昇るころにはもっと寒くなるだろう。実際、彼らの一行が堤防に着いた時、気温はこの冬最低を記録していると思われるほど下がっていた。

しかし夜明けは素晴らしかった。広々とした対岸の眺め、ドナウ本流を覆う闇から、茜と金、水色と白を含んだ黎明が立ち昇ってくる。帝国の東端はもうすでに夜が明けているに違いない。しかし、西端に朝が行き渡るまでにはあと何十分もかかるのだ。サヴァリッシュは革の長靴で、足場から凍った泥の上に下り立ち、カンテラを受け取った。彼はそのまま泥の縁まで進んだ。あと数歩で水である。サヴァリッシュはぎりぎりのところまで行って、そしてそれを見つけたのだった。見つけたというより踏んづけたのである。

日頃温厚で大声を出さないサヴァリッシュの叫びは、それだけで労働者たちを恐怖せしめるに充分だった。が、彼らは一瞬ののち慌てて足場を下りて彼のもとに駆け寄り、さらに数秒後、異様な興奮状態の中でその数を数えはじめた。

全体で八体。しかし警察が来て捜査を始めると、死体の数は十一に増えた。そのうちの一人は、あろうことかシュトラウス楽団の制服である赤の燕尾服と白のスパッツを身につけたままだった。死んだ人間の数はそれ以上増えなかったが、生きた人間は増え続け、七時四十分の日の出の頃までに、野次馬の数は数百に膨れあがった。ベルンシュタインのもとに大使館付きの情報部員が駆けこんできたのは七時四十五分、彼自身が到着したのは八時二十分である。八時半には市の警察長官自らが痛風をおして現場にやって来た。ベルンシュタインが帝国秘密警察の要員と目している何人かが人混みの中に姿を現わしたのはその後である。野次馬以下の機動力だ。

「全員、水死ではありませんよ。検死をしないと死因は分かりませんが……したからといって分かるとも限りませんがね。傷み方がひどいんですよ。どれも。しかし水死ではないようです。ここで大量虐殺された可能性もまずありません。ほかで死んだ、あるいは殺されたのが運河に投棄されたんですよ。それに、その遺体もここに遺棄されたというより、上流から流れてきたんでしょう。このあたりはよくものが引っかかるんで、修理していたくらいですから」

長官は冷たい泥の上で痛む左足をなんとかかばいながら、どうにか意識を事件の方に集中させようとしていた。彼はまた、顔見知りであるベルンシュタインを現場に入れた。彼が音楽家のパトロンとして第二のルートヴィヒ二世になるかもしれないことを知っていたからである。

「どのくらい上流から？」

「さあ、それはなんとも。しかし少なくとも、本流ではないですな」

「遺体の傷み具合から見て、どれも相当古いように見えるが、いつ頃からここにあるのだろう？　もうひと月以上もこのままということは……」

「いいえ。それだけはありません」

白髪の頭をきれいに撫でつけた中年の紳士が口をはさんできた。サヴァリッシュである。

彼は、この予期しない惨劇の第一発見者とは思えないほど落ち着いて見えたが、よく見ると彼の目は焦点が定まっておらず、顔色も長患いの病人のように土気色だった。

「私たちはここでずっと工事をしているので、あればすぐに気がつきます。最高でも六日以内です」

「何故、六日なんです？」

長官が聞き返した。

「一月六日から作業が止まっていたんです。堤防の切り崩しをもう少し下流まで広げなければならないのですが、その許可がまだなんです。半年近くも待っているのにですよ、もう限界だったので、作業を止めてしまったんです。しかしそうしている間に堤防の下の土が崩れて……私たちはそれと泥が混ざって凍結したところを調べに来ていたんです」

サヴァリッシュは土砂が積ったあたりを指して言った。ようやく明日、視察が来ることに決まったばかりだという。

「私は河川の工事を二十年近くやっていますが、この箇所の泥の溜まり方の傾向やここ数日の天候から考えて、つい最近、せいぜい一日か二日前に流れ着いたものと思われます。それに……ええ、ほかに何体か引っかからずに下流に流された可能性はないわけではありませんが、しかし、仔犬より大きなものはまず絶対といっていいほどここに引っかかるでしょう」

技師は反対側を向くと流れのほうを指した。そこにはまだ白布を被せられただけで移送されていない遺体がある。もう少し温度が上がって泥が緩まないと掘り出せないのである。

「どうか遺体を運び出す時は、泥土を下流に流さないでいただきたい。長官殿。それから、足場や切り崩した堤防に見物人を近づけないでください。重さで崩壊する危険があります。それから……」

「それはもう何度も聞いています。その通りにしているから大丈夫だ。あなたはもうお帰りになって結構です。後でまた参考人として来ていただくが」

技師は不満そうだったが、この恐ろしい場所から離れられるのでほっとしているようでもあった。彼は帰りぎわに土手に上がると、野次馬をさえぎるために並んだ警官の一人一人に堤防の土砂を指し示して何事かを注意しながら帰途についた。

「人間の死体くらいの大物なら、絶対にひっかかる、といったところでしょうかね、公爵殿。しかしそれにしても人数が足りないんですがねェ」

「人数が足りないとはどういうことです？　例の行方不明者のことですかな？」

「例の……ええ、例の、ねェ。まあ。そんなところです」

「不明者は全部で何人なのかね？」

「二十五、あるいは二十六人です」

ベルンシュタインの統計では十九人である。

「しかし長官、その二十五、六人のすべてが関係あるとしても、その全員が同じように殺されていっぺんに全員が運河に投棄されたとは限らないでしょう」

「そりゃそうですとも。だいいち、ここで見つかった者も全員他殺かどうか、まだ何とも言えませんからね。もっとも、まちまちの時期に行方不明になって集団自殺したとはますます考えられませんが。少なくとも、彼らの遺体を流した死体遺棄犯がいることは確かです。遺棄犯たちかもしれません。一人でこれだけのことができるかどうか……」

「確かに。まったく見当のつかない犯罪者たちのことはともかく、行方不明者や、この遺体の身元はどうです？……全員音楽家ですか？」

　ベルンシュタインは慎重に尋ねた。

「いえ、行方不明者には自称〈詩人〉とか、舞踏教師も入っています。バンゼッタというイタリア人。それから役者もいたはずです。ええと名前は……」

　最近は行方不明者の数やそのほとんどが音楽家であることはウィーン中の誰もが知っていることだったが、帝国警察や事情通たちによる不明者の数え方はベルンシュタインのそれとは違っており、彼が無関係として除外した者もだいぶ含まれていた。ことに舞踏教師バンゼッタは、この一連の芸術家行方不明事件に便乗して愛人と夜逃げだ。帝国秘密警察は知っているかもしれないが、市警察は知らないらしい。

「それはいい。この遺体はどうです？」

「ああ、ここのは確かに、みな音楽家です。どうしたわけですかね。行方不明の担当者は…

…ああ、あそこにいる男ですが……彼によれば、この十一体はみんな同定したそうですよ。まあ間違いはないだろうということです」

「しかし、顔も手足もずいぶん傷つけられている。頭などみんな潰されている。これは明らかに死後につけられた傷だ。そうでしょう？　これで同定できるのか？」

「これは身元を分からなくするための処置なんじゃないでしょうかね。やはり、何らかの犯罪の犯人はいますよ。とにかく、ショルティはこの全員、分かったと言ってます」

長官は手帳を取り出して、さっき書きこんだばかりの氏名を読み上げた。グロス、ラック、キルヒナー、フィッシャー、カルニーノ、ランベール、シャーレ、スミルノフ、ミュルレ、シーベルトセン、ペトレンコの十一人である。

「スミルノフ……」ベルンシュタインはマダム・ツィルクふうに多少とぼけておくことにした。「何だか聞いた名だな」

「そうでしょう？　シュトラウス楽団ですよ。それとミュルレもです。彼は……ええ、楽団の制服のまま死んでいます」

「シュトラウスか……二人もいたのか」

「いえ、たったの二人、と言うべきでしょうね。シュトラウス楽団でいなくなったのは総数何と八人ですよ。あと六人。どうしちまったんですかねぇ」

そう言えば、シュトラウス楽団についてはコシール等の名が含まれていない。そのほか、イタリアの通称〈爆弾テノール〉アルベルト・トンバ――彼は今季、ウィーンの宮廷歌劇場と契約したが、《リゴレット》を一度歌ったきり姿をくらましている——や、聖ペテルブルクの宮廷ピアニストであるウルマノフと、ハープ奏者マドモワゼル・バイユール、カール劇場の指揮者兼監督補佐のシュタンガシンガーなど、ベルンシュタインが注目していた大物は一人もいなかった。

「小物ばかりだな……それに、時期が早い……」

「え、何ですって？　公爵殿？」

「あ、いや、何でもない。ところでここで悲惨な姿をさらしている人々はみな、何らかの形で犯罪にかかわりかねない者たちだったのかね？」

「そんなことはないですよ。何人かは場末の楽士ですが……とはいえ、みな真面目で穏健な市民ばかりです」

真面目な市民……か。しかし、ベルンシュタインの統計では、今しがた長官が読み上げた名の持ち主はみな、かつてグザヴィエが「明らかに《魔笛《ツアウベルフレーテ》》の常習者」と報告してきた者たちばかりだった。

「本当に犯罪とは無関係と断言する自信はあるのかね？」

「……どういう意味です？　公爵殿？」

「はっきり言おう。あなた方が《魔笛》の名を知らないとは思えないんだが」

警察長官は沈黙した。官僚としての態度と個人としての意見との距離を測っているようにも見える。彼は考えながら痛むほうの足に体重をかけてしまったことに気づいて慌てて身動きした。

「聞いたことがない、と……まあねぇ、そう言うことはできません。しかし、実物を確認していない以上、我々としては何とも……ああ、そこのお嬢さん！　足場に上らないように！」

長官は格好の逃げ場ができたとでもいうように、堤防工事の足場に立っている女性のほうに足を引きずっていった。濃いめの水色の旅行着を着た若い女性が、警官の制止をふり切って勇敢にも下に降りてこようとしている。

「ご家族の方の確認は、午後に市の遺体公示所で行ないますから、現場には立ち入らないように！」

長官はそれが誰かの遺族だと考えたらしい。いずれにせよ単なる野次馬でないことは確かなようだ。彼女が青ざめて見えるのも、早朝とはうって変わって黒い雲の立ちこめ始めた天気や、彼女の服の色のせいばかりではない。ベルンシュタインは彼女が誰であるかに思い当たった。

「キルヒベルガー嬢！」

「お知り合いの方ですか？」

ベルンシュタインがそうだと答えると、長官はこれを好機と判断したのか、気を使ったふりをして二人のもとを離れ、掘り出し作業の続く河岸へ向かった。ヘルミーネはついに泥土の上に降りてしまうと、ずれかけたボンネットを直しながら、自分に声をかけてきたのが誰であるか見定めようとした。

「フロイライン、何故、あなたがこんなところに？」

「貴方は……失礼ですが、もしやベルンシュタイン公爵様でいらっしゃるのかしら？」

　ヘルミーネは礼儀にかなった挨拶をしようと努力はしたが、それは成功しなかった。尋常な様子ではない。彼女は二、三言、何ごとかをつぶやくように話し始めた。最初のうち、その言葉はほとんど意味をなさなかったが、どうやら彼女はフランツ・マイヤーを探しにきているらしいということだけは分かってきた。例の覚え書きに彼の名が含まれていないことを確認したが、彼女の顔色は少しもよくならなかった。

　しかし、ここでフランツ・マイヤーの名が出たことでもっと驚いたのはベルンシュタインだった。彼がそのことをヘルミーネに聞き返すと、今度は彼女が驚いた様子を見せた。彼女は、ベルンシュタインもフランツ・マイヤーを探すためにここに来ているのだとばかり思っていたのだという。

「フランツ・ヨーゼフ・マイヤーの失踪届けですと……？　いつのことです？　私はそんなことは聞いていない！」

「誰もが、貴方はとうにご存じのものとばかり思っていたのかもしれません」いくらか平静さを取り戻してきたヘルミーネが言った。「デソフさんが届けを出されたのは一月十日だということです」

「そうか……八日に彼が出るはずだったソワレをホルンガッヒャーが指揮していたのも、彼が行方不明になっていたから……というわけかね？」

「いいえ、そうではないらしいのですが……実は私もよくは知らないんです」

「それはどういうことです？　フロイライン？　あなたがフランツの動向を把握していないというのは？」

ヘルミーネは言いにくそうに口ごもったが、他に誰も聞いていないのを確認すると、思いきって言った。

「私、十一月の半ばからずっと、イタリアで歌っておりましたので……ミラノとヴェネチアにいたんです。つい今しがた、南駅に着いたばかりなのです。フランツのことも、ここのことも、出迎えにきてくれたカール劇場の方々から聞いて……」

彼女の旅装はそのためだった。彼女にとって、一触即発のイタリアで公演することは、イタリアにおける対オーストリア感情を和らげるための愛国的行為であったらしい。そして彼女自身の言葉によれば、十一月にヴェネチアに発つ前に、二人は「ほんのささいな、なんでもない事」が原因で「ほんの少しだけの言い合い」になったので、彼女がイタリアにいる間、二人は手紙のやり取りもしていなかったのだという。彼女はこのことが関係があるのではないかとひどく気にしていたのだった。

「それは気にされなくともよいでしょう、フロイライン。それならばむしろ、デソフ氏の心配のほうが核心に近いでしょうな」

突然、後ろから誰かが声をかけてきた。二人がはっとして振り返ると、警察長官が行方不明者の担当だと言っていたショルティが立っていた。彼は遠慮なく話に割りこんでくると、素早く主導権を握ってしまった。

「あなたがキルヒベルガー嬢ですね？　市警の行方不明者担当のショルティです。ついでと言ってはなんですが、フランツ・マイヤーについて幾つか聞いてもよいですかな？」

ショルティはその光り輝くほど禿げた頭の中に、行方不明者のデータを人相、風体から交友関係に至るまで事細かにしまいこんでいた。ここひと月ほどのフランツについては、ヘルミーネよりもはるかに多くのことを知っているほどだった。

「デソフ氏の言うことによると、フランツ・マイヤーの姿が見えなくなったのはデソフ氏が彼を演奏会から降ろしてからだということでしたが、デソフ氏はそのことをそれはもうひどく後悔してましたよ。八日の演奏会を他の指揮者に替わるように勧告した時、感情的になりすぎてひどいことを言ってしまったと言って」

「しかしだ、ショルティ君、彼はその程度のことでウィーン・フィルという前線から逃亡するほど腰抜けではない。むしろ打たれれば打たれるほどしっかりと喰いつく質《たち》だ」

「ええ、しかし、デソフ氏は、マイヤーの私生活に立ち入るようなことまで言って、《プレジャー・ドーム》の副業を辞めろ、と言ってしまったそうですが……。マイヤーとＤＪ〈フランキー〉が同一人物であると、確かめもせずにきめつけたと言って……」

「ちょっと待ってくださいませんか？　《プレジャー・ドーム》の副業とかって……いったい何のことですの……？」

ヘルミーネは知らないのだ。どうも面倒臭いことになりそうだ。今度はベルンシュタインが何か口実を見つけてここを離れる番だった。

「ブルックナー教授！　何をやっているんですか！　あなたは！」

ベルンシュタインは、切り崩した堤防の土砂の上に踏みこんだ中年の太《ふと》り肉《じし》の男に声をかけた。彼は制止しようとする警官の手も及ばないようなところを、這いつくばるようにして降りてこようとしている。教授はびくりとして平衡を崩し、土砂の上を下まで滑り落ちた。が、たいした距離はなかったので、ベルンシュタインは放っておくことにした。

「あなたもフランツ・マイヤーを探しに？　教授？」

「えっ？　な、な……何ですと？　フランツがどうか……？」

教授もフランツの失踪については、ベルンシュタイン同様、何も知らなかった。ショルティが手短に説明して、また幾つか失踪者についての質問をしたが、教授は驚いたのか動転しているのか、どうにも要領を得ない返事をしただけだった。少なくとも、最初からフランツを探してここに来たというわけではないらしかったが、彼もまた長官の覚え書きを覗きこむと、ひとまず安心した様子を見せた。

「それにしては熱心な野次馬だ、教授。サヴァリッシュが見たらどれほど怒ったことか。まさかあんな無鉄砲なことをしてまで死体を眺めに来たわけではないでしょうね？」

「あ……いや、まさかそんな、ただ、ええと……わしは、あの……」

「まあいい。もう私も帰るところです。あなたも連行したほうがよいようだ」

時刻はもうすぐ十時になろうかという頃になっている。空は今にも雪が降りそうな具合だ。遺体の移送を急ぐ必要が出てきたので、警察はまだ凍っている泥を打ち砕く作業を始めていた。ベルンシュタインは堤防の野次馬の中にプロイセン大使館の一人を見つけ、この職務怠慢を誰にも言わない代わりに、ヘルミーネ・キルヒベルガー嬢を自宅までお送りするように、と言いつけて彼女を預けた。道中、彼が〈フランキー〉の噂の説明をさせられることだろう。可哀相に！

ショルティは作業現場に戻っていった。泥土の破砕のため白布の一部がめくられるたびに、野次馬からため息ともどよめきともつかない声がもれる。シュトラウス楽団の赤い燕尾服——あれがミュルレだ——が見えると、それに幾つかの叫びが混じった。年寄りは十字を切っている。ベルンシュタインがふと気づくと、教授はそうしたラザロ復活図もかくやの光景に魅入られたように、ほとんどまばたきさえせずに見つめていた。

ベルンシュタインは教授をせっつくと、足場から土手に上がった。そうしながら彼は、《プレジャー・ドーム》とこれらの一群の変死体との関係について長官に探りを入れなかったことを後悔すべきか、あるいは逆にそうしなくてよかったと考えるべきか思案した。おそらく、そうしなくてよかったに違いない。警察の見解は（表向きのものも、その本音も）、すぐに大使館所属の諜報員が仕入れてくるはずだ。

ベルンシュタインはまた、別な事柄についても思案していた。あの赤い燕尾服が目について しかたがないのである。

「ああ、あの……こ、公爵閣下、どうもその、たいへんにご迷惑をおかけいたしまして、その……閣下？　お怒りになっていらっしゃるので……？」

「……いや、そうではない。失礼。少し考え事をしてしまった。教授、あなたはどう思われます？　あのシュトラウス楽団の行方不明者について？」

「シュトラウス楽団の……と言われますと、あのいなくなった八人についてですか？　行方不明者二十六人のうち、シュトラウス関係は三分の一近くになるそうでございますがねぇ。弦が四人、木管と金管が一人ずつ、ただでさえ少ない打楽器が二人も」

教授はその人数をやけに正確に記憶していた。

「あそこで見つかったのはたったの二人、スミルノフとミュルレだけだそうだが、彼らは音楽家としては、言わば……小物だ。そうでしょう、教授？　コシールやオーモットのような、ウィーン・フィル入り間違いなし級の演奏家は一人もいない……こういうのは偶然だろうか？」

「確かに……ええ、そら気になりますわ。あとの六人は、はっきり言うてみんなその二人とは比べものにならんくらい良い楽団員のはずですわな」

教授は土手沿いの道を歩きながら、そうした行く方知れずの音楽家たちについての情報を並べ立てた。彼の関心は、まさに彼らが音楽家であるという点に据えられていた。彼の視点は素人であるが故に、いや、彼自身が音楽家であるが故に、市警よりも核心を見きわめているように思える。

「シュトラウス楽団にしても、そうでない者も含めて、あの中には大物は不在ちゅうことですな。確かに何となくいやな感じはしますですね、閣下」

「私は……これからシュトラウスの家に行ってみようかと思うのだが……」

「シュトラウスさん言われると、あのヨハン・シュトラウスさんでっか……？　しかしですね閣下、そんでいったいどないなさるおつもりです？」

「どうって……それが私自身にもよくは解らないのだが……ただ、どうしてもシュトラウス楽団のことが気になる。とにかく行ってみないことには気がすまない」

ブルックナー教授はしばらく困惑したような顔をして言いだしにくそうにしていたが、やがて決意を固めて、自分も連れていってくれるよう平身低頭して懇願し始めた。ベルンシュタインはすでに、教授の恐ろしいほどの細部にまで行き渡る洞察力、そして時に飛躍的に発動する直感を知っていた。それは決して無駄にはならないだろう。それどころか、何にもまして強力な助けとなり得る。彼は教授を自分の馬車に乗せた。まずは教授をヴェーリンガー街の自宅に連れ帰って、泥だらけの服を着替えさせる必要があった。


対オーストリア戦争の前、ベルンシュタインが音楽院の学生だったフランツに対するパトロナージュを考える前のことだが、彼が興味を持った音楽家がもう一人いた。今やどの皇帝や王よりも広くヨーロッパを支配する〈ワルツ王〉ヨハン・シュトラウス二世のすぐ下の弟、ヨーゼフである。一見、兄よりも軽薄な〈いけ好かない野郎〉に見えるヨーゼフは、実のところ、遊び場の大衆音楽ばかりを書かせているにはもったいないほどの才能と、そして精神的な深みを持っていたのである。ベルンシュタインは彼のワルツ《神秘な磁力》を聴いて、すぐさまそのことを見抜いたのだった。兄ヨハンが、言わば夢を見ながらも地上に堅牢な建造物を建てているとするなら、弟ヨーゼフの音楽は、現実を見ながらも空中に楼閣を築いているようなものだった。

ヨーゼフは確かにウィーンっ子らしい陽気さを持っていたが、芸能人としてやっていくには堅実すぎ、繊細でありすぎた。彼はもともとは技師であり、その道では、一八五〇年代にはダム建設の監督や先駆的な道路清掃車の設計も手がけているほどの優秀さを見せていたほどなのだ。そんなヨーゼフがこの世界に引きこまれたのは、ヨハンの体調不良で代わりの指揮者が必要になったためだった。彼は最初、抵抗した。しかし彼は、兄のそれに匹敵する——のちにはワルツ王自身をも不安に陥れるほどの——才能を持っていたのだった。

ベルンシュタインが彼に興味を持った頃、彼が舞踏音楽以外の芸術作品を試みようとしていることや、嫉妬深い兄によって仕事を押しつけられたり取り上げられたりして難渋していること、その兄から何らかの形で独立を欲してることは、その筋ではすでによく知れたことだった。そして、舞踏場での激務が彼生来の虚弱な体質に過剰な負担をかけており、時に持病の頭痛で失神することも。ヨーゼフをエーデルベルクの宮廷楽団に迎えるという話を、兄ヨハンは嫉妬と警戒と弟の昇進の可能性を喜ぶ複雑な態度で聞いていた。ヨハンは弟を必要としながら持て余し、その才能を愛しながらも嫉妬していた。無思慮にヨーゼフを引き抜いてしまえば、あのシュレスヴィヒ・ホルシュタインに似た問題が起こるだろう。

だがフランツ・マイヤーの件同様、これも六六年の対オーストリア戦争によって一時棚上げとなった。彼はミュンヘンで偶然に、ヨーゼフ招聘の考えを持ったのは七〇年になってからだった。彼はミュンヘンで偶然に、ヨーゼフが二年前の謝肉祭シーズンに作曲したというワルツ《天体の音楽》を聴いたのである。ベルンシュタインはマリアに彼の曲と演奏を聴かせるつもりでいた。そして、もしマリアが彼を選ばなかったとしても、少なくとも、今度こそは彼をエーデルベルクの正式な宮廷楽員に迎えて、ウィーンの苛酷な環境から救出してやるつもりだったのだ。

しかし、ツィルク夫人邸で彼の名を出した時、夫人から返ってきた答えは驚くべきものだった。三ヵ月ほど前、ちょうど対仏戦争が勃発した頃、ヨーゼフ・シュトラウスはワルシャワで原因不明の病気になり、ウィーンに移送されて間もなくに、四十三歳にあとひと月という生涯を終えていたのである。正確な死因は発表されなかった。彼の夫人カロリーネが、夫の遺体解剖を頑なに拒んだためであった。ほとんど変死であったらしい。しかしもっとも不吉に思えたのは、その年の春、再び兄から逃れようとし始めたヨーゼフに興行師モーリィがつきまとっていたという噂である。口さがない連中は、ヨーゼフが《プレジャー・ドーム》に移籍するのは時間の問題と公言していたという。ドナウ運河で発見されたシュトラウス楽団の制服をまとった死体は、ベルンシュタインにこのヨーゼフの不審な死と《プレジャー・

ドーム》の微妙な関係を思い出させたのだった。

公爵と教授は昼前に、タボール大通りに面したレオポルトシュトラーセ三一四番地に到着した。シュトラウス一世が購入して以来、シュトラウス一族の家として知られるようになった《金の雄鹿館》である。それはオーケストラの練習さえできるほど広々とした館で、成功した銀行家や大商人の屋敷だとしてもおかしくないものだったが、シュトラウス家はこれを、高金利や軍需品ではなく音楽で手に入れたのである。ワルツ王自身はこの家にはあまり寄りつかず、イェッティ夫人とともにもっぱらシェーンブルン植物園のそばのヘッツェンドルファーシュトラーセの家で寝泊りしていたが、謝肉祭シーズンで街中の仕事に追われているためか——実際はそれに加えて、アン・デア・ウィーン劇場で進められている彼のオペレッタ《インディゴと四十人の盗賊》の初演の仕事があった——ここしばらくは雄鹿館に滞在しているのだった。

音楽院の教授殿と、かつてヨーゼフ・シュトラウスの後援を打診していた貴族は歓迎されて迎え入れられた。雄鹿館の中は、一家があまりうまくいっていないという噂を打ち消すほど暖かな家庭の雰囲気で満たされていた。やや甘ったるくささえある佳き家庭の団欒である。遊び人のシュトラウス〈シャニィ〉には欠かせないものなのかもしれない。

彼の夫人イェッティは、二人の客人を小さなピアノのあるこぎれいな客間に通すと、きびきびと女中たちに指示を与えた。シュトラウスと結婚する前に七人の私生児を産んだと噂される女性は、見た目にはそういう悪評を想像させるようなところはなかった。それどころか彼女は、今やシュトラウス楽団の事実上の要でさえあるのだ。楽団、契約、楽譜、出版、写譜、日程、そして子供のようなところのあるワルツ王そのものを管理できるのは彼女だけだったのである。イェッティ夫人はコーヒーを入れると、いかにも声楽家らしい深みのある声で言った。

「申し訳ありませんわ、公爵様。主人はたった今起きたばかりで、とてもお目通り願えるような格好じゃございませんの。今、呼びにやりましたが、どうかご無礼をお許しくださいまし」

「お気になさらないでください、マダム。彼の皇帝陛下に匹敵する長い勤務時間が夜中であることくらい、知らぬ者はないのですから。健康上の理由で宮廷舞踏会音楽監督の地位の辞職願いも出されたと聞きますが……お加減はいかがでしょうか？」

「ありがとうございます。今は落ち着いておりますわ。気分に左右されるんですの。辞職の件はたった今、皇帝陛下ご自身によって受理された、との連絡があったところです。まだ報せてはおりませんのですけれど。フランツ・ヨーゼフ騎士十字勲章までいただけるとのことで……ありがたいことですわ」

「それは良かった。彼も安心することでしょう。しかし……そういう報せもまだだということは、おそらく、例のこともまだ……？」

イェッティ夫人は気を揉むように眉を曇らせると、エプロンの端をたぐり寄せた。

「ええ、もちろんですわ。あんなこと……もう、どうやって報せたものか……ジャンは、いえ、主人は、ご存じかも知れませんが、あんなふうですので……」

彼女が何を言いたいのか、公爵にも教授にも判っていた。陽気な色男〈シャニィ〉の、狂気としか言いようのない死に対する激しい恐怖感は、意外ではあったが確かな事実なのだった。彼は母親や弟の葬式にさえ寄りつかなかったのである。イェッティの心配も大げさなものではなかった。例の行方不明の楽団員たちの何人かがそろって変死体で発見されたなどという報せは、起きぬけのヨハンに聞かせるわけにはいかなかった。

「賢明なご判断だ。それに、私にとっても都合がいい。というのも、私は実は、去年亡くなったという弟君のことを少し聞きたいと思って訪ねてきたものだから……団員たちの死が先に知らされていたら、そんなことはできなかったでしょうからね」

「ヨーゼフのことですの？　ええ、でも……その話題自体、どうか慎重になさってくださいまし。今でもひどく過敏に反応いたしますの。去年はその後に叔母も亡くなったことですし、あまりに不幸続きですわ」

イェッティは明らかに、のちのち団員たちのことをなおさら話しにくくするその話題を歓迎していない様子だった。しかし、彼女には申し訳ないが、どうしても聞いておかなければならない。イェッティは公爵に食い下がって、ヨーゼフの死の様子についてはあとで未亡人カロリーネに話させるから、ヨハンに対してはできるだけ穏便にという約束を取りつけたところで、ちょうどシュトラウス本人が現われた。

ワルツ王、ジャン、〈シャニィ〉、青きドナウの○○××等々、数限りないあだ名を捧げられた帝国一の色男は、金の飾り紐がついた天鵞絨《ビロード》のガウンにくるまって現われた。指揮台であの赤の燕尾服をまとってヴァイオリンを手にしている時よりも、年老い、くたびれ、情けなく見えた。彼はご無沙汰と不作法を詫びて安楽椅子に身を投げ出すと、彼自身よりも彼らしい象徴となった頬髭を無造作にかきむしった。まだ半ば眠っている風体である。あるいは明らかに病気だった。シュトラウスは、この狭いウィーン音楽界で多少なりとも顔見知りになっていた教授がいることで、幾らかは安心感を得たらしかった。

ベルンシュタインは遅れに遅れた弔辞を簡単に述べながら事細かに観察したが、彼の様子にはとりたてて変化と呼べるようなものは現われなかった。公爵はヨーゼフの死そのものについては言及を避け、あなたもたて続けに団員や指揮者を失ってはさぞかしたいへんなことだろう、と言って、さりげなく失踪した団員たちのことに話の流れを向けた。が、驚いたことに、その言葉に対して彼が最初に示した反応は、嘲笑とも受け取れる短い笑いだった。話が進むにつれ、どうやらシュトラウスは、彼らの失踪を何らかの犯罪や事故よりも、意図的な〈脱走〉であると考えているらしかった。

イェッティが差し出したコーヒーに少しだけ口をつけると、シュトラウスは自分自身を笑うように続けた。

「いいえ別に……困っているなどということは全くありません。我々には末弟エドゥアルドもいますしね、楽団はもう彼に任せるんです。ご心配には及びませんよ。それに団員が減ったとは言っても、シュトラウス楽団は全員合わせれば百人を超えますし、私自身、もうあまり舞踏会への出演などはしたくないので、もともと楽団は縮小するつもりでいたんです。どうせコシールだって、ウィーンに残っていたとしても、今シーズンにはアカデミックなウィーン・フィルに移ってしまって、今ごろシュトラウス楽団になぞ洟もひっかけない有り様だったでしょう。オーモットだって、ミヒャエル・ツィーラーが引き抜いていたに違いない。彼らがウィーンに居ようが居まいが、私には同じことです」

「ほう……あなたはまるで、彼らがすすんでウィーンを去っていったと信じているようですな。金も荷物も持たず、家族を捨ててですか？」

「それ以外の何だと言うのです？」

「例えば、あなたはこれが何かの事件か、陰謀のようなものだと思ったことはないのですかな？」

「陰謀ですと？」

シュトラウスの目にいくらかの真面目さ、あるいは懸念のようなものが宿ったように見えた。そうした深刻そうな色合いを加えると、彼は心なしかバイエルン王に似て見える。

「やはり閣下もそう思われますか？」

「やはり、と言うと？」

「やはり、ですよ。実は私も、その可能性を考え始めていたところなのです……」

ベルンシュタインと教授は思わず視線を見交わした。が、教授は引き続き押し黙ったままで、ベルンシュタインが話し続けた。

「差し支えなかったら、あなたがどう考えておられるのか、聞いてもよろしいかな？」

「ええ、結構ですとも！　私はですね閣下、ベンヤミン・ビルゼがもっとも怪しいと睨んでいるんですよ！　彼が全員、引き抜いたんじゃないんでしょうかね。違いますか？　もしや、あなたはすでにご存じなのではないでしょうね？　ベルリンの王室楽団でコシールらをご覧になったことは？　彼らはみな非常に優秀で、優秀すぎるというのか、ダンスよりもクラシックをやりたがっていたくらいでしたしね！」

ベルンシュタインは面食らった。こういうのも一種の楽天家と言えるのかもしれない。

「まさか。私が言いたかったのは……あの噂のことですよ。ご存じでしょう？　ウィーンではこのところ、少々薬物中毒の噂が過ぎるようだが」

「《魔笛《ツアウベルフレーテ》》のことですね。そのくらいは私だって知っています。けれど、もし彼らがそんなものに関わっているとするなら、うちの楽団から離れてくれてかえってありがたいくらいです。そういうのは見つけ次第追放しようと常日ごろから思っていますが、幸いなことに実際にそれをやったことは一度もありません」

「それは何よりですな。あとはただ、せめていなくなった団員たちが……今も無事でいるのならば幸いでしょうが……」

「無事で、というのはどういう意味です？」

普段は御前会議でしか用いない技法を駆使して、ベルンシュタインは重要なことをあからさまに言うことによって平凡な些事に見せかけた。イェッティはすでに、はらはらしながらエプロンの端をいじくりまわしている。

「けっこう死者が出ると聞きますからね。私がシュトラウス楽団の指揮者だったら、彼らはもうとっくに死んでしまったのではないかと考えていたでしょうに」

ワルツ王は力なく笑った。

「はは……なるほど、なるほどそうかも知れませんな！ しかし人を死なせるのは、何も《魔笛》だけではありませんしね。酒でも、夜更かしでも、過食でも、踊りすぎでも……あるいは楽団の管理や作曲でも人は死にますよ。憂鬱症《メランコリー》でも死にます。踊っている最中に憂鬱《メランコ》症《リー》で死ぬなんてことも、あるいはあるかもしれないじゃないですか」

彼は今や、目の前にベルンシュタインが差し出した問題よりも、自分自身の隠された哲学に没頭しているようだった。

ベルンシュタインと教授は、人生を茶化しているのか投げ出しているのか判然としないワルツ王のもとを辞した。イェッティは約束通りカロリーネ夫人を呼び寄せて、別室で二人に会わせてくれ、自分はヨハンにあの二つの報せをもたらすという大任のために引き下がった。

まだ幼い娘とともに地上に残されたその女性は、繊細そうな目元とがっしりとした口元といういささか均衡を欠いた容姿をしていたが、濃い色の髪と喪服との間に浮き出たその顔に現われているのは、賛美すべき慈悲と、夢見る夫を地上につなぎ留めておいた芯の強さだった。公爵は最初、彼女とてまだ記憶に新しい夫の死を語りたくはないだろうと思ったが、しかしカロリーネはヨハンとは違い、ありもしない陰謀や抽象論に逃げたりせず、間に合わなかったとはいえ夫を救うためにウィーンに来てくださった（と彼女には映った）貴人にすべてを明かすことによって、何か浄化にも似た作用を得ようとしているように、ヨーゼフが亡くなった時のことを事細かに話してくれた。彼女の語ったことは、ベルンシュタインに後悔の念を深くさせただけだった。

ヨーゼフが兄から逃れたいと再び強く願うようになったのは、どうやら彼ら二兄弟が出演した六九年夏のパヴロフスクのシーズンの頃かららしい。ヨーゼフはこのあまりうまくいかなかった演奏旅行の最中に、やはり自分同様、兄からの独立を画策している末弟エドゥアルドが勝手に演奏旅行を企てていたことを知った。パヴロフスクが来年の契約をビルゼに乗り換えたと知ったヨーゼフは焦りをつのらせ、ひどく条件の悪いワルシャワからの出演依頼を受けてしまう。昨年初頭の楽友協会落成記念舞踏会の頃までは、三人ともなんとか折り合いをつけていたのだが、その直後に母親が亡くなり――ヨハンが葬儀に現われなかったという例の事件である――謝肉祭シーズンに開館したあのイングランド人の舞踏場がウィーンとは思えない素早さで人気を獲得すると、物事は何もかもが雪崩を打つように悪い方向に向かって崩れ落ちていったのだった。

ヨーゼフは以前から偏頭痛持ちであり、時には発作を起こして気を失うこともあった。この悪夢のような謝肉祭が過ぎる頃、ヨーゼフはこの持病をおし、かつてない決意をもって、ある試みに身を投じようとしていたらしい。彼は誰よりも信頼している妻にさえ詳細を明かさなかった。が、カロリーネにも多少の見当はついていた。と言うのも、ヨーゼフは三月半ばあたりからよく外出し、あのイングランド人興行師と会っていたからである。

ここでモーリィの名が出たのは、あらかじめそのことについて知っていたベルンシュタインにとってはさして驚きではなかった。しかし、カロリーネが続けて言ったことは、驚きというよりは恐怖に近いものを感じさせた。カロリーネは長兄の愛憎や末弟の功名心に対しては慎重に言葉を選び、あからさまに非難めいたことを口にしはしなかったが、モーリィに関してははっきりと、彼はヨーゼフの死に責任があると言った。それどころではない。彼女は逡巡せずに、モーリィがヨーゼフを殺したのだと言ってのけたのである。

「殺した……？　それは穏やかではありませんね、マダム？　あなたのように教養あるご婦人が口にされることではない」

「いいえ、言います。本当のことなんですから！　一度、どなたかに聞いていただきたいと、ずっとそう思い続けてきました」

「どういう事です？　もし……」

ベルンシュタインがそう言い終わらないうちに、カロリーネは何度も考え抜いたと思われる、よく整理された話を始めた。彼女にとって、その話は「差し支えがある」どころではないらしい。話したくてたまらないのだ。

ワルシャワでの契約は五月からだった。ヨーゼフはその準備をしながらもモーリィとの接触を続けていたらしい。その頃から彼の興奮状態、不安、頭痛、抑鬱といった症状がいっそう顕著になってきたので、心配したカロリーネは、少なくともワルシャワの契約が終わるまでその他の契約のことは考えないほうが良いのではないかと言ったが、彼は――ヨーゼフらしくないことに――お前は仕事のことに口を出すなといって彼女を怒鳴りつけたのだという。ヨーゼフは終始不機嫌だった。そしていよいよワルシャワに発とうとする何日か前、カロリーネにとっては絶対に忘れることのできない五月二日の夜、ヨーゼフは気を失ったままモーリィに馬車で送られて帰ってきたのである。

モーリィは若いながら礼儀正しく控えめな紳士（！）で、ご主人が持病の発作を起こされたらしいと言って、彼の護衛役《ボディ・ガード》の二人の若者にヨーゼフを担がせていた。モーリィは、原因は分からないが、契約の話をしている最中に突然ヨーゼフが失神したのだと言った。興行師はさらに、彼はワルシャワへは行かないほうがよいのではないか、たとえ今すぐ契約を一方的に破棄して違約金を払わされても、自分がそれを受け持つ、そしてワルシャワ以上に収入を保障するから、どうか彼を充分に静養させてあげて欲しい、と、非常に誠実な態度で言ったという。

カロリーネもその時はモーリィを信用していた。翌朝ヨーゼフが意識を回復すると、カロリーネはモーリィの申し出を受けてワルシャワ行きを断るべきだと言ったのだが……。

「主人はまったく耳を貸しませんでした。ワルシャワには何があっても絶対に行く、と。私は不安になって、もしやモーリィさんとの間で実は何か問題が起こっているのではないかと尋ねたのですが……主人はただ一言、違う《ナイン》、と言っただけでした。怒りもしなければ動揺もしませんで……ですから私もそれを信じました。それからワルシャワに発つまでの数日間、主人はモーリィさんとのことも含めて、シュトラウス楽団の外との契約の話はただの一言さえしませんでした。私はとり残されたような気持ちになったのですけれど、彼がワルシャワに行ってしまうと、私は本当に文字通りとり残されたのです。そうなると、何だかあらゆるものに対する疑いの気持ちばかりが強くなって……」

「なるほど。それであなたは、やはり本当は夫君と興行師の間にいさかいがあって、無理矢理出立したワルシャワでその負担が死の引き金になったと……」

「いいえ！……いいえ、そんなものではありませんわ！　モーリィは……あのいかさま師は……いったい何のつもりだというのでしょう！　主人を追ってワルシャワまで行ったのです！　エドゥアルドが都合をつけてくれたワルシャワの楽団の中にモーリィの顔を知っている団員がおりまして、それで判ったのです。それまでの演奏会はみなうまく行き、ヨーゼフは大丈夫だという手紙を書いてくるようになっていました。でもあの日……六月一日のことですが……主人は演奏中に指揮台の上で倒れたんですの。……本当に唐突に、意識を失って……。その団員は主人より先に、上手の舞台寄りの客席にモーリィがいることに気づいていたのだそうです。彼も主人がモーリィと接触を持っていることを知っていましたから、それを別におかしなことだとは思わなかったそうです。新しい契約主が彼の演奏を聴きに来ているだけだと思って。でも、主人がオーケストラに指示を出すために偶然顔を上げた時……私は今でも、まるで自分がその瞬間を見ていたように感じますわ、主人はモーリィと目が合った……そして発作です。その団員の言葉は主人自身からは確認できませんでした。私がワルシャワに着いた時、主人はろくに口もきけなくて、私が誰だかもよく分からない様子でした……」

　その後の一連の演奏会はウィーンから急行したヨハンが引き継いで事無きを得たが、ヨーゼフはウィーンに移送されても意識を回復せず、体中が麻痺し、うわ言――かつてはヨーゼフ自身がそういう題のワルツを作曲していたものだが――を言い続け、そして発作から二ヵ月近く経った七月二十二日に亡くなったのである。

　モーリィ――彼は死期の近い者の目にしか見えないという死の星のようにワルシャワに現われ、そしてまさにその一撃でヨーゼフの命を奪った。カロリーネは今や、あの五月の宵、両者の間で何事かとんでもないことが持ち上がったのに違いないと確信していた。そしてその死徴の星は、再びベルンシュタインを魔法の笛に導く。

　カロリーネはまだ一言隠している。その言葉をヨハンに対してしたのと同じやり方で持ち出してよいものかどうか、さすがのベルンシュタインにも迷いがあった。だが、そうせねばなるまい。

「私は最近、あることにひどく過敏になっているので……これはあくまでも、私のそうした特殊な興味から出た偏った質問だと思ってください。例えば、ヨーゼフ殿はその五月の宵に、何か健康をひどく害するような薬物を服用したという可能性はありますか？」

「……はい。公爵さまがおっしゃりたいのは《魔笛》のことではございませんか？」

　彼女はむしろ、それを聞かれるのを待っていたのだった！

「その通りです。信じたくはないが、やはり、そうだったのですか？」

「いいえ、確実なことではございません。でも私も実は、そういうことがあり得るんじゃないかと疑っておりましたの。ワルシャワで昏睡した主人を見た時からずっと……」

「もしや……検死解剖を許さなかったのも、そのためですね？」

「はい。私は医学のことは何も存じませんが、そういうことは、もしかしたら解剖などすれば判ってしまうことなのかもしれないと思って。たとえ主人がそうした薬に手を出していたとしても……亡くなった後に名誉を汚されるなんて、それだけは避けたかった……」

その通りだろう。五月二日の宵から後のことについては、カロリーネとベルンシュタインの推測はほぼ一致した。あの夜、ヨーゼフは《プレジャー・ドーム》で《魔笛》をやったに違いない。しかしもとから脳や神経に持病を持つヨーゼフは、その最初の一撃に耐えられなかったのだ。彼は発作を起こして気を失う。が、《プレジャー・ドーム》の秘密を共有してしまったため、モーリィとの契約から逃れられなくなったのだろう。モーリィはヨーゼフを連れ帰って契約を履行させるべくワルシャワに行くが、ヨーゼフは彼の姿を見、その衝撃が最後の発作を引き起こしたのである。

だが何か……理性では納得できず、論理では把握しきれない何か、見ようと思えば思うほど見えなくなる何かが、ベルンシュタインの意識の奥深くにひっかかったまま残っていた。このまま決着していいのだろうか。

「おそらく、この通りだろうと思います。そうならば、確かに、そんな薬に手を出した主人にも非はあったでしょう。でも……ああ、今さらこんなことを言ってはいけないと思うのですが……何もかも、本当は気の進まなかった主人が音楽家になどなったのがいけなかったのではないかと……いいえ、彼が平凡に技師であったほうが幸せだったとは断言できません。でも主人は……死ぬ間際に、技師だった頃のことを思い出していたようでした。私には意味の分からない機械工学の専門用語なんかをうわ言で繰り返したり……時々それに音楽のことが混じって……ひどくうなされていました。まるで支離滅裂のうわ言だったのですが、まるでそれに何か深い意味のある言葉でもあるかのように、私は今でもよく覚えているんですの。音楽プログラム《ムジークプログラム》を造るのだとか――最初は標題音楽《プログラムムジーク》のことかと思いましたけど、あまりにも何度も繰り返すので――ワルツを再混合《レミクセン》するだの、天体の音楽を捕捉する機械が……」

「何ですと!?」

それまで完全に沈黙していた教授が唐突に聞き返した。

「いいえ、いいえ！　意味はないんです！　ただ、そういう言葉が出てきたというだけです。本当にもう異常……ええ、まったく異常でしたわ！　気が狂っていたのですわ！　最後には、彼らは機械で音楽を造ろうとしている、なんて……」

カロリーネ夫人は声を詰まらせると、まったく突然に泣き崩れた。ベルンシュタインと教授は驚いて同時に立ち上がった。あとはもう何も聞くことができなくなった。

あとはもう、イェッティ夫人にすべてを任せるより他になかった。今やこの家で正気なのは、ただひとり彼女だけであるかのようだ。イェッティはまだ、ありがたくないほうの報せをヨハンに話していなかった。彼女はエプロンの端を無意識のうちにいじりながら、来たときよりもはるかにうち沈んで見える貴族と音楽院教授を見送った。

シュトラウス一族は陽気な華やかさと暗い影を同時に持っている。ベルンシュタインは今の今まで、それは分不相応な栄華を手にした芸能人の贅沢さと、いつそれを失うか分からない流行の寵児につきものの不安だとばかり思っていた。が、どうやらそれではすまされないのらしい。オーストリアには「喜びと悲しみは一本の棒の両端だ」という言葉があるが、シュトラウスはその喜びの端を人々に向かって振ってみせるために自分は悲しみの端を握っている。雄鹿館には凝縮された生の輝きと、その眩しさ故になおいっそう強調される死の匂いで満ちあふれていた。


ブルックナー教授は、あの一言以外は、挨拶の言葉程度しか口にしなかった。が、誰もが彼の存在をありがたく思っていたようだった。彼は、全てが異常な方向に漂い出してしまわないための定点の役目を果たしていたのである。もっとも、その役目は彼にはやや荷が勝ちすぎたようだったが。

「教授……？　お加減がよろしくないようだ。休まれたほうがよい。私の友人の家に行きましょう。ここから歩いてほんの二、三分ですから」

もうじき雪が降ってくるに違いない。教授の気配がしないので、ベルンシュタインは後ろを振り返った。驚いたことに、教授は公爵にはついて来ようとせず、ふらふらと二、三歩後退して、車輪止めの石に腰を下ろしてしまったのである。

「教授？」

返事はなかった。彼の様子は明らかに普通ではない。この寒空の下でしたたり落ちるほどの汗をかき、息づかいは幾分荒い。教授はポケットからよれよれの赤いハンカチを引っぱり出してそれで汗を拭いたが、手元は狂いっぱなしだった。ベルンシュタインは引き返して教授に近づきながら、最初、彼は雄鹿館での異様なやりとりの毒気に当てられたのだろうと考えた。が、何よりも彼の様子を異様に見せているのは、その嬉々としているとさえ言えるほどの目の輝きである。それを見たとたん、ベルンシュタインは理解した。彼は魅了され過ぎたのだ。教授とシュトラウスとの間には、奥深いところで何か似たものがある。同質性とさえ言えるだろう。それは死に対する感受性の類似である。が、その現われ方は大いに違っていた。シュトラウスは肉親の葬儀から脱走し、教授は早朝のドナウ運河の土手に、わざわざ腐りかけの他人の死体を見にやって来るのだった。

「お立ちなさい。もう何歩でもないところです」ベルンシュタインは、筋向かいの館を指した。「ツィルク子爵夫人のところです。さあ……」

ベルンシュタインが教授の腕を取ろうとした瞬間、教授は三度目の鶏の声を聞いたペテロのように飛び上がり、身を震わせて倒れ伏した。そのまま、ベルンシュタインの前で両手を地面について跪《ひざまず》いた。

「閣下！　どうかお許しくださいまし！　どうかこのわたくしめを……」

驚きのあまり、ベルンシュタインは何も答えることができなかった。ただ彼は何かを考える以前に反射的に教授に飛びかかると、渾身の力をこめて、そのオーバーエスターライヒの滋養で太り気味となっていた音楽家の体を引き起こした。教授は明らかに取り乱していた。彼を起き上がらせるのにはかなりの力が必要だったが、しかし、彼はさして抵抗もせずにベルンシュタインのすることに従った。

「ああ……ああ、閣下、親愛なる閣下！　どうか……後生でございます……わたくしめを……この哀れなあなた様の下僕を、どうかお許しください……お慈悲を……！」

「教授！　しっかりするんだ！　どうしたというんだ。私にいったい何を許せと言うんです？　しっかりなさい！」

「どうか……閣下……お許しを……！」

「……わ、分かった……そう言って欲しいのなら何度でも言おう。あなたを許そう。あなたに罪はないのだ。もう立ち上がって堂々としておればよろしい……これでいいかね？　気が済んだら一人でちゃんと立つんだ」

ベルンシュタインは教授の左腕を抱えると、無理矢理立ち上がらせて、彼を正面から見据えた。一瞬前の発作的な動揺はおさまりつつあったが、それでも教授はまだ全身を震わせており、一人では立っていられなかった。

「教授、どうしたというのです？　あなたが私にいったい何をしたと思いこんでいるんです？　言ってごらんなさい。そんなものは単なる勘違いだとすぐに判るはずだ」

「いいえ……いいえ閣下……勘違いなどではございませんのです。それは本当にわたくしめの罪……わたくしは、あなた様に対して嘘を……！　そうです、そうですとも！　今までずっと嘘をついてきたのでございまして……」

「あなたが？　信じられないね。いったいあなたにどんな嘘がつけると言うのです？」

「わたくしめは……ああ……閣下、あの時のことを覚えていらっしゃいますでしょうか？　あの子……マリアをあなた様にお任せしました時のことを……」

「ああ、あのボーヴァルでの……？　覚えていますよ」

「あの時、わたくしめは、わたくしの後をついて来たあの子を道端で……その拾ったと言うか、何と言うか……あの子はすぐに気を失ってしまったもんじゃけん……わしはその、どうしていいんか分からなくなっちまいましたものでございますから……そこに閣下が馬車で通りかかられて、どうしたんだとお声をかけてくださった……閣下はわしがあの子を持て余しているのをご覧になって、ご自身がお引き取りになられるとまで……わしはあの時の閣下のお慈悲を一生忘れんですとも！　そんで、わしはあの時、この子はまともに喋れんのらしいと申し上げましたのですが、しかしでございますね、閣下！　それは嘘だったのでございます！」

「いや、嘘ではないだろう。マリアは少しは喋れるが、それはフランス語だけだ。そして教授、あなたはフランス語を解さない。あなたがあの時、この子は意味の通ることは何も言わなかった、と言ったが、あなたにとってマリアのフランス語が〈意味の通ること〉でない以上、当然の言い方だ。そんなものは嘘、いや、それどころか単純なる言い違いでさえない。そうでしょう？　しかし教授、今ごろになって何だってそんなことを……？」

教授はまたぴくりと身を震わせ、ベルンシュタインは、再び何か発作的なものが起こると予感して身構えた。

「そうです！　閣下！　あん時、わしはそう申し上げたんでございますが、しかし、それこそが嘘、そんでなきゃごまかしだったんでございます！　意味の通ることは何も言わなかった……と、確かに、あの子は〈意味の通ること〉は言わんかった。だけんども、言葉は喋ったとですよ！　しかもドイツ語で、わしにも判るようなちゃんとしたドイツ語で……しかし意味は通らんかった……少なくとも、シュトラウスの弟さんが言ってらしたくらいの意味しか……」

「どういうことです……？」

「つまりでございますね、閣下、あの子は、ヨーゼフさんと同じことを言っとったとですよ！　同じことを！　あの時、気絶する前に、あの子はわしに言ったとです……わしに……救けて……と。そんで、わしが……わしに救けぇって、そらどないなこっちゃと聞き返しますと、あの子は……言いましたんでございます……あなたでなければならないのです、と……彼らは機械で音楽を造ろうとしているのです、あの機械を止めてください……と!!」

通りがかった馬車《フィアカー》を無理矢理つかまえて御者に金貨を握らせると、ベルンシュタインはどうしても帰宅するといってきかない教授をその中に落ち着かせ、ヴェーリンガー街に送り返した。秘密を共有することで教授は落ち着きを取り戻しつつあった。心配はないだろう。ベルンシュタインはツィルク夫人邸に向かいながらすでに次のことを考えていた。マリアである。

雪が降り始めると、まだ正午だというのに、外は夕刻のように暗くなった。マリアは明かりをつけていない部屋で、フランス窓に両手をついて、空から落ちてくる白いふわふわしたものを熱心に見つめていた。寒くはないのだろうか。肩の線に沿って薄絹が細かな襞《ひだ》をつくり、彼女はシスティーナの巫女のように見えた。ベルンシュタインが部屋に入っていくと、マリアは足音ですぐに彼を見分けて振り返った。ぼんやりとした表情に、かすかな笑みが浮かぶ。しかしこの子もまた、欲深い管財人から亡父の遺産を守るために気が狂ったふりをし続けたという、あの幼くも気丈なケルンの女城主のヴァリアントなのだろうか？

マリアはいつものように、両手をのばしてベルンシュタインに近づいてきた。彼は一瞬、すっかり冷たくなったその両手をとって暖めてやろうと自分も手をのばしかけたが、それをやめ、片手で彼女の肩を捕まえると自分から引き離してフランス語で言った。

「もう芝居はやめるがいい。お前のことはもう何もかも分かってしまったのだ」

マリアはぴくりともしなかった。彼女は自分の肩に置かれた手に触れると、そのまま真っすぐにベルンシュタインの目をのぞきこんでいた。

「いつまでも私を欺き続けることが……」

それ以上続けることはできなかった。あまりにも馬鹿馬鹿しかったからである。

ベルンシュタインは再び両腕を差し出して、その限りなくはかない骨格を傷つけないようにそっとマリアを抱きとめた。手も体も、生きているとは信じがたいほど冷えきっている。音楽に対する以外の全ての感覚がかなり鈍いのを知っていたが、これではわずか半日の間自分の命を守ることさえできないだろう。監督を怠った乳母を叱責する必要があるのかもしれないと思って呼び出すと、驚いたことに、乳母は両手に怪我をして鼻血を流しているのを治療中だった。マリアは彼女が暖かい部屋で着物を着せようとするのに激しく抵抗したらしい。雪が降るとマリアにはなにがしかの変調が見られることもベルンシュタインは知っていた。しかしこのところ、それがあまりにひどくなってはいないか？

こうした突出は、ベルンシュタインにもう一つの試みをためらわせた。マリアをおとなしく暖炉のそばに座らせるのには成功したが、いつまた何が起こるか判らないように思えたが、ドナウ運河と雄鹿館で形づくられた流れは彼を押し流した。

「Zu Hilfe……」

マリアはやはり、わずかな変化も示さない。

「Sie machen Musik……」

それは彼女にとって、単なる音の連なりでしかなかった。ベルンシュタインは再びマリアを抱き寄せて胸にもたれさせた。

　手がかりを失ったことを嘆くべきだろうか、あるいはこのはかない詩神に危害を及ぼさなかったことを喜ぶべきなのだろうか？

　その日の夕刻、ラインハルト・マクシミリアン・フォン・ベルンシュタイン公爵は、一月十八日に行なわれるプロイセン国王ウィルヘルムのドイツ皇帝としての戴冠式に出席するよう、ヴェルサイユの大本営から要請を受けた。彼は翌日、マリアをツィルク子爵夫人邸に預けたまま、鉄道でフランスに向かった。戴冠式と会議が終わり次第、すぐにウィーンに帰ってくるつもりだったのである。

第二楽章

ロンドン

キサナドゥ

セントルークスが所有するクラブ《キサナドゥ》は、テムズ北岸の繁華街の真っ只中にあった。人に尋ねられるとセントルークスは控えめに、コヴェント・ガーデンとマーブル門の間の何処かと答えるのだが、正確に言えばそれはソーホウのほぼ中心にあたるロデリック街とスチュワート街に挟まれた一角である。ロンドン一謎めいた区画、繁華街、移民の密集地、ソーホウ。ロデリック街のあたりは、訪れる人々をわざと惑わすために作られたかのようなソーホウのうちでも、最もややこしく、最もこまごまとした部分である。そこに行き着く道順を説明するのは不可能だった。

しかしモーリィ流の娯楽を欲する人々は、その複雑さをものともせずに《キサナドゥ》にたどり着く。誰でも出入りできるダンス・ホールに来る客はロデリック街の幾らかは大きな出入口から、そしてまさに会員制の〈クラブ〉である部分には、スチュワート街側のより密やかな扉から、主に貴族や資産家のいわゆる紳士、淑女方がこっそりと出入りしていた。

　リージェント街やヘイマーケットの劇場街などでは、この手の娯楽施設はいずれもが派手派手しく玄関を飾りたてて華やかさの覇を競っているが、《キサナドゥ》の周辺、真にあやしげなクラブが身を寄せ合うこの界隈では、《キサナドゥ》をはじめすべてのクラブがたいして目立つ看板さえ掲げずにひっそりと営業していた。クラブとは言っても、それはごたいそうな紳士のお歴々が家庭から避難して集うあれでもなければ、労働者クラブのようなあれでもない。それは一つの隠語であり、それの意味するものは多様だった。たいていはそれぞれの趣味を徹底させたダンス・ホールを持っている。そこでは飲み物も出すが、さらには薬物《ケミカル・シング》入りのものも手に入る。これの種類はクラブによって違うということはあまりなかった。あとは客層、ＤＪの良し悪しの問題だが、これは経験を積むより他に選択の基準はない。

　《キサナドゥ》は四階建ての広々とした建物で、他の多くのクラブ同様、一階は酒や簡単な食事を供する場所となっており、二階がいわゆるダンス・ホールとなっていた。三階はクラブ・ルームとスタジオが占めている。飲食のセクションはいかにも高級クラブらしく閉鎖的に細分化されており、ダンス・ホールは逆に可能な限り広くとられ、二十インチ、二十四インチのスピーカが生かせるサウンド・システムになっていた。ここまでは出入口に待機する服装チェックの黒服たちに追い返されない限り誰でも入ることができたが、三階のクラブ・ルームは完全な会員制の区域であり、スタジオはまさに司祭だけが立ち入れる内陣である。

　四階にはＤＪのスティーヴやゲイリーたちが住んでいた。モーリィは何処に寝起きしているか分からず、セントルークスは貴族らしくケンジントンの新しい住宅地に建てた広大な屋敷に住んでいる。フランツは《キサナドゥ》の向かって左隣——両側の建物ともセントルークスの所有になるものだった——の四階にこぎれいな部屋を与えられた。屋根裏に近い位置とはいえ、新入りとしては破格の扱いだった。何と言っても彼は正真正銘のウィーン・フィル指揮者出身の産地直送ウィンナ・ワルツ系リミキサーなのだから。

《キサナドゥ》のサウンド・システムは、桁外れに大規模だった《プレジャー・ドーム》のそれに比べればはるかに小さなものだったが、緻密さと機能性という点においては《プレジャー・ドーム》の比ではなかった。《プレジャー・ドーム》は臨時の試験的装置でしかなかったが、《キサナドゥ》はセントルークスやスティーヴたちが時間と労力を費やして築いてきた神学体系なのだ。ここではまた、電気仕掛けの可動式イルミネーション——ヴィジュアル・ドラッグの装置《デヴァイス》——が《プレジャー・ドーム》以上に徹底して設置されていた。もっとも、この界隈のいわゆるテクノ系クラブはみなそうだったが。しかしサウンドにおいてもそれ以外のシステムについても、《キサナドゥ》を超えるクラブは存在しなかった。

セントルークスとモーリィのコンビは、また別な方面でも目覚ましい手腕を発揮している。すなわち市場原理をも操る手腕である。モーリィはウィーンにいた頃からすでに、ロンドンでフランツをいかに売りこむかの戦略を綿密に計算していたのである。

「マイヤー、フランツ・ヨーゼフ・マイヤーねぇ……ふん、なるほど」かつて彼らがまだウィーンにいた頃、モーリィはロンドン行きを承諾したばかりのフランツに言った。「そのいかにも三月以前的《フォアメルツ》な体制順応、人畜無害の小市民ふうの名前はなんとかしないと」

「僕の名前……？　どういうことだ？　何が言いたい？」

「要するに、こういうのは戦略上の問題なんだ。ばかばかしい遊びのように思えるかもしれないけど、実は重要でね。解ってもらえるよね？　フランツ・ヴォルフガング・《アマデウス》・フォン・ミッターマイヤー君？」

「ちょっと待て！　それは……」

「ロンドンに行けばすぐに分かるよ。連中はゲルマン風に重厚なネーミングをありがたがるからね。マーケティング的戦略とでも言うか……古典的経済学者たちには申し訳ないけど、市場は情報で操作できるのでね、実際」

あの時、モーリッィはそれ以上の説明をしなかった。だが、確かにその通りだった！　もっともそれは、大陸のような〈遅れた〉市場ではなく、大英帝国の首都のようなところにこそ成り立つものだったが。だがここはまさしくそのロンドンだ。モーリッィが提案したわざとらしいプロフェッショナル・ネームも、モーツァルトとシュトラウスを同時に連想させる赤い上着も、それがプロモーションの上で絶大な効果を上げ始めるとすぐに気にならなくなった。モーリッィの言う通り、こうしたマーケティング戦略は必要なのである。

《プレジャー・ドーム》でセントルークス自慢のサウンド・システムを初めて見せられた時の驚きは、今ではあまりにも馴染んでしまったため、もう思い出すこともできない。それまではまったく謎だったあの格子の裏側、そこはオーケストラ席ではなかった。人ひとりがどうにか通れる程度の狭苦しい廊下のような場所であり、雑然とした倉庫のような場所でもあった。あるのはただ舞踏場をすっかりとり囲むように配置されたスピーカのコーン群であり、その間をぬって走る太いケーブルの連なりだけだったのだ。

スピーカ、エフェクタ、ミキシング・コンソール、青白いスクリーンにモニタされる情報単位。フェーダの使い方を覚えるのはほんの数日で済んだ。キイ・ボードもすぐにブラインド・タッチになった。ピッチ合わせ、BMP、ダブ・ミックス。人間は自分に適したものには驚くほど素早く慣れてしまう。ロンドン行きの話が出た時、最初はひどく的外れな申し出のように思われたが、しかし実際に来てみると、ここは異世界であるが故に何でもできる新天地に他ならなかった。

フランツ・ヴォルフガング・《アマデウス》・フォン・ミッターマイヤーは、一月中からすでに週に三回、《キサナドゥ》でプレイするようになっていた。いったん始めれば、オープニングからトランス、アフター・アワーズまでだいたい九時間はプレイする。午前中は眠って過ごし、午後遅くに起き出してきてスタジオにこもった。他のDJたちはみな幾つかのクラブをかけ持ちでプレイしたが、《フランキー・アマデウス》はロンドン随一である《キサナドゥ》のシステム、すなわち世界一のシステムしか使わなかった。結局、《キサナドゥ》は《フランキー・アマデウス》ともう一人の人気DJ《カーリー・シャクティ》が二枚看板となる。ウィーンにいる頃はフランツの先生であり兄貴分でもあったスティーヴや、彼が来る以前は《カーリー・シャクティ》と人気を二分する勢いだったギョーム&アドソは《キサナドゥ》に居場所を失い、他のもっとマイナーなクラブでプレイしなければならなくなった。《フランキー・アマデウス》の評判が高くなればなるほど、彼は他のＤＪを押し退ける。するとその分、彼の地位はますます向上した。彼をグルーピーから守るためにホーリーやオトゥール等モーリィのボディ・ガードたちが動員される。フランツは最初から、《スリー・スクリーミング・ポープス》や《マスター・エックハルト》に集まってくるようなブリープやデス・テクノ目当てのレイヴァーなど相手にする気はなかったし、セントルークスもそのつもりの待遇をしてくれた。二月にもなれば、彼のために金曜日の〈タウンゼント・ウント・アイネ・ナハト〉が始められた。その日はフロアは完全に会員だけのために供され、出入りするクラバーは社交界の趣となる。あまりに身分の高いクラバーは革の仮面やヴェールをつけてやって来るが、薄暗いフロアとその暗がりを鋭く貫くライティングの閃きの中でトランス＝トリップするクラバーたちは、互いが誰であるかなど気にしはしない。彼らを魅了するのはただ音楽だけだ。音楽は一つの宗教であり、演奏はその礼拝、《フランキー・アマデウス》は司教であり、教皇であり、神託《オラクル》のティレジアスである。

《プレジャー・ドーム》のメモリはさすがにダンス・ナンバー中心だったが、《キサナドゥ》はいわゆるクラシックやオペラのレア・アイテムのメモリが充実しており、またメモリをパートごとに取り出してリミックスできたので、フランツの指揮者としての能力は最大限に発揮された。モーリィは、フランツがリミックスだけでなくレコーディングやプログラムに参加させてもらえるのもそう遠いことではないだろうと言い、またセントルークスは上流階級にフランツ・ヴォルフガング・《アマデウス》・フォン・ミッターマイヤーを売りこみながら、彼を自分の〈後継ぎ〉としてふれ回っているらしかった。近いうちにプロデューサーに昇格させ、そしていずれは《ムジカ・マキーナ》社を継がせるつもりだ、と。ある一定の条件をクリアしさえすれば！

ある一定の条件……しかしそれはフランツ自身にさえも未だ明かされていなかった。

「音楽に機械を使うのはロンドンでは常識だ」《カーリー・シャクティ》は何処のものとも知れない訛がかすかに混じる独特の口調でそう言った。「サザークのパンクだの、ドック・ランドのメタル・キッズも……ああ、フランツ、お前はほとんどソーホウから出てないだろう？　他は知らんな？」

彼はフランツを《アマデウス》とは呼ばなかった。フランツも彼を《カーリー・シャクティ》ではなく、本名でダニエルと呼んだ。互いに、かつてウィーンでそうしていたように。ダニエル・グローヴァ――反体制的な言動をちらつかせながらもその才能を高く買われ、十代の頃から各地の宮廷で御前演奏をして渡り歩いた天才ヴァイオリニストだった男。

「ああ……ソーホウからと言うより、ほとんどスタジオから出ていない」

「だろうな。ホワイト・チャペルからライム・ハウスあたりに溜まってる連中ってのは、いわゆるポスト産業革命《インダストリアル・リヴォルーション》ヘヴィ・メタルだ。そいつらは《クリムゾン大王》亭だとか《真紅のツェッペリン伯爵》亭だとかの伝説的パブ、《薔薇と拳銃》亭、《生きた屍》亭、《巨万の死》亭……まあ、そんなとこでアコースティックなプレイをするのが普通だが、そういう奴らでもアンプでの増幅は当たり前だし、時にはドラム・マシーンを使う奴らもいる。メタル連中はお前さんも少しは知ってるだろう？　ソーホウにも居るからな」

「ああ。知らないことはないが、関心はないね」

「言うと思ったぜ。まあいい。ああいう連中は問題じゃない。奴らは機械を使うとは言っても、電池もお粗末でプレイ中に止まっちまうようなドラム・マシーンを転がす程度だ。安上がりに済ませてるだけで、特に音楽的な理由があるわけじゃない。あとはテムズ南岸だな。あそこはポスト人民憲章《ピープルズ・チャーター》パンクの巣窟だ。奴らは北岸には一人も見つからんだろうな。おそらく」

「何故だ？」

「奴らはアナーキーだ。シティやウエストミンスターと同じ岸には居たくねえのさ。奴らは今でもパンク・ヴァージョンの女王讃歌だの『アナーキー・イン・ザ・大英帝国《ブリティッシュ・エンパイア》』をプレイするけど、そのへんがいかにもイングランド的伝統主義だ。今じゃパンク自体が一つの伝統になっちまった」

「よい子のフェビアン協会からの落ちこぼれ、国際労働者協会《インターナショナル》の極左、バクーニン・シンパ、ブランキスト。彼らが音楽をやるって？」

「やるんだよ。昔はいいのをやってた。俺も大陸でヴァイオリンなんか弾くようになる前からパンクだったから分かる。パンクとメタルの連中は互いを嫌ってる。どっちがどっちだか、見ただけじゃ区別がつかなくなってるのにな」

ダニエル・《カーリー・シャクティ》はフランツがロンドンに来てすぐ、驚いたことに彼のほうから進んでフランツに会いに来た。フランツがまだ音楽院の学生だった頃——ちょうどベルンシュタインが結局は実現しなかった後援の話を持ち出してきた頃だ——彼は故あってダニエルとともにある演奏会の協奏曲を任されたことがあった。フランツが指揮台に立ち、ダニエルがソロを受け持つはずだったのだが、ダニエルは当日になってそれをキャンセルしてきたのだった。いわゆるドタキャンというやつで、優秀とはいえ未だ一学生のフランツ・マイヤーのためにダニエルの代役を務めようというヴァイオリニストが見つからず、結局、フランツも指揮を降ろされ、演奏会は奏者も曲目も総入れ替えで行なわれたのである。それはフランツにとって最初にして信じがたいほど大きな幸運の機会だった。事実、それから何年もの間、それに匹敵する幸運は訪れなかったのだ。あの演奏会が成功していさえすれば、と、今でさえも思わずにはいられないのだが、ダニエル・グローヴァこそは、それを潰した張本人だったのである。

「あとは新大陸から来たグランジの奴らや、マンチェスターのお上り連中、いわゆるおマンチェ・サウンドの奴ら。それから、ソーホウは移民が多いだろう？　ガラージュ、ヒップ・ホップ、ディィープ・ソウル、レゲエ、サルサ、ラップ、アシッド・ジャズ……まあ、何でもありだ。ダブ・ミックスを始めたのはレゲエの連中だよ。あいつらがいるといろいろ新しいことがあっていいな。西欧文明《アーベントレンディッシエキュルチュール》なんか糞くらえだ。ああ、何の話だっけ?」

「ロンドンの音楽」

「そう、ロンドンだ。分類は難しい。奴ら自身、自分が〈何か〉なんて分かっちゃいないし、だいいち、音楽は分類できるのか? まあ、どうでもいいが」

ロンドンで再会したダニエルは、何も恐れない態度も従順さのかけらもない言葉遣いも、そしておよそ体制的というものの全てに対する反抗心も、何もかも変わっていなかったが、しかし、そのかつては言動の根底にあった自分以外のあらゆるものに対する強烈な軽蔑はなくなっていた。ごく普通の言い方をすれば、彼は優しくなっていたのである。それはいろいろな意味に取られるだろう。確かにそれは寛容や慈愛のようなものではなかった。しかしダニエルはある種の鷹揚さ、あるいは諦観のようなものを身につけていた。そしてもう一つ彼が身につけていたのは、どこのものとも知れない異様な衣装だった。ダニエルは宮廷向きの燕尾服はもちろん、パンク・ファッションでさえもはややめてしまって、黒の長衣に金の帯留をつけ、重い金具を飾った黒革の長靴をはいていた。もとから漆黒だった髪は以前よりもっと深い黒に見えた。それを適当にのばし、また以前よりずっと痩せて鋭さを増した顔に不精髭を生やしたままにしている。まるで何処か植民地支配さえ及ばない奥地からやってきた行者か何かのようだった。彼は頸にも腰にも石や金属、宝石でできた異教的な護符《タリズマン》の類を無数にぶらさげており、それが異教性をますます際立たせている。ダニエルはそうした異様な風体のまま、メイフェアだろうがホルボーンだろうが平気で行き来した。

「分類と境界の設定か。ふん、どうだっていい。まあ、要するに、今じゃ電子楽器なしに何かできる奴はまるでいなくなっちまったってことだ。だが、テクノと言えるほどのこととなると別だな。それはソーホウでないとできない。ソーホウで、と言うより、セントルークスのもとでないとできない」

「そう、僕もそれは気づいていた。しかし、どうしてなんだ？　そのところがまだよく解らない」

「分かってることは？」

「とにかく、彼の会社《ムジカ・マキーナ》と契約しないと機械が手に入らないってとこかな」

「あれは手に入れてるんじゃない。セントルークスが貸し出してるだけでね。しかもとんでもない料金でだ。あの二人組は商売がうまい。テクノはただ単にドラム・マシーンを転がしてればできるってもんじゃない。あれには録音した音楽が必要だ。奴らはそれを最大限に生かして商売をやっている、というわけだ」

　録音した音楽……いったん演奏された音楽を蓄えておいて、何度でも繰り返し同じものを再生する方法。フランツをもっとも悩ませたのはこの録音という事実だった。まるで記憶を頭の中で繰り返すように、何度でも、演奏者なしで再生される音楽。その手段を持っているのはセントルークスただ一人だ。彼がそのことから得ているのは商売上の優位だけではない。

この神秘の技術は、ある種のカリスマ性、逆らうことのできない権威を、セントルークスの頭上に輝かせているのだ。

「お前は……あれのやり方、つまり……レコーディングやサンプリングはまだか？」

「僕はまだやらせてもらえない。モーリィは僕ももうすぐだろうとは言ってるが」

「まあいい……そのうち分かる」

「君は？」

「俺はやってる。だいいち、俺の音楽ソースは他の人間には作れない」

ダニエル・《カーリー・シャクティ》は、昼間でも夜のように暗いスタジオでフランツと顔を合わせると、フランツに様々な〈講義〉をしてくれた。窓を塞いでマルチ・トラックのミキシング・コンソールを三台も入れ、そのわずかな隙間に雑然としたモジュールやキイ・ボードを詰めこんだスタジオは一種の聖域であり、この二人にとっては秘密会議の場所となった。ダニエルはここでしか自分のことを話さない。が、いったん話し始めると彼は何のこだわりもなく話した。

彼のプロフェッショナル・ネームはフランツの場合とは違い、モーリィとは関係なく彼自身が決めたものだった。彼はウィーンから飛び出した後、一時期はロンドンに帰って例のパンクの残党に加わっていたのだが、「ウエストミンスターに向かって○○××と叫び続けるのもけったくそ悪くなって」植民地やもっと危険な国々を放浪しに行った。最初はアトラス山脈の北岸からアルギザ、ネフド、イスファハン、そしてタンジールで、ニルギリで、スラウェシ、ニェンツェンタンラ、スーチィェン、そしてアルイハホフシルの向こう側で、様々な儀式とありとあらゆる未知なる音楽を巡りながら、彼は〈巡礼〉を続けたと言った。

巡礼？　いったい何の巡礼だというのだろう？　彼のような男が？　ダニエルはその問いには笑いもせず、ただ「音楽の」と答えただけだった。

「ここらのクラブはたいてい《ムジカ・マキーナ》と契約してる。おそらく二十は下らないだろう。セントルークス自身が所有しているのは五つ、いや、六つか。しかしセントルークスのあくどさってのはこのへんだ。契約料ってのがバカ高い。奴がプロデュースするとさらにはね上がる。だからたいていのクラブは互いにメモリ使い回して、最新ナンバーも微々たるものだが、それにひきかえいつでもメモリ充実のセントルークス帝国は安泰というしくみだ。とにかくそいつ覚悟で契約が成立すると、クラブ側は好みのソースが入ったメモリを受け取る。受け取るとは言っても、メモリそのものをクラブに運びこむわけじゃない。運びこむのはそのメモリにアクセスできる器材だ。コンソールやキイ・ボード。DJブースに入れる器材。ミキサー、アンプ、スピーカ・システム、モニタ用ヘッドホン。末端の器材は自前の場合が多いし、DJはたいてい自分の専用のを持ってるもんだ。モニタ用スクリーンでソースのプログラムを選んで再生し、あとは好きなように加工する」

「ちょっと待ってくれ。僕はいつも混乱してしまうんだが……英語のせいかな……ここでいう〈記憶《メモリ》〉というのは……それは記憶《メモリ》された音楽を意味しているのか？　それとも音楽の記憶《メモリ》が蓄積された何か……その機械のことを言うのか？」

「……………………どっちも、かな。結局は。結局、そういうことの区別はない」

「何故だ？」

「まあ、一種の慣用だ。慣れればいい」

「慣れろと言われても理屈が分からないことにはな。……そうだ、音楽の記憶《メモリ》とそれを蓄積しておく装置《デヴァイス》を区別するために、装置《デヴァイス》のほうを記憶体と言ったりもするだろう？　要するに、人間の記憶《メモリ》みたいなものだと考えていいのか？」

ダニエルはしばらくの間、何も答えなかった。

「そうだな。……人間の記憶か……まあ、そういうようなものだ。それが一番近い。俺たちは単に〈頭〉と言ったりもする」

このやっかいな記憶《メモリ》、モーリィもセントルークスも未だにフランツに明かそうとしない秘密の機械に蓄えられた音楽の記憶《メモリ》、これがもっとも大事だった。ダニエルは誰とも一トラックたりとも共有しない、誰にもリミックスできない異境の音楽の記憶《メモリ》をたくさん持っているのだ。しかも彼は、ごくわずかな時間のうちにそれを用意したのだった。と言うのは、彼が三度《みたび》ロンドンに戻ってきたのはしごく最近のこと、一年半ほど前に過ぎなかったのである。

彼が長い巡礼から帰った時、そこを去る前にはオタク的集まりに過ぎなかった《キサナドゥ》もソーホウ随一のクラブとなり、その一帯にはセントルークス擁する《ムジカ・マキーナ》が君臨していた。ダニエルの期待どおりだった。彼が《キサナドゥ》の№1ＤＪになるのはまったくわけもないことだった。何故なら、彼には競争相手というものがまったくいなかったからだ。エスニック系ができるのはダニエルだけであり、そのメモリを持っているのも彼だけだった。今、彼とフランツが共存こそすれつぶし合いにならないのも同じ理由だ。

「俺は大衆の好みに合わせたり、あるいは流行を作ったり扇動したりするつもりはない。ただ俺がやりたいようにやる。解る奴は解る。うまくいってるからやり続ける。それだけだ。俺には植民地帰りから移民、ちょっとばかり知恵がついて東洋かぶれの知識人みたいな客がつく。お前もやりたいようにやれ。お前には上流階級の客がつく。それでいい」

ダニエルは、彼ら二人で他のＤＪ連中をほとんど駆逐した頃、諭すように、あるいは独り言のようにそう言った。それっきり、互いがライヴァルであるかどうかといったような話は一度も出ていない。フランツもそれを受け入れた。今はウィーンにいた頃とは何もかもが違うのだ。

聞き手、あるいは踊り手の反応は即座に現われ、ハンスリックの筆を恐れることもない。劇場プローベに対する文句も反抗もない。わがままな歌手たちのご機嫌を取る必要もない。支配人や音楽監督の地位をめぐっての陰湿な陰謀に似たものはここにもあったが、その構造はウィーンとは比較にならないほど単純で制しやすかった。オーケストラの気紛れな好不調もない。

それにしてもセントルークスのシステムは驚異だ……。ある曲《トラック》、あるパートのメモリに気に入った部分があれば、キイ・ボードのわずかな操作だけでそれを取り出して好きなように組み上げることができる。少しでも理想に近いものを何度でも！　ウィーン・フィルにさえできなかったことだ。そうして集めた部分を自分で加工することもできた。そしてトラック数三二のマルチ・トラック・ミキサーで何十、何百と重ね合わせる。どこまでも好きなようにやれる。そしてそれを再びメモリに入れておけば、またいつでもその音楽を再生することができるのだ。

完全にフランツ自身のプログラムに任された〈タウゼント・ウント・アイネ・ナハト〉の時は、ダンスにこだわらずに対位法でもオペラでも何でもできた。音だけのオペラ！　信じられないようだが、それができるのだ。何もかも、ここでは純粋に音、純粋に音楽となり得る。フロアの反応を見ながらシュトラウス系にベル・カントを乗せる。幾つかの曲を混合してのロング・ミックス。ワグナーの〈美味しいとこ取り〉。そしてシューベルト風に遠隔調に転調すれば、趣味が佳く耳の肥えたクラバーにはすぐにウィーン風であると分かる。

サンプリング。

ザッピング。

縦フェーダでのカット・イン。

ダブ・ミックス。

超ロング・ミックス。

ロング・プレイの最中、同じ曲をエフェクタやピッチ・コントローラを駆使して、楽典理論ぎりぎりの転調を繰り返す。平衡感覚が麻痺して空中に浮遊する効果が得られる。皇帝讃歌に革命歌をザッピングする。ツィーラーとランナーのミックスにはブレイク・ビーツ。普段はブリープはやらないが、《ラインの黄金》と《ワルキューレ》に使うとなかなかいい。驚いたことに、ここにはワグナー自身の意に反して初演されたばかりの楽劇のメモリが揃っていたのだ！　アンビエント・タイムにはエフェクタで異様に歪めた《トリスタン》。あるいはグラウンド・ビートに重ねた古い聖歌。教会ネタはウィーンでは当局が禁止したが、ロンドンでは野放しだった。いずれにしろ、官能的でありながらクールな感じでやるのがいい。

　そしてまた《キサナドゥ》では、今ではすっかり行く方知れずで幻となってしまったかの〈爆弾テノール〉を歌わせることさえできた。彼はもう死んでいるだろうというのがもっぱらの噂だったが、ここでは彼は今でも歌っている。そう、不思議なことだ。〈録音〉さえ残っていれば、その人は死に、肉体は朽ち果てても、その声、その演奏だけは本人よりも長く生き続ける。それは一つの生命、一種の不死だ……。あるいは復活である。まさに再生《リプレイ》なのだ。

「音楽は一つの宗教だ。演奏はその礼拝。俺やお前は司教であり、教皇であり、神託《オラクル》なんだ……」

　そうだ。その言葉を聞いたのはダニエル・《カーリー・シャクティ》からだった。

「俺たちは……あるいはシャーマンだ。音楽はそれ自体が真に宗教だ。音楽という宗教は、普通に宗教と呼ばれるものの全てに内包される。違う、逆だ。他の全ての宗教と呼ばれるものを内包するんだ。どの宗教も、実はこの一つの宗教の前に跪いているわけだ」

　修道士たちは終課から早朝課、讃課というまさにクラビングの時間帯、聖歌でトリップして典礼を執り行なう。あれこそまさに音楽によるトランスだ。ダニエルはそれ以上にアジアやアフリカのやり方を称賛していた。彼らの多くは単調な音楽を何時間も奏しながら、真にハイな、あるいはアンビエント状態に入ってゆく。西欧人はそうした音楽を原始的で野蛮なものと考えるが、そうではないのだ。思考の硬直した奴らにはその高次な段階が理解できない。それは考えて論ずべきものではない。分析して比較／評論すべきものではない。

神経組織や感覚器官のサイバー段階への進化を導く呪術。それは聴覚によって知覚されるに過ぎない旋律／リズム／和声による〈音楽〉以上のものとなり、詩／言語による意味伝達という段階を超越し、音形／音色／周波数等の聴覚刺激の集合体から脳への直接刺激の段階へと進化し、最終的には超現実／仮想現実の体感を得る。未だコンサート・ホールで〈音楽〉など拝聴させてもらってちまちました評論をして自己満足する手合いは、要するにこれら超・進化的感覚変容の高次段階を恐怖しているに過ぎない。

ダニエル・《カーリー・シャクティ》の言うことのすべてに共感できるわけではなかった。しかし、それは結局、根本のところで僕自身が求めている〈それ〉と同じなのではないだろうか……フランツは時々そう思った。ダニエルは意識拡張と超・伸展段階への手立てとして、阿片や《魔笛《ツァウベルフレーテ》》にも平然と手を出した。そう、ウィーンに居る時にすでに分かっていたことだが、確かに、あそこで《魔笛》を売りさばいていたのはモーリィだった。が、彼らはフランツにそれを勧めもしなければ口止めもしなかった。フランツもそのビジネスには口出ししなかった。それは当然であるが故に瞬間的に出来上がる暗黙の了解であり、フランツはその手のことにはベルンシュタインで慣れていたのである。

上流階級のクラバー、いわゆるVIPの連中はたいていの場合、ダンスよりはむしろ《魔笛》つきの音楽を求めて《キサナドゥ》にやって来るのだった。〈タウゼント・ウント・アイネ・ナハト〉でも、昼間は国政やシティや慈善事業を司る貴顕淑女のクラバーたちは、みなそれぞれに《魔笛》を摂取して好き勝手にトリップする。ここはウィーンよりもやりたい放題だ。しかしフランツはロンドンに来てからも《魔笛》はやっていなかった。〈それ〉は何の助けも借りずに〈それ〉自体としてやって来なければならないからだ。《フランキー・アマデウス》はプレイする前に、あの《プレジャー・ドーム》での驚異的な夜に口にしたのと同じトカイ・ワインを一杯飲むだけだった。セントルークスはフランツのために、ロンドンではなかなか手に入らないその高価な飲み物を調達してくれた。それは一つの呪いであり、典礼の一部であり、聖体拝領の一種だった。そのわずかなきっかけがあの夜の意識変容を思い起こさせるのだ。

それにしても、このあまりにつかみどころのない浮遊感はどうしたことだろう？　真っすぐに最短距離を行っているのか、あるいはそのつもりで堂々巡りをしているに過ぎないのか、いったい誰に判るだろう？　自分の位置が摑めない。このまま進んでもよいのだろうか？　まるで初見のオペラ演奏だ。何処に行き着くとも知れず、またそれが何を内包した物語なのかも知れないまま進行する舞台だ。フランツは自分の位置を見失いかけていた。が、しかし、その位置を探り出すためには何が必要なのかを見失ってはいなかった。彼は自分が必要とするものを知っていた。

もうベルンシュタインはどうでもよくなってきている。しかしマリアは別だ。やはり彼女は霊感を導く詩神《ミューズ》であり、天球に引かれた目に見えない黄道線、国境を無視して地上を貫く経緯線、絶対的な位置を導く座標軸なのだ。あの瞬間……彼女に触れながら味わった天上的な抽象の音楽。あの感触。もう一度、いや、一度では足りない、何度でも、あるいはできることならば永遠に、あの言いようもない感覚に触れ、吸収し、一体となって、そして〈それ〉を降臨させる。どうせベルンシュタインが、彼自身の言うところの「可能な限りの手段」など与えてくれたとしても、それは結局、あのウィーンでの息苦しい戦いの延長でしかない。そんなものを欲しはしない。セントルークスのサウンド・システムを完璧に使いこなすならば、〈それ〉は必ずやって来る。

手段は手に入った。あとは祭壇に犠牲を捧げるだけだ。自分が生贄でそれを捧げられる神がマリアなのか、あるいはマリアこそが祭壇の上で血を流す捧げ物なのか、それ自体が判然としないほど苛酷なまでの衝動。それは優美に飛び回る生き物の羽をむしり取りたいという欲望であり、同時に奴隷の境遇に対する憧れでもある。そうした欲望は何にもまして理不尽であるだけに限界というものがない。天を滑り落ちる流れ星は、自分がどれほど高く昇りつめようともその進行を決して止めたりはしないのである。

「子供の頃、何の病気だったか忘れたが、ひどい熱を出したことがある」

「そりゃお前に限らんだろうが。子供ってのはそういうもんだ」

ダニエルは軽く受け流した。

「そのこと自体が問題なんじゃない。僕はほとんど意識がなかったが、きっと僕はこのまま死ぬに違いないと思った。それで……」

「そりゃ子供はすぐに……」

「いいから黙れよ。その時だ。僕は何を望んだかだ。僕は無性にモーツァルトのレクイエムが聴きたくなった。僕が死んでから演奏してもらいたいんじゃない。今すぐ、ここで生きているうちに聴きたいと思った。もっと正確に言うと、僕はこの世の名残りにその曲を聴きたいと思ったんじゃない。この熱があって、体がばらばらになりそうなほど全ての関節が痛んで、息をするのさえ億劫なほどだるい、あの感覚……寒さと灼熱が同時に襲ってくる、あの独特の、何とも言いようにないあれだ……その感じの中であの曲を聴くという感覚を味わいたかったんだ。似合うと思わないか？　熱にうなされた時と、モーツァルトのあの音楽……」

「それ分かるな」

「だろう？　結局、僕の病気は僕自身があれほど確信していたほどひどくはなくて、次の日には熱も下がって、その二日くらい後には、もう外に出たくてうずうずしていた。だけどあれ以来、僕は風邪をひいたりして少しでも熱を出すと、またこの何とも言いようにない感覚の中であの曲を聴く感じを味わってみたくなる。そんなことができたらどれほどいいだろう」

「そりゃいいだろうな」

「僕は最近思うね。人間の音楽に対する理想は二つあると。一つは僕がいつも言っているやつだ。自分自身の理想の音楽をそのままの形で存在させること。そしてもう一つは、何処でも好きなところで好きな音楽を聴くことだ。演奏とは関係のないところに音楽を存在させることだ。家にいようが、山奥の小屋にいようが、大西洋を渡る船の上だろうが……とにかく、ありとあらゆる場所で、何をしていようともだ。熱にうなされて自分の狭い寝室のベッドに横たわったまま、何十人もの歌い手やオーケストラを必要とするあのレクイエムを好きなだけ聴くことだ。それは言わば、音楽を蓄えておいて別な場所で放出する術だ」

　ダニエルは何も答えなかった。

「あのセントルークスのシステムの最深部はいったいどうなっている？　僕にはまだ、それは明かされないままだ……君にそれを聞いても無駄だというのは分かっている。そんな無駄なことはしないよ。ただ、どうだろう？　どう思う？　セントルークスのシステムを使えば、あるいはそれは可能になるんじゃないだろうか？」

「まったく不可能だとも言えるし、すでに可能だとも言える」

「どういう意味だ」

「ご自宅用には大がかり過ぎる。あきらめとけ」

「待てよ。それじゃその後半部分はいったい何だ？　すでに可能だというのは」

「これはあくまで発想の問題だ。フランツ、音楽を蓄えておいて好きな時に好きなところで再生する、もっとも手っ取り早くて安上がりでコンパクトな方法を知ってるか？」

「それを知っていたら聞いたりはしないね」

「これだ」

ダニエルはミキシング・コンソールの端に寄りかかると、長衣の下から右腕を出して自分の頭を指した。

「これが本当の記憶装置《メモリ》ってわけか。ふん。もういい、僕は失礼する。君の駄法螺を聞きにきたんじゃない」

フランツが立ち上がろうとしたちょうどその時、最近めったに姿を見かけなくなったスティーヴが狂ったような勢いでスタジオに飛びこんできた。

「てめえ畜生！　このドイツ野郎！　糞ったれがふざけやがって!!」

「それは僕のことか？　あいにくとオーストリアはドイツ帝国とはとっくの昔に離婚してるんだが」

「どうだっていい！　この○○××が！　同期信号抜きやがったな!!」

「僕の作ったミックスのことか。ああ、抜いたさ。当然だ。苦労して作ったものを他人にやすやすとリミックスされたくないからな」

ダニエルは俺は関係ないとばかりにただ黙って二人を眺めていた。三二のマルチ・トラックとは言え、その三二の全てのトラックに音を入れてしまうことはできない。その一つには必ず、全てのトラックの拍とその中の一音一音のタイミングを合わせるためシーケンサに読み取らせる信号――言わば指揮者の棒のようなものだ――を入れておかなければならない。逆に言えば、それを抜いてしまえば微妙な揺らぎのタイミングを合わせることはほぼ不可能となり、リミックスもまたほぼ不可能になるというわけだ。

「それより、君はまた僕のメモリにアクセスしたな？　何度パス・ワードを変えても盗み出すんだな。その手腕には感心するが、パス・ワード破りの手口を発達させているような暇があるなら、他人のプログラムを使ったリミックスじゃなくて、自分自身のプログラムを作ったらどうだ」

「この野郎……！」

「どうしてもリミックスしたいのならしてもいい。一拍一音ずつ入力で拾えばいいだけだから。ただし言っておくが、僕のリズムは本物のウィンナ・ワルツだ。それについてこられるのなら、やってみろよ」

フランツはスティーヴを押し退けてスタジオを出た。スティーヴはフランツの知らない英語の罵詈雑言を浴びせながら彼に摑みかかってきたが、フランツにつけられているボディ・ガードの一人が廊下の向こう側から飛びこんで来て彼に強烈な左の一撃を食らわせ、あっさりと沈黙させた。

「ディック、残《デッゼルヴィイ》りもんをバーツにくれてやれ。お前の当番だ」

半ば目を覚ましながらの浅い眠りに落ちていたフランツは、ホーリーのあたり構わない野太い声で覚醒の側に引き戻された。安い煙草とジンの匂いが染みついた一室で、出番までの短い時間を集中と休息をかねての仮眠に当てていたところだった。

「残りもの《デセルヴィ》だ」

フランツは眩しそうに片目を開けて、ホーリーの不似合いなフランス語を直してやった。ちょうどディックと呼ばれた黒服――私服の時は垢じみた色物の古着を着ているが――が嫌そうな顔をホーリーに向けたところが目に入る。

「どうしたホーリー。いつからお前が台所の後片付けの当番になった？」

フランツはわざとホーリーを怒らせるように馬鹿にしきった口調でそう言ったが、ホーリーは彼には答えようとしなかった。

「行けよ、ディック。今日のはそうひどくねえ。てめえはラッキーだ」

ディックがまた何か言いかけると、ホーリーは革の上着から拳を突き出して口汚く罵った。ちょうどその時、別な扉からモーリィが部屋に入って来て、見事に足を高く蹴りあげるとホーリーの背中に一発食らわし、ディックには指先でさっさと行けという合図を送ってその二人を追い出した。

「ああ、まったく！　この無神経野郎どもが！　行っちまえよ！……悪かったね、フランキー、どうやら起こしちゃったみたいだ。寝てたんでしょう？」

「いや、もうほとんど目は覚めていた。もうすぐ時間だからな。起きられてちょうどよかった。しかしいったい何の騒ぎだ？　ここで犬でも飼ってるのか？　ディックはずい分嫌がってたみたいだが」

「まあ、いろいろとね、つまらない仕事があってさ。そんなこと気にしないでよ。うちの大事なリミキサー様は、そんな雑用のことなんて考えなくていいんだってば」

モーリィはまだ何か言いたそうにしていたが、不意にフランツの肩を親しげにたたいてそばを離れた。あちこちのフェルトがめくれあがった玉突き台の縁に尻を乗せると、無造作にキューを取って番号の揃わない玉を適当に突く。暗くした明かりの中で、モーリィのどことなく動物的で女性的な物腰は、嫌悪感をもよおさせながらも不思議と魅せられるシルエットを描きだしている。

かつては豪華なものだったに違いない剝げたソファや縦型のピアノ、エールやジンの空き壜、洗っていないグラス、煙草盆、ロースト・ビーフの残りがこびりついた皿が雑然と積み上げられたテーブル等、もともとはかなり広いはずの部屋の中はやみくもに家具や何かが詰めこまれて息苦しかった。《キサナドゥ》の向かって右に位置するその建物は、主にボディ・ガードや黒服の溜り場、出待ちＤＪの楽屋として使われており、モーリィはここを〈管理棟〉と呼んでいた。一階は騒々しいジン・パレスになっている。

もう三月だというのに、ロンドンはウィーンよりもはるかに日が短かった。それに、英国国教会圏にいるせいか、あるいは自分がほとんどこの歓楽街から外に出ていないせいなのか、今が四旬節であるという実感さえなかった。外にはじめじめした雨が降っている。ウィーンのどの季節にも引き比べることのできない、季節感をまるで感じさせない雨だ。煤煙の混じったうす黒い雨である。

フランツは壁にまがってかけられた時計を見違えないよう注意して眺め、起き上がって頸の後ろをかいた。彼は何も言わなかったが、モーリィは気のきく女中のように立ち上がって、フランツの上着を外套掛けから取って手渡した。モーリィは十代の頃――つまりはごく最近という意味だが――からすでに、いかさまの賭け拳闘試合のプロモーターをして稼いでいただけあって、出番前のＤＪたちの扱いはことのほか巧かった。フランツは立ち上がって、例の赤い上着に袖を通した。セントルークスはまたモーリィとは違った意味でＤＪたちの扱いが巧みだった。フランツの着るものひとつにも気を使って、最近痩せてきた彼に合わせて最上のものを何着か新しく仕立てさせたばかりだった。

「雑用でもいいよ。たまに目先の変わったことがしたい。犬の扱いはうまいんだ。実を言うとね。それに、けっこう好きなんだ。子供の頃、リンツ大聖堂の聖歌隊にいたけど、いつも家から教会までの間の家で飼っている犬の全部に悪戯をしかけて歩いた。近所ではドクター・マイヤーのところの悪ガキで通ってた……悪ガキと言うより、超悪ガキだったたな」

「ふうん。ちっちゃい頃からいい子ちゃんだったのかと思った」

「まさか。女の子もずいぶん泣かせた……ああ、そういう、君が期待してるような意味でじゃないけどね。聖歌隊の頃は女の子なんて馬鹿にしきってて……」

そうだ……あの聖歌隊の指揮者はブルックナー教授――当時はまだウィーン音楽院教授な

どではなく、地方都市の教会オルガニストだったが――で、彼は練習の時、フランツやその仲間たちがうまく歌えると、ポケットから蠟紙に包んだお菓子を手品のようにひと摑みもふた摑みも取り出して、嬉しそうに配ってくれたのだった。

あの頃、フランツらは彼をだぶだぶズボンのおじさんと呼んでちょっと笑い者にしていたが、彼が書いたという荘厳ミサを聴いた時、その音楽はまだほんの子供に過ぎなかったフランツにも強い衝撃を与えたのだった。音楽に理想というものがあるのなら、もしくは理想の音楽というものがあるのなら……そういう考えは、あるいはこの時に現われたものだったのかもしれない。あのミサ曲。そして、あの交響曲。試演に失敗したとはいえ、それは……。

「おおい、どうしたんだよ、フランキー？　ぼうっとしちゃって。最近少し……ねえ、少し変だよ。ウィーンだのリンツだのの話ばかりして。そんな子供の頃の話とかさ。もしかして、ホームシックってやつ？」

フランツは自分でも意外な話をしていることに気づいて驚き、不意に口をつぐんだ。

「ああ、いや、別にそういうわけじゃない。まだ少し寝呆けてるな」

リンツの思い出。ウィーンの記憶。しかしそれは、何かを思い出さないための自己欺瞞のようなものだ。プレイする前に、またセントルークスにトカイ・ワインをもらおう。そうすればこんな漠然とした不安のようなものはなくなって、プレイに集中できるに違いない。

「本当に大丈夫なの？　あなたこの頃ちょっとおかしいよ。なんだか危ない感じだ」

「おかしい？　何が？　僕がか？　どういう意味だ？」

「いや、つまりその……おかしいのはあなた自身というより、クラブでのプレイのほうだ。音楽だよ。雑というか、何かを見失ってる感じだ。セントルークス卿もそう言ってた。ねぇフランキー？　自分では判らない？　理想の音楽はどうしたのさ？　あなたの理想は？　まるで……そう、ここの言い方で言えば、プッツン行きすぎ、って感じだよ」

やはり、彼やセントルークスには分かるのらしい。その通りだ……僕は座標軸を見失っている。支点がないのだ。〈選定基準〉がないのだ。

「分かるか？」

「うん。僕だって少しはね」

「レヴェルが落ちていると？」

「ごめんねフランキー、はっきり言っちゃうと、そういうことかもしれない。前を見ないでやみくもに突っ走ってる感じだ。どうしちゃったのさ。何か問題があるんなら言ってくれればいいのに」

「何があったというより……違う、逆だ、何もなさ過ぎるんだ」

「なさ過ぎる……どういう事？」

「つまり……」

モーリィはフランツをまたソファに座らせ、自分も隣に腰を下ろした。白く長い指を突きつけると、彼はフランツがもっとも言って欲しくないことを口にした。

「ベルンシュタインのこと？」

フランツは答えなかった。まさにその通りであり、そうではないとも言える。モーリィはいつもながら動物的な鋭い直感を持っていた。彼はフランツをちらりと横目で見ただけで、フランツ自身が思い浮かべている以上のことを読み取った。本心からそうしているのかどうかは分からないが、モーリィはすまなそうに声を落とすと、こんなところにいてはベルンシュタインからの評価を落としてしまうだろうと言った。いくらフランツが《キサナドゥ》のサウンド・システムで彼自身の理想の音楽を作り上げたとしても、ベルンシュタイン公のような人から見れば低俗極まりないクラブでDJなんかしていたのでは！

しかしモーリィは、フランツの否定をも予知していたに違いない。フランツは彼の密やかな期待どおりにそれを否定した。いつの頃からだろう。もう思い出せない。ウィーンにいる頃からかもしれない。もうベルンシュタインの言う最高の後援などどうでもいいのだ。今さら彼がどんなに素晴らしいオーケストラを用意してくれようと、どれほど意のままになる劇場を与えてくれようと、セントルークスのサウンド・システム、そしてあのスタジオほど自由に〈それ〉を呼び寄せることなど不可能なのだから。

モーリィは軽く首を振った。

「ベルンシュタインがどうでもいいって？　まさか……いや、そうかもしれないね。分かるよ。いつかそう言い出すんじゃないかと思ってた。でもそれだったらむしろ、あなたは彼の悩み事から解放されて、もっと存分にプレイできるようになるはずじゃないの？　なのにあなたは、何だか前よりももっと大きな悩みを抱えこんでるみたいじゃないか。このままじゃ僕たちも困る。あなたには最高のコンディションで活躍してもらわなきゃならないのに。何が欲しいの？　言ってくれよ。新しいコンソール？　最新のプログラム？　薬？　それとも女？　いや、男でもいいけど。言ってくれれば何でも調達してくるよ。どんなことをしたってさ」

「そう、可能な限りのありとあらゆる手段を講じて」

フランツは声の方向に振り返った。いつの間にかセントルークスが、琥珀色のワインを満たしたグラスを手にしてフランツとモーリィの後ろに立っていた。もう時間だ。フランツは特に何も意識せず、いつものようにワインを受け取って口にした。

「この可能な限りという言葉は、本当に物理的、科学的に不可能でないことなら何でもという意味です。もっとはっきりと言ってしまえば、法的、人道的に不可能なことでも、物理的に可能なことなら何でも、ですよ。君の芸術的水準を高めるためなら、私たちはどんなことでもいたしましょう。たとえ非合法の手段を講じてでも」

「そう、あなたのためなら、かなりヤバいこともしてあげちゃう、ってわけ」

「モーリィ！　失礼、マイヤー君。それで、いかがですかな？　何をお望みです？　思いついたら、いつでもモーリィに申しつけてください。いつでもね」

何かが始動し始める。セントルークスは押しつけがましくない程度に念を押すと部屋を出ていった。あとのご用は再びモーリィに任されたというわけだ。

「少なくとも、あのむちむちのソプラノ歌手ではないね？」

「何が言いたい!?」

「おっと、怒んないでってば。フロイライン・キルヒベルガーは最近、ちょっといろいろあって、さる大物の銀行家に囲われているという噂。いいとこのお嬢様だったのにね。どうしたのか……。でもフランキー、あなた今、顔色ひとつ変えなかったね？　今じゃこんな話を聞いても何とも思わないんでしょう？　ベルンシュタインばかりか、もう彼女のことさえぜんぜん考えていない。違う？」

　言われて初めて気づいたことだが、確かに、もうヘルミーネのことを考えなくなってから何年も経ったような気さえする。

「さっさと言っちゃえよ。その一言で何でも手に入るのに」

　DJブースに向かう時はいつも気持ちが昂ぶって、一種の宗教的法悦を待ち望むような感じになる。彼らはそのことを知っていて、おそらく、その瞬間を狙ったのかもしれない。これから始まる音楽に対する期待と、〈それ〉の瞬間。それはまた、あのマリアの胸元で感じた唯一無二の霊感の記憶と結びついていた。今にも口をついてその言葉が出てしまいそうだ。彼女をベルンシュタインの手元から奪ってきてくれと頼めば、モーリィたちはまさにその通りのことをしてくれるだろう。確実に。

「で、何がいい？」

　モーリィ――この信じがたいほどに霊媒的な生き物！　その口調は音楽的な刺激となってフランツの耳に届いた。すでに彼の感覚は、音楽が最高潮に達した時のそれに近くなっている。……今夜は速い。フランツはついにマリアのことを口にした。モーリィはいつもの女性的な含み笑いをもらした。

「なるほどね！　そう言えば、確かにベルンシュタインのおじさまは可愛い子ちゃんを連れて歩いてたね。マリアちゃんだっけ？　僕の手元の情報では（モーリィは小さな手帳を取り出した）……公爵は一月からずっとパリで参戦中、あの子はウィーンのお友達、ツィルク夫人に預けっぱなし、か。それはいいね。ついてる。あのベルンシュタインの手元からさらって来るなんて絶対にできないもの。了解。すぐにやりましょう。そう……ツィルク夫人のもとに偽者の使者を立てるのがいいな。それじゃフランキー、あなた、何か彼の使者らしく見せられる小道具を持ってない？　彼の名刺が一番いいけど、他に何か、紋章の入ったものを下賜されたことはない？」

　彼の名刺は一度ももらったことがなかった。フランツは少し考えたが、抵抗せずに、十五年前にベルンシュタインからもらった小振りの短剣を取り出した。象牙と黒檀のつかに金と青の貴石で彼の略章と頭文字を象眼したものである。ウィーンから持ち出した数少ない荷物の中に真っ先に入れ、ここでも護身用のつもりでいつでも持ち歩いていたものだ。モーリィはそれを受け取ると、数日中に何とかしましょう、と言って立ち上がり、フランツを《キサナドゥ》のブースへと送り出した。

　マリア……その手の感触。髪の匂い。頬の色。霊的な瞬間に見開かれる瞳。その内側から密やかに、しかしとめどもなく溢れる法悦的な音楽の霊感！　フランツはモーリィの流暢な

MCに続いて最初の一曲を選び出した。フロアの反応は良好。彼自身もいずれ訪れるべき〈それ〉の再来の瞬間を思って、その意識は超感覚的に飛躍／変容した。

「超感覚的に飛躍／跳躍……だ」

辻説法師のように一方的に喋り続けるダニエルの言葉が途切れ、その沈黙がかえってフランツの注意を引きつけた。彼は天上の低い、狭苦しい倉庫を間に合わせで改造した新しいクラブの照明装置の試験作動を眺めているうちに、いつの間にかその光のヴィジュアル・ドラッグ的煌《きら》めきに引きこまれていたのだった。

「そう、まさに超感覚的飛躍だ。……おい、大丈夫か？」

フランツは緑や青、赤、何とも形容のしがたい色合いなど、ありとあらゆる色彩が狂ったように錯綜する空間から何とか目をそらすと、ダニエルのほうに振り返った。ダニエルはまるで何ともないらしい。不精髭に無造作に束ねた髪、何処を見ているともつかないが常に鋭利さをたたえた目という異相は、こうした視覚効果の異空間においてはまさに教祖的に見栄えがした。

「俺が求めているのはまさにそれだ。このクラブはそのために作った。視覚と聴覚から入るすべての刺激を統合して、単に足し合わせた以上の新たな感覚を生み出す。意識のシフトが生じるのはそれからだ」

「新たな感覚」フランツは光に背を向けて意識を言葉に集中した。「しかし僕にはどうしても、君は単に麻薬を使ってラリっちまおうとしているようにしか見えないがね」

「ふふん、お前さんはまだまだだよ。意識の高次進化はそうやすやすと手に入るもんじゃないさ。東洋の行者たちは、そのために命を落とすような修行までする。音楽、閃光、舞踏、香、舞台装置、テクノロジー、そして薬物《ケミカル・シング》。Good trip！　この世に存在する限りのありとあらゆる手段を使うまでだ。俺がやろうとしているのはそれだ。俺たちは生まれた時から下らない枷《かせ》を何重にもがっちりとはめられて、感覚が麻痺しきっちまってる。それをぶち切るんだ。簡単じゃない。それなりにやばい手段が必要だ。いろいろとな。インディオのシャーマンが食う幻覚キノコのことを聞いたか？　イスラムの密教団のことは？　奴らは自然のうちに生じるものを使って意識変革する術を知っている。洗練された文明だ。だがそれだって完璧じゃない。だからあとはロンドン的テクノロジーだ。奴らの手段。俺たちの手段。どっちも使うんだ。共通するのは音楽だ」

《キサナドゥ》の隣のジン・パレスの裏にあった役立たずの倉庫をつぶして、そこに三十人も入れば満員御礼という狭苦しいクラブを作り、そこで堂々と《魔笛《ツアウベルフレーテ》》を供する。高度な照明装置を設置。そして最新にして最高機密のサウンド・システム。フランツがロンドンに着いた時、すでにジン・パレス地下の工事は始まっていたが、まさかこんなものを作っているとは知らなかった。ダニエルは今日になって初めてそのことを明かし、それを見せてくれたのである。

《シャンバラ》はダニエル専用のクラブだった。ここは週に三日程度、ダニエルの気が向いた時にだけ不規則にオープンするという。そこはまさに彼によって運営される聖地であり、彼によって司られる神事だ。——俺は《キサナドゥ》からは完全に撤退する、これさえあれば、あんなちゃちなシステムはもう必要ない。ダニエルは平然とそう言った。セントルークスはかなり以前からこのことを約束していたのだという。フランツに一抹の不安が宿ったのも無理はない。

東洋ふうの道具立て、マハラジャの金糸を織りこんだ天幕、スルタンの宮廷を模した絹の寝椅子。象の牙。虎の毛皮。ダニエルはこの怪しい小部屋の奥に設けられた後宮ふうの格子——それはいささかあの《プレジャー・ドーム》を思い起こさせるやり方だったが——の向こうで、「今までとはまったく違った新しいやり方で」プレイするのだ。

「目が回ってきたか？　ふん。ここのシステムも相当使えるな。こっちに避難してろよ」

ダニエルはそう言うと、やや優越的な態度で、フランツをあの謎のＤＪブースの手前の物置とも控え室ともつかない狭苦しい小部屋に導き入れた。裸のオダリスクたちが寝ころぶような寝椅子に腰を下ろして一息つくと、フランツはやっと、痺れた手足に血液が行きわたって感覚が戻ってきたような気になった。

「あの向こうはどうなってるんだ？　ＤＪブースは？」

「それは言えんな。悪いが」

「僕は相変わらず蚊帳の外ってわけか。セントルークス卿はずい分と君がお気に入りのようだな。……外では《ムジカ・マキーナ》を僕に継がせると言っているらしいが」

「俺への当てつけのつもりか？　そんなのは上流階級向けの宣伝文句なだけさ。セントルークスやモーリィの売りこみ戦略から言ったらあり得る。売り上げのためならお前自身を騙すことだって奴らはやるさ。まあいい。俺はどっちでもいいんだ。手続きや表向きの名義なんざどうだってな。要は手段を手に入れることだ。ありもののリミックスだとかサンプリングでもなく、手間のかかるレコーディングでもない。既存の楽器にも人間の声にも縛られない。俺の頭の中にある音楽を最短距離で引き出す方法だ」

　フランツが言葉を返そうとした――しかし何を言うつもりだったのか自分自身にさえ分かっていなかった――その時、ＤＪブースとは別の扉からモーリィが顔を出した。

「ああ、見つけた。ダニエル、セントルークス卿がお呼び。調整しろって」

　ダニエルはセントルークスに対する悪態を吐き散らすと、モーリィを押し退けてその扉から出ていった。どうやらそこから先は下り階段になっていて、さらに地下深くに通じているらしい。

「それじゃフランキー、僕も失礼」

「待てよモーリィ、話がある」

　フランツは寝椅子から立ち上がり、ダニエルの後を追って行こうとしたモーリィの腕をとらえて引き止めた。

「これはどういうことだ？　このシステムは？　ダニエルはこれを〈俺の頭の中にある音楽

を最短距離で引き出す方法〉だと言ったが、それはもしかしたら、セントルークス卿がいつかきっと僕に与えると約束したシステムのことか？　それならば何故……」

「ごめんフランキー、今、忙しいんだ。またあとでね」

モーリィはぞっとするほど冷たい手をフランツの手に重ねると、自分の腕を掴んでいるその手を放させた。が、フランツはモーリィが閉めようとした扉を片手で押さえ、もう一方の手で彼の肩をぐいと掴んだ。

「何故だ？　何故、それを与えられるのがダニエルで、僕じゃないんだ？　約束はどうなった？　僕だってもうありもののリミックスだけじゃ満足できない。前から言ってるだろう？　だいぶオリジナルのスケッチがたまってるんだ。だがもう、五線に手書きで音符を並べるのも、それを手書きで書きなおすのも限界だ。それに、誰が演奏してくれる？　書く作業も、演奏の作業も、もうそんなものはいっさいごめんだ。それ自体はもう音楽ではないと、何度言ったら分かる？　セントルークス卿は僕に何が必要かすでに知っているはずだ。〈頭の中にある音楽を最短距離で引き出す方法〉、彼はそれをこそ僕に約束したはずじゃなかったのか？」

「ちょっと待ってよ、フランキー。落ち着いて。言いたいことは判るよ。セントルークス卿も気にしてる。だけど、もう少し待ってよ。もう少し……何て言うのかな、適応してほしい、セントルークス卿はそう言ってるんだ」

「適応だと？」フランツは思わず声を荒らげた。「これ以上、何が必要だって？　君たちは見てるだろう？　僕がどれほど適応したか！　それなのに、僕は未だにこの《シャンバラ》の謎のシステムどころか、ダニエルやスティーヴたちがすでに関わっているレコーディングにさえタッチできない。僕はまだそういう地位にはいないってわけか。何故ウィーン・フィルから逃れてまで同じ思いをしなきゃならない？　もうああいった下っ端扱いはごめんだ！　僕はいったい何のためにロンドンに来たんだ？」

「別に下っ端扱いをしてるわけじゃないよ。むしろその逆さ。あなたはうちで一番大事なDJなんだぜ。ここだけの話、スティーヴやダニエルは、言わばあなたのための実験台みたいなものさ。新しいシステムも、彼らで成功すれば、あなたにも安心して適応できる。奴らは神経太いからね。かなりむちゃくちゃなことでもやらせられる」

「まるで深窓の令嬢扱いってとこか。馬鹿にされたもんだな。秘密のシステムのショックがいくら大きいとは言っても、結局はそれは機械に過ぎない。たとえ《キサナドゥ》の何百、いや、何万倍も複雑で想像を絶した装置だったとしても、それでもそれはやっぱり機械に過ぎない。今までに見慣れたものの延長だ。そうだろう？　僕がその程度の驚きに耐えられないと思っているってわけか？」

「自信を持ちすぎるのもどうかと思うよ。まずい先例があるから……」

「まずい先例？　どういうことだ？」

モーリィははっとして口をつぐんだ。彼らしくなく口を滑らせたのらしい。半ばすね、半ば媚びたような笑みを浮かべて、同情を求める子供のようにフランツを見上げている。彼が動揺を見せたのはこれが初めてだ。フランツは反射的に、攻撃をしかけるなら今以外にないと判断した。手加減はなしだ。何かしら残忍なものが始動しはじめる。手持ちの武器のうちで、もっとも強力なやつを食らわせてやる。

「どっちが繊細か勝負しようじゃないか。僕は腐乱死体の解剖までは平気だね。君は？」

モーリィの反応は劇的だった！　彼は薄暗いパラフィン・ランプの明かりの中でもはっきりと見分けがつくほど青ざめ、顔の筋肉の全てを引きつらせて一歩後ずさった。

「……フランキー……ちょっと待った……！」

「体中に癌の転移した脂肪太りの、死んだばかりの妊婦の検死解剖は？　鎖骨の下からメスを入れて、腹を縦切開して、肋骨を折り取ってやるんだ。少しくらい時間が経っていても、新しい死体を切るときの感触は、生きている人間にそれをするのとほとんど変わらない。人間の臓器を一つ一つ取り出して、重さを計って、血を絞り出して、防腐剤を満たした瓶に詰めるのは？　あるいは生きた人間の喉の腫瘍を切り出して、代わりに気道確保のチューブを埋めこむのは？……おいモーリィ？　どうした？　震えてるな？」

「……どうも……しない……よ……ちょっと驚いただけさ……いったい何の話さ……意外だね、あなたがそんな……」

「意外でもなんでもないさ。ただ、昔、医学部にいただけだ」

「ああ、そ、ういう……そうか……」

モーリィはどうにか動揺を抑えたが、顔色は蒼白だった。瞳に恐怖と嫌悪を宿して口元を押さえている。こういうところにも何かしら女性的な反応を持っているらしい。

「どうも君たちは僕を誤解してるようだから、少し驚かせてやる必要があるかと思ってね。何なら、君を怯えさせるためにもっと恐ろしい話も平気でしてやるさ。娼婦を生体解剖したオーストリア貴族の話でもね。僕はそういう奴だよ。セントルークス卿にも言っておいてもらいたいね。あいつは相当ずぶといってね。……モーリィ、どうした？　何もそこまで驚くことはないだろう？」

　フランツは上目づかいに見上げるモーリィに意地の悪い笑みを返した。怯えて萎縮したモーリィは、見る者にもっといじめたいという欲求を起こさせる何かがある。フランツもまた、いったん動きはじめたその衝動を抑えることができなかった。

「本当に大丈夫か？　イングランド人は殺人だの処刑だのというネタにはもっと慣れてると思ったんだが、どうやら君はそうじゃないらしいな。僕もロンドンに来てびっくりしたよ。一流どころの新聞が毎日のように人殺しの記事をもっとも大きくのせるんだからね。その上、昔の強姦殺人や墓荒しの話が今でも話題になるんだからな。僕も昔は墓場の死体泥棒に世話になったことがあったよ。友達と四人で組んでね、少しずつ金を出しあって新しい死体を一体、買うんだ。何をするって、もちろん解剖をするんだよ。教室のだけじゃ勉強にならないからね。医学生ばかりを置いておくような下宿では、屋根裏でやらせてくれたりもする。最近はロンドンでは……ああ、大丈夫か？　モーリィ？」

「う……大丈夫さ……ただちょっと……もう勘弁してくれないかな。あなたが気丈だってことは分かったよ、分かったってば。だけど何も、ねえ、そういう方向に話を持っていかなくたっていいじゃないか。いったいどうしてこんな話になっちゃったのか……」

「さあ、どうしてかな……この匂いのせいかもしれない」

フランツは半開きのまま押さえた扉の向こうの暗がりを親指で無造作に指した。

「この何だか甘ったるい薬臭さがね、あまりにも防腐剤に似てる。こういうのに死体をつけておくんだ。蛋白質を〈固定する〉と言うんだが……しかしそれにしても似た匂いだな？いったい何なんだ、この匂いは？」

モーリィは突然、我に返ったようだった。

「匂いって？　これは、その……ああ、そうだ、これね。いや、何でもない。ただの……そう、電池だよ。でも、こんなに匂うなんて、もしかしたら電池の液が漏れてるのかもしれない。それはまずいな。行かなくっちゃ。それじゃ、フランキー、分かった、セントルークス卿に言っておくよ。だからもういじめないでよ」

フランツは扉から手を離してモーリィを通してやった。モーリィは階段の暗がりに少し怯えたようだったが、忘れずに向こう側から鍵をかけると早足でその下の冥府に降りていった。

これから当分の間、彼は電池の液の匂いを嗅ぐたびに、腐乱死体や墓場の盗掘人、解剖学教室や不本意にもフランツにいじめられたことを思い出すだろう。いい気味だ！

翌日、モーリィは約束通りにマリアを彼のもとに連れてきた。あの約束があってからまだ二週間と経っていなかった。モーリィはフランツにマリアを引き渡すと、あまり目を合わせないようにして、あのことはセントルークス卿に言った、とだけ告げてそそくさと去っていった。

「この一連の行方不明事件は」

一生のほとんどを判事や大法官の役を演じて過ごしてきたらしい風貌の老優は、胸に手を当て、天を仰ぐように上向くと、芝居がかったもの言いで言った。

「やはり第二のバーク＆ヘア事件なのだ」

老優はまばらになった白髪がはりついた長い頭を左右にゆっくりと向けて、自分の言葉が仲間たちに浸透したのを確認するようにしばし間を置いた。高い天井から下がる硝子のしずくを幾つもぶらさげたシャンデリア、壁いっぱいに張りめぐらされた切り子硝子の鏡面、金色の留め具があちこちについた緞子のソファ等、いかにも華やかな内装に埋めつくされたこのパブは、こうした芸術家ともごろつきともつかない中途半端な舞台関係者の溜り場になっている。出入りする客層は見た目の豪華さに比べて中身はいささか見劣りするものだったが、店のつくりもそれに似つかわしく、いかにも高価そうではあったが実は何もかもが安普請で、それを隠すつもりか照明はかなり薄暗い。こけおどしのシャンデリアを通したガスの光は、あたりの硝子の切り子面やめっきの金具にぴかぴかと反射して、それらしく豪華な雰囲気を取りつくろうという仕掛けだ。エールや揚げ物の匂いには、かすかに香水の匂いも混じる、そういう界隈である。

老優は舞台装置の中にいるつもりで続けた。

「みんなもう生きてはおるまい。なんという犯罪、なんという所業だ！　スコットランド・ヤードは何をしておるのだ！　彼らの……」

「おいおいおっさん。だからその〈一連の〉ってのは何だよ」筋肉質の若い男がエールのマグを置いて口をはさんだ。「おっさん、あんたはいったい何を指して〈連なり〉だなんて言うんだよ。どれのことだよ。何の行方不明だよ」

「あの音楽家たちのことだ」

日常と芝居の区別がつかなくなった老優が、いかにも激しい感情を押さえこんでいるかのような口調で言った。隣の小円卓に一人で陣取っていた男が頭を動かさずに視線だけを彼ら俳優の一団に向けた。が、役者たちはその男が聞き耳を立てていることにはまったく気づいていなかった。

「あのフランクフルトの劇場づきオーケストラの団員たち、ゲッチンゲンだったかのピアニスト、ベルリンの歌手たち、ミラノの落ちぶれた歌姫……その他諸々だ。ああ、なんという悲運だ！　中には聖ジェイムズ劇場に招かれるほどの者もいたというのにだ……やっと国の難を逃れてこの自由の地たるイングランドに達したというのにだ。彼らは次々といなくなった」

「だから何度言ったら分かるんです」また別な男が口をはさんだ。「だから、あれは亡命なんですってば。最初から新大陸やオーストラリアに渡るつもりの亡命者たちは、イングランドに身を寄せるのはほんの一時なんですよ。さていよいよ海を渡ろうかという時だって、おっぴらにあちこちにいつ何処から何々の船で何処へ行くなんて、そんなの吹聴して歩くわけがないじゃないですか。あなたみたいにアデルフィの三マイル以内のことしか考えてない人にとっちゃ、そりゃ確かに行方不明でしょうけど」

「何という言い草だ、お若いの！　だからお前さん方こそ視野が狭いというのだ。ここ数年、ことにこの二年ほどの間、死体の見つからない犯罪の増加には驚かされるばかりではないか。そしてありとあらゆる種の怪しげな幻覚剤、強壮剤の類の流行！　大衆や新聞は死体もなければ裁判もない犯罪になど目もくれないが、しかしだ、皆の者よ、よいか、それらはみな別物の単発事件ではないに違いない。私はすでに筋書きを読んだのだ」

隣席の異邦人は意識を検事役に集中させた。時としてこういうところで思いがけない手がかりを摑むことがないでもない。

「よいかね皆の者、戦争や自由主義の弾圧で国を追われた者たち、ことに己れの腕前の他に財産というものを持たず、そしてその性癖からして堕落した生活に誘惑されやすい者たち、すなわち芸術家たち、ことに活動の拠点を移しやすい音楽家たちは、弾圧激しい恐るべき諸帝国の大陸を逃れてイングランドにやって来る。その時、謀《はかりごと》にたけたなにがしかの者は彼らを救うふりをして手元におびき寄せ、流行りの薬《ケミカル・シング》物を摂らせ、殺して、そして売ってしまうのに違いないのだ。だから言ったろうに！　あれは新たなるバーク＆ヘア事件なのだと！　何故に皆、あのことを思い出さないのだ」

「なかなかいい筋書きだな。あんた、役者じゃなくて台本《ほん》書きをやってりゃよかったんだよ。フリート街の血まみれスプラッタ床屋の舞台化でもやってりゃ、少なくとも今よりはましな生活ができたはずだ。売れない、って程度で済んだだろ。ネタが古いよあんたは。それにどうでもいいがそのバークと何とかの事件ってのは何だよ？」

「おお、お前さんは知らないのか？　あの有名な事件を！」

老優はますます自分の口調に陶酔するようにのめりこんで（だから役者としては使えないのだろう）、半世紀前に英国中で大評判を取ったエディンバラの連続殺人事件の話を始めた。隣席の男はうんざりしてまた別な方向に注意を向けなおした。反対側の席では、女連れの太った紳士くずれが、アジア渡りの薬物各種について講釈をたれている。その男の話はちょっと見にはいかにも事情通のそれのようだったが、しかしその男も《魔笛《ツァウベルフレーテ》》と呼ばれる秘薬中の秘薬については、結局たいへんにいい加減な聞きかじり程度のことしか知っていなかった。

両方のいかがわしい話題が飛びかう席に挟まれた男は、薄色のビールに満たされたマグを淡々とひとりで傾けていた。ゴシック怪談物語にもふさわしい均整のとれたたくましい体軀は、何十年も前に反体制と頽廃の象徴として度重なる禁止令を食らった古くさいドイツ服に包まれ、鼻が高く頬がこけたゲルマン風の顔立ちは、髭はきれいにそっていたが古典的な風格は損なわれていなかった。全体のつくりがいかにもアーリア風であるにもかかわらず、耳を覆いかくす長さのもつれた髪は完全な金髪ではなく、この充分でない明かりの中ではその色彩は判然としなかったが、濃いめの金褐色か茶色であるらしかった。その男は他人の話などまるで聞いていないように振る舞い、はた目にもそう見えたが、しかし実は彼は周囲に前線の歩哨さながらの注意を払っているのだった。さらに、彼の控えめに伏せられた眼を覗きこんだ者がいたとすれば、その誰かは男の目つきに圧倒されただろう。それは一人の人間だけを延々と追跡し続ける復讐者のそれであり、血の臭跡を何百マイルにもわたってたどってゆく孤独な猟犬のそれだった。

彼の瞳の漂わせる冷酷さには、それとは切り離せない表裏一体のロマンティックな甘やかさに満たされていたが、それはまさにゴシック的な古城や魔術的伝説が染みついた深い森にこそ相応しいものだった。が、このゲルマン人がそうした特異な装いや雰囲気を持ちながらも誰にも注目されずにいられるのは、彼がそうした術を心得ているからに他ならない。彼は人々の視線のわずかな隙間に自分を滑りこませ、必要とあれば何時間でもこうして、パブのちょっとした片隅に静かに身をひそめていられるのだった。

太った紳士くずれの麻薬ネタはすぐに尽きてしまったが、年老いた大法官役者は、世代の違う若い者たちの知らない半世紀前のバーク＆ヘア事件もしくはウエスト・ポートの凶事と呼ばれた事件について、驚くほどの記憶力で延々と話し続けていた。その事件というのは一八二七年から二八年にかけての一年間の間に、エディンバラのウエスト・ポート貧民窟、通称なめし革横丁の貧民相手の下宿屋を舞台として演じられた、下宿屋の主人ウィリアム・ヘアと下宿人バーク主演の連続殺人事件のことである。彼らは、すぐに死んでもおかしくない貧乏人や飲んだくれ、娼婦、あげくの果てにはバーク自身の情婦の親戚をその下宿屋に連れ込んで酔っぱらわせて殺し、エディンバラの有名な外科医ジョン・ノックスに解剖用死体として一体十ポンドから八ポンドで売っていたのだった。その商品の数は実に十六体に達したのである。バークは絞首刑。ヘアはバークに不利な証言をして罪を逃れた。外科医ノックスは、自分が買い取っている死体の出所についてあまりにも無関心、もしくは意図的に目をつぶっていたとして、世間から当然受けるべき嫌がらせを受けただけだった。

このあまりに陰惨な事件は、スコットランド貧民の生きていても死んでしまっても同じというほど悲惨な状況の改善にはほとんど役に立たなかったが、医者たちが解剖用死体を入手する経路を浄化する登録制度を整備する法律を作り上げて世の〈役に立った〉。ちなみにこの事件は、burke（扼殺する、窒息させる）という動詞を生み出し後世にその名を残している。嘘だと思ったらイングランド語の辞書を引いてみるがいい。ろくでもない言葉に限って定着するものだ。

しかしその後にも解剖用死体の盗掘やある種の横流しが完全になくなったかというと、それは怪しいものだったし、実際にそうした現場に立ち合うことのない大衆の想像力は現実以上にそれを怪しいものとして認識していた。どうやらかの老優はこの手のネタがお気に入りらしく、その推理も単に、殺人を一つの大衆娯楽に昇格させた新聞記事と、近年もてはやされるようになった派手なセンセーション・ノヴェルに繰り返されたご都合主義ホラーの混合物でしかなかった。

異邦の追跡者は黒天鵞絨《ビロード》のドイツ服の懐から時計を取り出して時間を確かめ、立ち上がった。彼が立ち上がると体軀の立派さはなおさら際立ったが、誰も彼の動きには注意を払わなかった。老優はまだ、解剖用になったに違いない芸術家の死体の数を数え上げていたが、それにはあのウィーンの事例は含まれていなかった。それもしかたがないだろう。オーストリア帝国警察は、ドナウ運河の死体群には半年以上前に死んだらしいものも含まれていることなどを理由に、それらが一度に投棄されたという説を否定、結果としてイングランド人の舞踏場や〈ありもしない〉麻薬との関係をないものとして扱ったのだった。しかも舞踏場の持ち主は英国の王族であり、物的証拠はかけらもない。サヴァリッシュやショルティはどう思ったか知らないが、結局事件は墺帝国的済し崩しの迷宮入りとなってしまった。死体がたくさん出たとはいえ、犯人もいなければこの近所で裁判をしてくれるわけでもない事件にロンドンの大衆が興味を持つわけがない。

それはともかくだ……ゲルマン人は雨よけの厚いマントとつば広の帽子を身につけると、役者の溜り場をあとにした。ストランド大通りをはさんでアデルフィ座の明かりが見える。夜とは言え、舞台がはねたばかりのこの時間はまだ人通りがある。異邦人はアデルフィ座を左に見てストランド街を西北に向かい、ランカスター広場に突き当たると、そこを右に曲がった。時々雲間から満ちきった月の輝きが現われることはあったが、雨はまだ降り続いていた。しかしロンドンの雨は悪いことばかりではない。それは空気を浄化し、テムズの水を少しは薄めてくれる。異邦人はウォータールー橋に向かった。ここでは川に近づくと、音や眺めではなく臭いでそのことが分かる。昔ほどひどくないとは言え、この街を蛇行する水は腐った血の流れる肥大した静脈を思わせるところがあった。異邦人は橋を渡りきって南岸にたどり着くと、ウォータールー東駅と河岸通りの間の錯綜した裏路地の暗がりにわけ入った。

雨足がいくらか強くなると、男は少し足を早めて歩き、奇怪な看板がぶら下がったパブを見つけてその名前を確認した。《青い真珠とイスパニアの城》亭。異邦からの訪問客は足元も危ないほどの申しわけ程度の明かりの下をくぐり、すり減った階段の下の半地下になった穴蔵酒場へと下りていった。

人の気配はするが、物音はあまりしない。異邦人はがたのきた木の扉を押し開けて中に踏みこんだ。《青い真珠とイスパニアの城》亭はその名にまるで似合わない味気ないパブで、あるのはただおかしいほど長いカウンターと、寄せ集めの小卓が六つあるきりのタップ・ルームだけだった。不思議と静まりかえった店内には、大味な食べ物としけた煙草の臭い、これ以上ないほど安いエールの臭い、人間の体臭などがこもり、そのむっとする臭気の中で数人の見てくれの悪い男たちがそれぞれの席で別々に安酒をくらっている。異邦人の鋲を打ちつけた重い長靴がおがくずを撒いた床をしっかりと踏みしめて鈍い音を立てると、男たちはごくわずかに顔を動かしてこの新参者に警戒の視線を向けてきた。

異邦人は冷徹な追跡者の瞳をあえて彼らに誇示することはしなかったが、常連客たちはこの男がただ者ではないことにすぐに気づく嗅覚を持った者ばかりだった。そもそもここはその手の店なのである。異邦人は彼らのえぐるような品定めの視線にまったく動じなかった。彼はカウンターのちょうど真ん中あたりにいる惨めな身なりの老人の脇を通り過ぎ、さらに奥に行き、コックの数が少ないビール・ポンプの向こうに陣取ったパブリカンとバーメイドの前で足を止めた。

その男はビール腹に赤ら顔というういかにも典型的パブリカンの形態をしてはいたが、陽気そうなところは微塵もなかった。彼はやはり警戒混じりの品定めの目つきで客を眺めながら、注文を取るつもりでカウンターに並んだ薄汚いマグを一つ手に取った。

しかし異邦人は飲み物は注文しなかった。彼はカウンターに片手をつくとパブリカンに言った。

「グローヴァに会いたい」

パブリカンはマグを置くと、少し間を取って言った。

「何の用だ？」

「それは本人に話す」

「まあ、そりゃそうだろうがよ、ここは紳士相手のクラブじゃねえけどよ、いろいろあってな。取り次ぎも場合によるんだよ。いちおう聞いておかねえと」

「まあ、そりゃそうだろうがね。居るには居るんだろう？」

「さあどうだかねぇ」

インテリふうのドイツ語の響きを聞かせる男は、革の手袋をはめた手でそっと二シリング銀貨を一枚差し出して念を押すように言った。

「ベルンシュタイン公国から来た。故あって国を出なきゃならなくなった。どういう奴が来てるか言ってくれれば、奴は自分で判断する」

「ま、言うだけは言ってみるけどよ。あんた誰だよ」

「カール・ケラーだ」

パブリカンはそれまであからさまに疑わしそうな目で新客を眺めていたが、その名を聞くと小さくうなずいて、渡されたフローリン貨を慣れた手つきでチョッキのポケットに滑りこませた。

「本当はカルロスってんだろう？」

「そうだ。グローヴァを呼んでくれ」

「おう……最初から名乗ってくれりゃよかったんだよ。あんたは」

不器量なバーメイドにちらりと目くばせをしてその場を任せると、太ったパブリカンは億劫そうに狭苦しい扉から奥に引っこんでいった。

「……なんだよおめぇ、国追っ払われたみてぇだなはぁ。帝国だっぺ。ドイツの。なーんだがいつの間にかてーこくてーこくゆうのが増えちまってなぁ。フランスのがなぐなったかど思ったらぁ、こんだドイツだっぺ。世ンながそったら帝国とがゆぅがよっづもいづつもあっちゃたまんねえべよ……」

　ドイツ服の新参者は、そのロシア語の口調で話される言葉が向けられているのはどうやら自分らしいことに気づいて振り返った。痩せこけて禿げあがり、酒で身を持ち崩したロシア式十四等文官といった風情の老人だった。そのカウンターの一端にこびりついたような老人は見るからに泥酔していたが、驚いたことに目には半分以上の正気を残していた。正気というよりは激しい怒気である。ドイツからの訪問者は返事をしたものかどうか迷ったが、老人は彼の雨に濡れたマントの端を摑んだまま構わず喋り続けた。

「何やったんだはぁ、おめえは。まぁ、なぁんにもしねぐってもよ、お上に睨まれちったら、もうはぁ、どーもしようもねんだげどよ。おめぇはぁ……」

　その時、カウンター奥の立てつけの悪い戸が大きな音を立てて開き、ドイツ人は素早くその方向に向き直った。パブリカンの後から、黒の長衣をまとって腰に太い金の鎖をつけた若い男がついてきた。以前より痩せて顎に不精髭を生やしかけてはいるが、ひと目で彼だと分かる。髪は相変わらず長めで、後ろで小馬《ポニー》の尻尾のように一つに束ねている格好も変わっていなかった。額には細かな刺繍をほどこした飾り帯を巻いている。

「やっぱりあんたか」

　長衣の男は訪問者をうんざりしたようにながめ、パブリカンは一瞬、向き合った二人の間に緊張が走ったのに気づいた。が、グローヴァはさらにうんざりしたようにうなずき、パブリカンとバーメイドを押し退け、ドイツ人に身振りで来いという合図を送った。

「忘れちゃいねえよ。カール・ケラー。忘れたくても思い出せん奴だ、あんたは」

「……んで、おれはぁ、シベリアとが、ペトロパヴロフスクとがの……」

「おい、そいつを離せ！　ワーニカ！」

「んでも、おめぇはぁ……」

「いいから離せってんだよ！　このモスクワ野郎《モスカーリ》！」

　グローヴァが怒鳴りつけて拳を突き出すと、老人は怯えたようにちぢこまって訪問者の外套から手を放した。グローヴァは少しふらつきながらカウンターを回りこみ、例のひどく軋む扉を蹴りつけて無理矢理開けると、客人を連れて奥に引っこんだ。

「あれはヨーロッパ革命家同盟か？　ネチャーエフの？」

「そんな上等なもんじゃない。ただの革命オタクだ。ただの……ああ……ブランキストみたいなもんかな」

　グローヴァとカール・ケラーは木箱や何かがあちこちに積み上げてある狭苦しい廊下を直進し、突き当たりの梯子のような階段を上っていったが、客人は途中で何度かダニエルに手を貸さなければならなかった。どことなく足取りがおかしいのだ。二人は最上階まで登ると、さっきの廊下より雑然とした物置のような部屋を抜けてさらにその奥の小部屋にたどり着いた。そこはお針子たちが徹夜仕事をさせられるような屋根裏部屋で、ダニエルは訪問者を間に合わせ程度の木の椅子に座らせると、自分は窓際の張り出しに腰を下ろした。雲が薄くなって時おり月がのぞき、ここがテムズに直接面した場所であることがひと目で分かった。

「ベルンシュタイン公爵閣下直々のお出ましってわけか。変装までしやがって」

カール・ケラーことベルンシュタイン公爵は帽子とマントを脱いで椅子の背にそれをかけると、その椅子に腰を下ろして脚を組んだ。ダニエルはその動作の一つ一つをぼんやりと眺めていた。

「ドイツ服か。その格好は何だよ。一昔前の革命家ごっこか？　ええ？　帝国の犬のくせに。恥も何もあったもんじゃないな。……何でだよ？　あんた何だってプロイセンなんかに尻尾振っちまったんだよ」

「今どき覇権のかけらもない犬小屋のような小国で王様ごっこをやるほうがよほど馬鹿者だ。誰のこととは言わないがな」

「へっ、言うじゃないか。俺がノイシュヴァンシュタインのオタク王にたれこむかも知れないってのによ」

「その必要はない。もう本人に言った。……どうしたグローヴァ、酔っているのか？」

「飲んじゃいないぜ。これから飲むんだ。……何故そんなことを聞く？」

「いや、何でもない。それはいい。それより、あのことを聞かせてもらおうか」

「何年かぶりで会ったっていうのに、挨拶抜きで用件だけ聞いて、金払って、それでさいならってわけか。あんたは相変わらずだ」

「お前だって私と旧交を温めたいなどとは思っていないのだろうが。私は情報をもらう。お前は報酬を受け取る。お互い、それだけでいいだろう」

　ダニエルはすでに細かい傷が幾筋もついた頸を乱暴にぼりぼりとかきむしった。彼は窓の張り出しに尻を乗せたままニスの剝げた珈琲卓に手をのばして蒸留酒の壜を取ろうとしたが、手元が狂って壜のそばに置いてあったグラスをなぎ倒した。ベルンシュタインはそのグラスが床に落ちて砕け散る前に受けとめた。彼はそれを手渡したが、ダニエルはそれを手にとって眺めるともなしに眺めるだけで、結局酒を注ごうとはしなかった。

「ルイを見つけた場所を教えてくれ」

「ルイ……ルイか……ああ、そうだ。ルイ……ああ、見つけたぜ。確実だ」

　ダニエルは不意に間を置いたが、また唐突に喋りはじめた。

「ドックランドだ。ブラックウォールの船員用の安下宿にいる。前はボウにいたが……いや、ウエスト・ハムだったか……どうでもいい、とにかく今はブラックウォールだ。アスペン・ウェイとプレストンズ・ロードが交差したところの先……テムズの下流の側にだが、汚い路地が幾つもある。あのへんに《大東洋《グレート・イースタン》号のハンマー》亭って飲み屋があって……幽霊がハンマーを持ってる看板だ。そこの屋根裏に一人で住んでる……名前はルイのまま、姓はボヌールと名乗ってる」

「ルイ幸運《ボヌール》か。それにしてもみえすいた名だ。犯罪者は偽名を使う時、たいてい本当の名に近い言葉を選んでしまうと言うが。彼は元気にしているのか？」

「まさか。死にかけのずたぼろだ。殺るんなら手間はない。もっとも、殺らなくてもすぐ死ぬな、あれは。もともと病気なんだろう？　奴は」

「だいぶ前からな。しかし誤解のないように言っておこうか、私は暗殺をしに行くわけではない」

「そりゃそうだろうな。それなら俺にもう少し金を積めばいいだけで、あんたみたいな大物が手を汚す必要なんかないんだしよ。なんでもいいさ。どっちにしろ俺の仕事はここまでだ。あとは好きにしな。ついでに言っておくが、今回は特別だぜ。ルイは俺たちにとっても敵だから売っただけだ。ドイツ帝国に協力する気があるわけじゃない。インターナショナル関係は絶対に引き渡さんぜ。次はあんたの番だ。出すもの出せよ」

ベルンシュタインは上着の懐に手を入れたが、その動作を止め、不意に立ち上がった。ダニエルはびくりとして身構えようとしたが、ベルンシュタインは彼には見向きもせずに、足音を立てないようにして扉のほうに向かうと、それを一気に引き開けた。

「立ち聞きはよくないな、フロイライン？」

ベルンシュタインはそう言いながら、身を翻して立ち去ろうとした女をすでに捕らえていた。それは背が高く異様なほどほっそりとした黒髪の若い女で、ベルシャザルの酒宴にはべる女かサランボーの舞台衣装のようななりをしていたが、顔立ちは明らかにアングロ・サクソンのそれだった。

「放せよ。いいんだよ、そいつは大丈夫だ。俺の女だ。仕事の相棒でもある。ルイのこともほとんどそいつが調べたくらいだ。……テオドラ、俺に恥をかかせるなと言っただろうが！

馬鹿女め！　そんなところで何をしてた！」

「何って、別に何も。いちいちうるさいのよね。ね、それより、あんた、フォン・ベルンシュタインでしょう？　さっきからずっと見てたのよ。なかなかいい男じゃない」

テオドラと呼ばれた――もちろん本当の名前ではないだろう――女はそう言って笑い、ベルンシュタインの手の中で特に抵抗らしいこともせずにいた。ベルンシュタインが手を放すと、彼女はいかにも残念そうな顔をしてみせた。何もかもがはすっぱで不用心な感じだが、卵形の輪郭にほっそりとした小鼻、それに続く弓なりの眉という容姿は、本来ならばレッドグレイヴあたりが好んで描くような慎ましい市民階級の風情にこそ似つかわしいものだった。生まれもそう悪いとは思えない。そういう娘がどこで何を間違えたのか、今では大陸からの亡命者や革命家くずれの手助けや、あるいは逆に革命の手を逃れた人民の敵への復讐を手引きする男の片棒担ぎをやっているというわけだ。

「へっ、言ってろよ。売女が。身分の高い男と見れば誰にだってそう言うんだからな。何しに来た？　用もないのに俺のそばをうろうろするなと言ってあるだろうが」

「いやな奴！　それが恋人に言う言葉?!」

「恋人だと？　誰がだよ」

「ふん、最低な奴よ、あんたは。用があるから来たのよ。すごく急ぐやつが。セントルークスが呼んでるわ。すぐ来いって。もうそろそろフランキーにも……」

「黙ってろ！　もういい、分かってる。……いいからさっさと消えろ」

テオドラはむっとしたように床を踏みならすと、ビザンティン風の大仰な飾りものをがらがらと鳴らしながら異国の衣装を翻して踵を返した。彼女はダニエルがどこかあらぬ方向を向いているのを見て取ると、意味ありげに微笑み、ベルンシュタインに自分の身体をこすりつけるようにして脇をすり抜けて、また部屋から出ていった。

「フランツ・マイヤーのことだな」

ダニエルは答えなかった。

「それとあの《プレジャー・ドーム》や《ムジカ・マキーナ》社の所有者だ。あるいはこう言おうか、フランツとお前がＤＪをしているクラブ《キサナドゥ》の所有者、ウエストサーム男爵だ。そいつとお前が、もうそろそろフランツをどうすると？」

「だったら何だよ？　今のあんたには関係のない話だろうが。あんたはルイの件のためにここに来ただけだ。報告はもう終わった。あとはあんたが金を出して帰るだけだ」

ベルンシュタインは再び懐に手を入れて、柔らかい茶色の革でできた小さな巾着を取り出した。見る者が見れば、それにどんな品物が詰めこまれているかひと目で分かる膨らみ方だ。彼がそれを珈琲卓の真ん中に静かに置くと、ダニエルは窓から離れ、グラスを置き、代わりにその袋を手に取った。今度はこの部屋の唯一の明かりであるパラフィン・ランプを倒しそうだったが、そうはせずにすんだ。

ベルンシュタインは、ダニエルが長衣の裾をめくってどこかにそれをしまいこむ動作を鋭い目つきで凝視していた。

「数えなくていいのか？」

「そうだな。そう……いや、いい」

「何故だ？」

「……別に。どうでもいいだろう」

「良くない。それが何故か、グローヴァ、お前が言わないのなら私が教えてやろう」

ベルンシュタインは突然立ち上がってダニエルに飛びかかり、左腕を掴んだ。彼はそのまま、一瞬反応の遅れたダニエルを壁に押しつけるようにして抵抗を封じ、手首のところを金のボタンで留めた幅広の袖を明かりのあるほうに向け、そのボタンをむしり取って腕をあらわにした。首筋と同じにやはり自分で引っ掻いたらしい無数の傷跡と浮き出た静脈の上に点在する針の痕が、この不充分な明るさの中でもはっきりと見て取れる。肘の内側はすでにただれたようになっていて、もはや使いものにならなかった。

「今のお前には金貨の数を数えるような作業さえできない。そうだろう？　何の薬物だ」

「何しやがる！　この○○××め!!　この糞ったれ野郎！」

「何の薬物だ？　ヘロインか？　阿片程度ではないな？　言え！」

「放せよ、畜生！　何でもねえ！　あんたにゃ関係ないだろうが！」

「言わないと腕が折れるぞ。まだヴァイオリンは持つのか？　そうでなくても、片腕を失ってＤＪができるか？」

「やれよ！　両腕でもいいぜ！　やっちまえよ××野郎！　腕だと？　けっ、てめえの△△

より□□だ！　☆☆!!　＊＊◇◇！」

「《魔笛《ツァウベルフレーテ》》だな」

「だったら何だ！」

「そうなんだな？」

「……痛……うっ……糞ったれ○○め……てめえ……」

「そうなんだな？　《魔笛》だな？」

「だったらどうだって言うんだ？　あんたに言われる筋合いは……」

　薬漬けのＤＪは何度も抵抗を試みたが、ベルンシュタインの力には及ばず、突然病的なうめき声を上げるとがっくりとうなだれた。ベルンシュタインはその身体を支えた。部屋の奥の長椅子まで運んで座らせてやると、ダニエルはそこにぐったりと腰を下ろしたが、どうにか持ちなおして自分で身体を支えることができた。

　しばらくの間、二人は黙って長椅子の両端に座っていた。ダニエルはその間にようやく息を整え、右手を額に当ててその落ち着きが魂にまで達するのを待った。

「やはり《魔笛》だな。答えなくていい。見れば分かる。グローヴァ、私がこんなことを言っても聞くまいが、言うだけは言おう。《魔笛》をやめろ。あれにまつわる忌まわしい噂を、まさかお前が知らずにいるはずはないだろう？　自分では判らんのだろうが、お前は明らかに中毒者だ。このままでは《魔笛》の快楽に魂まで吸いつくされて、じきに本物のアシッド・ヘッドになるぞ。そうなってしまえば音楽どころではあるまいに」

ダニエルはその言葉を聞くと激しく反応し、狂ったように喋りはじめた。

「違う！　《魔笛》の常用者がアシッド・ヘッドになっちまうのは、《魔笛》じゃない、音楽にやられるんだ！　人間を消耗させるのは《魔笛》じゃない……音楽だ、音楽そのものだ……薬じゃなく、音楽によってもたらされる快楽だ」

「音楽の快楽か。それで充分と言うのなら、では何故、《魔笛》など必要とする？」

「《魔笛》は音楽の快感刺激を増加させ、感覚の枠をとっぱらうための道具さ。音楽の快楽をもっとよく感じられるようにするのに使うんだ。《魔笛》はその本当の快楽／理想を感じられるようにする一つの手段／溶媒でしかない。問題は音楽さ。しかし音楽は他の芸術とは違う。音楽には特殊な方法が必要なんだ。音楽は少しずつ解る、なんてことはない。音楽を〈理解する〉時は一瞬で無限の距離を移動する……その時は、それまでまったく何も感じなかったどうでもいい音楽が、ある瞬間、突然に〈解って〉しまう……そうだろう？　要は、その瞬間を増やすことだ。あんたには解るはずだ。違うか？　ええ？　フランツから聞いてる……音楽の理想、あるいは理想の音楽……だと？　あんたはそれを探していると。まだ見ない理想、どこかにあるはずの理想を求めていると……。しかし、あんたは何故解らない？　あらゆる音楽に、どんな演奏にも……そうだよ、この世のすべての音楽には本質として理想が、究極の快楽として感じることができるはずの理想がすでに含まれている……。わざわざ求めるまでもなく、あんたはすでにそれを手にしているはずなんだ。あとはただ、それを感じ取ればいいだけなのにな。なのに気づきさえしない……。愚かなことだと思わねえか？……

……人は何故、音楽を音楽として認識する？　どんなに異質な音楽でも、まずい演奏でも、人がそれを〈音楽〉として認識できるのは、それに含まれている快楽／理想をわずかにでも感じ取っているからだ。そのわずかな感覚を可能な限り広げる……ただそうすればいいだけのこと……ああ……そうだ……そうだとも……すべての音楽に内包される理想を感じ取ることだ……そう……あらゆる感覚を使って……意識改革／高次シフトを……超感覚的飛躍／変換……アシッド・ヘッドってのは、音楽による意識変容に耐えられない凡人のなれの果てだ……俺は違う……」

ダニエルは不意に口をつぐんだ。

長い沈黙──それがどれほど長いものであったか、二人のどちらにも分からなかった──が続いた。再び、灯心がたてる羽虫のようなかすかな音だけが聞こえる静けさが場を支配した。雨はとっくに上がっていて、このみじめな灯火よりも明るい月光が窓から射しこんでいる。ベルンシュタインはダニエルから少し離れ、窓際に立った。

「人間を消耗させるのは音楽……か。その通りかもしれないし、そうではないかもしれない。しかしだ、グローヴァ、いずれにせよ、《魔笛》をやっている限り結果は同じだ。死、もしくは廃人。それは厳然たる事実だ。誰も逃れることはできない。凡人にも楽聖にも等しく訪れる運命だ」

「だとしたら何だよ？　俺はそれでもいい。下らなくてただ長いだけの人生を送るくらいなら、本物の音楽の快楽を知って一気に果てるほうがいい」

「本当にそう思っているのか!?」

「当然だ……。何故、あんたには解らない？」

ベルンシュタインは、だんだんと震えが来るようになってきたダニエルの腕に目をやった。興奮のためばかりではない。それが何を意味しているか、あまりにも明らかだ。

「お前がそう思うのなら、それはそれでいいとしよう。お前が選んだお前の人生だ。好きにすればいい。しかしフランツは別だ。フランツはどうしている？　まさかお前のようになっているのではないだろうな？」

ダニエルは答えようとしなかった。が、ベルンシュタインが長椅子のそばに戻り、彼の左腕の潰瘍になったところを摑んで後ろ手に絞り上げると、短い呻きを上げ、魔法をかけられたように喋りはじめた。《魔笛》の禁断症状の一つである極端な意志薄弱の状態だ。彼はダニエルの耳元で、尋問の口調ではなく、最後の懺悔を聞こうとする司祭の口調でささやくように言った。

「フランツはどうしている。彼も《魔笛》を？」

「ああ、ずっと前から……」

ベルンシュタインは驚きを隠し、まったく口調を変えずに聞き返した。

「いつからだ？」

「ウィーンにいる時からのはずだ……よくは知らん……フランツ自身も気づいてないはずだ……知らないうちにやってる……」

「どういう意味だ？　本人が気づかないままやっているとは？」

「……奴がプレイする時にもらうトカイ・ワインに……最初はプレイ前に一杯って程度だったが、今じゃプレイ中に一本は空ける……あれに……」

「それを持ってくるのがセントルークスとモーリィだな？」

「当然だ……奴らは頭がいいんだよ。ひでえ奴らだが、頭はいい……ものすごく……」

「そうだろうな。《魔笛》の元締めも彼らだな？」

「ああ……少なくとも奴のクラブではな……あとは知らん……」

「本当に知らないのか？　お前はそれを疑問に思ったことはないのか？　セントルークスはあれをどこかから持ちこんでいるのか？　それとも、自分で作っているのか？」

「知らねえと言ってるだろうが。どうでもいいんだ、そんなことは……。それが何で出来て、どこから来るのか、誰が握っているのか……そんなこと俺にはどうだっていいんだ。供給が来さえすればいい……下手に探ったりしてはじき出されちゃかなわねえ」

「他に協力者は？」

「今はどうだか……前にはフランスの外交官が一枚かんでたと聞いたが……」

「フランス……？　どういうことだ？」

「帝国の頃だ。もう昔のことさ……何のことだかは分からん……どうでもいいんだ、言ったろうが。どうでもいいんだよ……俺は……」

ダニエルは突然、はっとして息を呑んだ。どうしてここまで喋ってしまったのか？

てやる！」

「畜生！　これ以上やりやがったら、てめえがロンドンに来てるとセントルークスにちくっ

「それは掟破りだ。お前にそんなことができるはずがない。……まあいいだろう」

ベルンシュタインは簡単に血のめぐりが止まってしまった彼の腕を放してやった。これ以上捕まえていると本当に後が危ない。蒼白になった皮膚は手を放しただけではもとに戻らなかった。ベルンシュタインが傷跡をできるだけ避けて揉みほぐしてやると、堅くなった筋肉が柔らかくなって、少しずつ血色が戻ってきた。ダニエルはされるままにしていた。もはや茫然自失の体だ。ダニエルは再び虚脱しきって、長椅子の背にぐったりともたれかかり、目を開いたまま死んだ死体のように漠然とベルンシュタインのほうに視線を向けていた。

「ひどい状態だな。禁断症状か。だがグローヴァ、お前には予告しておいてやろう。《魔笛》をやめる覚悟をしておけ。今よりももっと苦しくなるだろうが、いずれ嫌でもそうしなければならない時が来る。何故なら、私が《魔笛》の供給源を断つからだ。それがセントルークスであろうと、そうでなかろうと、私がその何者かをたたき潰す。殺し合いになろうが、相討ちとなって私自身が死のうが、それでもだ」

「《魔笛》の供給源を断つだと？　あんた自身が死んじまおうと、それでもだと？　何故そこまで……あんたがなんでそこまで？　奴のためか？　フランツの？」

「そうだ。フランツを何としてでも《魔笛》から引き離さなければならない」

ドイツ帝国の機密事項、ベルンシュタイン公国の恐るべき過去……本当のことを言うわけ

にはいかない。

「そこまでするか？　奴のために？　奴だけのために？」

ダニエルの言葉は弱々しく消えていった。意識を失うかもしれない。ベルンシュタインがそう思った瞬間、突然、ダニエルは正気に戻ったようになり、はっきりした意志的な瞳を目の前の尋問者に向けた。

「なんでだよ？　なんでみんな奴には甘いんだよ？　セントルークスだって、あんただって、ティルマンだって……みんなそうだったじゃねえか？　なんで誰も、奴にはそう甘いんだ？ええ？　違うかよ？　特にあんたは……」

元神童ヴァイオリニストはまた不意に沈黙した。

ベルンシュタインは突然、理解した。

「……そうか……確かに、そう言われてみればそうかもしれん。しかしおそらくお前だって、フランツには甘くしているのではないか……？」

ダニエルは反応を見せなかった。ベルンシュタインは小さな子供にでもするように、彼の冷たい汗で濡れた髪に触れた。

「今日、ここに来たら言おうと思っていたことがもう一つある。お前はもうヴァイオリンを弾く気はないのか？　こんなところで怪しげな薬物で朽ち果てる気か？　もしもう一度、あの頃のようなクロイツェルを弾く気があるのなら、いつでも私のところにそう言いに来るがいい。私の名でドイツ帝国大使館に転がりこんでもよい。話を通しておく。いつでもいい。

気が向いたら来い。禁断療法はかなり厳しいものになるかもしれんが、今よりはましな状態にしてやれるだろう」

「……奴なら無理矢理にでも連れて帰るが、俺は気が向いたら……かよ……」

「子供みたいなことを言うな。もし私がお前を無理にでも連れ帰るといったら、お前は私にその通りにさせるか？」

「まさか！　あんたの紐つきになるのはごめんだ！」

「紐つきになれと言った覚えはないな。私はお前には何も要求しはしない。まずお前には休息が必要だ。それから好きなように音楽をやればいい。お前がどんな演奏をしようと、それは構わん。好きなようにやればいい。お前のやりたいように」

「……嫌なんだよ……うざってえんだ、そういうの。窮屈で……窮屈で……息が詰まりそうだ……もう勘弁してくれよ……あの時のことを覚えてるか？　ベルンシュタイン？　六六年の頃のことを？　俺はあの時、フランツが……あの棒を握りたての新米が、何もかも自分の思い通りにしようとしているのを見て……ああ、どれほど吐き気がしたか！　指揮者ってのはどいつもこいつも、結局、四十人とか五十人とか、それ以上のオーケストラを自分の思い通りに動かすことしか考えちゃいない……それに俺自身、五線の上に並んだ音符をただ音にするだけってな……ああいうゲージュツにかまってる自分が馬鹿らしくなってた……俺は奴を憎んだ、奴も俺を……だけど、今は俺も奴も違うんだ……このままにしといてくれよ……俺たちに構うな……頼む、もう……」

「グローヴァ、お前、本当は何が欲しい？　お前は何を求めているのだ？」

ダニエルは答えないかのように思われた。が、彼はともすればあらぬ方向に漂いがちな視線をなんとかしてベルンシュタインに集中させ、苦しげに言った。

「……解放だ…………………そう……たぶん……」

「解放する？　何をだ？　何を何から解放すると？」

「すべて……すべてをすべてから……」

この無限の放浪者の求めるものの答えとして、それ以上に的確な答えはおそらくは無いだろう。革命家を官憲から、労働者を資本家から、平民を特権階級から、下層民を社会から……そして音楽の快楽を、それを人間が感じ取ることを妨げるすべてのものから、あらゆる音楽に内包される理想を、限定された知覚から。それが彼の理想というものなのだろうか。

おそらくそうなのだろう。しかし……！

「総てを凡てから。それは解放とは言わんな。……ダニエル・グローヴァ、この話の続きがしたかったら、いつでも来るがいい」

じりじりと音を立てていた貧弱なランプは、いつの間にか燃料が尽きて消えていた。薄汚れた窓硝子を通して差しこむ月明かりはだいぶ傾き、時刻がすでに夜半を越えていることを示している。

ベルンシュタインはダニエルの様子を気にしつつも、まるきり乾いていないマントと帽子を身につけて帰り支度を始めた。今夜のうちにしておかなければならないことはまだあるのだ。

「また会おう《アウフヴィーダーゼーエン》」

　屋根裏部屋の扉を後ろ手に閉めた時、彼はダニエルと再会することを確信していた。理由はない。それは例によって、ベルンシュタイン家の血筋らしい直感による予知だった。もっとも、その再会がどんなものになるか、いかにベルンシュタインとはいえ、それを見通すことはできなかったのだが。

　うす汚いタップ・ルームに下りてゆくと、不器量なバーメイドはいなくなり、客もみな入れ替わっていた。が、彼が最初に入っていった時と同様、全員が警戒を秘めた陰鬱さを漂わせながら、それぞれが好き勝手に安酒をくらっていた。あの時からずっと居座り続けているのは例のワーニカだけだ。カール・ケラーがパブリカンに訊ねると、ロシア人の飲み代のつけはすでに一ポンドと五シリングを超えていた。異邦人は怪しまれないようにそれよりはいくらか少ない額をパブリカンに差し出すと、ワーニカは心底感嘆したように声を震わせながら、去ってゆく訪問者に向かって礼を言った。ドイツ服の訪問者は、いつの日か来るべきドイツ革命とロシア革命の成功、両帝国の崩壊、国際労働者連盟《インターナショナル》の結束、資本家による搾取の打倒等々に対するワーニカの祝福を背に浴びながら、《青い真珠とイスパニアの城》を後にした。

「遅かったのね。まさかダニエルとやってるんじゃないかと思って、心配したわ」

わざと気づかれるように後をつけてきた人影に振り返ると、その尾行者は即座にそう言い返した。街灯もない真っ暗な裏路地で、わずかな隙間から射しこむ青い月光のスポットの中に、頭にも頸にもめっきの飾りものをつけた背の高い女が浮かび上がった。

「私も、お前はもう何処かに行ってしまっただろうと思っていた。また会えてよかった」

「あたしもよ。待ってたのよ」

ベルンシュタインは来た道を数歩戻ってテオドラの前に立った。彼女は何を意味するか明らかなしぐさを見せ、自分のところに来ないかと言った。このすぐ近くだから手間はない、デュシイ街の手前だから、と。彼女は最初からそのつもりだったのだ。

「デュシイか……いや、ここでいい」

「本気なの？　あはは……あんた、かなり好きね！」

笑いながら素早く外套の下に腕をのばしてきた女をごみ溜めのような軒下に連れてゆくと、女はされるがままにそれに従った。人通りはまったくない。そうでなかったとしても、ちょっとやそっとの物音では誰も構いはしないだろう。どちらが言うともなく、大門がだらしなく開け放ったままになっているアーケードの下に場所を決める。テオドラは自分からちょうどいい高さの樽を選んで、それに寄りかかるようにして浅く腰かけた。

「しかし、お前はよくそんなふうでグローヴァの相棒がつとまるな」

「どういう意味よ？」

「フランツ・マイヤーがどうしたって？　私の前で彼の名を出すとは、間抜けにもほどがあるな。グローヴァは気が気じゃなかっただろうに」

「ああ、あれね。《フランキー・アマデウス》の名前を出しときゃ、あんたはきっとあたしに会いたがると思った」

なかなか達者な女だ。なるほどこれならグローヴァの相方ができるはずだ。

テオドラはあまりおかしくもなさそうにかすれた声で笑った。

「聞かれたってたいした話じゃないもの。ダニエルは何か言った？」

「いいや」そう答えておくに越したことはない。

「聞きたくない？」

「聞きたいね」

テオドラは金色の太い蛇を巻きつけた右手を差し出した。ベルンシュタインは一フローリン銀貨をその上に載せてやった。

「セントルークスがね、フランキー・アマデウスに新しいテクを教えてやれって。もうそろそろDJ／リミキサーからプロデューサーに昇格させようと思ってるのよ」

どこまで本当かは怪しいものだ。しかしいずれにせよフランツは、ますますセントルークスの手中に深くはまりこもうとしているのだ。

テオドラは、たったそれだけの言葉で一流ホテルの正餐に匹敵するチップを稼げて満足だったらしい。爪先でベルンシュタインの長靴を軽く蹴飛ばすと、鼻先で笑った。

「なるほど。お前は《青い真珠とイスパニアの城》でだけでなく《ムジカ・マキーナ》でもグローヴァの相棒というわけか。さぞかしセントルークスにも気に入られているだろうな？　私がロンドンに来ていることも、グローヴァはともかく、お前がすでに彼に密告しているだろう？」

「聞きたい？」

テオドラは二枚目のフローリンを手に入れた。

「言ってないわよ。そんなことしたらダニエルに殺されるわ。それに、セントルークスはしみったれだもん。タレコミやっても割りに合わないの」

結局、三枚目のフローリンが女の懐に納まった。テオドラはまた鼻先で笑うと、柔らかい脚を高くあげて、アンクレットをたくさんつけた足首を誘惑した男の肩の上に乗せた。

「まあいいだろう」

ベルンシュタインは女の脚をやや乱暴にふり払った。

「それなら、こういうことなら少しは聞いても構わないだろうな？　フランツは元気にしているのか？」

「まあまあってとこ。来たばかりの頃に比べると、最近、ちょっと痩せたかしら。やつれたって感じかもね。でもそっちのほうは元気みたい」

「そっちと言うと……？　フランツとはもう寝たのか？」

「あたしが？　まさか。嫌よ、オーストリアのコなんて、ダサくって。どうなるかだいたい想像ついちゃう。ねえ知ってる？　ウィーンの郊外で客を取ってる女たちが、最初に何をしてくれるか？」

「さあ、知らんね」

「そりゃそうよね。あんたが夜鷹なんて買うわけないか。あんたのお相手っていったら、だいたい社交界の女《ドウミ・モンデーヌ》よねぇ。あ、でも今は違うわね……ははは……」

テオドラは高級娼婦《ドウミ・モンデーヌ》というフランス語を正確に発音した。昔はきちんとした家庭教師についていたのに違いない。彼女はベルンシュタインが見慣れない衣装の着付けかたに手間取っているのをしばらく楽しんでいたが、やがて自分から裾をたくし上げた。洗っていない体の匂いと、つけ直しした麝香《じゃこう》の匂いが立ちのぼる。

「それならお前が彼にロンドン式を教えてやればいい。私にしているように」

「まさか、無理よそんなの。あいつ、今は女連れだし」

「女？」

「そう。もうその子にべったりで、完全にいかれてるの。他の女なんて全然目に入らないんだもの。あいつ、取り巻きのなかにお気に入りも作んないし、あたしなんていてもいなくても同じ。こういうの〈ムカつく〉っていうのよ。ねぇ」

「女か……それは知らなかったな。どんな女だ？」

テオドラはベルンシュタインの腰に回していた手を離して、その手のひらをまた彼の前に差し出した。今度はフローリンが二枚必要だった。

「モーリィが連れてきたの。まだほんの子供。フランキーって、ああいうのが趣味だったなんてね、意外だわ。髪が黒くて、背がちっちゃくて痩せてて、ちょっとエスニックな感じの子。それもさ……あの子もあれかも知れないわ……アシッド・ヘッドよ。きっと」

「いつからいる？」

「二週間くらい前かしら。三月の半ば頃？　もう少し前かも」

「その娘が来てから、フランツに何か変わった様子はないのか？」

「何もかもよ！　言ったでしょう？　完全にいかれてるって」

「なるほど……。フランツも《魔笛》をやっているのか？」

「ここの連中はみんなそうよ。あいつだってそうに決まってるわ」

「セントルークスからか？」

「どうしてそんなことばかり聞くの？　あんた、よっぽどフランキーが好きみたいね。追っかけなの？　でも、今の相手はあたしなのよ。分かってんでしょうね？　あんた、自分のを出しなさいよ」

「そうだな……」

ベルンシュタインは上着の内側から小振りの拳銃を取り出して、素早くテオドラの下腹に突きつけた。射程は短く殺傷力もたいしたことはないが、至近距離から静かに撃つのに適した代物だ。そのひんやりとした感触に、テオドラは声を立てずに身体をこわばらせた。わざとその音が聞こえるように撃鉄を起こす。

「ち、ちょっと……何すんのよ……」

「動くな。こんなところで悲鳴を上げても、どうせ誰も来はしまい。言え。フランツに《魔笛》をやらせているのはセントルークスか？」

「し……知らない……あたしは知らな……やめて！　何すんのよ！　この変態野郎！　言うわよ……そう、セントルークスよ……」

「セントルークスは何処からあれを仕入れてくる？」

「そこまでは知らないわ！　いや……やめろってのよ！　知らないってば……本当に何も……嘘じゃないのよ！　放してよ！　奴らはそんなこと誰にも話しゃしないもの……ずるいんだから……やめてよ！」

「もういい。どうせ時間の無駄だ」

ベルンシュタインは拳銃の撃鉄をもとに戻し、テオドラの両手首を摑んでいた左手を放した。激しく抵抗していたテオドラは平衡を失って樽から落ち、両脚を広げたままあられもない格好で地面に転がった。どこかを打ったらしくうめき声を上げたが、身動きがとれない。

ベルンシュタインは拳銃を内側のポケットにしまうと、女の懐にソヴリン金貨をおしこんで衣服の乱れを直してやった。

「最低ね！　サド野郎！　他の男だったら絶対に許さないところだわ。だけど、あんただったら許してあげてもいいわよ。その代わり……何よ……ちょっと待ちなさいよ！　あんた、しないで行くつもり？」

「グローヴァと共有する気はない」

「畜生！　馬鹿にしやがって！　〇〇！　××！　死ね変態！」

何を言われようと、もはやこんなことに関わっている場合ではない。今夜中に三人目に取りかからなければならないのだ。テオドラは追いかけて来なかった。ベルンシュタインは素早くスタンフォード街に出てウォータールー東駅に向かい、いったんは誰かがつかまえた二輪馬車《ハンサム》を強引に奪い取ると、半ギニー余計に掴ませてドックランドに驀進させた。

イングランドでは何処へ行ってもパブ、パブ、パブ、そしてまたパブだ。彼らの生活は家庭と職場と行きつけの幾つかのパブの間の行き来で成り立っている。しかしそれは中流以下の者たちについてであって、これが上流市民もしくは貴族となると、このパブの部分がクラブになるというだけだ。半年ほど前には、もっとも資格審査の厳しいクラブでさえ軽蔑することができただろうその男は、今やごろつきの船員相手の安酒場でさえ支払いが滞って追い立てられる始末だった。二重顎で眠そうな目をした下宿屋の女将は、下宿人の身の安全を守るとかいったことにはまったく無関心で、それどころか、つけがたまる一方の寄宿者など始末してくれたほうがよほどましと考えてさえいる様子だった。おそらくヘアの女房はこういう女だったのだろう。彼女が気にしたのは階上のフランス人の身に何が起こるかということではなく、このあやかしの客人が階下のパブの店じまいまでに出ていってくれるかどうかということだけだった。しかもそれも、例によって出すものを出すことで解決した。ここは最低かと思われたワーテルロー界隈よりもさらに相場が安く、クラウン貨一個ですぐに話がついたほどだ。

ゴルボー屋敷もかくやの不潔な階段を登ってゆくと、まずは一つの寝台に二人か三人が寝かされる想像を絶した大部屋がある。それより奥には、わずかに家賃が高い個室が幾つかあって、ルイは屋根裏とはいえ一人で一部屋を使う特権階級に属していた。彼はこの、どこまでが他人の領域でどこまでが自分のそれか、あるいはどこまでが便所でどこまでがそうでないのかさえ定かでない境遇にあの病身を置いているわけだ。さぞかし辛いことだろう。だが彼は以前、これに勝るとも劣らないパリの木賃宿《オテル・ガルニ》で労働者たちと揚げパンを分け合っていたのだから、言わばもとの境遇に戻ったというに過ぎない。しかし一度エリゼ宮を経験した者にはもはや耐えることなどできないだろう。セント・ヘレナのほうがはるかにましというものだ。

女将が叩き起こすまでもなく、ルイは誰かが自分の部屋に向かって上がってくる物音で目を覚ましていた。夜中に足音がするたびに飛び起きる習慣が身についてしまったのである。いつもきれいに撫でつけていた髪は乱れ放題になり、あの髭はとっくに剃り落としていた。ダニエルのところに射していた月光さえこの北向きの部屋には届かない。ルイは獣脂蠟燭を一本だけつけ、ベッドに腰を下ろして染みのついたガウンを羽織り、イースト・ロンドン水道会社が供給する最低最悪の生水で何か粉薬らしいものを飲み下してるところだった。

ルイは選択の余地なく導き入れられた訪問者を見ても、特に動揺した様子は表わさなかった。怯えてはいても、やはりそれなりの矜持というものをまだ守り続けている。ルイは欠けた茶碗を枕元に置いた。彼は女将がおいていった客が見慣れない姿をしているのを見ると、むしろそれで幾らか安堵しさえした。が、客人が帽子に引き続いて茶色の鬘《かつら》を取ると、それが誰であるのかをすぐに認識し、抑えきれないほど激しい動揺を初めて態度に表わした。ベルンシュタインはフランス語で話しかけた。階下や隣室のお仲間に聞かれても問題はない。

「ご機嫌麗しゅう。ムッシュウ・ルイ・ボヌール。もしくは元フランス皇帝ナポレオン三世陛下」

ベルンシュタインは寝台のすぐそばまで歩み寄ると、表情をこわばらせて見上げるルイの前に立った。その手は自分のガウンの胸元を摑み、ダニエルのそれとはまた違った理由で小刻みに震えている。昔、玉座に座すこの男の前に、ビスマルクとともに深々と頭を垂れたりもしたものだ。彼が摑んでいるのはフランス軍元帥の勲章が下げられていたあたりだろうか。彼は見た目から想像されるのより太く低い声で言った。

「…………ベルンシュタイン公……貴殿か……？」

「見ての通り。少なくとも幻覚ではありませんな。……それにしても何てざまです？　マリユス・ポンメルシーさえもっとましな暮らしをしていたでしょうに。ユージェニー殿は貴方がこんな生活をしていることをご存じなのですか？」

「いや……皇后はまだ何も知らない。彼女は私がロシアに逃げたと信じている。貴殿方《あなたがた》だってそうではなかったのか？　何故ここが……？」

「脱走した捕虜にこうした面会の理由を説明しなければならない道理もないものですがね、陛下。違いますか？」

「しかし……」

「私だって貴方にはお聞きしたい。何故ここまでして逃げなければならないのです？　君主級の捕虜としての扱いはしていたはずですが。どうしてこれほどまで苛酷な逃亡をしなければならないのです？　いずれ帝国の再興に備えようと？　それはどう考えても不可能だ。あなたとて、権力の夢に破れた一介の落ち武者、せいぜいご家族と一緒の静かな亡命生活をお望みになれば、それは決して叶えられない夢ではないでしょうに」

「貴殿方もだ、何故、こんなところまで私を追って……な、何故……」

「陛下、ところでモーツァルトはお好きですかな？　特にオペラなど。貴方が最後に《魔《ツアウ》笛《ベルフレーテ》》をご覧になったのはいつのことですかな？」

元フランス皇帝ルイ・ナポレオンは、喉を詰まらせたような息づかいであえいだ。半年前にはなかった隈のある目をしばたたかせ、たるんだ頬や吹出物のある額に汗がにじみ出る。ベルンシュタインはそれを見ただけでうんざりした気分になった。

「まあ宜しいでしょう。できるだけ手短に、面倒のないよう願いたいものです。手間がかかりすぎると近所迷惑になる。それに、一晩に三人も締め上げなければならない私の身にもなっていただきたい。貴方に下々の輩に対するのと同様の方法を用いるのは本意ではありませんのでね。ああ、まずはお楽になさってはいかがですかな。見ているほうが苦しくなる」

ルイは、そう言われてもどうしたものかと迷い、もぞもぞと動いて少し姿勢を変えただけだった。何も問題がないときは鷹揚で優雅でさえあるルイは、ひとたび事が起こると、薄い皮膚が寒さでぴりりと裂けるような病的な印象の神経質さを見せてしまう。意外にもフランス式の腹芸外交のできない男だった。

「どこからお話ししましょうか。そう……まずはメッツから。そして貴方の秘書、ド・レアールについて」

ルイは軽くうなずいただけで口を挟まなかった。ベルンシュタインは部屋の中に一脚しかない硬い木の椅子に腰を下ろして話しはじめた。

「メッツ要塞の陥落のことはすでにご存じの通りです。あなたが逃走されたのはその直前でしたな。シャイーのことはお聞きですか？」

「彼は死んだということだけは」

「その恐るべき荷物については？」

「いや、何も。彼が持っていたのか？」

「さよう。メッツ要塞が落ちた時、シャイーは命をかけて我々の包囲網を突破しようと試みた。しかしその逃走はもちろん失敗し、彼が総量十二キログラムに達する麻薬を持ち出そうとしていたことが分かった……。しかもそれは、阿片のようなありふれた薬物ではない。パリやミュンヘン、ミラノなどで時々噂となり、特にこのロンドンに根深く蔓延し、そしてちょうどあの頃ウィーンに浸透しはじめ、ことのほか音楽好きを蝕んでいた《魔笛》と呼ばれる麻薬です。製法も供給源も、その経路も何もかもが謎の。シャイーが所持していたのはまさにその《魔笛》だったのです」

ルイは《魔笛》がプロイセンの手に落ちたことを知って恐れを抱きはしたが、それと同時に、あのやっかいな荷物が散逸しなかったことに幾分か安堵を覚えたらしく、そういう意味のことを二言三言口にした。ベルンシュタインは《魔笛》どころかシャイーの隠密行動について何も知らされていなかったバゼーヌの尋問については詳しく話したが、国防政府やハプスブルクに対する諜報についてはごく手短に話し、墺帝国宮廷楽団や《プレジャー・ドーム》の疑惑については何も言わないでおいた。

少なくともメッツの件に関しては、シャイーの相方として消去法で残ったのは帝国政府だった。が、それを尋ねようにも最も肝心なルイはメッツ陥落以前に逃亡してしまっている。当時はいかにも唐突で理不尽に思われたその逃亡も、今にして思えば理の当然といったところである。ルイはネーデルラントを経由して北方に向かった形跡があったが、そこから先の足取りがつかめなかった。ベルンシュタインらは当然、ボナパルトの側近たちへの尋問も試みた。が、それで成果が上がっていたらこんなところに来はしないだろう。もちろんエミール・オリヴィエやパリカオ伯爵、トロシュ将軍等は何も知ってはいなかった。帝政崩壊と同時に先にイングランドに逃げた皇后も、絶えず彼女を見張っていた間諜たち――そのうちの一人は彼女がもっとも信頼している侍女なのだが、もちろんこのことは故意に言い落とされた——も、否定的な報告しか送ってこなかった。ルイの私的な秘書四人のうち、三人までが非業の死をとげている。

ルイは、延々と読み上げられる自分の罪状を被告席で聞かされる時のように、ベルンシュタインの言葉を否定も肯定もせず黙って聞いていた。

「貴方の秘書たちの殺害については、誰もが左翼過激派、あるいは無政府主義者のしわざだと思っていますが、私にはすべてがそうだとは思えないのですがね。様々な可能性が考えられる。しかし誤解のないよう言っておきましょう。私は、それが貴方のさせたことだとは考えていません。何故なら、あなたにはもうそんな権力も影響力もなかったからです。……まあ、そのことはいいでしょう。貴方だってこんなことを聞くのは辛いでしょうから。それはともかく、そうして行き詰まっているうち、また別な突破口が見出せたのですよ。一月にドイツ帝国が成立したことをご存じでしょう？　プロイセン王ウィルヘルム三世はドイツ皇帝ウィルヘルム一世となられた。私は戴冠式など考え事をしながら聞き流しただけだが、会議は重要なものだった……」

報告を出したのはヴァント博士だった。ベルンシュタインのヴェルサイユでの投宿先であるヴィラセール館で行なわれた秘密会議で、ヴァント博士は、包囲されたパリに頻出したアルコール中毒患者の中には明らかに何かアルコール以外のものに中毒した者が混じっている、と報告したのである。フランス政府は阿片とアルコールの両方でやられたのだろうと考えていたが、ヴァント博士は彼らの症状が《魔笛》のそれであることに気づいたのだった。

そしてパリ市内のコミューン運動の監視を担当するシューリヒト将軍は、また別な驚くべき報告を持ち出したのである。一月二十二日の失敗した民衆蜂起があった段階で、パリのコミューンが今にもまとまりそうでありながら政権の名乗りを上げることができないのも、それはトゥールやヴェルサイユに代表される〈正統な〉フランス政府の努力の賜物でもなく、それはただコミューン内部の分裂によるものだったのである。シューリヒトが発見した分派の中心点はまさに一個の宗教だった。

ベルンシュタインには、ルイがその答えの一部をすでに予想しているのが分かった。彼は話を続けた。

「中心となっている人物、言わばその教祖の名は、ド・レアールです。貴方の私的秘書の筆頭だった男です。彼はまるでイスラムかロシアの密教団のように、人に幻覚と心地よさを与えてあやかす手段を取っていた。アルコール以外の何物かに中毒した哀れな犠牲者たちは、みな彼の許から出ていたのです。彼が何の薬物を使っていたか、もうお分かりでしょう？」

「《魔笛》か……？」

「その通りです。我々はパリこそが問題の核心であると判断した。結局はそれで時間を無駄にしてしまったのですが……そのことはすぐに話しましょう。とにかく私は、ウィーンでの帝国の捜査を打ち切ってヴィラセール館に残った。ド・レアールは特に強力な組織を持っているわけでもなければ、はっきりした政治的綱領を持っていもしなかった。彼は何箇所かの隠れ家を点々としながら、麻薬で信者を作り出し、彼らの協力によってまた逃げる、という生活をしていた……しかしパリから逃れることはできませんでしたがね。彼が主張した事はただ一つです。つまり、薬物で精神を解放し、平等で平和で創造的な社会を作る……他愛もない戯言です。しかし意外にも同調者は多かった。何故なら、それこそが《魔笛》の力だったからです。そしていわゆるアシッド・ヘッドが続出した。事の重大さがお分かりですか？我々はそれっぽっちのことを調べるのに二ヵ月近くを費やしてしまった。平時のパリでなら二週間ほどでできることとです。我々ドイツ軍は三月一日にパリ市内に入城しましたが、その時が、フランス政府もコミューンも介さずにド・レアールに接触する唯一のチャンスだった……しかし、おそらく貴方は心の底で私にざまあみろと言っているでしょうね、ひどいものでした。勝利者であり征服者である我々は、征服したはずの首都をたったの三日で去らなければならなかった……攻撃を受けたわけでもなければ、嘲笑さえ受けなかったのに、です。彼らは我々を完全に無視したのですよ」

言わば、今度はドイツの包囲軍がパリに包囲されたのだ。フランス人はこういう時ばかり結束を見せる。翌日に予定されていたドイツ皇帝の〈勝利の入城〉は中止され、ドイツ軍そのものも三日目にそそくさと引き上げた。結局、自国の政府さえ数日と居着かなかった首都では、ドイツがド・レアールに対する調査を行なうなどまったくの不可能事だったのである。

ルイは少しばかり満足の表情をひらめかせた。まあ、少しくらい喜ばせてやってもいいだろう。どうせほんの一瞬の喜びなのだから。

「それで終わりだとお思いですか？　ところが、ですよ。ドイツ軍の実物を目にし、彼らパリ市民がまったく気に入っていないボルドー議会がいよいよヴェルサイユに引っ越してくるとなると、コミューンはにわかに結束を高め、いかがわしい異分子を必死で排除しはじめたらしいのです。彼らはドイツ軍が去ったその日のうちに国民軍共和連盟なるものを発足させ、どうやらそれを使ってド・レアールの一派を狩り出したようでした。三月の半ば……そう、十四日でしたね、コミューンの中でも最も左寄りの過激分子が、ド・レアールとその取り巻きをドイツ軍に差し出してきたのです。彼らとしては、ド・レアールらを自国の政府にではなくよりによってドイツ軍に差し出すという行為は、異端者に対する最大の屈辱を与えるつもりで行なった、一種の処刑だったのでしょう。我々にとっては《魔笛》のことをフランス政府に知られないためには天の配剤というほかなかった。コミューンはこのことで、権力分化をもたらしていた邪魔者を排除して、そう、貴方もご存じの通り、先週末にコミューンの擁する国民軍がパリ市を掌握し、今や首都の実権はコミューンのものとなりました。しかし、我々には彼らほどの収穫はなかった。何故なら、ド・レアールがドイツ軍に突き出された段階で、すでにその権力の源たる《魔笛》は底をついていたし、ド・レアール自身はもうすでに教祖ではなく単なるアシッド・ヘッドだったからです。彼らが力を失ったのも道理だ。分かったことはただ、ド・レアールは《魔笛》の供給源を持っておらず、ただ手元にある在庫だけで商売を続けていた、というわけです。どうりでその入手経路が分からなかったはずですよ！」

ルイは黙ったまま、ベルンシュタインが判決を言い渡すのを待っていた。

「ド・レアールはその時、何の役にも立たないただのアシッド・ヘッドだった……。尋問をしようにも話にならないのですよ。自分を捕らえているのがドイツ帝国であることも、裏切って自分を引き渡したのがかつての仲間であったことさえ分かっていなかった。貴方の名にさえ反応しなかった。我々はここでも手がかりを見失ったのです。分かったことはただ、バゼーヌの頭越しにシャイーに《魔笛》を運ばせていたのが貴方であるということだけでした。あとはもう、貴方自身にお聞きするより他にない。我々はメッツ以来《魔笛》の捜査と並行してずっと貴方を探してきました。貴方は北に逃げたと見せかけて、まんまとうまくやりましたね。何処にいたのです？」

「どうせもう見つかってしまったのだから……そうだとも、私は最初、ロシアに逃げたと見せかけて、スエズを経由してインドまで行くつもりだった。私がロシアになど逃げこめるわけがないと貴殿方は考えるだろう？　そこがむしろつけ目だった。現にひっかかったではないか！　うまくいくはずだったが……私の逃避行はスエズで挫折した。自分が作らせた運河の上でだ。私の身体はもう、ああいった熱帯の旅行に耐えられるものではなかったのだ。結局、最後の協力者を頼って、私はイングランドに渡った。ロンドンは隠れ棲むにはこれ以上ない都市だ……」

確かにそうだろう。最低の生活に耐えられれば、ではあるが。

「私は今年に入ってから……」

「もう結構です。発見してしまった以上、もはやこれまでの貴方の来し方などどうでもよい。

我々はもはや、貴方の言われたその最後の協力者が誰であるのかも知っています。ワルコフスキー公爵だ。しかし彼は、何も恨み多き大ナポレオンの甥に献身するつもりでこんなことをしているわけではない。彼はただ単に、私に不都合なことならなんでもするというだけのことだ。実際、協力とは言っても、あなたをロンドン行きの三等船室に紛れこませるとか、ワルコフスカヤ夫人からユージェニー皇后に宛てていかにも暗号めかした手紙を書き送るというだけのもので、貴方を貧民窟から救い出してくれるわけでもなければ、本当にロシアに隠棲させてくれるわけでもない。彼らはおそらく、私がもうすでに貴方を発見してしまったことに気づいているかもしれませんよ。そうすれば彼にとっても貴方の利用価値はなくなる。彼から身の安全をはかるのは知っての通り至難です。さて、それではユージェニー殿と安寧な余生を送る方法を考えましょうか」

しばらくの間、ルイは燃え尽きようとしている蠟燭とまだ使っていない蠟燭を見比べながら考えこんでいたが、やがて立ち上がり、もう一本の新品に火を移した。良い兆候だ。彼は明日からの蠟燭代の心配をしなくてすむ道を選んだのである。

「《魔笛》は何処から来るのです？　そしてシャイーが持っていた軍事情報は？　貴方方は誰とどんな契約を結んでいたのです？」

「《魔笛》も情報もボーヴァルから受け取った」

「何ですって？」それは予想外の答えだった。「いったいそれはどういうことです？　話してください」

「……分かった」

ルイはまた寝台に腰を下ろして考えをまとめ、それが終わると続けざまに話し続けた。

「私は皇帝に即位して以来、それこそありとあらゆる問題に直面した。時には帝位を後悔することさえあるほどにだ。中には、自分が皇帝になるまで気づかなかった問題もあり、またフランスが共和国でなく帝国になったことで初めて発生した問題もあった。貴殿もいろいろご存じだろうからそれには触れないが……しかし、この件に関して関係があるのは、ボーヴァル王国の帰属問題だ。あの小国がウィーン会議以前と同様にフランス帝国の一部なのか、あるいは我々帝国も、ボーヴァルを一八一五年以降に王位を受けた通りの独立した王国として認めなければならないのか」

それはただ単に一つの県にも相当しないわずかな土地の帰属の問題ではなく、帝国というものの存在意義に関わる問題だったのだ。表向きには、この問題はフランスによるボーヴァルの不可侵、そしてボーヴァルによるフランスの仮想敵国との非同盟という形で解決されていた。しかし、それは不釣合いな条約に見えた。ボーヴァルはこれでフランスという最大の脅威をのがれたが、フランスには何の得にもならないはずだ。何故なら、もともとボーヴァルは何処の国とも同盟などはしないからである。

「貴殿もご存じだろう。あの小王国の恐ろしさを。あの学問と諜報戦で生き延びる国……言わば狡猾さと脅迫で生き延びる国だ。私はある種の秘密……これは極めて個人的なことだが、皇帝という地位にある者にとっては何もかもが政治だ……それ自体は個人の場合にはたいしたこととも思われないだろうことだが、ある種の弱点を握られたのだ。このことは言う必要はないと思う。私の名誉のために、どうか後生だ、ベルンシュタイン殿！　それだけは聞かないでいただきたい……恩に着ましょう。そう……それが衆目にさらされれば、私は間違いなく退位だ。ボーヴァル王ベルナールはそれを盾に取ってあの条約を締結させ、その上フランスの……と言うよりもナポレオン三世の動きを封じた。私はこれで問題は解決したと思っていた。しかしだ、五年ほど前だ、ちょうど我が政府が自由主義者たちに譲歩を余儀なくされ、フランスがメキシコ遠征に失敗した頃だ、ボーヴァルは私の立場が弱くなりかけたその頃、さらにもう一つ、私にあることとの協力を承諾させたのだ……」

それは一見、ささいな要求に過ぎないと思われた。つまりボーヴァル王は、時々ある品物をイングランドの貴族のもとに送り届けて欲しい、と言ってきたのである。しかしそれは、武力、政治力を使って可能な限り完全に保護されるべきこと、そしてもう一つ、もしもそれが明るみに出るようなことがあれば、その時は絶対にボーヴァルの名が出されないよう、それはすべてフランス帝国だけが関わっているように見せなければならないこと、という条件がつけられた。

実際、その問題の荷物がボーヴァルからやって来るのを知っていたのはルイと、彼の医師バレンボイムだけだった。ド・レアールやシャイーを初めとしてこのことに関わった者たちは、みなこれが自分たちの皇帝の命令だと心底信じ切っていたというわけだ。

「ある英国貴族というのは、ウエストサーム男爵トレヴァ・セントルークスですな？」

「そうだ……その通りだ！　もうそこまで分かっているのなら話は早かろう……。当時、ボーヴァル王は、その荷物の中身は相当に高価な医薬品だと言っていた。我々は国内では軍の補給路をつたってそれをブルゴーニュからダンケルクへと運び、イングランドへは外交官郵袋で持ちこんだ。しかしいかに秘密を保とうと、秘密というものはすべからくどこかから必ず露呈するものだ。搬送に関わっていた在英大使が、この荷物の宛先がセントルークスであること、そしてロンドンに新手の麻薬が横行しはじめていることなどから、これがその麻薬であろうと気づいて、ド・レアールを介して、私にこんなものをロンドンにばらまいている理由を尋ねてきた。確かに、ロンドンの歓楽街で入手したそれと、我々がベルナール王の荷物からわずかに抜き取ったものはまったく同じものだった。バレンボイムは自らを実験台にしてそれを証明したのだ！　私はこのことをベルナールに問い質した。その答えは在英大使の暗殺——未だに誰もが強盗殺人だと信じているが——という形でなされた。私はもう《魔笛》から手を引くことができなくなった……その上、ド・レアールは妙な考えを持ち始めて私を悩ませた。彼はこの薬物は人間の意識を解放する救済の霊薬だと言い出し……ド・レアールやシャイー等は、これが噂の《魔笛》だということは知っていたが、しかしボーヴァルのことは知らない、彼らは私が《魔笛》を作らせてセントルークスに渡し、その資金を何かに当てていると考えていた。ド・レアールはだんだんとこの《魔笛》＝救済の霊薬という考えに取りつかれ、私がこれを闇金つくりにではなく、人類の救済のために使うべきだなどと言い出した。私も一時は彼をなんとかする——有り体に言おう、ベルナールにあの不幸な大使と同じ運命をたどらせてもらおうかとさえ考えたが、しかし実際にはそうはできなかった。それどころか、彼がそんな奇抜な考えを持っていることをなんとしてでもベルナールに知られまいと努力した。そうせざるを得なかったのだ。何故ならド・レアールは、実際は秘書などというものではなく、私の事実上の参謀で、様々な機密を扱ってさえいたからだ。何もかもが深みにはまってしまった。もうどの駒も動かせない……しかし駒のほうは勝手に動く。帝国議会がプロイセンへの宣戦布告を可決した頃になると、ド・レアールはついに、悪徳皇帝――私のことだ――を廃して、全ての市民が救済された、平和で平等な社会を《魔笛》によってもたらすべきだと、よりによって私自身にさえ言うようになった。ドイツ国境付近が危険になってきたために通常の経路を外してパリに置いておいた《魔笛》は、私が前線に行かなければならなくなった時、すべてバレンボイム一人に任せた。私はセダンで捕虜になった時など、自分の身や帝国そのものよりも、あの《魔笛》のことを気にしてしまったほどだ！　バレンボイムを殺害したのはベルナールの手のものでもなければブランキストでもないと、私はそう確信している。あれはド・レアール本人のしたことに違いない。ここから先は、おそらく私などより貴殿方のほうがよくご存じだろう。私は彼が何も喋れない状態になってしまったこと、そして手持ちの《魔笛》をすべて消費し尽くしてしまったことを、むしろ嬉しく思わざるを得ない……」

しかしだ、これで全てが明るみに出たわけではない。今なお《魔笛》はフランス帝国が機能しなくなる以前とまったく同様にロンドン――より正確に言うのならセントルークスに供給され続けているではないか。ベルンシュタインがそのことを指摘すると、ルイは初めて内から燃え上がるような感情をあらわにして激しい口調で言った。

「そうなのだ！　問題はそこだ！　何故だ？　私があれほどまでに苦労して、自分の帝国を失いかねないほどの犠牲を払ってこそ輸送できたのではないのか？　それを何故……私のあの苦労はいったい何だったのだ!!　そうではないか、ベルンシュタイン公？　教えてくれ！……あんまりだ。ベルナールもセントルークスも、そうできるのなら何も私を巻きこまずとも……」

「本当に知らないのですかな？　どうも貴方の言われることにはいつも二重、三重の裏があるような気がしてしまうのだが……」

「嘘ではない！　知っているのなら、そしてそれを言うことであの二人に復讐できるのなら、私はとっくに貴殿に話してしまっているはずだ。私は貴殿からだけ逃げていたわけではない。私はボーヴァルとセントルークスからも逃げているのだ。よりによってロンドンにしか逃げ場がないとは、私にとってどれほどの恐怖であるか……ああ……ドイツに追われ、ボーヴァルに追われ、セントルークスにも……その上、ワルコフスキーにまで追われたのでは……！　私にはこれ以上言うことはない。貴殿とて、もう私を追い詰めてしまったのだから、これ以上《魔笛》のことを追求する必要もなかろうに」

「いや、私にとってはこれで終わりというわけにはいかないのです。《魔笛》そのものを駆逐してしまわなければならない。あなたは起源については何も知らないのですか？　誰が何処から採取してきた、あるいは精製なり合成なりをやったという？」

「まさか。私にそんな大事なことを知らされていようはずがない。それもまた、どれほど貴殿に明かしてしまいたくともどうにもできないことだ。しかし何故……？　何故、貴殿がそこまでして《魔笛》を追わなければならない？」

「私には責任があるのです」

「貴殿が？　《魔笛》について何の責任があるというのだ？」

「それは貴方の知るところではない。ただ、こう言っておきましょう。ある優れた音楽家のために、と」

ルイの表情が幾らか和らいだようにも見えた。元フランス皇帝は、初めて政治の場を離れて会うことになったかつての政敵の前で、旧い友人に見せるような弱々しい微笑みを浮かべた。

「分かった……ベルンシュタイン公、私を再びドイツ帝国の捕虜にしてくれるのならどんなことでも喋るだろう。しかし残念なことに、私は現在の《魔笛》の起源や経路については何も知らないのだ。どれほど貴殿に暴露してしまいたくとも、それができない。頼む……こうなった以上、どうか、私をもう一度ドイツの保護下に置いていただきたい。そして貴殿が今後も《魔笛》を追われるのなら、いつかきっとベルナールとセントルークスを追い詰めていただきたい。ボーヴァル王に制裁を加えるのは難しいだろうが、せめてセントルークスに一矢報いることを……私は、いっそのことセントルークスが殺られてしまえばいいと思っている。私はたとえ捕虜よりは自由な亡命者の身になれたとしても、セントルークスが生きている限り、安心して暮らすことはできないのだ……貴殿がその優れた音楽家のためにセントルークスにするべき礼をしてやるつもりなら、それが成功するよう、私はいつでも祈り続けよう。どうか貴殿が月に代わってお仕置きを……」

ベルンシュタインは無言でうなずくと立ち上がった。ルイは長い告解をすませた熱心な信者のように、憔悴した中にも何か晴れ晴れとしたものを漂わせた表情をしていた。

「明日……いや、もう今日ですな、すぐにでもドイツ帝国大使館に参られよ」

今度はルイがうなずく番だった。ベルンシュタインは一瞬だけルイと視線を合わせ、マントと帽子を取って戸口に向かった。彼が部屋を出ないうちに、ルイが再び声をかけてきた。

「ベルンシュタイン公……」

「何です？」

「来てくれたのがあなたで良かった。Merci beaucoup…」

「Bonne nuit, et faites de beaux rêves…」

ベルンシュタインは軽く帽子を持ちあげてそれに答えた。

ルイは今でこそしおらしくしているが、いずれ少しでも境遇が良くなれば、また懲りずに再興を謀るに決まっている。そういう男なのだ。彼に対しどうしてもわずかの好感情も抱くことができない理由の一つでもある。小国の君主というのは確かに馬鹿馬鹿しい地位だろうが、大国の君主というのも、それはそれで馬鹿馬鹿しい職業なのだ。

パリは花の都ではない。パリは市街戦の都である。それはまたバリケード戦の都、耐久戦の都であり、斬首と暴動と革命の都なのだ。敷石は御婦人方のおみ足を泥と汚物から守るためにあるのではなく、投石のためにある。広場は市民のそぞろ歩きのためにあるのではない。それは断頭台をすえるためにあるのだ。そして一台の馬車も通れない狭苦しい裏路地は、無邪気な子供たちがかくれんぼをするためにではなく、バリケードを築くためにある。敵の侵入を阻止せよ。そして、しかるのちに粉砕せよ！

しかしパリはやはり花の都だ。そこには他の都市にはない華と誇りがある。上京してきた文筆家の卵や医学生は屋根裏のシラミだらけの部屋に住みながら、一枚十三フランのペルカル織りのシャツや十フランの長靴を揃え、食費を二スーに切り詰めて劇場に行き、彼らよりはるかに富裕な御婦人方に贈り物を欠かさない（あるいはお針子相手で我慢することもあるが）。

労働者たちにしても、たとえそれが粗末な作業衣であっても、彼らは他人が一度袖を通したものなどを着はしない。何人もの手を経て雑巾のようになった紳士のお下がりを買うロンドンの労働者たちとは違うのだ。パリ労働者たちは仕事に行く前にひびが入って縁の錆びた鏡をのぞきこみ、食事もテーブルに着いてとりたがる。屋台で殺伐としたスープを黙々と腹に詰めこむウィーンのご同業とはわけが違う。浮浪者さえもが橋の下で木箱にぼろ布の卓布を広げ、ごみ箱からあさってきた〈正餐〉をとる。

——コミューン万歳《ヴィヴ・ラ・コミューン》！

何がコミューンだ！　彼らは逃避しているに過ぎない。それは現実ではないのだ。何故それが分からない？

人民による支配。人民による統治。しかし、彼らに政治が分かるだろうか？　目先の欲望に捉われて、国全体の、そしてヨーロッパ全体、世界の全てを見ることのできない労働者たち。彼らは経験がないだけに恐れを知らない。彼らが知っているのはただプルードンの夢であり、サン・シモンの空想であり、あるいはブランキの妄想だけだ。それで何ができる？

目を覚ますがいい。

——コミューン万歳《ヴィヴ・ラ・コミューン》！

どうせそのバリケードはひと月と持つまい。すでに負けたも同然の戦いを彼らは戦う。戦争など、それは本来、本職同士でするものだ。それに無理矢理加わろうとするから、本物の軍隊に蹴散らされなければならなくなる。そうなれば、残酷と言われるのは我々の側なのだ……。

ベルンシュタインは自ら前線に立っていた。ヴェルサイユ軍でもないのに？　いや、そんなことはどうだっていい。両側にそびえ立つ瓦礫の山……いや、それは彼らが苦労して築いたバリケードだった。それは一つの芸術、一つの作品である。時々誰かがその頂上に立って囮となるのだが、誰もが同じ言葉を叫んだ。

ほとんど廃墟と化した音楽院の片隅で、誰かが楽譜に音符を書きこんでいる。眼鏡をかけた骨太な体軀の、これといった特徴のない顔をした男だ。当直時間になると、彼は音楽院の屋根に登って歩哨に立つ。あるいは音楽院の裏手に塹壕を掘りに行く。雪に埋もれた都市を包囲され一日に数個のパンの配給で命をつなぎながら、彼はそれでも交響曲を書き続ける。何のために、と問えば、彼は答えてくれるだろうか？

——コミューン万歳《ヴィヴ・ラ・コミューン》！

——犠牲者のために。

あらゆる犠牲者のために。そこには敵も味方もコミューンも政府も党も派閥も国も体制も政治的綱領も王党派も社会主義もジャコバン独裁も絶対主義的専制も一党独裁も共産党宣言も永久革命論《トロツキズム》も一国社会主義もスターリン憲法もプラハの春もＫＧＢもない。ヒトラーもスターリンもついでにプロコフィエフも馬鹿野郎だ！

ベルンシュタインには彼が何を言っているのか理解できない。

しかしいずれにせよ彼らはすべて捕らわれる。何百人もの処刑が行なわれるのだが、ベルンシュタインはヴィラセール館の一室で捕虜の尋問を行なう。一人が去り、また一人が連れこまれる。

次はグザヴィエ・デュポン。入りたまえ。

彼はいつものように、四八年六月の蜂起の勲章である左足を堂々と投げ出し、ベルンシュタインに座れと言われる前に当然のことのように腰を下ろす。お久しぶりですな、旦那。彼はいままでずっとそうしてきたように話し始める。ベルンシュタインが、何故、お前はコミューンになど参加したのだと問うと、彼はただ、そうしたかったからとしか答えない。そうしたかった、だと？　いったい何のために？　何のために、こんな無駄な戦いに命を差し出したのだ？　お前たちの理想だと？　それは単なる夢幻に過ぎないではないか。街中に残されたバリケードの跡を見るがいい！　あれがお前たちの理想か？

――しかしですね、旦那。あんたもお分かりでしょうが。とっくに知っとったに違いないでしょう？　そうですとも、わしらの理想はあの通り、瓦礫の山になっちまった。失敗したんですわ。ですけど旦那、その理由をご存じですか？

――言いたまえ。

――それはですね、旦那、理想というものそのものが、実は存在せんからですよ！　あるいは、この世に実現されるものは、ことごとくが理想ではないからなんですわ。あんたも実は知っているはずだ。実現される理想なんか存在しないことを！　旦那はまだそんなものを求めとるんですかね？

高いところから転げ落ちる一瞬のような浮遊感が起こり、ベルンシュタインは不意に目を覚ました。

まるで子供のようだ。夢で目を覚ますなどとは。

寝台の上で少し向きを変え、喘ぐように息をつくと、一瞬、眠りは戻ってくるかのような感覚があったが、それは再びバリケードの印象とグザヴィエの口を借りて語られる神託《オラクル》の言葉にとって代わられる。――その理由をご存じですかね？　ベルンシュタインは無理矢理目を開いた。金糸を織りこんだ厚手のカーテン越しに、一日ごとに五分は早くなる夜明けがうっすらと透けて見える。

ベルンシュタインはいつになく重くなった身体を引きずって寝台から下りると、青い絹地のガウンを羽織った。疲れが残っていたが、もう眠る気にはならなかった。できるだけ早く、今すぐにでも、四人目に会いに行かなければならない。しかし今度は締め上げにゆくわけではない。協力をあおぎにゆくのである。

今日はもう三月三十日なのだから、予定通りであれば彼はもうすでにロンドンに着いているはずだ。復活祭の月曜日に予定されたアルバート公記念ホールの落成記念演奏会のために特別に招聘されたオルガニスト、ウィーン音楽院のアントン・ブルックナー教授。彼こそが最後の、そして唯一の希望であるように思われた。

バーツ

頭が痛い。

しかし授業には出なければ。蛋白質を固定していない死体は待ってはくれない。逢引きに五分遅刻すれば他の男と行ってしまう気短な恋人のように。

フランツは曲がりくねった廊下を抜けていき、実習室に入った。実習室、つまりは解剖室である。それは天井が高く広々とした靴箱型の演奏会場のような場所で、客席の代わりにいくつもの解剖台が並んでいる。入って行くと実習室は真っ暗だった。灯りがほとんどついていないのだ。漠然とした部屋の輪郭だけが闇の中にうっすらと浮かび上がる。彼は勘だけで真っすぐ奥まで歩いていった。……それにしても何か変だ。しかし場所を間違ったとは思えない。この匂い……。甘ったるく、やたらと薬臭い。改良型ジダーノフ液。死体に使う防腐剤である。……ここでいいはずだ。

部屋のもっとも奥の壁に突き当たった。……やはり何か変だ。とにかくひどく寒い。行き止まりでしばらく立ち尽くしていると、寒さが徐々に身体の奥底にまで忍びこんでくる。フランツはその寒さで意識を取り戻した。灯りがある。見上げると、頭上に小さな角灯が一つ下がっていた。目の前は木でできた大きな扉だ。彼が解剖学教室の壁だと思っていたものは、建物の中庭と外の道路を隔てる、ごくありふれた大門だった。振り返って暗さに目を慣らすと、そこに見えたのは解剖学教室ではなく、薄暗く狭苦しい中庭だった。しばらくはどうすることもできずにその光景を眺めていたが、やがて気づき、時計を取り出して角灯にかざした。時刻はもう二時半を過ぎている。自分が何処にいるのか、今まで何をしていたのかを思い出すのにさらに数十秒かかった。

「そうだ……ダニエルのクラブにいたんだっけ……」

自分に言い聞かせるように口に出してそう言うと、徐々に他の感覚も戻ってきた。

サンルイ大学の解剖実習室だと思っていた場所は管理棟の中庭だった。まだそう言いきれる確信はなかったが、それ以外の場所は考えられない。ダニエルのプレイに耐えきれなくなって《シャンバラ》から逃れたはずだ。

ダニエルのクラブのことを思い出すと、あの神経を甘美に引き裂かれるような陶酔と混乱の秘密空間が思い出され、一瞬、再びそこにいた時のもうろうとした状態に引きこまれかけた。《シャンバラ》のクラバーたちはみないんちきくさい異国風の仮装をして集まってくる極めつきのクレイジーであり、そこでは堂々と売られている《魔笛《ツァウベルフレーテ》》を経口か静注、あるいはアルコールとのカクテルでせっせと摂取して異様な解放論とテクノロジー論をちらつかせるジッピーだった。彼らを陶酔させるダニエルのプレイは、言わば東洋的バレアリック・サウンドであり、クロスオーヴァ的デス・テクノ、ヴァーチャルなサウンド・スケープ、マイルハイなアンダーグラウンドだ。一発でチル・アウト。あとはクール・ダウンするまでイキっぱなし、というやつだ。

ダニエルのプレイはロンドンに来たばかりの頃に一度だけ《キサナドゥ》で見聞きしたことがあるが、彼にとってダニエルが繰り出すプレイは、ただわけの分からない異境のサウンドと雑音の連続、意味をなさず理解を受けつけない音響の連なりでしかなかった。そこに何か意味のようなものがあるとすれば、それはただ好き勝手に踊るクラバーたちのための音響的道具、あるいは薬物摂取者のための〈セッティング〉でしかないように思われた。だが今夜《シャンバラ》で聴いたそれは……！　フランツは自分自身でも信じがたいことだと思ったが、彼は完全にその術中に堕ちたのである。

それはフランツにとっては嫌悪されてしかるべき空間だったのだが、しかし彼は、いとも簡単にそれに引きこまれてしまったのだった。彼自身は《魔笛》をやっていないにもかかわらず、ダニエルの呪術儀式的プレイは、自分のプレイが最高にうまくいった時とほとんど変わらない高揚と陶酔を彼の脳内に生み出したのである。それはすでに知っている感覚を自分の奥底から引き出される感じであり、《魔笛》の摂取者とそうでない自分

自身の区別を不可能にする人格溶解／遍在的意識統合／究極段階到達だった。

金属製のパーカッション。細かい弦の振動に遊牧民の旋律。何十、何百もの
マルチ・トラックの重なり。前後から左右に、そして、上下、過去から未来へ。
旋回し、振動し、歪み、調整を減却し、時空を破壊し、
永遠の律動と化し、肉体を貫いて
精神へと抜けていく。日常的に接していながらその存在に気づかなかった
もう一つの、

いや無数の現実に目を開かれ、あるべき価値は
無と化し、サイバー段階へと誘
いをかける

聴覚／思考

音楽／視覚

他人／自己

あら
ゆる
方向

の区別の無化。

もは
が何処で
やここ
か

どうでも

波が押し
あるかなど
よい

よせ

だ。

飲み

尽くされる。

感覚

それに

の

嵐

t

We

We

call

it

a

c

i i i i i i i i i i i i

i i i i i i i

i i i i i i i i i

d

i i i i i i

i i i i i i

i i i i i i i i i i

!

i i i i i i i i

d

!

i i i i

d p d

!!!

どうやってあの空間から逃れたのか分からない。

この管理棟には例の蓄電池をはじめとして、モーリィが〈企業秘密〉と呼んでいるものがあちこちにあり、どこもかしこも鍵のかかった扉だらけだった。フランツが入ったことがあるのは表の酒場と例の二階の控え室、そしてダニエルのその新しいクラブの三箇所だけである。いずれにせよ、もと来た方向に向かえばなんとかなるだろう。そう考えて中庭を横切って反対側に向かった。しかし動くと頭痛がするので、思うように身動きもできない。できるだけそっと歩き、時々は立ち止まって搏動が静まるのを待つしかなかった。

何故、突然サンルイ大学のことなど思い出したのだろう。しかも、解剖学教室のことなど……？　今日に限らない。最近何もかもがおかしい感じがするのだが、それが何故なのか、どこがどうおかしいのか、自分にもよく分からなかった。時々、何時間もぼうっとしたままになっていることもあるし、ＤＪブースにいるわけでもない時に、突然プレイ中の興奮状態がやって来ることもある。あるいは、こんなふうにもうとっくに忘れ去ったと思っていたことを思い出すこともある。ロンドンに来てから、ウィーンにいた数年間以上に頻繁に医学部にいた頃のことを思い出すようになった。

それを自覚したのはここにきてちょうどひと月ほど経った頃だ。管理棟の控え室から何気なく外を眺めていると、人通りのほとんどない黄昏時のロデリック街を、誰だか見たことのある後ろ姿が歩いていくのを目にしたことがあった。しばらくその人影を見ていると、フランツは急に、何年もの間忘れていた名を思い出した。サンクレール……そう、ジルベール・

サンクレールだ。オルガン製作者であり王室付きのオルガン調律師でもあったので、彼は時々医学部礼拝堂にも来ていた。もともと音楽家の気質を持った二人は友人とまではいかなかったが、顔を合わせる機会があるとよく音楽の話をしたものだった。フランツはその人影が視界から消えてしまわないうちに、その後ろ姿に向かってサンクレールの名を何度か呼んだ。人影はその声を聞いてちらりと顔を上げたが、すぐに自分とは無関係だと気づいてそのまま去ってしまったのだった。よく考えれば当然である。あの人見知りする内気で出不精な調律師が、こんな異国の繁華街をよりによって四旬節の季節に歩いているわけがない。

そんなこともあったっけ。どうしてあの頃のことなど思い出すのだろう？　その理由はまったく分からないわけではなかった。この匂いのせいなのだ。ここに来てから時々鼻先をかすめる、あの甘ったるくひどく薬臭い匂い。管理棟と《キサナドゥ》の地下いっぱいに並べられた蓄電池の液の匂いだとモーリィが言っていた。しかしまるで改良型ジダーノフ液だ。匂いは他のどの感覚よりも強く記憶に結びつく。しかしそうでありながら、他のどの感覚よりも識別能力が劣っているのもまた嗅覚なのである。

不愉快というよりは、何か物悲しい感じだ。

前方の左寄りの扉から灯りがもれている。きっとあそこから出てきたのだろう。暗くて足元が危ない上に、歩く振動に合わせて頭が激しく痛むせいで、フランツはまるで人に気づかれないように忍び歩きをしているこそ泥のような歩き方をした。壁ぎわに下げられた角灯が投げかける光輪のうちに達しようとした時、光のもれる扉が勢いよく開いて、逆光になった人影が現われた。フランツは思わずびくりとして足を止めた。

「おおい！　ポール！　早いとこ残りものをバーッに……何だ、まだ馬車が来てないのか？　まったくセントルークス卿《デセルヴィ》も困ったもんだな……意外とあの人は……」

モーリィの声だ。彼は戸口を離れて足早に大門に近づいてゆき、フランツのすぐそばをすれ違っていった。彼は大門の閂が外されていることや、外の通りにも馬車がいないことを確認すると、白い息を吐きながらまたフランツのわきを駆け抜けていった。普段はあれだけ敏感なモーリィは、よほどそのことに気をとられているのか、二度ともフランツに気づかなかった。

フランツは何かしら不吉なものを感じて、モーリィやあの扉の中にいるらしい他の何人かに気づかれないよう、息をひそめてその暗がりにとどまった。

「まずい……まずいよ。早くしないと時間が……」

「おい！　モーリィ！　こいつまだ死んでないぜ」

誰かがモーリィに声をかけた。フランツは危うく一歩前へ踏み出してしまうところだった。何が死んでいないって？……いや、誰が、だ。あの声は確かに〈これ《イット》〉ではなく〈彼《ヒー》〉と言った。これはイングランドの言葉だ。その語が指し示すものは特殊な例を除いて人間である。

心搏が早くなる。その一つ一つの搏動が頭痛の波となったが、フランツはもうそれを感じていなかった。モーリィはまた何か悪態をつきながら扉の内側へと去っていったが、扉は開け放しのままだ。どこかもっと奥のほうで重そうな扉が閉まる音がし、話し声も人の気配もしなくなった。

あの灯りのもとに何があるのだろう？　もはや、あの扉は自分が出てきたそれではないという確信があった。この匂い……。そしてあの言葉。他のことは何も考えられなくなった。フランツは頭痛のことも彼らに見つかるかもしれないという危険のことも忘れ去って、魅入られたように灯りがともった扉に向かって歩き始めた。

着いてみると、扉の内側は、奥行きばかりがやたらとあって物置とも廊下ともつかない中途半端な部屋になっており、突き当たりにはもう一つ頑丈そうな扉があった。外のものと似たような角灯が低い天井から下げられ、その黄色い光が、あちこちの漆喰がはげ落ち嫌な感じの染みがついた壁をぼんやりと照らしだしている。部屋に置いてあるものは、その角灯の他にはたった二つだった。戸口から奥に向かって右側の壁ぎわに、長さが六フィートほどの台が二つ、縦列に並べられていた。どちらにももとは真っ白だったはずの汚いシーツがかけられている。この大きさ。シーツをもち上げる形。これを見て連想するものはただ一つだ。

フランツは戸口に近いほうの台のシーツをめくった。

そこにあったものがあまりにも予想通りであったために、かえって驚きは大きくなかった。しかしフランツを驚かせたのは、その信じがたいほどの衰弱の所見と、それとはおよそかけ離れた永遠の法悦とも言うべき至福の表情だったのである。

身体はもう硬直してさえいない。正確な時間は分からないにしても、死後一日か二日は経っているはずだ。衰弱があまりにも激しく、二百年も生きた老人のように見えるが、本当はかなり若い男性らしい。新品ではあるが最低に粗末な屍衣をまとわされ、妙なことに、頭には磔刑のキリストを真似たとおぼしき荊の冠を戴いている（そう言えば、あと一週間で聖金曜日だ）。荊の刺は何箇所かで頭部にきつく食いこんで皮膚を切り裂いていたが、その傷口から血はわずかにも出ておらず、この傷が死後に作られたものであることを示している。その頭部にはほとんど髪は残っていなかった。

それにしてもこの衰弱！　最低の救貧院でもお目にかかったことのないひどさだ。皮膚はとっくに色艶や弾力を失っていたが、これは明らかに死後の硬直によるものではない。筋肉組織の極端な萎縮。死後の硬直ではなく、何週間、いや何ヵ月もの間動かさないでおいたために生じる筋肉と関節の硬直がはっきりと見られた。

フランツ自身も気づかないうちに、昔の手順がすでに発動していた。シーツを取りはらって、手際よく遺体を横向きにして屍衣をめくり上げる。……やはりそうだ。背面は予想どおり、寝台に触れる部分が床ずれになっていた。世話の行き届かない病人や老人にはよく見られることだが、しかしこれほどまでにひどい例は見たことがない。黒ずんでいるというより、ほとんどの部分が壊死の状態だ。こんなになるまで生きていられる人間がいるとは思えない。報告すれば貴重な症例となるだろう。

右足全体と両手の先は完全に壊死していた。左足はまだ壊死というほどではなかったが、それも時間の問題というだけで、これが生体ならとっくに切断の対象である。死後の腐敗によってひどい状態となった遺体は幾つも見てきたが、この例の場合、そのひどさはどれもがみな生きているうちにつくられたものだった。どれほどの苦痛のうちに死を迎えたか想像もつかない。しかしこの表情は！　これほど幸せそうな死に顔というのもまた見たことがない。死んだ人間にはもちろん、生きた人間にさえ、これほどの幸福を表わした顔はそうざらにあるものではない。

それは悪魔的な対比だった。最低の死に方と最高の死に顔。フランツは死者に礼節をもって屍衣を直すと、再び汚れたシーツをかけてやった。自分の手が震えていることに初めて気がつく。その手の震えの音さえ聞こえてきそうな沈黙の中で、彼は奥にあるほうの台からかすかにかさかさいう音が聞こえてくることに気づいた。

二つ目の台のシーツをめくると、一つ目のそれと同じように衰弱しきった人間の姿が目に入った。しかし二人目は一人目よりもはるかにましな状態で、容貌は原形を留め、皮膚には人間の肌らしい色合いが残っている。筋肉組織にもまだ余裕があり……いや、それどころではない。二体目はまだ生きている！――こいつ、まだ死んでないぜ。あの言葉の通りだった。冠の下の皮膚には、荊の刺でできるのよりはるかに大きな傷が幾つか並んでいる。

「…………スティーヴ？…………スティーヴか⁉」

フランツは自分が口にした名に自分で驚いた。しかし、その通りだ。次の瞬間、彼はようやくそのことを理解した。スティーヴだ。サクソン風の長頭が、げっそりとやつれてなおさら長細く見え、睨みのきいたきつい目元は力を失い、濃い茶色の髪も艶を失ってまばらになっている。が、それは明らかにスティーヴだ。スティーヴは鼻腔と気管が狭窄した時に見られる、今にも詰まってしまいそうな苦しげな息をしていた。脈はまだあるが、手足はすでに常温を下回っている。彼にはまだ床ずれと言えるほどの所見はない。瞳孔は拡大してはおらず、逆にかなり縮小していた。

フランツが彼の眼をのぞきこむために目蓋を押し開くと、スティーヴは数秒して彼を認識したのか、自力で目蓋を開けて瞳を動かし、その中心にフランツを捉えた。

「スティーヴ……スティーヴ！　いったいどうしたんだ⁉　こんな……何があった⁉」

反応はまったくないかと思われたが、数秒の間をおくと、突然、彼はきしむような細い声を一筋発した。昔話に出てくる幽霊や死者が発する、あの「笛のような声」という表現がぴったりだ。

「…ラン……キ……フラン……キィイー……お………まえぇ……」

「そうだ、僕だ。スティーヴ、どうしたんだいったい？……ああ、待ってろ、今、ここから運びだしてやる」

「だ………だめ……も…………ぅぅ………」

彼はもう分かっているのらしい。今はもう、少しでも動かせばそれは間違いなく死につながる。フランツはせめてわずかにでも気道が確保できないかと思い、スティーヴの頭を両手でそっと持ち上げ、少し後ろに傾かせた。

「…れ……は……もうだ…め……だめぇぇ……ぇぇ……だぁ……が……」

彼は明らかに何かを言おうとしている。そして急に、まさに最後の生気を取り戻し、しっかりとフランツを見据えると時間をかけて言葉をつないだ。

「……おれは……も……だめ……だけど……あぁ……おまえ……もう……やめ……

……あれを……や……やるな……まて……き……」

「《魔笛》《ツァウベルフレーテ》か？　《魔笛》をやめろって？　僕がか？　何を言っている？　お前も知ってるだろう？　僕はあんなものは一度もやっていな……」

「……ちが……おま……は……らな……気づかな……が……飲む……なぁ……やめ……」

「あれって何だ、スティーヴ？　何のことだ？」

「……ンド……ク……ス……のワイン……あれ……入っ……おれは……も……だめ……たのむ……たの……む……シ……テム……をは……い……」

「システムを破壊してくれ……？」

――俺はもう駄目だ。だが、お前は《魔笛》をやめろ。セントルークスのワインにあれが入っているから、お前はあのワインを飲むな。そして頼む、フランキー、あのシステムを破壊してくれ。

フランツはなんとか彼の言葉を理解し、そう復唱した。スティーヴは満足したらしい。はっきりと、そうだ、と言った。

「システムの破壊……？　セントルークスのシステムか？　何故だ？　それに、どうやって？　どうしたら僕にそんなことができる？　スティーヴ？」

「……ガ……ゥ……ル……」

「スティーヴ！　何だ？　何が言いたい？　スティーヴ？」

「ドゥルガ……だ……ドゥ……ドゥルガだけが知っている！」

それが最後だった。フランツはかつて何度も見てきた、あの生と死のあまりにも短い距離間の移動、鏡像のように何もかもが正反対でありながらそっくりな二つの姿、有限と永遠の決定的な移行の瞬間に再びまみえることとなった。スティーヴの頭部は手の中で重みを増した。息も脈ももうすでになかったが、フランツは漠然と、その過程がわずかにでも逆行することを期待した。

が、突然、表に開け放しになった扉の向こうで大門が開けられる音、複数の馬の蹄と車輪の音が響き、彼はぎくりとして自分の立場を思い出した。もはやこれまでだ。最後に一度スティーヴの顔を見つめ、その頭を硬い台の上に惜しみながら下ろし、シーツをかけなおしてやる。できたのはそこまでだった。部屋の奥の扉が今にも開きそうな軋みを立て、フランツは身を翻して外の扉から表に出た。

中庭に出ると同時にできるだけ暗く引っこんだところに転がりこみ、暗さに目が慣れるのを待った。馬車が入ってきている。さっきモーリィが言っていた馬車だろう。角灯の光の下を通り抜けてきた馬車は明らかに葬儀屋の仕立てだ。

フランツは目が慣れきらないうちに場所を移動しはじめた。ぐずぐずしてはいられない。馬車やそれを誘導する男たちの立てる物音が足音を消してくれるのが幸いだった。壁ぎわの角灯の光輪を走り抜けた時も気づかれた様子はなかった。見られたとしても馬丁か何かと思って誰も気に留めないだろう。大門のそばにたどり着いた時に一度だけ後ろを振り返ったが、あの扉からモーリィと数人の男たちが出て来ようとしているところだった。

モーリィが御者に声をかけた。馬車は前方を大門のほうに向きを変えられるところだ。しかしフランツはそれ以上は見ていなかった。大門はまだ閉じられていない。角灯の真下で葬儀屋の格好をした男が門を閉めようとしていたが、フランツが思い切って、暗がりから、ここはいいからあっちを手伝ってくれと声をかけると、葬儀屋はおうと返事をして馬車のほうに歩いていった。

フランツは大門をくぐってスチュワート街に出た。そのまま右に曲がってランカスター街に向かい、スレイター街に出、細い路地を通ってヘプバーン街まで行く。ここまで来ると、足元がふらついて目つきの怪しいクラバーたちがうろうろしている界隈になる。フランツはできるだけ息遣いを抑えながら、彼らにまぎれてだらしない足取りで歩いた。ヘプバーン街からロデリック街にたどり着くと、そのまま真っすぐに見慣れたジン・パレスの前を横切り、《キサナドゥ》を通り過ぎ、自分の部屋へと何事もなかったように戻っていった。

その間にも、フランツの頭にはスティーヴの言葉だけが鳴り響いていた。頭痛のことはとっくに忘れ去り、寒さも眠気も、荊の冠で傷つけた指先の痛みも感じていなかった。あるのはただ、あの幾つかの言葉だけだった。スティーヴが最後に残したその言葉。フランツ自身がすでに半ばアシッド・ヘッドと化しているという神託。セントルークスのシステムを破壊してくれという最後の願い。聞き取りこそすれ理解は及ばなかった、あのわずか数語の遺言。

フランツは明け方までロデリック街に面した窓の前に立ち尽くしていた。《キサナドゥ》のアフター・アワーズ（今日のプレイは確かセルジュ《チェリィ》だ）から最後のクラバーたちがぼんやりした様子で引き上げてゆき、ロデリック通りにうっすらと朝の薄明が射しはじめる頃、フランツの麻痺しきっていた思考が少しずつほぐれ、スティーヴの言葉だけでなく、彼の身に起こったことについて考えが及ぶようになった。

スティーヴ……半月ほど前からまったく姿を見かけなくなり、誰に訊ねても居どころが分からなかったＤＪスティーヴ。それにたいした不審の念さえ抱かずにいた自分自身の麻痺しきった感覚。そう言えばここ数日――正確には何日だろう？　もうそんなことさえ分からないのだろうか？――ダニエルの姿も見かけない。いや、見かけないだけだ。ダニエルのプレイはついさっき聴いたばかりではないか！

ソーホウや劇場街での行方不明者たちの噂は、外界のニュースなどどうでもよくなっていたフランツも聞いたことがないわけではなかった。しかしロンドンは亡命者やその予備軍、移民などが行き来する通過点であり、いつ命を失ってもおかしくはない過激な一大娯楽場である。フランツが多少気にしたのは、行方不明者のほとんどが《魔笛》の常用者であることくらいだった。しかしそれも、《魔笛》に手を出していない自分には関係のないことだと思っていたのだ。

だが、スティーヴの言っていたことが本当だとすれば……？　おそらく本当だろう。今となっては不思議と確信があった。ロンドンに来てからの、いや、ウィーンにいる時からすでに現われていた、音楽への異常なまでの集中と、外界への無関心。医学部やオルガン製作者の幻。記憶の混乱。陶酔感。虚脱感。散漫な思考。衰えた身体。

自分もいつか、ああいう姿になるのだろうか？

変わり果てたスティーヴ。彼の身に何があったのか。何があったにせよ、彼ともう一人の死者をあんな姿にしたのはセントルークスたちに違いなかった。しかし何のために？　《魔笛》……そう、《魔笛》との関わりだ……おそらく。だが、どう関わるのか？　彼らは《魔笛》のアシッド・ヘッドたちをひそかに始末しているのだろうか？　しかしどうやって……？　彼らは手際よく葬儀屋仕立ての馬車まで用意していた。そして……？　まだ何か見落としている。重要な何かを。非常に重要な……。モーリィ、《魔笛》、セントルークス……その他に？　ボディ・ガードたち。彼らは何と言っていたんだっけ……。

フランツは突然、はっとして息を呑んだ。何か重要なこと……そうだ……残りもの《デセルヴィ》だ。モーリィが馬車に積みこめと言っていた残りもの《デセルヴィ》とは……あれがスティーヴたちのことか!?　彼らがいったい何の〈残り〉だというのだろう？　彼らはそれをどうすると言っていたっけ？　それを……「バーツにやってくれ」だ。そう言えば、いつだったか、ボディ・ガードの誰かが同じことを言っていた。──残りもの《デセルヴィ》をバーツにやってくれ。

バーツ。そこで再び思考が止まる。バーツ……まったく分からない。しかし、どこかで聞いたことがある。知っている名のような気がする。いや、気がするんじゃない、確かに知っているはずだ。ずっと前から知っているはずだ。そしてつい最近にも、それを思い出させる何かがあったような気がする。何故かモーリィを連想した。モーリィにも関係があるらしい。しかしここ半月ほど、モーリィとはたいした話をしていないはずだ。長々と話しこんだのは、彼がマリアを連れてくる前日、ダニエルのクラブがオープンする直前に解剖の話でいじめてやった時が最後だ。

その時、天啓の瞬間がやって来る。……解剖だ！

そしてそれを行なう場所。すなわち、死体を運びこむ場所。

聖バーソロミュー病院。

十二世紀初頭にロンドン中心街《シティ》に設立された、イングランドで、いや、ヨーロッパで最も古い病院の一つ。その長い名を略して愛称でバーツと呼ばれている。スティーヴたちは聖バーソロミュー病院に運びこまれるのだ！　そして彼らの死体が何に使われるのかは、フランツのような経験を経てきた者にとってはあまりにも明らかだった。

マリアの日常の世話は管理棟階下のジン・パレスで働く太った下ぶくれのバーメイドに任されていた。が、自分の子供の世話さえもいい加減な無気力な女のもとでは、当然ながらマリアもろくな扱いを受けなかった。垢染みた古着を着せられ、髪に櫛を通した跡もなく、浮浪児のようななりをしていても、それでもマリアは、生まれや育ちとは関係なく高貴である者だけが持つ高貴さを失わなかった。ウィーン貴族の邸宅でのそれほどには行き届かないにしても、身体を洗ったりものを食べさせたりという最低限のことはなされていたので、そういったことについての心配はなかった。

フランツが気にしたのは、マリアが好奇と好色の視線にさらされることである。それは避けられないことだった。が、《フランキー・アマデウス》とは絶対にもめ事を起こすなというモーリィのお達しが生きている範囲——すなわち《ムジカ・マキーナ》の勢力圏内——では、少なくとも実際に問題が起こったことはなかった。フランツは可能な限りマリアを手元に置いた。そして可能な限り彼女が人目に触れないように努めた。もちろん外に連れてゆくことはできなかったが、しかし、自分のプレイの時にはＤＪブースに連れていった。今、彼女に供給してやれる音楽はこれだけだ。

効果は絶大だった。マリアはあの異様なクラブにも恐れを抱かず、フランツの操作する音楽に——もはや演奏するという言葉はそぐわなくなっていた——耳を傾けた！　ムジークフェラインではあり得なかったほど熱心に、そして魅了されたように。その高価ではあるが何も語らない宝石のような瞳に、明らかな智と霊感の徴しが現われ、頰にも指先にもほんのりと赤みがさす。ムジークフェラインではあり得なかったように！　ここには、あの時に彼を悩ませたオーケストラという手段は存在しない。

フランツはフロアの反応よりも、マリアのその極めて微妙でありながら絶対的な神託に従った。彼女の前ではリストのバレアリック調やブラームスとワグナーのザッピング、縦フェーダでのカット・インといった乱暴な真似はしなかった。総立ちのレイヴから総リラックス状態のアンビエントまで、あらゆるトラック、あらゆるリズム・パターン、そしてすべての旋律と和声の重なりが、思うさまに展開され転調されサンプリングされ、対旋律と反復と通奏低音とシーケンサによるドラム・マシーンとの連動を与えられ、マルチ・トラックは最大限に利用されて数百人ものオーケストラになる。チル・アウト！　それはこの場においてまさしく神事となり儀式となり、究極のシャーマニズムとなる。それを司りそれを捧げられるべき詩神がこの場に降臨したのだから！

かつてはベルンシュタインがそうであったように、今は他でもないフランツが最高位の神官だ。フロアの反応はいっそう良くなった。が、それは彼らクラバーたちのためにしていることではなかった。それはすべてが唯一無二の絶対者たる詩神マリアにこそ捧げられる犠牲であり、彼女がわずかにでもその捧げものの奉納を許す限り続けられるパワープレイだ。〈それ〉はやって来る。その手応え。感触。暗黙の了解。何かがマリアとの間にさし渡される。マリアは王宮礼拝堂《ホーフブルクカペレ》で教授のオルガンに対して見せた以上の反応を見せる。

その瞬間の悦びはその他のすべての快楽を越え、生の目的はすべてがここに収束する。もはや他に求めるものは何もない。性的な絶頂の一瞬を間断なく連続させたような、神経回路を行き来する刺激の限界への挑戦。限界の快楽……それは比喩的な言い回しではない。音楽以外の快楽はとっくに失われていた。

スタジオとＤＪブースの快楽は、ありふれた（そして必ずしも成功するとは限らない）性的な楽しみを無意味なものにしていた。まして絶対的存在である詩神の前で行なうそれは、主人に気に入られた時の奴隷の悦びであると同時に、破壊的な征服欲の充足でもあった。フランツはマリアの瞳の動きに、ほんの少し開かれた薔薇色の唇に、あの時の表情を読み取ることができた。ムジークフェラインでも王宮礼拝堂《ホーフブルクカペレ》でも見せることのなかった深い充足をかいま見せる。それはフランツにとっても同様の快楽であり、フランツがプレイに深くはまりこめばはまりこむほどマリアと共有される〈それ〉の実感は強くなる。傍目に見るよりはるかに淫らで秘められるべき関係だった。問題なのは脳に入《イン・》力《プット》される快楽の強烈さであり、いかなる感覚をもってそれを行なうかという入力方式の問題ではない。そういう意味では、思考や人格を殲滅するレヴェルに達した音楽の快楽は、（ダニエル・グローヴァから聞いたように、インドだか何処だかの宗教が認めるという）性交の快楽を経て至る悟りのそれに匹敵する。

しかし、まだ充分ではない。マリアはそれでもまだ完全に《フランキー・アマデウス》を認めてるわけではない。最終的な拒絶。フランツにはそのことが分かった。モーリィにも言った通り、もはやありものの、リミックスは限界だった。他にやりたいことはいくらでもある。しかし、記譜や手弾きなどという煩わしい作業よりも打ち込みの操作に慣れきってしまったフランツにとって、オリジナルはこの打ち込み的手法をもってしかあり得ない。セントルークスの手に握られた唯一の手段をもってしか！

スティーヴとの最後の邂逅があった翌日の金曜日、フランツはほとんど眠ることもできず、スティーヴたちのことを考え続けた。彼らの行き先、聖バーソロミュー病院に乗りこめば何か判るのではないだろうか？　しかしどうやって？　それにはかなり奥深くまで入りこむ必要があるだろう。それからどうする？　もしセントルークスから身を守るつもりなら、そんなことをするよりも今すぐマリアを連れて逃げるほうがよほど実際的だ。だが彼らから離れることは、あのシステムを失うということでもある。もう少し探りを入れてから判断しても遅くないのではないだろうか？

　フランツは幾つかの方法を考えたが、結局、自分がすでに持っている武器を使うことにした。夕方、クラーケンウェルまで行ってギルという端物《はしたもの》印刷業者を探し出して名刺を注文し、翌日に受け取ることを確認してロデリック街に帰った。

　セントルークスが差し出すワインは拒むつもりでいた。少なくとも日が沈むまでは、それは変わることのない堅い決意のように思われた。しかし結果は言うまでもない。フランツはDJブースへ向から前に、むしろ自らそれを求めた。それは単に薬物《ケミカル・シング》に対する中毒《アディクション》ではなく、まさに意志を殲滅することへの中毒《アディクション》なのだ。耽溺者《アディクト》でない者には決して理解することのできない、堕ちる瞬間そのものの快楽が存在する。《魔笛《ツアウベルフレーテ》》をたっぷりと含んだ琥珀色の液体が胃壁を通して吸収され、血液中に摂取されると、ぼんやりとした地平線の彼方に浮き沈みしていた意識に閃光が走り、鮮明になり、硬く鋭い《フランキー・アマデウス》特有の実体を取り戻す。あとはいつもの通りだ。

　危機感も後ろめたさも、その深い陰影によって快感を引き立てこそすれ、それを損ないはしなかった。むしろ自分がすでに引き返せないアシッド・ヘッドへの道をたどっていると知ってこそ、それは冒すに値する危険であり、危ういからこそ魅了される究極の選択肢となった。ダニエルが言った、そのためにならどうなっても構わないという、あの強烈な欲望を伴った選択である。かつては疑問に思えた《カーリー・シャクティ》の選択は、実は実現された預言だったのだ。

しかしそれならば、本物のアシッド・ヘッドとなってＤＪブースを去る前に、セントルークスがダニエルに与えたあの未知なる手段、〈頭の中にある音楽を最短距離で引き出す方法〉を手にすることはできないだろうか……？　ただ一度、そう、ただの一度でいい。もはやそのプレイで人気を得ることも、ましてやベルンシュタインに認められることなど欲してはいない。ただ一度でいい。その究極の手法で自分から可能な限りの音楽をすべて引き出しきって、最後の捧げものとしてマリアの祭壇に供すればいい。その時にこそ彼女は自分を認めるだろう。フランツには確信があった。その時にこそ、〈それ〉は完全な姿で降臨する。そしてその内においてこそ、最大級の、これ以上はあり得ないという悦楽の中で二つの魂は区別なく一個のものとなって入滅するのだ。それにはただ一度のプレイで充分だ。音楽は聴覚はおろか感覚の域を超えて最終段階を迎える。

土曜日の明け方にモーリィを捕まえて食い下がると、モーリィは言い寄られた女のように戸惑いながら、明日にでもセントルークス卿から話があるはずだと答え、逃げるようにして去っていった。

いったんプレイが終われば、あとにはどうすることもできない虚脱感と恐怖と理性が戻って来る。いっそそんなものがなければどれほど楽だろう！　マリアはバーン＝ジョーンズの絵のように眠りこんでしまう。フランツもいつものように午後まで眠りにつきたいところだったが、病的なまでの好奇心が彼をつき動かした。眠ってなどいられない。

　これといって突出したところのない容姿というのは、ごく簡単な、変装とも言えないほど簡単な変装で驚くほど印象が変わってしまう。フランツは口髭をつけて髪を後ろに撫でつけただけで十歳は年上に見え、品の良いシルクの帽子を加えればなおさら紳士然とした様子となった。医学部の教授だと言っても充分通用するに違いない。フランツは午前中のうちにこうした格好でロデリック街から出かけていった。マリアはおそらく夕方まで眠っているだろうし、一日のうち何度かはバーメイドが様子を見にくることになっている。

　部屋を出る時に黒服の一人に見られたが、そのほうがかえって都合がよかった。このいでたちはフランツがかつてハイド・パークやコヴェント・ガーデンに女たちを買いに行く時——ロンドンに来たばかりの頃は、まだそんなこともしていたのである——のいでたちだったので、黒服はただにやりと笑って見せただけだった。

　しかしフランツが向かったのはハイド・パークでもなければコヴェント・ガーデンでもなかった。彼は今にも雨が降りそうな寒々とした曇り空の下を徒歩で行き、まずはオックスフォード・ストリートに出てトテナム・コート・ロードを越え、クラーケンウェルに行き、そこで数枚の名刺を受け取って旧市街《シティ》に向かった。昼はスミスフィールド、コック・レインからエルダーズゲイト・ロードまでの間を歩き、医学生が溜り場にするパブを探して歩く。

勘は鈍っておらず、そうした店を直観的に識別することはさほど難しくなかった。フランツはそのうちの一軒、ウエスト・スミスフィールド・ロング・レーンの一角にある店を選んで中に入った。ハート型の看板にラテン語でそっけなく《シルクス・コロナリウス》と書かれた、比較的落ち着いた小さな店である。フランツもその屋号に惹かれたのかもしれない。

シルクス・コロナリウスとは、心臓《コル》の上下を分ける溝のことで、中央よりもやや上を環状に走り、その上部を心房《アトリウム・コルディス》、下部を心室《ヴェントリクルス・コルディス》と呼ぶ。フランツは店の内部が心房中隔《セプトゥム・インテラトリアレ》と心室中隔《セプトゥム・インテルヴェントリクラレ》によって左心室《ヴェントリクルス・シニステル》や右心房《アトリウム・デクストルム》とに分かれているかと思わずにはいられなかったが、さすがにそこまでの凝りようではなかった。内装もこれといって奇抜なところもなく、せいぜい石膏製の非常に出来の良い骨格標本やヴェサリウスの複製版画が飾られ、スコッチ・エッグが標本用の硝子瓶に入れられている程度である。見慣れない顔とはいえその筋の者と見なされたらしく、フランツは常連客で充満した店内でも特に注目はされなかった。彼は軽い昼食を注文すると、出入りする医学生たちを店の隅から値踏みした。

一時間ほどねばっただろうか。この非常連客は右隣のテーブルについていたバーツ医科大学生三人組のうちの一人を意識しはじめた。背が高く、スポーツをやっているらしい立派な体格の北欧ふうの青年は、仲間内からだいぶ頼られ、真面目で優秀であるとしてからかわれてさえいた。彼らは試験対策の話を延々としており、その内容から言って卒業の間近いインターンたちであることは間違いない。青年は仲間たちからヨハンと呼ばれていたが、空いた椅子にのせられていた革製の書類ばさみに刻印された名から、フル・ネームはヨハン・オラフ・コスであると判った。これだけ判っていれば何とかなりそうだ。フランツは三人組が《シルクス・コロナリウス》亭を出るのにあわせて自分も店を出、彼らのあとについてバーツへ向かった。

学生たちとフランツはスミスフィールドに面した正門から中に入った。聖バーソロミュー聖堂の前を通りすぎながらどう声をかけたものかと考えているうちに、三人は中庭の噴水の手前で立ち止まって二、三言葉を交わしたかと思うと、それぞれが別々の方向に分かれて歩き始めた。コス青年はそのまま真っすぐ歩いて正面玄関に向かった。フランツは彼に、入口の四本の列柱の間で追いついた。

「ああ、ちょっと失礼。君は、ヨハン・オラフ・コス君だね？　確か最終学年の」

「はい、そうです。僕が何か……？」

彼は見知らぬ客の突然の訪問に驚いたようだったが、不審には思わなかったらしい。フランツはいくらか横柄さのある態度で、わざとドイツ語訛をきかせて喋った。

「私はベルリン大学で病理学の教授をしているフランツ・ホーレンシュタインという者だ。突然で申し訳ないのだが、少々君に協力していただきたいことがあって伺ったのだが……あ、君は今、時間が取れるかね？」

「はい。午後は予定がありませんから」

コス青年は、フランツがクラーケンウェルで印刷させたまがい物の名刺を疑いもせずに受け取った。ホーレンシュタイン教授はまず話をさせてくれと言って、まるで自分のほうがこの人間だと言わんばかりの堂々とした態度で医学生を正面玄関階上のホールへ連れていった。しかしこの程度はオーケストラの前に立つことに比べれば何でもない。ホガースの壁画を左手に見ながら階段を上がると、ハーヴェイやスタンレイ、アバネースィ等、著名な医師、医学者たちの肖像が飾られているギブスの設計による大ホールに出る。そこは比較的人が少なく、窓際に行けば肖像画が衝立ての役割を果たしてくれるので、内輪の話もしやすい。

ホーレンシュタイン教授は、少し声をひそめて話し始めた。

「君は今年の初め頃、我々ベルリン大学の数人がこちらに視察に来たことを覚えているかね？」

コス青年はいいえと答えた。国の内外から見学者や視察団が来ることは稀ではなく、また、半人前の医学生たちがそうしたお偉方に紹介されることはまずない。コス青年はそれでも、ベルリン大学御一行を記憶していなかったことをしきりに詫びた。

「いや、君が謝ったりする必要などない。それはいい。しかし私はあの時、病棟で実習をしている医学生たちの姿を見ているし、その内の何人かについては非常に優秀だと聞いている。私は特に君の名を覚えていた」

「まさか、そんな……僕が優秀だなんて、とんでもないことです」

「いや、ハッチソン博士なども君を褒めていた」

フランツはハッチソンが今でもバーツにいるかどうかは知らなかった。が、コスが不審そうな様子を見せなかった以上、このはったりも通用したらしい。

「彼に褒められるとはたいしたものだ。私もそれで君の名を特に覚えていたのだが……しかしそれは君にとっては結局は迷惑なことだったかもしれん」

「僕に迷惑って、どういうことです？」

「君を見込んで、少々陰謀めいた計画に協力していただきたい。もちろんそれは本当の陰謀ではない。むしろ、医学の名誉と医療倫理のために必要なことなのだ……」

「何のことです？　話してください。でないとお役に立てるかどうか判りませんから」

ホーレンシュタイン教授は満足そうにうなずいた。うまくいきそうな様子だ。

「私は先月、いろいろあって急に前任者の地位を引き継ぐことになったのだが、その引き継ぎのための雑務をしているうちにたいへんな事に気づいたのだ。これは前任者ホルショフスキー教授と大学の名誉にかかわることであり、また医学全体の信用の問題でもある。早急に解決をはからなければならないが、同時に、それは極秘のうちに行なわなければならないのだ。実は、たいへん不名誉なことだが……どうやら、我々の研究室からある試験段階の薬物が紛失した……あるいは故意に持ち出されたらしいのだ。その上、ホルショフスキー教授のある患者にそれが投与された……このところの詳細は勘弁していただきたい。とにかく、その患者は今年に入ってからロンドンに帰っており、我々は追跡調査を試みたのだが、彼の行方は分からなくなっていることが判明した」

コスはその小さな灰色の瞳に不安そうな表情を浮かべた。明らかに、事故というよりは事件の感触である。ここで時間を与えては逆効果だ。フランツは先を続けた。

「まともな治療が為されていないなら、そしてあの薬物がやっかいな方向に作用しているなら、彼はもう生きてはいまい。私はその患者、というより、その患者の……遺体を探している。私は大学とこちらの院長殿を通じて協力を仰ぐことも考えたが、しかし、やはりこの問題を表ざたにするわけにはいかないと判断した。そこで私は、全て私個人の責任ということで、調査を極秘に進めることにしたのだ。私が思いついた計画には病院の内部の協力者が絶対に必要なのだが、私が思いつく限り、それを任せられるのは君だけだ」

コスは、ホーレンシュタイン教授の話を、疑うどころかますます真剣な顔つきになって聞いていた。この若い医学生には、フランツが想像した通りに、いやそれ以上に、実直さと人の役に立ちたいという献身性が秘められている。そして明らかに、彼はこのベルリン大学病理学教授を信用していた。

「分かりました。教授のお考えももっともなことです。そういうことでしたら、僕に可能なことなら何でもします。それで、どうすればいいんですか？」

「解剖学教室にある遺体を見せてほしいのだ。特に身元不明のものがあれば……」

「待ってください」コスが慌ててさえぎった。「外国の方はご存じないかもしれませんが、現在英帝国では、解剖用の遺体は登録制で……」

「分かっている。しかし、その登録では遺体の出所までしか判明しないだろう。遺体となる前の身元までは分かるまい。例えば救貧院から引き渡された遺体でも、その救貧院が何処だかは分かるが、遺体となった人物がその救貧院にたどり着く前のことまでは判らないだろう。たとえ王侯貴族といえども、顔さえ知られていなければ、浮浪者として解剖用遺体にしてしまうこともできる。……つまり、そういうことだ。名誉あるバーツの名を汚すつもりはないが、おそらく、正式な記録を調べても私の目的は達成されないだろう。例の患者の名前を調べてもらったところで、出てくるとは思っていない」

「そうですね……おっしゃる通りです。僕たち学生は詳しくは知りませんが、確かに、救貧院からの遺体がもっとも多いはずです。半分以上でしょうか。もっとかもしれません。記録を調べれば出所は判りますが、でもやはり、本当の身元は判らないでしょうね」

「今現在、何体の遺体があるか分かるかね？」

「五十です。全部の台がうまっていますから。いつもより多くも少なくもありません」

「とにかく、それを見せてもらえないだろうか？　それからもう一つお願いする。詮索も他言も無用だ。君の教授にさえ。もちろん、私は君を信用している」

「分かりました。お約束します。……こちらです」

コスは真剣な顔つきでうなずき、病理学の教授を研究棟北側の広い部屋に案内した。

医科大学の実習や研究に使われているその建物は、古いだけではなく雑然としていた。漆喰塗りの長い廊下に面した扉の幾つかは標本室の表示があったが、本来は標本室ではない部屋にまで、およそありとあらゆる種の標本がぎっしりと詰まり、幾つかの棚は廊下にまであふれていた。アルコールやホルムアルデヒドに包まれた柔らかい標本から、乾燥させた骨格異常の症例まで、いわば人体の見本市といったところだ。不潔さを無理矢理ねじ伏せたような清潔の匂いは、ここでは病棟とは比べものにならないほど強い。フランツはちらちらとそれらを眺めながら、感覚を取り戻そうと努めた。かつては自分もこういう環境にいたものだが、しばらくぶりで足を踏み入れると、さすがにまったく平然とした態度を崩さないでいるのは難しかった。

「すごい混雑ぶりでしょう？　博物館がもう一杯なんです。あと何年かすると新しい建物を作るそうですが」

「この間来た時には、この名高いバーツの標本はほんの少ししか見ることができなかったが……ここには骨《オス》の標本が多いな。特に長骨《オス・ロングム》が」

「ここのはみんな新しいんです。スタンレー先生やパジェット先生が手がけられた骨髄《オステオミエ》炎《リティス》の症例や、その自然治癒例です」

解剖室に着くまでの間、コスはうるさくならない程度に喋り続けた。沈黙するのが気づまりなのに違いない。それはフランツにとってもありがたかった。

解剖室に着くと、コスは専用の上っ張りを二着出してきて、一着を客人に手渡した。解剖室の中はサンルイ大学のそれよりもこぢんまりとした感じで、採光もいくらか暗いように感じられた。土曜の午後であるせいか、都合の良いことに解剖を行なっている者は一人もいなかった。台は五十、コスが言った通り、全てふさがっている。それぞれの遺体には普通の白布に加えて、その上に蠟引きのごわごわした布がかけられていた。遺体を乾かさないためである。

　フランツは迷わず、もっとも手近な台の布を半分ほどめくった。端から順に全部見てゆくつもりだった。当然だが、どれもが防腐剤の注入処理済みの〈保つやつ〉であるはずだ。スティーヴはバーツにいたとしても、まだ蛋白質固定処置の最中でこの部屋にはいないだろう。しかし、必ずしもスティーヴ、あるいはあの時一緒に並んでいた男を見つけなくてはならないとは限らない。フランツが注目したのは頭だった。ポールやディックたちが持っていかされた〈残りもの《デセルヴィ》〉がみな、理由はともかく荊の冠を戴いているのなら、その跡が残っているはずである。

　遺体はすべてが系統解剖の手順で解剖されていたが、一体一体はそれぞれが違う段階にあった。腕の皮剝ぎと鎖骨切りが始まったばかりのものから、腹部内臓、腹腔内切開を済ませて腹膜や肺が露出したもの、片足だけ大腿部浅層の段階にあるものまで様々だ。もっともやっかいなのは頭部離断を済ませて頭蓋内部にまで進んでしまっているものだった。やっかいなやつは全部を一通り見終わってから見なおしても遅くはないだろう。

　が、実際にはそうした二度手間は省かれることとなった。おおよそ三十体ほど見たところで、フランツは突然、頭に荊の冠を戴いたままの遺体に遭遇したのである。

　それは例によって限界に挑戦するような衰弱ぶりを見せた遺体だったが、その人相はすぐに識別できた。それは間違いようもなく〈爆弾テノール〉トンバだったのだ！　フランツは思わずコスに分かってしまうほどはっきりと息を呑んだ。背の高いコスは彼の肩越しに遺体を覗きこんだが、質問は一切しなかった。フランツは振り返って言った。

「この遺体は何処から来たものかね？」

「それはある私設の救貧院からのものです」

「私設の救貧院？」

「ええ……でも、それは正確な言い方ではなくて……何て言ったらいいのか、一種の信心会というか……。しかしホーレンシュタイン教授、そこはある信心深い貴族の方が主宰されている会で、何かの、その……例えば、犯罪……のような、何かそういう陰謀めいたことに関わるようなことは……」

「その会のことで知っている限りのことを話してくれ」

当惑した医学生は一瞬どうしたものかと迷ったようだったが、協力を約束したことを思い出して話しはじめた。彼の言うことによると、その〈キリストの聖なる頭〉信心会というのは、ある匿名の貴族によって設立されたもので、サザークやホワイトチャペルなどのスラム街を活動の拠点としているのだという。設立は十数年前といったところらしい。

その殊勝な貴族は、以前は貴族として当然なすべきと見なされる慈善をまさに義務として行なう程度だったが、パリのノトル・ダーム大聖堂で復活祭の一日だけに公開される〈キリスト礫刑の荊冠〉を見て天啓を受けたのである。病み疲れた貧しき者たちと常にともにあり、罪人にこそその手を差しのべ、盗賊と同じ刑罰を受けて息絶えた救世主。彼は英国国教会に属していたが、どことなくスノビズムさえ感じさせるそのカトリック的天啓を受けると、この会の設立を思い立った。彼はロンドンに帰ると、市内でも最低最悪のスラムを調べて歩き、人員を集め、スラムの住民の中でもこれ以上ないというひどい境遇にある病人たち、あとは死を待つばかりで治療など完全に不可能となった者たちを探し出して、彼らが安らかな死を迎えられるよう、最後の看護として看取るのだという。

生きるためにありとあらゆる悪業を働いてきた者たちも、怠惰のあまり極貧に陥った者たち（最近でこそこうした貧困観は変わってきているが）も、病疫に冒されつくした者たちも、彼らはまさにイエスが心にかけた者たちなのだ。コスの思考体系はダーウィンやメンデルの系統に属しているらしく、彼はフランス人が本物だと主張する荊冠など中世以降にでっちあげたまがい物だと一蹴したが、この匿名貴族の志についてはまったく疑問を持っていないようだった。

「〈キリストの聖なる頭〉信心会の世話を受けた者たちはみな、本当にひどい状態にあったことがはっきりと判ります。見てください、この筋肉萎縮と壊死を。それに、この方は肝臓と胃の状態から見てつい最近まで非常に裕福な生活を送っていたと思われますが……」

「確かに。君の言う通りだ。彼は……たいへん恵まれた暮らしをしていた……」

「そうでしょう？　それが先月に亡くなった時はこんなありさまなんですよ！　体脂肪ももとの半分以下になっていると思われます。この方の場合に限りませんが、誰もがこんな具合です。しかしただ一つ救いなのは、彼らはみな本当に幸せそうな死に顔をしているということです」

医学生はこの遺体の生前について興味を持ったらしいが、何とかその好奇心を抑えつけた。フランツは恐ろしくやつれ果てながらも舞台の上で見せていた艶っぽい笑みの片鱗を残して死んでいる〈爆弾テノール〉の頭部をしげしげと眺めた。かつてはオテロであり、タミーノ、ベルモント、アルマヴィーヴァ伯爵であり、そしてマチネとソワレをこなした後にも一晩に四人の歌姫という伝説を持つ私生活上のドン・ジョヴァンニの魅惑的な肉体も、今や体表も内臓も荒れ果てて骨格観察にしか使えない。

死後にかぶせられた荊冠の刺は頭部の皮膚に深く食いこんでいた。フランツは屈みこんでそれを観察し、スティーヴの頭部に見られたある特徴がトンバにもあるかどうか見極めようとした。そのある特徴とは、明らかに荊の刺などとは違った何かによって、しかも生きている時につけられた傷なのだが……。その幾つかは冠をつけたままでも識別できたが、気のせいかもしれない。確信はなかった。

鱗状縫合《ストウラ・スクウアモサ》に沿って一つ。鱗状縫合《ストウラ・スクウアモサ》と頭頂乳突縫合《ストウラ・パリエト・マストイデア》との接合部分に一つ。冠状縫合《ストウラ・コロナリス》下部の蝶頭頂縫合《ストウラ・スフエノパリエタリス》、蝶前頭縫合《ストウラ・スフエノフロンタリス》の三つが交わる部分の傷は、位置といい形状といい、まさにスティーヴの頭部にあったものと同じだった。が、ラムダ状縫合《ストウラ・ランブドイデア》下部は荊に覆いつくされて観察することができない。フランツはテノール歌手の頭部を持ち上げて冠を外そうと手をのばした。

「それに触れないでください！　ホーレンシュタイン教授！」

冠を取りのけようとしたフランツの手をコスが止めた。

「何故だね？」

「それは、彼らの遺体を解剖用として引き取ることと引き替えに、〈キリストの聖なる頭〉信心会とバーツとの間に約束があるからです。彼らを解剖し標本を取ることはしても、キリスト同様の扱いを受けた聖なる部分としての頭には絶対に手を触れないという約束なのです」

そうだったのか……！　この荊冠の意味は、その匿名貴族――おそらくセントルークスのことなのだろうが――の信心会をそれらしく見せるためばかりではないに違いない。

「しかし、私の目的を達成するためには頭部の観察が絶対に必要なのだ」

「でも……」

「私の言ったことを忘れたのかね？　これは我が大学のみならず、およそ医学全体の名誉に関わることなのだと」

コスは小さく、しかしはっきりとその金髪の頭を縦に振り、頭部切開に必要な道具を取りに行った。

「手伝ってもらえないだろうか？　私はここ何年もの間、頭蓋切断を自分でやることがないので」

〈脳出し〉の手順は入り組んでいて壊れやすい臓性系の摘出に比べればたいした手間はかからないが、行なわれること自体が少なく、また内部を傷つけずに脳頭蓋《クラニウム・ケレブラレ》を切断するのがなかなかやっかいだった。コスもこのめったにない作業にいくらか手間取った。

冠を外すとわずかに残っていた髪のほとんどがいっしょに抜け落ち、作業はむしろ楽になった。こうして見ると、明らかに荊の刺ではない傷跡がついているのがよく判った。コスもそれに気づいたらしく、解剖台のむこう側からもの問いたげな視線を向けてきたが、約束通り何も訊ねてはこなかった。傷の大きさは、言わば総譜の音符一つ分とでもいったところだろうか。どうやら中まで貫通しているらしい。癒着のあった何かを引き離したという印象を受ける。

頭頂に傷跡を残すわけにはいかないので、額の冠に隠れる部分の皮膚にだけ割りを入れて皮膚を頭頂に向かって裏返し、前頭骨《オス・フロンタレ》だけを外すことにした。もちろん、フランツとてこんなことをして何が判明するかなど判っていたわけではない。皮膚を裏返してみると、例の傷はやはり脳頭蓋《クラニウム・ケレブラレ》に達していることが判った。それどころか、縫合部の間をぬって脳内へと貫通してさえいる。さすがにコスも黙ってはいられなかった。

「これは……中まで通っていますね……！　一、二、三……後頭部まで入れると十一、いえ、十二ありますよ！　教授がおっしゃられたのは、何かの薬物だということでしたが……？」

「確かに。しかし全てを語ったわけではない……それだけでは終わらないのだ」

「それはいったい……」

「質問はしない約束だ」

あきらめきれない様子はあったが、コスははいと返事をしてまた作業に戻った。耳の上──すなわちその傷跡の列のあたりだ──と頭頂で頭蓋冠《カルヴァリア》を切断する。骨を切り終わる前に、すでに何か異様な匂いがし始めていることに二人とも気づいていた。防腐剤の匂いではない。しかし防腐処置が早く、そして的確に行なわれた遺体はそのあとにひどく腐敗することはないはずだ。前頭骨《オス・フロンタレ》を外して硬膜《デュラ・マテル》にメスを入れると、そのとたん、むっとするような臭気が立ちのぼった。

「これは……!!」

それはどちらが発した声だったのだろう。いずれにせよ、二人は頭蓋冠《カルヴァリア》内部のあまりにも異様な光景に言葉を失い、それ以上は何も言えなかった。

脳はほとんど残っていなかった。まったくなかったわけではないのだが、海綿か何かのようにすかすかなのだ。特に、切開した前頭葉の大脳はぽっかりと大きな穴が開いていて、そこを通して萎縮したような脳幹や小脳が見えていた。後頭部の側にはかなりの量の濁った水がたまっている。通常の脳出しの作業をして頭蓋冠《カルヴァリア》を後頭部まで外してしまったら、その大量の水があふれていただろう。

あまりのことにかえって冷静になったフランツは、残った脳と例の傷跡をつなぐ長い切れ目を見つけた。あの傷跡は外から脳内に長い針のようなものを差しこんでできた痕だとしか考えられない。

「……もういい」

フランツは前頭骨を元の位置に載せ、硬膜を引っ張って上から被せた。皮膚を元に戻そうとしている間に、呆然としていた医学生は突然意識を取り戻したようになって、無言のままフランツから縫合作業を引き継いだ。冠を被せてしまうと、縫合痕はまったく見えなくなった。まさしくセントルークスが意図した通りの機能を果たすというわけだ。防水布を元通りにかけるコスの手は震えている。二人はどちらが言い出すともなく〈爆弾テノール〉の解剖台を離れた。

「こんな……ことって……いったいこれは……」

「いや、頼むから訊ねないでくれ。私が確認したいと思ったことは確認できた。ついでだが、ここには他にもその信心会から来た遺体はあるかね？」

「あ……はい。僕は全部を知っているわけではありませんが、少なくとも防腐処置中のものが二体ほどあったように記憶しています……こっちです」

頭蓋切断用の道具を片づけると、コスは解剖室のさらに奥の小部屋に客人を連れていき、浅い水槽のようなところで両腕に長い管をつながれた二体の遺体を示した。それこそまさにスティーヴと、あの時に見たもう一人だった。フランツは冠を少し動かして二人の額を見た。トンバとまったく同じ傷跡がついている。フランツはうなずくと、先に立って処置室を出、上っ張りを脱いで消毒槽に両手をつっこんだ。コスはまだ何となくぼうっとしたまま同じ動作をした。

「ありがとう。コス君。これで問題の一端は解決した。あとは……君はその信心会の貴族の名を知らないのかね？」

「ぼ、僕は……その、僕はそういうことは……何も知らないんです。もちろん見たこともありませんし……ただ……そうですね、遺体の輸送は不規則に来るのですが、時々、その貴族の秘書だという方が人足《にんそく》たちに同行されることがあります」

「どういう男だね？」

「ラザフォードさんという方ですが、かなりお若い方で、もしかしたら僕よりも若いかもしれません。物腰がとても上品というか、小柄なせいか、少し女性的な感じがするほど洗練されていて……髪は黒でとても短くしています。言葉遣いはたいへん丁寧で誠実そうな方です」

態度はどうにでもとり繕うことができる。モーリィなら上品な青年秘書の役など幾らでも完璧にこなすことができるだろう。

「そうか……参考になった。ありがとう」

ホーレンシュタイン教授は、さんざん調査したあげく何も判らなかったかのような沈んだ態度で、コス青年にともなわれて研究棟を後にした。すでに二時間以上が経ち、外にはもう夕刻の闇が迫っている。正門は閉じられたばかりだったので、二人はヘンリー八世門から外に出ることにした。

緊張が一気に解き放たれたせいか、それまでまったく気にかけていなかったいつものぼんやりとした感じが戻って来る。これこそ、彼らの脳をあんなふうに蝕んだ《魔笛《ツアウベルフレーテ》》の働きなのだ……。おそらく、いや、間違いなく、彼らのあれは《魔笛》のせいに違いない。自分の脳も、すでに半ばあんなふうになっているのだろうか？　そう言えば、もう何年も前に忘れたと思っていた解剖学の用語は、その時になると意外なほど思い出すことができた。しかし、むしろ最近のことはよく思い出せない。まるで老人のようではないか？

そう、昔のことは突発的に思い出したりする。時にはあのオルガン製作者やサンルイ大学の解剖室のような幻覚が、そしてまた別な時には、目の前にあるものについて、これは知っているという感触を唐突に持つことがある。これは誰だったか……見たことがあるはずだ。しかし、彼をどこで見たのかや名前を思い出すことはできなかった。

「……教授？　ホーレンシュタイン教授？　どうなさったのです？」

フランツはコスの声で我に返った。ぼんやりし過ぎていて、危うく変装用の髭を引っ掻いてむしり取ってしまうところだった。

「教授？　その絵が何か……？」

分岐した廊下の突き当たりに、博物館から臨時に引っ越してきたらしい肖像画が、木のテーブルと書架に挟まれて立てかけられているのだが、フランツは自分でも気づかないうちにそれに見入っていたのだった。

画布に描かれているのは、骨格標本のように痩せて眼光の鋭い男だった。鷲鼻で目と頬がくっきりと落ち窪んで、髪は色も判らないほど薄い。おそらく画家をも睨みつけていただろう瞳は、およそありとあらゆる凡人を軽蔑しきった者だけが見せる鋭い優越感に満ちている。

一見、男は六十歳は超えた年配のように見えたが、よく見ると、少なくとも画家は彼を中年として描こうとしていた。

「彼を知っているんですか？」

コスは数歩進み出て、そのグリザイユ風に色彩の少ない絵を慎重に引き抜いてテーブルの上に立てかけた。そうすると、額縁の下部に記された文字が読み取れるようになった。オットー・カール・ツィマーマン。その名に覚えはなかった。生年は一七九五年になっており、ごく最近記されたらしい没年は一八六五年の後に疑問符がついている。

「君は知っているのか？」

フランツは逆に聞き返した。

「いえ、直接知っているわけではありませんが、最近、この絵のことでちょっといろいろあったので、それで覚えているんです」

「いろいろあったとは、どういうことだね？」

「この没年、これを変だとお思いになりませんでしたか？ こんなに最近のことなのに、どうして正確なことが判らないのか、とね。実はこの人物は、僕はもちろん知りませんでしたが、昔、バーツで活躍した薬学のエキスパートなのだそうです。特にアルカロイドの検出と分離、分類に秀でていて、そういったものの解毒法や、神経毒として作用するアルカロイドを医療用の麻酔に使う方法を研究して、若くして医局長に昇進してずい分と尊敬を集めていたそうですが、そのうちだんだんと、人体実験めいたことをするようになって……結局、ドイツに移ったのだそうです。最近までバーツの誰も彼の行方を知らなかったのですが……没年が判明した事情は、僕は知りません。でも、つい最近、バイエルンから帰ってきた医師の一人が、ドイツでこのツィマーマンについてとんでもない情報を持ち帰ったのです。十年近く前だとか、そんなに昔のことではないとかいろいろ言われますが、彼はある目的のためドイツの何処かの国に雇われて研究をしていたのだそうですが、最後にはそこで国家機密を盗んで行方をくらましたとかで賞金がかかって、結局、この年にフランス国境の近くで死体が発見されたのだそうです。僕が聞いたのはそんな話でした。少なくとも五、六年前のベルンシュタイン公国で賞金がかかっていたというのは事実で、それを聞いて、博物館の責任者でもあるパジェット博士がひどく怒り出しまして……あまりにも不名誉だとおっしゃって、それで博物館から撤去することになったんです」

「ドイツか……ああ、彼とはどこかで会ったような記憶がある。確かベルリンだ。十五年ほど前だな。そうか、そんな最期を遂げていたとは……」

フランツは何とか辻褄を合わせると、もうその事はどうでもいいといった態度で再び歩き始めた。確かに、彼をどこかで見た記憶があるのは本当だった。一度でも見てしまえば記憶に焼きつかざるを得ないほど強い印象を持った男だ。しかしフランツはホーレンシュタイン教授のようにはツィマーマンの記憶をたぐり寄せることはできなかった。

日が落ちる頃になると雨が降り始めた。コスはヘンリー八世門の前でホーレンシュタイン教授のために辻馬車をつかまえてくれた。教授は未来の医師に深く礼を述べると、研究費の足しにと言ってそれ相当のものを差し出したが、無償の善意を体現したような青年は受け取ろうとしなかった。フランツは馬車に乗りこむ直前、彼に謝礼をほとんど無理矢理といった感じで何とか受け取らせた。彼はそれに値するはずなのだ。この哀れな医学生は当分の間、あの信心会の謎と身元不明のイタリア人の頭蓋冠《カルヴァリア》の悪夢に悩まされ続けるに違いないのだから。

破壊神

「素晴らしい……」

張りつめた長い沈黙の後、ヨーゼフは感嘆を抑えきれない口調で言った。

「これが空気を振動させる装置なのか？　あの円盤群が振動するわけだな？　しかし……信じられない！　あんな大きなものからヴァイオリンのヴィヴラートやフルートの息づかいが再現できるのか？」

「ええ、もちろん、可能ですとも。実際にやっているではありませんか」

セントルークスが自慢気なところの微塵もない口調で答えると、ヨーゼフは長めの巻き毛を揺らして陽気に笑い、確かにその通りだと言った。二人の後からついてきたモーリィが伝声装置（それさえも電気式だ！）でミキシング・ルームに指示を出すと、スピーカ・システムの目の前にいる彼らにうるさすぎない程度の音量で、再びヨーゼフが作曲したポルカが鳴り始めた。シュトラウス楽団の花形指揮者は再び嬉しそうに笑った。

五月はじめのある宵、ヨーゼフ・シュトラウスとウエストサーム男爵、そして興行師モーリィの三人は、《プレジャー・ドーム》の大舞踏場に魔法の音楽を供給する秘密の装置を見上げながら、薄暗い灯りの中で微かに振動する二十四インチ級、あるいは三十インチ級のスピーカ・コーンの大群を眺めていた。

ヨーゼフは目の前のものを理解している。それどころか彼は完全に、このサウンド・システムに魅せられていた。上気し、魅了され、そして何よりも陽気だ。セントルークスの読みは間違っていなかった。ヨーゼフの音楽家としての性質、そして技師としての好奇心が結びついて、大陸では未だたいていの人間には理解も及ばなければ受け入れることもできない未知の機械を、彼は興味深く、肯定的に見ているのだ。

「素晴らしい。音楽は音、音は空気の振動、ならば音楽と同じ空気振動を生じさせることができるのならば、その振動を発しているものが楽器である必要はない……か。なるほど。素晴らしい発想だ！　確かにその通りだ。結局は電信と同じだ。電線をはさんで両端に同じ信号がありさえすればいいという、あれと基本は同じだ……。しかしこの技術はそんなものとは比べものにならないほど素晴らしい！　さすが英国だ！」

「お褒めいただいて光栄です。しかしこれは装置全体のごく一部、と言うよりは、最末端部に過ぎないものです。もっと重要な部分が他に……」

「分かっていますよ！」ヨーゼフは待ちきれないようにセントルークスの言葉を引き継いだ。「まずは、この円盤群を振動させる仕掛けが必要だ。それも電気でしょう？　そしてその電気は電信と同じく電線を伝導させて供給すればいい。そしてその電力を発生させるための発電装置だ」

「それはドナウ運河から……」

「ファラデーの原理を応用じて水力で行なう。そうですね？」

「まさしくその通りです！」

「しかし最大の問題は、これらの音楽たるべき振動をどうやって制御するかということ、そして……何と言ったらいいのか……そう、あなたはさっき、覚えていた音楽を思い出すように、と言われましたね？　そうですよ、もう一つの問題は、言わば音楽を何処に覚えておくか……おかしな言い方だな！　とにかく私の言いたいことが判るでしょう？　ナポレオンを驚かせたあのフルート吹き人形のように、もっと簡単に言えばオルゴールのように、そうした装置には何処かに音楽の……そう、まさしく演目《プログラム》が含まれていなければならないはずだ。その演目《プログラム》は何処にあるんです？」

　セントルークスとモーリィは、思わず顔を見合わせて賛嘆のため息をもらした。ヨーゼフには何も説明する必要がない。それどころか、まるで自分たちが彼に説明を受けているかのようだ。ヨーゼフは不意にコーン群から目を離してセントルークスに振り返った。

「教えてください。この振動、いや、音楽をどうやってコントロールするのか、そして、何処に演目《プログラム》があるのかを！」

「ううん、それはねぇ」モーリィが男爵に代わって答えた。「教えても悪くはないんだけど……でも、それは企業秘密なんだ。あなたはまだ部外者だから……」

「しかしやはり、あなた方がその秘密を先に教えてくれるべきだ。あなた方は、これが僕が真に欲する音楽を作ることのできる装置だと言いましたね？　でも、僕は本当にそうかどうかを確かめたい。兄の恨みを買ってまでシュトラウス楽団を捨てるに値するかどうか、それをこの目で確かめてからだ」

 やや面食らったような表情を浮かべ、モーリィは権限をセントルークスに戻して自分は沈黙した。ヨーゼフは再びセントルークスに向き直った。

セントルークスはまずミキシング・ルームを、それからＤＪブースへとヨーゼフを案内した……。

「ミキシング・ルーム……そう、そこまではよかったんですけどね……」

片手でだらしなくほどいたネクタイの一端をいじりながら、もう一方の腕で頬杖をついてぼんやりしていたモーリィは、突然、セントルークスにそう言った。セントルークスはその一言で、モーリィが何を思い出していたかすぐに解った。去年、ヨーゼフ・シュトラウスを契約の最終決定のために《プレジャー・ドーム》に招いた時のことだ。

「あの後がねぇ……まずかったんですよね。ああ、思い出すのも嫌だけど……」

二人はもっとも大事な話を決める時にいつもそうしているように、混乱したソーホウを離れて、サウス・ケンジントンにあるセントルークスの館に引きこもっていた。北側にはケンジントン公園を眺望することができ、西のエキシビション・ロードと若干の建物を隔てた向こうは、完成したばかりのアルバート公記念芸術&科学館、通称ロイヤル・アルバート・ホールだ。二人が昼すぎからもう三時間近くも話しこんでいるのは、セントルークスの実験室とも物置ともつかない屋根裏の一室だった。二百年以上前の光学機械や最新の電信用の装置、型式の古いドラム・マシーンなどが破壊的にちらかった、ホフマンの怪奇物語に描かれた錬金術の部屋のごとき場所だ。セントルークスの〈情報処理施設〉でもある。彼は毎日、ほぼ半日を費やして目を通すヨーロッパ各地の新聞の山から顔を上げた。

「ヨーゼフ君も大丈夫だと思ったんですよねぇ。スティーヴもエリックもみんな平気だったから」

あの五月二日の宵、セントルークスとモーリィは、のちにフランツ・マイヤーにした時と同様に、《プレジャー・ドーム》を全面休業にした上で、ヨーゼフにあの驚異的なサウンド・システムを堪能させたのである。彼を《プレジャー・ドーム》の花形DJにスカウトするつもりだったのだ。ヨーゼフ・シュトラウスは才能があり、人気があり、魅力があった。自分を〈ワルツ王〉の絶対王制から解放するため、家族を《金の雄鹿館》から解放してやるため、兄から独立できる契約を欲していた。そして何より好都合なのは、ヨーゼフは単に音楽家であるだけではなく、同時に機械工学の技術者であり、相当に進んだテクノロジーを受け入れる素質と頭脳があるのだ。彼がサウンド・システムに興味を持てば、セントルークスはこの世に二人とはいないミュージシャン／エンジニア／リミキサー／プロデューサーを手に入れることができるのだ！

「ちょっと情けなかったですよね、彼も。やっぱり、純血種のウィーンっ子の彼には刺激が強すぎた、ってところかなぁ……」

「しかたがあるまい。あれは私たちのせいでもあった。失敗の原因をすべて彼のせいにするのは理不尽だ。ロンドン的常識で動きすぎたのだ。だからこそ今、私たちはマイヤー君に最後の秘密を明かさずにいるのではないか？　慎重過ぎるほどに？　まさに慎重であり過ぎるほどにだ」

セントルークスは窓際で、ニュートンが研磨したといういわくつきの凸レンズをつけた望遠鏡から顔を上げて言った。彼が見ていたのはケンジントン公園の側に立つアルバート公記念碑である。今は亡き女王夫君の彫像はまだ影も形もなく、様々な様式を折衷して混乱させられた楼閣部分も未完成で足場が組まれたままだ。木々に阻まれて、ここから見ることができるのは建築部分の尖塔の先端だけである。

「しかし、君も知っての通り、彼にすべてを秘密にしておくのはもう限界だ。そろそろ最後の計画の機も熟したと判断していいのではないだろうかね？」

「やっぱりそうでしょうかねぇ。……ううん」

モーリィはネクタイの端を目の前でひらひらさせながら、再び記憶の再生を開始した。

確かに、ヨーゼフ・シュトラウスはサウンド・システムにも、マルチ・トラック・コンソールにも、打ち込みの手順にも驚きはした。が、それは魅了された機械工学技師の喜びの驚きであり、今のフランツがそれらに慣れたように、そしてフランツよりはるかに早く、ヨーゼフはそれに適応したのだった。しかしあの時もそこまでにしておけばよかったのだ。何としてでもそこまでにしておけば。メモリの秘密は、本当に必要になった時にだけ、そしてあらゆる意味で適切な時期が来てからにすればよかったのだ……。今さら悔やんでも遅いのは判っている。しかし、あの時のヨーゼフを押しとどめるにはいったいどうすればよかったのだろう？

演目《プログラム》の秘密――今にして思えば、これはあまりにも的確な表現だった――を明かしてくれなければ契約しない。ヨーゼフは逆に主導権を握ってしまったのである。私にはこの装置がなくても音楽をやる術はある、しかしあなた方は、こんなものを理解した上で私のような音楽をやってくれる音楽家を探すことは絶対に不可能だ……と。

セントルークスは二時間近い説得と交渉と念押しのあげく、結局はヨーゼフを二階のスピーカ・システムの下、すなわち例の大舞踏場の周囲を取り囲む極秘の部分に案内した。

結果はモーリィも言う通り、思い出すのも悲惨なありさまとなった。それまで陽気に振舞っていたヨーゼフは、一瞬のうちに恐怖の側に転落し、あっという間に発作を起こして気を失ったのである。

「これ以上待たせるのはむしろまずいだろうな」

「でも、問題はやっぱり、あのショックをどうやって越えさせるかってこと。まあフランキーの場合、ヨーゼフ君みたいなことにはならないとは思うけど……でも僕が気にしているのは、彼なら、ここを捨ててベルンシュタインのもとに脱走するんじゃないか、ってことですよ。そしたら元も子もない」

「何か、餌が必要だな。喰いついたら二度と放さなくなるような」

「餌？」

「そう、例えば、あの少女はどうだね？」

絶対確実な最後のひと押し。フランツの理性の最後の殲滅戦。その誘惑の前には、他のいかなる驚きも恐怖も何ほどのものでもなくなるという、まさに最後の誘惑である。

「つまり、あの子も一緒に……？」

「その通り。まずあの娘に対して処置を加える。そしてマイヤー君に、ここで何が行なわれているかを見せる。君も同じ処置を受けたまえ、そうすれば、君が望むその至上の願望は叶えられるのだ……と、そう言ってやるのだ」

セントルークスは再び、マホガニーと真鍮でできた望遠鏡を落ち着きなく取り上げていじり始めた。

「どれほど衝撃を受けようと、彼にはそれを拒絶することはできない」

「しかし……」

「迷っている場合ではない。もう時間がない。実は、ベルンシュタインがロンドンに来ているかもしれんのだ」

モーリィは声にならないかすかな叫びを上げると、椅子から立ち上がった。

「どういうことです？　何故彼が？　まさかもう何もかもばれてるんじゃ……」

「そこまでは分からないが、少なくとも、マリアの誘拐の件はつかまれたに違いない。新聞を読んだかね？　先週、オーストリア西部では継続して気温が上昇した。これが大変な結果をもたらしたのだ」

「オーストリアの気温って……？　何の関係があるんです？」

「いいから黙って聞きたまえ」

セントルークスは曇った空を背景にしてモーリィに振り返った。モーリィはいつもの調子を失い、叱られる子供のようにきちんと椅子に座りなおした。

「つまりこういうことだ。あと数日で四月というこの時期だ、フランスを抜けた偏西風がバイエルンやチロルに到達することも稀ではない。そうなると場所によっては冬の間に降りつもった雪が一気に溶けだすところもあるが、先週のオーストリア西部はまさにそういう状況だったのだ。……これを見たまえ。ウィーンの大衆紙だ。見落としかねないほどささいな記事だが、私たちにとっては第一面を飾るパリ・コミューンの記事よりはるかに重要なものだ。ザルツブルクでは三月二十四日に、鉄道線路脇の積雪の下から女性の死体が発見された」

モーリィは身をこわばらせた。

「彼女なんですね……？」

「その通り。お前が部下に殺させたマリアの乳母だ。持ち物から身元はすぐに判明したとある。おそらく、ヴェルサイユ大本営の公爵のもとには、ものの一日も経たないうちに報告が行っただろう。公爵がウィーンの子爵未亡人に確認を取るのは、さらに短時間で済んだだろう。お前自身がやったことではないにしても、計画の責任者はお前だ。もっと慎重にやらせるべきだったのではないだろうかね？」

ベルンシュタインの偽者の使者を仕立て、ウィーンのツィルク子爵夫人――公爵がヴェルサイユにいる間、マリアを預かっていた例の友人――のもとに遣わす。使者は夫人に言う。

――実は、今、ベルンシュタイン閣下の身にある危険が迫っています、命を狙われておいでなのです。閣下は、マリア嬢を誘拐されて脅迫の材料とされることをもっとも恐れておいでで、今すぐ、お嬢様をベルンシュタイン公国にお連れして身の安全をはかるようにと私にお言いつけになりました……等々。

「念には念を入れて、当分、エーデルベルクの公爵夫人にもヴェルサイユにも連絡はしないように、どうしてもしなきゃならない時は、いかにもマリアはまだウィーンにいるかのように、マリアはウィーンで元気にしてます、とか何とか適当に言っといてくれればいい……と。そこまで言わせておいたんですけれども……」

「しかし、仕上げを怠ったな。乳母をあんなところで殺すとは！」

「しかたがなかったんですよ！　さすがにベルンシュタインが雇っただけあって、ザルツブルクに着く前に、これは何かアヤシイと気づいていたらしくて……どっちにしろエーデルベルクに向かってないことがバレるのは時間の問題だし。ロビンがザルツブルク手前で殺して……貸し切りのコンパートメントで、しかも夜ですからね、その程度のことはいくらでも。それからザルツブルクで停車中に、ホームの反対側に降りて、雪の積った茂みに捨てた、と……」

それでもひと月近くはもったのだ。ベルンシュタインは自分の召使が殺されたとの報を受け取ってすぐにツィルク夫人と連絡を取り、公爵の使者を名乗った何者かのことも、その証しとして示されたフランツ・マイヤーの持ち物のことも聞いたに違いない。

「そしてもう一つ、私が気にしていることがある。今週の水曜日、すなわち三月二十九日に行なわれたドイツ帝国占領地におけるパリ市民十六人の大量処刑の記事だ。……今度はこれを見たまえ。ドイツ帝国の発行するプロパガンダ新聞だ。この処刑はおそらく、二十八日にパリ市庁舎で発せられたパリ・コミューン宣言を辱めるために行なわれたものだ」

「この記事ですか？……処刑者は全員がパリ・コミューンの成員であり、怪しげな薬物の中毒者、悪魔的宗教集団を形成し、麻薬と不道徳と無政府主義による支配を企てた堕落と腐敗の徒、その怪しげな一党の首班は……ああ、何てこった！　ド・レアール！」

「その通り。ベルンシュタイン公はマイヤー君ばかりでなく、《魔笛》そのものをも追跡している形跡がある。ド・レアールの薬が《魔笛》であることにはもうとっくに気づいているだろうし、私たちとのつながりについての情報も、あるいは得ているかもしれん。いずれにしても、彼はマイヤー君とマリアの件でも、《魔笛》の件でも、私を追及しにやって来るだろう。もう、すぐそこまで来ているかもしれないのだ。私が時間がないと言ったのはそういう意味だ」

しかし、モーリィの直感は、まだ何か納得のいかないものがあると感じていた。ベルンシュタインの目的は分かる。フランツ・マイヤーとマリアの奪回だ。そしてフランツを《魔笛》から引き離すことだ。だが、ベルンシュタインは何故、自らの身を危険にさらしてまで、自分の手でそれを行なおうとするのだろうか？　フランツと《魔笛》とベルンシュタインとの間には、まだ自分が知らない何かがあるような気がしてならないのだ。

どう答えてよいか分からず、モーリィはまたネクタイをいじり始めた。不吉な予感が膨れあがってゆく。破局に向かうという、何かしら確信めいたものがある。そうならないために相談しているのだと分かってはいるが、しかしモーリィの直感は、まさしくその回避手段自体に不吉さを感じ取っていた。何もかもが綿密に作曲された対位法のように進行し、そして冒頭の主題が戻ってくる。それは破綻の主題、全プログラム解除の至上命令、機能停止。

「何て言ったらいいのか……嫌な予感がするんです。不吉な。何か別な方法って……」

「不吉な予感だと？　だからこそ、急がなければならないのだ。今すぐに実行だ。公爵はマイヤー君を奪回することは不可能となる。永遠に、そして完全にだ」

「永遠かつ完全に……でも……」

「明日は四月二日、日曜日、枝の主日だ。どうせ明日に営業したところで、上流の客層は集まるまい。……よろしい。明日は臨時休業だ。ウィーンでしたのと同じように、またマイヤー君を招待しよう。そしてマリア嬢もだ。……マイヤー君は就寝中かね？」

「午前中から外出しています。多分、ハイド・パークの女たちじゃないでしょうか？」

「なるほど。だいぶ欲求不満のご様子か。……よろしい。外出中なら、そのほうが都合がいい。その間に、あの娘を管理棟の地下に連れて来たまえ」

　セントルークスは新聞の山を迂回して、再び窓際に立った。明らかに苛立っている。彼は睨みつけるように、表に広がる曇天下のケンジントン公園を眺めた。

「ここからアルバート公記念碑が見えないのは残念だ！　アルバート公などどうでもいいが、台座の基底部の彫像が見たいのだ。あの四隅の彫像群はそれぞれ何を象徴するか知っているかね？　農業、商業、製造業、そして機械工学技術《テクノロジー》だ。私は思うよ。どうせ台座の中央に据えるなら、アルバート公より機械工学技術《テクノロジー》のほうがよほどふさわしいのではないか、とね！　機械工学技術《テクノロジー》！　いい響きだ！……さる文人のいわく『常に成功するやり方だけが科学と呼ばれるに値する。それ以外のものはすべて絵空事《リテラチュール》に過ぎない』。虚構《リテラチュール》、あるいは文学《リテラチュール》だ。機械工学技術《テクノロジー》は科学だ。私がしているのは機械工学技術《テクノロジー》だ。すなわち、私がしていることは科学であり、科学とはすなわち、常に成功するやり方ということだ。故に、私のすることは必ず成功する。そう、必ずだ！　行きなさい、モーリィ！　マイヤー君には、明日の、そうだな、午後十一時に、管理棟の控え室に来るようにと、そう言っておくように。……モーリィ、さあ！」

　モーリィはその絶対的命令を意味する口調を聞き分けて立ち上がった。愛する男のために身体を売りに行く女のように、半ば諦め半ば幸福そうな笑みをちらりと見せ、ゆっくりと部屋を出る。……もうどうなってもよいのではないか？　優れた楽曲が必ず来るべき終結部を持つように。

　それにしてもセントルークス卿の口にしたあの引用句！　あれがどれほどいんちき臭いか、いったい誰が気づいてくれるだろう？


　御者の服装《なり》をしたベルンシュタインは、しばらくの間、落ち着きなく彼の主人役を務める教授とともにロデリック街で使者を物色したが、やがて一人の少年を選び、教授の名刺と手紙を渡した。いかにも育ちが良く、そうであるが故に無軌道に走りがちな感じの少年だったが、兵卒や士官を特別任務に抜擢することに慣れたベルンシュタインは、すぐさま彼が適任だと判断したのである。実際彼は《フランキー・アマデウス》に教授の手紙を渡すことに成功し、十分少々で帰ってきた。その場で手紙に目を通したフランツは、分かった、とだけ伝言を返してきた。

　ベルンシュタインは満足げにうなずいて少年に金貨を渡したが、教授の顔色はさえなかった。教授はどうやら、フランツがろくな返事もよこさなかったことや、王宮礼拝堂《ホーフブルクカペレ》の聖歌隊員たちと同年の少年がこんなところで遊びほうけているのに心を痛めたようだ。

　二人は少年が去った後にも、フランツが姿を現わすのではないかと期待しながら待ったが、彼は来なかった。いつまでも通りにたたずんでいると何事かと疑われかねない。ベルンシュタインはしぶる教授を馬車に放りこみ、自分は御者台に上がってさっさとロデリック街を後にした。ソーホウの歓楽街を北に抜けてオックスフォード街を横切り、さらに北上すると、教授が宿泊するランガム・ホテルがある。二人は終始無言のままホテルに帰った。

「来ませんでしたですねぇ……わたくしはその、ちょっとは期待しとったんですが」

教授は自分の部屋に戻り、異様な歓楽街とベルンシュタインの主人役といういくつもの重圧から解放されると、いくらか落ち着きを取り戻したようだったが、まだ心穏やかではいられないらしい。ベルンシュタインは一杯八ペンス相当のシェリー酒を好きなだけ飲めるようにと壜ごと取り寄せて、硝子の笠のかかったランプの隣にそっと置いた。教授はそれに気づきもしなかった。

「私は逆ですよ。フランツは手紙を受け取りさえしないのではないかと思っていたが、彼は受け取っただけでなく、ちゃんと読んでいる。よい兆候だ」

「はあ……ほんならええんでございますが……」

「今夜中にも来るかもしれん。そしてマリアが無事彼のもとに届けられているのなら、彼のことだ、決してマリアを置いてきたりはしない」

教授は安堵と新たな不安とが入り混じった表情で、味も分からないまま、差し出されたというよりほとんど無理矢理押しつけられたシェリーのグラスを空けた。目尻に深く刻まれた皺がよりいっそう深く見え、口元はしっかりと引き結ばれている。彼は呆然としてはいても、気は強く持っているらしい。むしろ、見た目にはベルンシュタインのほうがずっと落ち着きなく、苛立って見えた。髪を短くして髭を剃り落としたことで、教授とは親子ほども歳が離れていそうに若く見えるせいかもしれない。彼にはまた、手詰まりになった御前会議の癖が出ていた。責任のある人物を、そうと分かるようにあからさまに凝視し続けるのである。今の彼の視線が告発しているのは、彼の右側の壁にかけられた擦り硝子の装飾入りの鏡だった。

結局は失敗した最初の援助と、実現しなかった二度目のそれ……フランツにとっては何の役にも立たなかったが、しかしそれらは彼と公爵の間に確実にある種のつながりをもたらしていた。それが喜ぶべきことなのか、あるいは悲しむべきことなのか、ベルンシュタインには分からなかった。彼が思わざるを得ないのは、一生のうちに何度も形を変えて現われるある種のつながり、繰り返し結ばれる奇妙な縁《えにし》の、それ自体に生命があるかのような振る舞いについてである。こうして何度もフランツとかかわること自体が、すでに自分自身が求めていた問いの答えなのではないだろうか。

そのこと自体、フランツと私がこうして関わっていること自体が、すでに回答だということに気づいているべきだった。私は彼が理想の音楽を演奏するかどうかということではなく、彼がまさに彼自身であるという、フランツ・ヨーゼフ・マイヤーであるという理由で彼を最初から選んでいるべきだったのだ……。フランツにはあのような苛酷な課題を課すべきではなかった。お伽話の姫君たちが課す難題のごとき課題など！

そして、マリアにもその冷酷な姫君の役目を負わせるべきではなかったのだ。彼女の才能は音楽を選別し、優劣をつけることにあるのではなく、まさに音楽を聴くということ、音楽ですべての感覚を満たして、人間が音楽から感じることのできる悦びを誰よりも強く感じるという、そのこと自体にあるに違いない。それは何かに利用されたり、他人に使われたりすべき性質のものではないのだ。

しかし人間というのはどこまでも愚かなものだ……。待っていれば、あるいは探しさえすれば、どこかから天啓のようにはっきりとした形で理想が顕われるに違いないと信じている。だからこそ人間は、決戦のようにただ一度の取り返しのつかない一撃で、そうした理想を決定したがるのだ。それは私がしたような贋預言者の雇い入れや、革命、あるいは殲滅戦としての戦争のような形で行なわれるのだが、みな例外なく破綻的な形で終末を迎え、我々は理想は自分のもとに顕われてはくれなかったのだと考えて絶望するのだ……。

「愚かなことだと思いませんか？　教授？　私はフランツに、音楽家にとって理想の環境を用意しようと言ったが、しかしそれも結局、四八年革命やパリ・コミューンのかかげる理想郷と同じようなものだ。……パリ・コミューンはあとひと月も保たないでしょう。あれは理想の虚像、触れることのできない幻覚の理想です。帝政やブルジョワジー優位に対する不満と漠然とした社会主義的共和主義のもとに結びついた、夢想の平等主義に過ぎない。彼らは手段も綱領も持たず、理想を維持し運営してゆく才覚もない。私がフランツに与えようとしていたのは、あれとまったく同じものだったのですよ」

ベルンシュタインは不意に口をつぐんだ。

かなり長い時間がたった後、教授が同じように不意に問い返した。

「閣下、それではもしや……フランツを救い出したとしても、もう彼には援助をなさらないおつもりで……？」

ベルンシュタインはその問いの意味をつかむのにいくらか手間取った。が、理解すると、それは違うと否定してから力なく笑った。

「いや、それは違う。私はフランツが帰ってきたら、無条件で、そしてごく普通の意味での支援を与えるつもりでいるのです。ウィーンには帰りにくいというのなら、エーデルベルクの宮廷楽団に迎える。ウィーンでやっていけるならウィーンでいい。それ以外の何処か……ベルリンでもミュンヘンでもアムステルダムでも、他に行きたいところがあるのなら何処でもいい、普通のパトロンとして生活を支えてやるつもりだ。彼がそこで良い演奏をし、そしていつかは良い音楽を書くなら、それでいい。教授、あなたもですよ。もしあなたが何らかの援助を必要とするようなことがあれば、いつでも私に言ってください。私にできることなら、何でもしますが……しかし……教授、私のこの何とも言いようにない悲しい気持ちが分かるだろうか？」

教授は何かを言おうとしたが、いつまで経っても言葉は出てこなかった。

「生活費や出版費用を出したり、エーデルベルクのささやかな宮廷楽団に招く、教会オルガニストの地位を与える、あるいは何処かの劇場に、効果があるのかどうかも疑わしい紹介状を書くなど……私にできるのはせいぜいその程度だ。私自身はそうして音楽の周囲を羨ましそうにうろつくだけで、それを手にすることは決してできない……。私は素人のピアノ弾きがせいぜいだ。教授、あなたやフランツは、言わば神託者《オラクル》か、秘蹟を授ける権能を受けた司祭だ。だが私は、どれほど多額の寄進をしようとも永遠に平信徒だ。私は、あなた方が羨ましいのですよ、おそらく……そう、確かに、羨ましいのだ……。ああ、私にもほんの少しでいい、あなたのように音楽で人を感動させる力があれば……」

「わたくしめのように、ですと？　とんでもない！　わたくしの交響曲の話をお聞きになりましたでしょうに。誰にも相手にしてもらえんかったのでございまして……」

「あなたにはオルガンがある。何故あなたはオルガンの曲を書かないのです？　誰にも受け入れられない交響曲を書いて苦労するより、あのどんな聞き手をも感動させずにはおかないオルガン演奏を楽譜にしたらいい」

「しかし閣下、オルガンはわしにとっては即興なんでございますわ。その一瞬の霊感でして……オルガンそのものと向き合った瞬間にだけ、その恩寵が与えられるのでして……。しかしでございますね、それはその一瞬のことでしかないんです。わしがどれほどいい即興をしたところで、それはどないなことをしても残すことはできないもんです。だけんどもでございますよ、閣下、わしが書いたものは永遠に……そうだす、永遠に残るんでございますよ！　本当に！　永遠に！　わしが死んだあとにも、わしが書いたものは……わしの命は残って、それは演奏されるたんびに生き返って……そんで、わしが本当に書いてるっちゅう実感が持てるんは、つまりその、本当にこれがわし自身やと実感できるんは、それは交響曲だけなのでございます」

ベルンシュタインには、教授の口元に、たった今自分が否定した理想という言葉が出かかっているように思えた。永遠に残る音楽。繰り返し演奏され、生き返り、永遠の生命を持つ音楽。ベルンシュタインはその瞬間、何かが見えかけたように思った。が、それがはっきりとした姿を顕わさないうちに、別な何かがそれを覆いつくした。明け方の夢に現われたグザヴィエの神託。そう、あれは夢ではない。まさしく神託だったのだ。

「あなたは力強い。しかし私は無力だ……」

我知らずのうちに、そういう言葉が口から漏れた。

「教授、私はパリで本物の預言者に会ったのですよ」

「預言者て……あの戦争中のパリで、でございますか……?」

「ああ……いや、本当は夢の中のパリでだ。彼はかつては私の友人であり、良い情報屋だったが、今年に入って早々にある不幸な……事故で死んだ。私は彼を忠実な部下だとばかり思いこんでいたが、本当はそうではなかったのですよ。彼は確かに誠実ではあった。しかし、私に魂まで売り渡したわけではなかった。彼は二十年以上前のパリでの蜂起以来ずっと、その時の理想を秘め続けていたのかもしれないが……だが、彼は同時に、地上に実現される理想などは存在しないと知っていた……私は何年も彼とつき合いがありながら、彼のそうした内実にまったく気づかなかった。そして、私自身がいかに愚かであったかということにも。私には何もできない。何をしたらいいのかも知らず、どうすればいいのかも分からない。理想の音楽、あるいは音楽の理想というものは、それは言わば、実現されるべきものであるというよりはむしろ、音楽を愛し、求め、欲せずにはいられないその想いのうちに、その行ないのうちにこそ存在するのではないだろうか……。どう思います？　教授？　私は一度、あなたにお聞きしたかったのだ。音楽の……」

ベルンシュタインがその言葉を言い終わらないうちに、誰かが遠慮がちに扉を叩き、二人はほぼ同時に振り返った。

「フランツか……？　待っていた。来ると思っていたよ」

ベルンシュタインが扉を開けると、廊下に立っていたのはフランツ・ヨーゼフ・マイヤー本人だった。彼はウィーンで会った時に比べると別人だった。顔は骨格がはっきりと分かるほどやつれ、額も広く見える。フロックもウエストコートも仕立ての良い上等なものを身につけていたが、その着付けは慌てたのか、あるいはもうすでに普段からそんなふうなのか、かなり雑でだらしないありさまだ。

彼はいくらか前屈みの姿勢で戸枠に支えを求めるように右手をつくと、目の前のベルンシュタインを見上げた。その目は保護を求める子供のそれであり、恐怖であり、茫然自失、困惑、そして安堵と愛情を表わしている。が、その目はまた別な色彩を帯びていた。アシッド・ヘッドの兆候である。このどことなく理解しがたい感じ、見る者を不安に陥れる弱々しさは、明らかに《魔笛》が引き起こす意識水準低下の顕われだった。

ベルンシュタインは一歩前に出ると、フランツに両腕を差し出し、放蕩息子の帰還を迎える父親のようにしっかりと抱擁した。

「救けてください……ああ、でも、僕はもうだめだ……僕はどうしようもないですが……せめて……マリアだけでも……」

「マリアがどうした？　連れて来なかったのか？　何故だ？　何故置いてきた？　フランツ！　答えろ！　どうした、フランツ？　しっかりしろ！」

「……マリアを救ってください……連れていかれた……僕が留守になどしたからだ……ゼントルークスたちに……返して欲しければ、明日の夜十一時に来い……と……」

消耗しきった音楽家は気を失い、ベルンシュタインの両腕に体重を預けた。

真夜中であるにもかかわらず医者が呼ばれ、最初は面倒そうにやって来たその医者は、患者をひと目見るなり目を輝かせて興味を示した。瞳孔の収縮、皮膚は乾燥し、やや黒みがかって見え、注射の痕こそなかったが、体中に引っ掻いたような痕があった。彼はベルンシュタインに恐る恐る、しかしはっきりと、この患者は噂の薬物の犠牲者ですねと尋ね、ベルンシュタインはそうだと答えざるを得なかった。医者は、いずれは（成功する見こみのない）中毒治療を行なわなければならないが、今はただゆっくりと眠らせてやるより他にないと言い、少しばかりの注射をして帰っていった。

ベルンシュタインはそれから夜が明けるまで一言も喋らずに考えこみ、教授も眠ることができずに、何をしているというわけでもなかったがそのまま起きていた。フランツの時々不規則になる寝息だけが聞こえる。朝になると、教授は枝の主日の聖務のためにあちこちの教会から演奏を依頼されていることを思い出した。出かけるのは気が進まなかったが、むしろ、今の自分にできることはオルガンを弾くことによって神に祈ることだけなのだと考え、教授は迎えにきた役員たちとともに聖務に出かけていった。

フランツは時には半ば目を覚まし、時には眠りながら、聞き取れない言葉を呟いた。彼はその夢の中で何かを必死に求めているようだったが——あるいは逃れようとしているのだろうか——かつての尊大なほど強かった自信や、何者にも軌道修正を許さない速度はほとんど見られず、その影にあったもの、言わば愛情の独占や完全な保護に包まれたいという切ないほどの欲求がはっきりと見て取れる。自分だけが選ばれ、認められ、そして愛されているという確信がなければ不安なのだ。その弱々しさ、子供のような甘やかさは、見る者に愛おしいという気持ちを抱かせる。誰にもまして傲慢かと思われた彼だが、その実、ベルンシュタインが与えたような試練に遭わせるにはあまりに繊細であり過ぎたのだ。

「…………マリア……」

聞き取ることができたのはその名だけだった。ベルンシュタインはフランツを寝かせた寝台のそばの長椅子で仮眠を取ったが、フランツがそう呟くたびに、その浅い眠りは中断された。日が沈む頃までにはフランツの眠りも少しずつ浅くなり、中断の周期が短くなり、そしてやがてはほとんど意識を取り戻していられるようになった。教授が帰ってきたのはちょうどその頃だった。教授は予定を早めて、金融街《シティ》の名士たちから誘われた晩餐を断ってまで帰ってきたのだった。彼は明らかに、セントルークスのもとに乗りこむに違いないベルンシュタインについてゆくつもりだった。

「許可するわけにはいかない。お分かりでしょう？　教授？　それにフランツ、私は君も連れて行きたくはない。内部の様子や事情を教えてくれれば充分だ。これは明らかに平和的な話し合いではない。おそらく……そう、はっきりと言っておこう、殺し合いになる。私はもっとも優秀な部下たちを連れて行く。ここは我々本職に任せてくれ。我々はマリアを取り戻しに行くだけではないのだ。奴らを締め上げて《魔笛》の供給路をはっきりさせ、もし必要なら……その場で奴らを殲滅する。これはどうしても必要なことなのだ。しかし明らかに非合法だ。そんなことに巻きこむわけにはゆかない」

「しかしベルンシュタイン公……」フランツがはっきりと焦りの色を見せて言った。「僕はもう……ええ、いったん彼らから引き離されて、そしてマリアさえ無事で戻ってきてくれれば、もう二度と……二度とあんなことにはなりません。マリアさえ救け出せればそれでいいんです。もうこれ以上、あなたが僕なんかのために……」

「一つだけ言っておこう。これは君のためだけにしていることではない。私にはどうしてもそうしなければならない理由があるのだ。そう……君たちは多少は知る権利があるだろうし、知っておけば私の使命を理解し協力してもらえるだろう。実はあの《魔笛》と呼ばれる薬物は本来、我々がドイツで医療用の麻酔として七年前——対デンマーク戦の頃だ——に開発したものだ。我々はそれを《イズラフェル》と呼んでいた。結局はその副作用に気づいて処方を廃棄した。要するに失敗作だったのだ。廃棄は完全かと思われたが、しかし実際は、その処方はそれを持って逃亡したある科学者によって漏洩され、そして麻薬として出回るようになった。私は二日前、ある筋から、《魔笛》はかつてナポレオン政権を運び屋としてセントルークスに引き渡されていたという確実な情報を得た。しかし、フランス帝国亡き後に誰がそれを輸送しているのかは、実のところまだ分からない。そしてもう一つ、どうしても引っかかることがある。それをセントルークスに発送しているのが……ボーヴァル王国だということだ。私がそれを……」

「ボーヴァル王国……！」

その時突然、まだ半ばぼんやりとした状態で寝台に腰を下ろしていたフランツが、啓示を受けた預言者のように叫んで立ち上がった。ベルンシュタインは、彼が《イズラフェル》の中毒症状の一つである興奮状態の突発的な再燃を起こしたのかと思ったが、次の瞬間、フランツはまさに天啓の一言を言った。

「その誰か……《イズラフェル》を開発し、処方を漏らした誰かというのは……ツィマーマン……オットー・カール・ツィマーマン博士じゃないんですか？」

「フランツ！　何故それを知っている!?」

ベルンシュタインはやはり天啓を受けた預言者のように叫んで立ち上がった。

「何故、君がそれを……？」

「待ってください……そう……ああ……そうですよ……思い出した。彼を何処で見たか。サンルイ大学だ。七年前ですって？　ちょうどその頃ですよ……僕が最終学年の冬だから……六三年の秋から末ごろです……」

確かにそれはあり得る。ツィマーマンがまだ《イズラフェル》を完成していない頃、彼はイスラムの書物を調べたいと言ってサンルイ大学の医学部に調査のため逗留したことがあった。それが一八六三年の十月から年末にかけての頃で、フランツはちょうどその頃、医学生としてサンルイ大学に在学中だったはずである。フランツが大学でツィマーマンを見ている可能性は充分にあった。しかし、彼は何故それを《魔笛》と結びつけて考えることができたのだろうか？

「どういうことだ、フランツ？　君はいったい何を知っている？」

フランツはまた呆然とした状態に陥りかけた。が、ベルンシュタインが彼を座らせ、どうにか落ち着かせると、フランツは長く恐ろしい話を始めた。それは最初、一見《イズラフェル》やツィマーマンには関わりのないことから始まったが、やがてその物語は再びツィマーマン博士のもとへと巡り戻ってきた。

フランツは降霊術のように、モーリィの〈残りもの《デセルヴィ》〉やダニエル・グローヴァー――かつてベルンシュタインがフランツと秤にかけた天才ヴァイオリニスト――の新しいクラブ、人気DJスティーヴの悲劇とその遺言、バーツ、トンバの発見、〈キリストの聖なる頭〉信心会、あの悪魔的な結果となった解剖、そしてツィマーマンの肖像画と、コスに教えられた彼の最期――ことにベルンシュタイン公国でかけられたという懸賞金――についての噂等々、ありとあらゆることを続けざまに話した。ベルンシュタインと教授は圧倒され、魅了されて、最後まで黙って聞いていた。

「そうです……僕は彼の肖像画を見た時、何処かで彼を見たことがあると思って気になったんです。でもコスからその話を聞いた時にも、彼を何処で見たのか思い出せなかった。でもたった今思い出したんです。ボーヴァル王国……サンルイ大学です！　あなたは六三年の冬に彼がサンルイにいたと言いましたよね？　確かにその通りです。何度か見かけましたが、一度だけ、僕は彼から話しかけられたことがあったんですが、それがあまりにも普通じゃなかったので、よく覚えているんです。六三年の年末の頃、僕が聖コスマス病院の病棟の間を一人で歩いていた時、その時は名前も素性も知らなかった老人、つまりツィマーマン博士ですが、彼が僕を呼び止めて、君は音楽家だそうだが、今夜イスラムの奏楽天使が降臨するから、君もその音色を聴きに来ないか……と、そう言ったんです。僕はその頃ちょうど、再び音楽を志すかどうかで迷っていた頃だったので、見知らぬ人物に音楽家だと言われて、驚いて呆然としてしまって……何も答えられないでいると、いつもその老人と一緒にいたサンクレールさんという人が現われて、失礼した、気にしないでくれ、と言って彼を連れていったんですが……」

「ちょっと待ってくれ、フランツ、ツィマーマンがいつも誰と一緒にいたって？」

「ご存じないでしょうけど……オルガン職人のジルベール・サンクレールという人です」

教授とベルンシュタインは顔を見合わせた。

「サンクレールか。それは確かに意外だな」

「ほんまに……」

「お二人とも、彼をご存じなんですか？」

それについてはベルンシュタインよりも教授のほうがよく知っている。ボーヴァル王国司教座ステラ・マリス大聖堂付きオルガン調律師ジルベール・サンクレール。

「きっと彼がツィマーマン博士に僕が素人音楽家だと話したのでしょうけれど、何故あの二人が知り合いなのか、僕にはちょっと……。でも確かです。サンクレールさんは、医学部と聖コスマス病院のある敷地内に工房を持っていて、医学部の近くにいても何の不思議もない人です。昔は医学部の遺体安置所としても使われていたという古い礼拝堂を国王陛下から特別に使用を許されたのだそうですが、彼はそんな変わった場所で、もう何十年もオルガン装置の実験をしていると聞いています。建物が石造りで音が外に洩れないし、音響がいいからといって。僕は彼とは何度か話もしているし、彼とツィマーマン博士が一緒にいたのも何度か見ています。確かです。サンクレールさんはもともとたいへんな勉強家で、やはり国王陛下から特別な許可を得て、サンルイ大学で哲学や生理学の講義も受けていたほどの人でしたから、彼が学者ふうの人と話しこんでいても特別に不思議なことではないし、今の今までそんなことは忘れていた……しかし、僕は最近こんな状態で……よく昔の記憶にかかわる幻覚を見るんですが、いつだったか……確か二月ごろです、僕はサンクレールさんの幻覚も見ていて、きっとそれが心のどこかに引っかかっていたんでしょうね。そして、ツィマーマン博士の肖像を見た時、記憶を引き出すきっかけになったんでしょう。アシッド・ヘッドの兆候も、まるきり無駄でもなかったみたいだ」

フランツは自嘲気味に短く笑ったが、教授は真剣な顔つきで答えた。

「いいやフランツ、大丈夫や、幻やない。二月ごろて、あそこかいな？　あのソーホウちゅうあたり？……ほなら、幻覚やない。本物のサンクレールさんや」

今度顔を見合わせたのはベルンシュタインとフランツだった。教授はフランツを安心させるつもりか、今ではすっかり大人になった教え子に、子供を諭すような口調で言った。

「ええか、フランツ。サンクレールさんは、二月には確かに、ロンドンに来とる。ソーホウにも来とるはずじゃけん、見たとしても幻やない。そら単なる偶然や。大丈夫……お前さんはちっともおかしくなっとらせんわ」

教授はロンドンに着いたばかりの頃、ロイヤル・アルバート・ホールの支配人から聞いた話をし始めた。その、今年になって完成したばかりのロイヤル・アルバート・ホールの大オルガン――風力の供給を二十馬力の蒸気機関で行なうという破壊的なシステム――は、完成し、試運転を何度か繰り返した段階で初めて、ミクスチュア群の土台に致命的な欠陥があることが判明したのだという。ある種の音栓の組合せで音を出すと、その他の場合には起こらない風箱の振動が起こるのだ。技術者たちは改善を試みたがどうにもならず、今年の二月、ついにボーヴァル王国に対し、名工サンクレールの出動要請がなされたのである。効果は絶大だった。振動はものの見事に、最初から存在しなかったかのように止まった。サンクレールはその他に何箇所かの教会からの要請を受け、改修、診断、音響改善の秘術等々の魔法を行ない、いくつもの伝説を残して帰っていったのだという。

「そうですわ、閣下。前にもお話しした通り、サンクレールさんはあれもやったらしいいう話でした。音響のために自分で調合した漆喰で壁を塗り直すちゅう、あれです。アルバート・ホールの支配人さんの言わはるこっては、それがソーホウのどっかの教会やということでしたので。もしそうなら、サンクレールさんはソーホウにも行っとりますし、フランツが見とってもおかしいことは何もない。サンクレールさんは何処の教会でそれをしなはったのか、それは教えてくれんかったと支配人さんは、言うてますが……」

「……教授、申し訳ない。もう一度言ってくれないか？」

ベルンシュタインは椅子から立ち上がると、テーブルに両手をついてブルックナー教授のほうに屈みこみ、尋問の口調で言った。

「もう一度言ってくれ！　サンクレールが何をしたと？」

「な、何て……そ、その……わし、何かおかしな事を言いましたでしょうか……？」

「前にもあなたからそういうことを聞いたような気がする。が、もう一度言ってくれ。あなたは今、彼がソーホウで何をしたと言った？」

「その……ただ、その……壁の事でございますでしょうか、閣下？　ええと、その、サンクレールさんは、教会の内壁の漆喰が音響に良くないと考えられた時は、左官工みたいにご自分で漆喰の塗り直しまでなさるんだそうですが、それが、ご自分で調合したちゅう特製の漆喰をわざわざサンルイから持ってこられるんだそうでございますわ。業界ではずいぶん噂になっとるんですが、何処でどういうふうにそれをやったんか誰も知りませんし、わしが聞いても本人は何も教えてくださらんので、詳しいことはまったく分からないんでございます。ただ、聞いた話によりますとですね、ボーヴァル国王陛下も、サンクレールさんの秘密を保護してくださって、その秘密の漆喰ちゅうのは国王陛下の封印つきで……」

「国王の封印か！　税関の検査を受けずに持ちこまれる。そうだな？……それだ！」

幾重にも重ね塗りされ、複雑な図形が描きこまれた騙し絵の中から、一つの肖像が浮かび上がる。それは運び屋の姿をしたオルガン調律師の肖像だった。ボーヴァル王の保護。開封されない荷物。ウィーンへ。そして他の何処よりもロンドンへ。ベルンシュタインはまるで教授自身を裁いてでもいるかのように、一方的な軍法会議の勢いで教授に詰め寄った。サンクレールがそれを始めた時期は、まさしくナポレオンの帝国が機能しなくなった頃、七〇年の秋からだった。そしてサンクレールは頻繁に英帝国に渡っていたらしい。

サンクレールの秘術の噂を聞いて、実際に壁の塗り直しを依頼してきた教会もあったそうだが、たいていの場合、サンクレールはその必要なしとして未使用の漆喰ごと帰国していったという。しかしその中身はイングランドに置いていかれたとしても不思議ではないはずだ。ボーヴァル王その人が共犯なら、封印の細工などいくらでもできる。

「もしサンクレールが《魔笛》の件に関わっているのなら、そしてボーヴァル王の共犯であるのなら、彼がツィマーマンと一緒にいたとしても不思議ではない。……それだけではない！　フランツ、彼に何と言われた？　イスラムの奏楽天使の音楽を聴きに来いだと？　知っているかね、イズラフェルの名の意味を？　イズラフェルとはコーランに出てくる奏楽天使の名だ！　ツィマーマンは《イズラフェル》を完成させるためにボーヴァルに行ったのではないに違いない！　その時《イズラフェル》はすでに完成していた、あるいは彼らがサンルイで《イズラフェル》を完成させた、そのどちらかだ。フランツ、危ないところだったな、君はツィマーマンによって実験台にされたかも知れないのだ！」

脱走したツィマーマンを殺したのが野犬の群れだったのか、あるいはボーヴァル王の手の者だったのか、今となっては分からない。いずれにせよ、六三年冬にサンルイにいた時に《イズラフェル》の処方をサンクレールの手元に残していったのなら、六五年の春に脱走したツィマーマンがその後どうなろうと問題ではない。

「ツィマーマン博士とオルガン職人サンクレール、ウエストサーム男爵セントルークス卿、そしてボーヴァル王ベルナール……彼らは明らかに共犯だ。だが、まだ分からないことがいくつか残っている。まずは彼らの関係がどんなものであるかだ。そして、彼らのうちの何人までが、《魔笛》あるいは《イズラフェル》とドイツ帝国との関係を知っているかだ。そしてもう一つ。スティーヴやトンバたちの悲劇、あの《キリストの聖なる頭》信心会に偽装された謎の凶事が、このこととどう関係するかだ。ただ単に、自分のクラブで出た二、三人のアシッド・ヘッドを始末するのなら、これほど組織的な手間をかけるのはむしろ危険なことのはずだ。……何だ？　フランツ？」

「セントルークスのクラブから出る死体は一つや二つではありません。何年も前から、月に何体も来るとコスが言ってました。どれもこれも頭の傷を隠してです。あの信心会は明らかに、頭の傷を誰にも知られないように大量の死体を処理するためのシステムです」

あの匂い。改良型ジダーノフ液の、解剖学教室の匂い。

「セントルークスは単にクラブで売りさばいて儲けるために《魔笛》を手に入れてたのではないと思うんです。……絶対に違う。僕には確信があります。あの大量の死体……いえ、大勢の音楽家たちも、《魔笛》も、彼らが造ろうとしている機械の音楽の実験のために使っているのではないかと……」

機械の音楽……！

ベルンシュタインよりも教授のほうが素早く反応した。

「ほなら、もしかしてマリアにも関係があるんとちゃいまっか⁉」

「教授……！　それはもしや……」

「ベルンシュタイン公！　教授！　どうしたんです？　何の話です？」

「覚えとられるでしょう⁉　あの子の言葉を！　閣下‼」

「それにヨーゼフ・シュトラウスもだ！」

「待ってください！　何なんです？　二人とも何のことを言ってるんです⁉」

三人はそれぞれに混乱を抱えたまま、興奮して立ち上がった。が、その場を制したのは意外にも教授だった。彼は他の二人を振り切って激烈な調子でまくしたて、マリアと初めて逢った時のこと、そしてあの言葉、ヨーゼフ・シュトラウスの悲劇について、フランツに教えているとも自分自身に確認しているともつかず、最後まで激しい口調を変えずに話し通した。

確かに、マリアがいたのはボーヴァルの首都サンルイ、それもサンクレールの根城の一つとも言うべきステラ・マリス教会だ。救けてください……彼らは機械で音楽をつくろうとしているのです……あの機械を止めてください……と。

「それは……スティーヴが僕に破壊してくれと言ったシステムのことだろうか……？　しかし……しかし……まさか、マリアが……そんな……彼女がいったい……何の関係が……？　信じられない……もしかして彼らはそのことを知っているのでしょうか？　だからこそ彼女を連れていって……？」

「それはまだ分からん。が、私はそうではないだろうと思う。もしそうなら、彼らはマリアをさらってきても君に渡したりしないはずではないだろうか。……しかしいずれにしても、もう時間がない。最後にそのことを聞かせてくれ。いったい何故、君の手元にいたマリアがセントルークスに人質に取られるようなことになった？」

「人質ですって？」フランツは意外そうに聞き返した。「僕はそんなことは言っていません……僕にだって、どうして彼女が連れ去られたのか分からないんです。少なくとも、今の今までは想像することさえできなかった。僕はだいぶ前からセントルークスとモーリィに、僕にも早くあのシステムを、ダニエルが新しいクラブ《シャンバラ》で与えられたような、僕自身が理想として想像する音楽を最短距離で引き出せるはずのシステムを使わせてくれと、そう言い続けていたんですが、モーリィは昨日突然、僕の望みを叶えてもいいが、それをするためにはマリアを預かる必要がある、最終的には彼女は僕の手に返すが、そうしたければ今夜の十一時に《ムジカ・マキーナ》の管理棟――《キサナドゥ》の右隣の建物ですが――に来ればいい、とそう言ってきたんです……。モーリィたちはマリアにだけは手を触れないと約束していたのに、しかしこんなことになって、僕の手には負えなくなったと思って……そこに教授と、ベルンシュタイン公、あなたがここにいるという印のある手紙を受け取ったものだから、僕はあなたに頼るしかないと……」

フランツは説明しようとすればするほど混乱をきたした。何にしても、彼のいう究極のサウンド・システムとマリアとはこうして様々な細片を組み合わせて見ると、まったく無関係というわけではなさそうだった。救けてください……彼らは機械で音楽を造ろうとしているのです……あの機械を止めてください……と、そしてシステムを破壊してくれ……セントルークスのシステムを、と。その方法はドゥルガだけが知っている！

「ドゥルガとは何だ？　フランツ？」

「僕も確実なことは何も。ただ、あくまで推測ですが、パス・ワードの一種なんじゃないかと思います」

「パス・ワード？」

「何て言ったらいいか……僕たちが機械に記憶させた自分専用のメモリを呼び出す時に使う鍵のようなものです。それぞれ自分専用の単語を入力《インプット》しないとメモリを呼び出せないんですが、スティーヴはそのパス・ワード破りの名人だったんです。ドゥルガというのがパス・ワードの一つなら、それをセントルークスのシステムに入力すれば……」

「パス・ワードか……なるほど。言わば、セントルークスのシステムから魔神を呼び出すための呪文とでも言ったところか。分かった……いや、私にはまだ分からないと言うべきだろうな。何にしても私はもう行く。教授、フランツを頼みます」

「待ってください！　僕も行きます！　僕が行かないと分からないことが多すぎるでしょう？　あなたとその特殊部隊が踏みこむのはそれからでも遅くない……むしろそのほうが確実なはずです。誰よりも役に立つはずです。僕を連れていってください！」

ベルンシュタインは一瞬迷ったが、うなずいた。それとほぼ同時に誰かが表の扉をたいた。彼の部下の一人が、準備ができたと知らせにきたのだ。

「あ……あの……閣下、わたくしめは……」

「あなたはだめだ、ブルックナー教授。私のせいで未来の大作曲家を失ったとなると、後世に申し訳が立たなくなる」

ベルンシュタインはにやりと笑って片目をつぶって見せた。しかし教授は、ベルンシュタインのそうした親しみのこもったからかいの言葉に、いつものように恐縮して慌てふためくこともしなかった。彼は真っ青な顔をうつむかせ、黙って二人を見送った。

ベルンシュタインと彼の六人の部下、そしてフランツは二台の馬車に分乗し、ランガム・ホテルを後にしてロデリック街に向かった。

ごく短い打ち合せの後、ベルンシュタイン率いる一行はロデリック街のかなり手前で馬車を降り、徒歩でそれぞれの持ち場に向かった。ベルンシュタインの部下たちのうち二人はスチュワート街に、もう二人はロデリック街に、そしてあとの二人、ワインガルトナー大尉──彼はもはや中尉ではなかった──とマズア軍曹はベルンシュタインにつき従うことになっている。フランツを含めた四人はまずロデリック街に行き、その少し手前からしばらくの間様子をうかがった。

人通りはいつもより少なかったが、それは今が聖週間であるためではない。《キサナドゥ》と隣の酒場が休みだからだ。もともと街灯など一本もないこの通りは、ジン・パレスのけばけばしいガス灯がないと、まるで裏路地のように暗い。頼りになるのは来週の復活祭を予告する満月だけだが、それでさえもイングランドの雲間に隠れがちだ。その月明かりに照らされて、クラブの前の敷石は、どことなく爬虫類の皮膚を思わせるぬらぬらした質感をみせて光っている。クラバーたちは、気紛れに休業した《キサナドゥ》の前をつまらなそうに通りすぎていく。

ジン・パレスの前には、肉体労働者ふうの体格をしたちぢれ毛の男が一人立っていた。ナッシュだ。フランツを待っているのに違いない。フランツはちらりとベルンシュタインに目くばせをすると、わざと足音を立ててナッシュのそばに歩いていった。

「おう、フランキー、遅かったじゃねえか。どこへ行ってた？　娼館には長居すんなって言われてるだろうが」

「そんなんじゃない。知人に会いに行っていただけだ。……セントルークス卿は？」

「上だろ。早く行けよ」

「君はここで見張りか？　一人なのか？」

「何だよ。悪いかよ。俺一人じゃ充分じゃねえっていうのか？」

「不用心だろう？　ホーリーやディックはどうした？　本当に君一人で……」

「うるせえな！　奴らは裏だ。ここは俺だけでいいんだ。お前には関係ねえだろう！」

フランツは分かったというように両腕を上げて見せた。しかしそれは一つの合図でもある。フランツが真っ暗なジン・パレスに入ろうとして扉を開け、ナッシュがそれについて行こうとした時、ワインガルトナーとマズアが後ろから襲いかかった。二人はそのまま、気を失いかけているナッシュをジン・パレスの中に引きずりこみ、ベルンシュタインがそのあとに続く。ほんの数秒だった。

「薬を嗅がせておけ。たっぷりとだ。フランツ、控え室というのは何処だ？」

「こっちです。この上です。……待ってください。僕が先に行きます」

狭い踊り場にオイル・ランプが一つだけつけられた階段を上りきると、つきあたりに扉がある。すり切れてめくれ上がった敷物に足を取られないよう注意しながら扉のそばまで来ると、フランツは再び先に立って中に入り、そのまま扉を開け放しにしておいた。

控え室の中は真っ暗だった。ここでも、表通りと同じく頼りになるのは月の光だけだ。人の気配がする。

「……誰だ……？　そこにいるのは……？」

「俺だ」

「ダニエルか……？」

その人影は窓から射す光の中に踏みこんだ。黒の長衣。呪術的な護符の類。ダニエルはいつもは束ねている髪をほどき、刺繍のある額飾りが髪の間からのぞいている。不精髭はそのままにして、いつもよりいっそう教祖的な様相だ。

「来いよ……こっちだ」

「ダニエル……君は何故……」

「お前が俺に言うことも、俺がお前に言うことも、何もねえよ。話はセントルークスに聞きな。とにかく……まあ、腰は据えとけ。気を失ったりされるとこっちが迷惑だ」

「何のことだ！」

ダニエルはその問いには一言も答えず、フランツをまったく存在しないもののように無視する態度ですぐ横をすり抜け、廊下につづく扉に向かった。

「待ってくれ、その前に一つだけ教えてくれ。マリアは……マリアはどうしている？　無事なんだろう？」

「無事？　そういう言い方がしたいんだったら、それでいいだろう。……まあ、とにかく来いよ。自分で見るんだな」

「見るって……何を……」

「動くな」

廊下に一歩出たダニエルは、マズアに銃を突きつけられ、ベルンシュタインの目の前で立ち止まった。彼はそれでもたいして驚いた様子を見せない。彼は何もかも予想していたようにも、あるいは単にすべての感覚が麻痺しきっているようにも見えた。月光のもとでは教祖だが、みじめなオイル・ランプの光の中ではただの薬物中毒患者だ。顔がむくみ始めているのがよく分かる。

「やっぱりあんたか。フランツが出かけたと聞いた時、そうじゃねえかと思った。……銃をしまえよ。そんなものはいらん。勝手について来りゃいい」

ダニエルは意外にもあっさりとそう言い、火器を持つ士官たちの間を平然と抜けていった。階段の手前で少し躊躇するようによろめいて手摺りにつかまったが、彼は誰の手も借りずに階段を下りていった。ベルンシュタインの一行は宗教行事の行進のようにその後に続いた。

ダニエルは酒場の裏の細い通路を行き、彼のクラブに入り、例の地下室へと続く扉のある控え室へと向かう。後宮とも邪教の寺院ともつかない《シャンバラ》には、東洋ふうの濃厚な香の残り香がただよい、異様なほど青い色をした小さな明かりがいくつか灯っていた。二人の士官はフランツやベルンシュタインよりも緊張している。彼らにとっては、もっとも危険な前線のほうがどれほど居心地がいいか知れたものではない。

あの甘ったるい薬品の匂いがする。

ダニエルは冥府への階段を降りはじめた。

階段はすり減った石の踏み板を持ち、両側の壁も、漆喰などもう何十年、いや百年以上も剝げたまま放置したような荒れようだった。石の感じからすると、この階段から下は上の建物よりも相当古いものらしい。が、高いところにただ一つかかげられた灯りは、小さいながら非常に鋭く青白い光を放っており、明らかに単なるガスやオイルの灯りではなかった。

地下は恐ろしいほど深い。どこまで行くか分からないほどに深い。やがて、下からも不思議な鋭く青白い光が射しているのが見えはじめる。そして満員のレイヴ・パーティのような熱気……しかし物音ひとつしない。静まりかえり、息さえひそめた大群衆とでも言えばいいのか……。そしてこの匂い。ジダーノフ液でも押さえきることのできない匂い！

それはまさに、人間の匂いとしか言いようにない匂いだった。人格や名前を持たない、物体としての人間の肉と血の匂いだ。だが、解剖室に漂うそれとは明らかに違う。少なくともフランツにはその違いが分かった、その業界の者には分かってしまう違いがある。遺体は蛋白質の固定を行なってきちんと管理しさえすればほとんど腐敗しない。しかし、生体には防腐処理を施すことはできないので、いったん腐るとなれば、あとは腐るにまかせるほかは……。

マズアが驚きと恐怖のあまり拳銃を取り落とした。

「…………何だ…………これは…………！」

それが誰の漏らした声だったのかは分からない。が、それは問題ではなかった。階段の下は広い吹き抜けになっており、やはりかなり古い時代のものらしい迫り持ち《アーチ》つきの太い支柱が、この冥府の宮殿を支えていた。触れれば切れそうに鋭い光のもとで、そこに並んだ一群の遺体……違う、生体だ！……五十を超える人体は、低い台の上に横たえられ、整然と並べられ、瀕死の病人よりももっとかすかな、全員を合わせても人ひとり分にも満たないかすかな息をしているだけだった。シーツをかけられた者や、半裸のままの者、舞台衣装らしい時代がかった装束をまとった者、そしてベルンシュタインの視線を真っ先に釘づけにした、あの赤い燕尾服……。シュトラウス楽団の制服からのぞいた両手はすでに完全に腐敗している。

煉獄の案内者ヴェルギリウスの役をつとめるダニエルは、四人の客人が最初に見るべきものを充分に見たと判断すると、またゆっくりと歩きはじめた。

マズアが階段の下に落ちた拳銃を拾おうとして身を屈めると、彼は床一面に電信用ケーブルが張りめぐらされていることに気づいた。

「けつまずくなよ……ろくなことにならねえからな」

ダニエルは誰に言うともなくそう言うと、あぶなっかしい足取りながら、器用にそれをよけて歩を進めた。太いケーブルの束は途中で何度も分岐し、それは一つ一つの台に続いている。ケーブルの先端が行き着くところは、台に横たえられた生体の頭部だ……。あの荊の冠、フランツがバーツの罪無き医学生とともに解剖したテノール歌手の頭部についた傷の一列、脳の内部にまで達した傷痕のまさにその位置に、長く細い金属の針が差しこまれている。ケーブルはそれに接続されているのだ！

　ここに横たえられた人々のすべてがまだ生きている。明らかに生きている。しかし、どう考えても、誰も彼も、もういっそ死んでしまったほうがよほどましという衰弱状態だった。腐敗し、萎縮し、乾燥してひび割れ、あるいは膿瘍となって崩れ落ち、腕と胴体の間や両足の間には、蓋をとった広口壜――防腐剤の壜――が並べられている。しかし彼らの浮かべる表情の何と幸せそうなことか！　スティーヴの隣人やトンバの面《おもて》に見られたあの至福の表情だ。しかし、トンバらと違うのは、彼らはまだ生きていて……そう、歓喜の名残りではなく、まさしく今、その快楽の真っただ中にいるということだ。

　ダニエルは石の迫り持ち《アーチ》の一つをくぐって、ぬめりが出るほど古くなった木の扉を押し開けた。中はこの恐ろしい広間よりはだいぶ狭い丸天井の部屋だったが、それでも地下室としてはかなりの広さがあった。やはりきつい白色を投げかける照明に照らされ、納骨堂のような周囲の壁がんには、柩ならぬコンソールやキイ・ボード、スピーカ・システムが所狭しと安置されている。色分けされたケーブル群は何処からともなく現われ、床を這い、壁がんを出入りし、穹窿をめぐって、そしてまた何処かへとつながってゆく。

　正面奥の祭壇のごときコンソールの前には、ウエストサーム男爵セントルークス卿と興行師モーリィ、そしてテオドラがいた。穹窿の真下には手術台のようなものがあり、その上に横たわっているのはマリアに他ならない。テオドラは銀色に光る長い針を手にして、マリアの枕元に屈みこんでいる。

「マリア……！」

フランツがかすれた声で呟いた。叫んだつもりだったが、それは声にはならなかった。テオドラは振り返り、セントルークスとモーリィは予定外に増えた客人たちを見ても、ダニエル同様、たいして驚いた様子は見せなかった。

「悦びの殿堂《ウエルカム・トゥ・ザ・プレジャー・ドーム》にようこそ！」モーリィが歌うように言った。「どう？　フランキー？　すごいでしょう？　何たって、解剖ネタ満載だものねぇ！　驚いてもらえたかな、解剖ネタでいじめてもらっちゃった時には、僕のほうがびっくりしたよ。まさかもう全部ばれてるんじゃないかと思ってさ」

誰も何も答えられなかった。ダニエルは役目は終わったとばかりに士官たちの銃口の前を離れようとした。ベルンシュタインが動くなと警告したが、彼は脅しだろうが本気だろうが発砲されることをまったく恐れていないようだった。

「グローヴァ！　もう一度言う！　動くな！　モーリィ、セントルークス、そしてテオドラ……お前たちもだ」

「ベルンシュタイン公爵閣下、貴公ご自身においでいただけるとは、何という名誉なことでしょうか。しかし実を言いますと、閣下、私どもは予定外の客人をもう一人招いております。ご紹介してもよろしいでしょうか？」

セントルークスが奥のコンソールの伝声機に何事かをささやくと、開け放しになったままの扉のほうから、あの恐ろしい広間を通って誰かがやって来る足音がし、ベルンシュタインの一行の後ろから革の上着を着た大柄な男が現われた。モーリィのボディ・ガード、ホーリーだ。しかし彼は一人で現われたわけではなかった。彼は右手にやや大ぶりな拳銃を握り、左手でずんぐりした中年の男を後ろ手に縛りあげている。ホーリーの銃口は、彼の頸椎と頭蓋の間に押しこまれていた。

「ブルックナー教授……！」

「閣下！　申し訳ございません……わたくしめは……」

「喋るな！　くそおやじ！」

銃口がさらに深く首筋に食いこまされると、教授は黙って、唇を強く引き結んだ。

「さて皆様、こちらの教授殿はイングランドの言葉をお好みになられないそうですので、私はこれからドイツ語で話すことにいたしましょう。それにしてもマイヤー君、君は教え子思いの先生を持ったようだ。教授殿は我が身の危険もかえりみず、マイヤー君のためにこちらまで出向かれたというではないか。教授殿にはヘプバーン街で偶然お会いしたのだが、予想外の幸運だったとしか言いようにない。閣下、あなたはおそらく《キサナドゥ》周辺は警戒しておられただろうが、ここは《キサナドゥ》以外のクラブにも通じた地下道を持っている。教授殿はヘプバーン街の《ワルトブルク》からお招きしました。ワグネリアンであらせられる教授殿にとっては、いかにもふさわしい入口ではありませんか」

ベルンシュタインは、セントルークスの動揺のかけらも見せない口調に顔をしかめた。

「さて、いかがなものでしょう、閣下、あなた方が発砲されれば、私どもはダニエル・グローヴァを失うでしょう。しかしその代償として、あなたは教授殿を失う。そればかりか私ども全員を射殺すれば、すなわち私やテオドラが死ねば、マリア嬢を生存させ、意識を回復させる方法をも失うことになります」

要するに、同じように銃を構えてはいても覇権はセントルークスにあるというわけだ。

「火器類を放棄していただければ幸いです。そちらのお二人も……おそらくは軍職の方々でしょうが……はい、たいへん結構です」

ダニエルが二人の士官とベルンシュタインが投げ捨てた拳銃を回収し、奥のコンソールに置いた。自分はそのままコンソールの前の椅子に座りこみ、拳銃の一つを手にしてベルンシュタインに銃口を向けた。いつでも撃てるようにしてはいたが、その態度はあまりやる気があるとは言いがたい。教授は何かを言いかけたが、ホーリーに腕をねじあげられ、その言葉は意味のない呻きに変わった。フランツは思わず一歩前に出た。

「マリアに何をした？　それにこの……」

「動くんじゃねえ！　フランキー！」

ホーリーが叫んだ。

「それを今から説明しようというわけだが、マイヤー君、その前に一つだけ、言っておきたいことがある。まずはこちらに来てはもらえないだろうか？」

セントルークスは指先でフランツに指図した。ホーリーがわざと見えるように銃口を教授の後頭部からいったん離して再び強く押しつけると、フランツは唇を嚙んでさらに数歩進んだ。マリアの横たわる台を回りこんでセントルークスのそばに行く。マリアは乳首や陰毛がかすかに透けて見える薄い白い絹の寝巻を着て、髪を流れるがままにさせ、完全に無防備な状態で深い眠りにおちている。仰向けになっているせいか、閉じられた目はいつもよりつり上がって見え、白い頬にはわずかな赤みもさしていなかった。

「見たまえ、マイヤー君。彼女は今、ちょうど準備をおえたところだ。言わば婚礼を待つ花嫁なのだ。花婿は、そう、もちろん、君に他ならない。君が同じ処置を受ければ、君たちはこれ以上ないというほど強い、永遠の絆で結ばれる。どんな快楽よりも強い快楽、音楽の中での婚礼だ」

セントルークスは左手をのばしてマリアの髪をかきあげて、ごく小さな銀色の金属部分が一インチほどの間隔で並ぶ額を露出させた。それはフランツが聖バーソロミュー病院の解剖室でトンバの頭部に見た傷と同じ位置にあった。そして、外の広間でたった今見たばかりのものだ。セントルークスはフランツがそれを見たのを確認すると、ダニエルとモーリィにそれぞれ合図を送った。モーリィはマリアの鳥のように軽い身体を抱き上げて奥のコンソールの前に据えられた玉座――まさにそうとしか言いようにない、背が高くゆったりとした肘掛椅子――に座らせ、ダニエルは面倒臭そうに喋りはじめた。

「フランツ、俺が前に言ったことを覚えてるか？　音楽を蓄えておくもっとも理想的な場所が、これだと」ダニエルはあの時のように自分の頭を指した。「簡単に言っちまうと、要するにお前が向こうで見てきたのが、俺たちＤＪが操作する音楽のメモリだ。まさに記憶《メモリ》ってわけだ。奴らには常に限界まで《魔笛》が与えられている。頭の中は音楽で一杯、他のことは何も考えない。言わば、自分が記憶してる音楽でイッちまってそのまんま、ってところだ。音楽による快楽の極致。一種の悟りの段階だ。奴らの音楽の記憶は電気の信号として取り出す。この針はどこにでも刺しさえすればいいわけじゃない、えらく熟練した技術が要るんだが、今のところそれができるのはテオドラだけだ。俺たちは奴らの頭から取り出した音楽をリミックスしたりサンプリングしたり、そうやって作った別ヴァージョンをまた記憶にしてやったり……分かるだろう？　何故、メモリを入れておく〈記憶体〉を〈頭〉と呼んだか。まさにその通りだからだ。ＤＪ／リミキサーの次の段階はレコーディングだが、つまり、自分の好みの曲を記憶していたり、好みの演奏をするような音楽家を捕まえてきて、ここにつなぐ。そういうことだ……」

　セントルークスが言葉をはさんだ。

「その通りだ。私が何故、ウィーンに《プレジャー・ドーム》を作ったのかと言えば、できればかの音楽の都でよい音楽の記憶を確保する体制を作り、保っておきたかったからなのだが、しかしなにぶんにも大陸とイングランドを往復しての両方のシステム管理は困難に過ぎた。メモリの輸送も困難だ。偽の葬儀屋にも限界がある。結局、一番よいのは、自分の意志で音楽を出力してくれる記憶体だ。そうではないかね？　記憶した音楽を思い出し、理想化し、あるいは新たな音楽を作り出し、直接システムに出力し、リミックスし、ＤＪを兼ねる。言わば究極の音楽家の育成だ」

フランツはかつてダニエルの言っていた言葉を思い出した。

「脳内の音楽を直接システムに出力する……それが……ダニエル！　そのことか？　自分の頭の中にある音楽を最短距離で引き出す方法……？」

「そう……これだ。見た目はほかの奴らと同じだがね」

ダニエルは自分の髪をかきあげ、刺繍をほどこした帯を取って額を見せた。そこには例の銀色に輝く小さな金属片が並んでいる。

究極の方法。頭の中にある音楽を最短距離で引き出す方法。《シャンバラ》でのプレイの手法。

フランツは思わず自分の額に触れた。

「マイヤー君、君もこの処置を受けたまえ。そうすれば君と彼女の脳は、他のなにものの介入も許さないほど強く結合される。君が求めていたものはどちらも手に入るというわけだ。究極の音楽システムと、そして彼女との究極の結合だ。違うかね？」

フランツは明らかに動揺を見せはじめている。彼は今にも引きこまれてしまいそうだ。セントルークスの言葉とマリアの額の金属片の両方に見入っている。あまりにも危険な目で。

「なるほど。セントルークス」ベルンシュタインが口をはさんだ。「たいした装置だ。あなたが《魔笛》を必要としたのは金儲けのためというよりも、むしろこの装置のためだったというわけだ。ボーヴァル王やサンクレールは知っているのか？」

マリアの頭部に細いケーブルをつないでいたモーリィとテオドラが鋭く振り返った。が、セントルークス本人はこれまで同様、特に驚いた様子も見せず、ただ幾分かの不愉快さを含んだ視線でベルンシュタインを見返しただけだった。

「いいから作業を続けなさい……モーリィ、テオドラ。公爵閣下、やはりあなたは《魔笛》に関してかなり強い関心を持っておられるようだ。困ったことですな！　しかし閣下、私にはどうしても、その関心がただマイヤー君のためばかりではないように思えるのですがね。何故です？　何故、あなたがそこまで熱心に《魔笛》を追跡されるのです？　身の危険もかえりみず、わざわざこんなところまでやって来るとは。いったいどんな利益を見出したというのです？　あなたは音楽家や愛好家の間では知らぬ者のない音楽の守護天使だ。もしやあなた自身、私のそれに近い、あるいは何かそれ以上の目的を持っておられるのではないのですかな？」

ベルンシュタインは慎重に距離を推しはかった。セントルークスは《イズラフェル》のことを、そしてその来歴を知らないとでもいうのだろうか？　あるいは彼も、自分と眼前の敵との間隔を測ろうとしているだけなのかもしれない。

「優秀な音楽家が犠牲になるのも、腕の良いオルガン製作者が運び屋にされるのも気に入らない。それ以上に、あの間諜大国ボーヴァルの国王が闇金を手にするのも気に入らない。ナポレオン政権のことも含めて我々ドイツ帝国はたいへんな迷惑をこうむっている。パリ・コミューンのド・レアールの件でもさんざん苦労させられた。メッツの要塞やシャイーの件でもだ。要するに《魔笛》に関するすべてが気に入らないのだ」

「そこまでご存じとは、やはりさすがだ。しかし、あなたはあくまで政治向きの話でお茶を濁そうというわけですか。しかしあなたでさえもまだ知らない……」

「閣下！　お聞きください！」その時、教授がホーリーの腕を半ばふりほどきながら叫んだ。「この装置……こらサンクレールさんや！　わしには分かりますですよ！　こらサンクレールさんが作られたもんに違いないです！　見たら分かりますわ！　あの人はきっとただの運び屋やないはずです！　何かもっと重要な……」

「黙りやがれ！　このクソオヤジが！」

ホーリーは教授の背中に膝打ちを食らわせると、再び彼の腕を絞り上げた。

「まあいい……ホーリー……教授殿を解放してさしあげなさい。こちらのお方はさして危険な行ないをなさるまい……それよりも、公爵閣下から決して目を離さぬよう……」

ホーリーは手を放すと教授を後ろから突き飛ばし、教授はつんのめって頭から床につっこみそうになったが、その直前にワインガルトナーによってどうにか抱きとめられた。ホーリーはベルンシュタインに向けて銃を両手で構えなおした。ダニエルより確実に発砲しそうな気配だ。もはや彼の関心は教授を人質にとってベルンシュタインを牽制することより、ベルンシュタイン本人に銃弾を撃ちこむことにあるようだ。しかしそのためとはいえ、わざわざ獲得した人質を手放すのは賢明なことではない。セントルークスの目の奥に、かすかにではあるが憎悪の色が見て取れる。そう、冷静さが失われはじめているのだ。

ごくわずかな時間、沈黙が訪れる。

マリアの接続はほぼ完了したらしい。

ベルンシュタインは最後のはったりを食らわせる作戦に出た。

「もちろんそうだ。サンクレールはここにいる誰よりも重要な役割を果たしている。セントルークス、私がそのことに気づかなかったと思うかね？　彼は単なる運び屋ではない。機械的なシステムを作っているだけでもない。彼は《魔笛》の製造そのものに関わっている。まさか今さら否定はすまい？」

「確かに！　彼こそはまさに《魔笛》の発明者にしてこのすべてのシステムの創造主だ。しかし惜しいことに、彼はそのどちらについても真の意義と使用法を知らないのだ！　彼はあまりに研究者であり過ぎる。ボーヴァル王とて、《魔笛》はボーヴァル王国の情報網を維持するための闇金の源だとしか思っていない。彼は彼で、あまりに君主であり過ぎるのだ……。《魔笛》とこの音楽機械、その両方の真価と使い道を知っているのは、ただ私だけなのだ。そういう意味では、サンクレールもボーヴァル王も、結局は私の道具でしかない。私は彼らに利用価値を認めたからこそ協力し続けてきたのだが、しかしあなたには利用価値も、秘密を共有する利点もまったくない。あなたには今すぐこの場で、死をもって沈黙していただくほかはないようだ！」

「何も分かっていないようだな。たとえ私を殺しても、あなたはすぐに破滅だ。私が《魔笛》に関して得た情報を、帝国宰相閣下に報告していないとでも思っているのか？　私個人がどうなろうと、いずれにせよドイツ帝国はボーヴァルに対して、ことにサンクレールに対してはそれ相応の手を打つ。今ごろすでに始まっているかもしれん。《魔笛》の供給が止まるのも時間の問題だ」

この時初めて、表情らしいものをほとんど持たなかったセントルークスの顔に、はっきりと、恐怖とも嫌悪ともつかない激しい何かが表われた。ダニエルはもっと激しい反応を表わした。彼は椅子を蹴飛ばして立ち上がり、本気で銃を構えなおして真っすぐにベルンシュタインに向けた。

「グローヴァ！　お前にはむしろ朗報だ！　お前は向こうの広間の哀れなアシッド・ヘッドたちと同じ目に遭わなくてすむというわけだ」

「冗談じゃねえ！　てめえ、すっとぼけた面して本当は何もかも知ってやがったな！　そのくせ何も分かっちゃいねえじゃねえか！　畜生！　何が朗報だ！　俺は奴らとは違う。もちろん、あそこに並んでる〈頭〉たちに意識はない。中は音楽と快楽の嵐、しまいにゃ気がふれて死んじまうってわけだが、そうならない方法がただ一つだけある。自分で音楽を制御する。俺にはそれができる。これが音楽の快楽に殺されない唯一の手段だ。自分自身が音楽を超える。要は才能だ。フランツ、てめえも俺とおんなじにやりゃいいんだ。ただそれだけだ。これは本当に選ばれた者だけが……」

「何も分かっていないのはお前のほうだ、グローヴァ。まだ分からんのか？　アシッド・ヘッドというのは、あれはおよそ《魔笛》という薬物を摂取し続けた者のすべてに等しく訪れる、生物としての当然の結果だ。単なる麻薬の副作用だ。お前などよりはるかに才能のある音楽家たちも、やはりみじめに死んでいった。音楽の才能は関係ないのだ……そう、例えばヨーゼフ・シュトラウスもだろう？　違うか？　答えろ！　セントルークス！　そしてスティーヴもか？　あなたは自分で抱えていた人気ＤＪも、結局甘言でつって利用し、利用し尽くし、殺して犬の死骸のように捨ててしまったのか？」

「何だと……？」

ダニエルの瞳に不信と恐怖の色が広がった。それがベルンシュタインに向けられたものなのか、あるいはセントルークスに向けられたものなのか、それは分からない。が、ダニエルは我知らず銃を取り落としてセントルークスのほうを見た。

「セントルークス！　何のことだよ！　誰が誰を殺しただと？」

セントルークスが叫んだ。

「違う！　ヨーゼフ・シュトラウスはメモリの原理を見たことに耐えられなかっただけだ！　彼はあまりに繊細であり過ぎ……」

「俺はそんなことを聞いてるんじゃねえ！　スティーヴが死んだだと？　何のことだ！　答えろ！　そう言やここんとこ奴を見かけねえじゃねえか。奴だって、これをやったはずだろうが？　アシッド・ヘッドにならないＤＪの？」

「ダニエル……お前は私よりベルンシュタイン公の言葉を信じるというのか……？」

「あなたとて信じざるを得ないだろう。セントルークス、これを言うのを忘れていた。我々はすでに、〈キリストの聖なる頭〉信心会が聖バーソロミュー病院に寄贈した殉教者たちの頭部を調べ終えている。あそこの解剖室には〈爆弾テノール〉トンバもいたが、彼の頭蓋骨の中身は……言うに耐えない。脳はほとんど残っていなかった。しかしそれはトンバの場合に限らない。《魔笛》のアシッド・ヘッドはみな同様のはずだ。もちろんスティーヴも。そのことについては私よりフランツのほうが詳しいだろう」

「スティーヴは金曜日の夜〈残りもの《デセルヴィ》〉としてバーツに送られた。僕に、セントルークスが僕のワインに入れる《魔笛》をやめろ、そしてシステムを破壊してくれと遺言して」

　フランツの発言はその場のすべてを凍りつかせた。ダニエルとテオドラは一瞬、視線を見交わした。次の瞬間、テオドラが言葉にならない声をあげてセントルークスにつかみかかった。その長い爪が彼の喉に食いこまされる直前、モーリィが彼女の腕を捉え、短い揉み合いとなったが、モーリィはときどき見せる意外なほどの馬鹿力でテオドラの両腕を後ろにねじあげた。もはや均衡は崩れ始めている。フランツは誰もついてやる者のいなくなったマリアのすぐそばに立ち、女神の神託を代弁する神官のように言葉を続けた。

「システムを破壊する方法も教えてくれた」

「ばかな！」セントルークスが爆発したように叫んだ。「ここのサウンド・システムのフェイル・セイフ・システムは、サンクレール自身が完全なものに作ったのだ！　システムは破壊そのものが不可能だ！」

　だがセントルークスの声は震えていた。手元も震えている。汗をぬぐおうとして、金の片眼鏡を落とした。

「その方法はドゥルガだけが知っている」

「それもスティーヴが言ったのだな？　しかし……しかしだ、そんなことは何の足しにもなるまい……彼は単にその名を知っているに過ぎないのだ……ここでドゥルガの名を出したとて……無駄だ……崩壊プログラムそのものはサンクレールが持っている……」

破壊プログラム……？　ドゥルガとは、破壊プログラムにつけられた名なのだ！

フランツは、今やここにいる全員の意識が自分だけに注がれていることに気づいた。ホーリーは拳銃を持った腕をあげてはいたが、その照準はあらぬ方向を向き、ベルンシュタインのほうを見てさえいない。モーリィは両手をテオドラに絡ませたままだ。そしてダニエルはベルンシュタインの銃を床に取り落としてしまっている。そうでなかったとしても、ダニエルはもはやセントルークスの味方とは言い切れないのだ。

ベルンシュタインが彼らの背後からフランツに目くばせし、うなずいた。続けろという意味か？　そうだろう。ホーリーのもっとも近くにいるワインガルトナーが今にも飛びかかりそうに身構えながら、その一瞬を狙っていた。フランツは何を言えばいいのかわからないまま続けた。

「そうでしょうか？　セントルークス卿？　僕はそうは思いませんね。だいたい、その……ドゥルガは……このシステムに本当に含まれていないと思いますか？　例えば、そうですよ……ええ……もしもここで、ドゥルガに破壊を命じたとすれば……どうなると思います？　ねえ、セントルークス卿？　ドゥルガは……ドゥルガは……きっと……そうするのではないでしょうか？　あなたたちを破滅させ……ねえ、セントルークス卿？……システムを破壊して……違いますか……第一……ええ、そうです……だいいち……サンクレールさんは……彼はあなたにとって、それほど信用できる相手でしょうか？　あなたは彼を道具だと言ったけど……彼こそ…そうですよ、あなたを道具だと思っているかも知れない。ねえ、セントルークス卿？　破壊プログラムの起動くらいは……そう……起動は……」

フランツは何かに引き止められるように口をつぐんだ。最初は彼自身、何が自分の注意をそらしたのか分からなかった。しかし何かが……確かに、何かが聞こえる。さっきからずっと、自分の言葉の通奏低音のように、あるいはグラウンド・ビートのように。何かが聞こえ……いや、耳ではなく、身体の表面がそれを感じ取っているのだ。痺れるような、重苦しいような……何か。

ベルンシュタインやセントルークスたちもその何かに気づき始めた。しかしフランツの注意はすでに、自分自身の身体に感じるその何かにではなく、セントルークスやモーリィ、テオドラ、ホーリー、そして、ダニエルに現われた変化に向けられていた。

中央の穹窿の真下、マリアが最初に寝かされていた台のすぐそばに集まった《ムジカ・マキーナ》の主役たちは、みな一様に動きを止め、見る間に青ざめ、苦悶とも恐怖ともつかない、あるいは普段は目に見えない神の印を目にした罪人のように、それぞれがあらぬ方向に視線を据え、目を見開いている。あの重苦しい感じはいっそう強くなった。モーリィがげっと声を上げて喉元をかきむしった。ダニエルもテオドラも身をのけぞらせ、あるいは横向きに力なく倒れ、ついには屈強のホーリーさえも白目をむいて引っくり返った。セントルークスは恐怖に麻痺しきって棒立ちになり、真っ正面からベルンシュタインを見据えている。

「何ですか……？　この……これは……何の音です……？」

マズアが耳元に手を当て、音のやって来る方向を探そうとしている。確かに、これは音だ……音というよりは振動そのものだ。誰もが感じているが、聞き取ることはできない。低音だ。あまりにも低く、強く、そして重い。何よりも重い。

フランツは思わずダニエルに手を差し出そうとして一歩前に出た。

「動かないで」

フランツはその一言でぴたりと動きを止めた。どれほど驚いていようとそうせざるを得ないだろう。その声は彼にとって唯一絶対の命令の声なのだ。フランツは振り返った。マリアはもう一度、はっきりと言った。

「動かないで」

セントルークスの身体が――溶けた蠟人形のように不自然な姿勢で――すでに倒れているモーリィたちの身体に折り重なって倒れた。もはや、彼らのうちの誰もがぴくりともしない。これ以上続いていれば、残された者たちも無事ではいられなくなるだろうという瞬間、その、地を這うように低い、感覚を麻痺させる振動は突然消えてなくなった。

マリアは頭に何本ものケーブルをつないだまま、玉座から毅然と立ち上がった。

「目標生体機能停止確認。音響定位解除。生体機能破壊超低周波解除」

残された全員が、そしてフランツはもっとも間近から、この見知らぬ少女をまじまじと見つめた。これは……マリアがしたことだというのだろうか？　ベルンシュタインは、それまではあちこちに好き勝手な方向を向いていたスピーカ群がすべて、中央の穹窿の真下、セントルークスたちが倒れ伏しているその場に照準を合わせるように向きを変えていることに気づいた。

ベルンシュタインは呪縛を解かれたように我に返り、死骸の山を越えてマリアのもとへ突進した。

「……お前は……？」

マリアはベルンシュタインに向きなおった。

「私はドゥルガ。破壊プログラムです。第一段階は完了いたしました。第二段階発動。時限設定開始。一分後に全面爆破」

何ということだ……！

「ベルンシュタイン公……これはいったい……？」

「私にも分からん。ただ、今は……考えている場合ではない！　マズア！　ワインガルトナー！　命令だ！　全員退去！　行け！」

「はっ！」

二人の士官は放心状態から一転して軍人に戻り、指令を携えて走り出した。マリア――ドゥルガと呼ぶべきなのだろうか――は無表情で直立したまま、恐れもしなければ逃げ出そうともしなかった。ベルンシュタインはすべてのケーブルをむしり取るようにして外すとマリアを肩にかつぎ上げ、士官たちの後を追いはじめた。

「フランツ！　教授をたのむ！」

できれば彼にマリアを任せてやりたいところだが、今の彼にはそんな力も残っていないだろう。フランツはベルンシュタインのあとから、まだ魅入られたようにつっ立っている教授の腕を引っ張って走り出した。

恐ろしい恍惚の広間。音楽の夢と快楽に我を忘れたアシッド・ヘッドたち。その悲劇もすぐに終わりを告げよう。三人は床のケーブルに足を取られないよう、しかしできるだけ速く、この逸楽の冥府を駆け抜けた。大きく息をすると、吐き気をもよおす生体の腐敗と防腐剤の匂いが胸いっぱいに吸いこまれる。ああ……神よ有し給え！　音楽の守護聖人聖セシリアよ！　大グレゴリウスよ！　あらゆる音楽の神、あらゆる詩神、そしてあらゆる奏楽天使たち！

階段を登りきると、三人はジン・パレスを抜けてロデリック街に出た。その時、重い衝撃が走り、地下で最初の爆発があったことを想像させた。硝子や何かが砕け散る音。ベルンシュタインはまばらなクラバーたちに無駄とは知りながら逃げろと声をかけ、ロデリック街からダドリー街に曲がった。

「伏せろ！」

ベルンシュタインは小便臭い裏路地にマリアを放りこむと、遅れはじめた教授とフランツを路地に全力で引っ張りこみ、二人の上に覆いかぶさって無理矢理に伏せさせた。

それとほぼ同じ瞬間、色の判別もないほど強い光が背後を襲い、目を閉じる間もなく、激烈な爆発音と熱風があたりのもの全てをなぎ倒しながら驀進していった。

それは果てしなく続く、永遠に終わりなく続く地獄の始まりかとさえ思われたが、実際にはほんの数秒のことでしかなかった。が、石畳が振動しはじめ、やがて三度目の爆発が起こる。二度目のそれと比べればたいした規模ではなかったが、それだけに、今度はクラバーたちの悲鳴が耳に入った。また何秒かの間伏せたまま待ったが、もう爆発はやって来なかった。まずベルンシュタインが顔を上げ、二人の音楽家の間に身を起こして後ろを振り返る。《キサナドゥ》から、いや、より正確に言うのならもと《キサナドゥ》があった辺りから、天に向けて限りなく高い火の柱が噴き上げている。まるで創世記だ。炎上しているのは《キサナドゥ》だけではない。ソーホウの中心地が丸ごと爆破されたかのようだった。おそらく《ムジカ・マキーナ》のクラブのみならず、あのシステムに連なったすべてのクラブが、大なり小なりの爆発を起こしたのだろう。二度目の爆発が長く感じられたのも、それが幾つかの爆発のプレスティシモでの連打だったからだ。

音楽家たちはどちらもが再びショック状態に陥っているらしかったが、いちいち構ってやるほどではないと判断し、ベルンシュタインは立ち上がって、路地の裏に乱暴に投げ込んだマリアを探しにいった。彼女は裂けた絹の間から細い足首をむき出しにして、壁ぎわに横向きに転がっていた。外傷は多少の切傷をのぞいては無い。心配なのは頭だった。しかし意識は完全に失われたわけではなく、ベルンシュタインが抱き上げると、マリアはゆらめく赤い炎の反射の中で、いつも彼に見せる弱々しい笑みの片鱗を見せた。

「マリア……」

白絹の中の柔らかな肉体は、以前のそれよりも軽く、そしてはかない手触りに感じられる。もつれた長い髪も、アーモンド型の黒い瞳も、額を飾る銀の宝冠のもとでは何もかもが以前とは違ったもののように見えた。が、しかしベルンシュタインにとっては、そして教授にとってもフランツにとっても、彼女はやはり聖母と同じ名を持つ音楽の守護聖人、パルナソスの山に住む音楽の女神なのだった。

「マリア……」

マリアは安心しきった子供のように、ベルンシュタインの肩に頭を寄せかけて目を閉じた。

第三楽章

サンルイ

ex machina…

音楽。そう。機械より出《い》で し音楽。機械そのものによって紡ぎ出される音楽。可能な限り人の手に依らず、限りなく自律的であり、音楽そのもの以外に何も目的も持たない音楽。生まれるがままにまかされ、流れゆくままに流れ、なにものにも阻まれず、なにものにも媚びず、そしてなにものにもうち負かされない音楽。それは真に純粋な、無垢な、そして神聖な、まさに音楽そのものとしての音楽だ。

ボーヴァル王国司教座ステラ・マリス大聖堂付きオルガン調律師、ジルベール・サンクレールは、頃合いを見はからって機械室を出ると楽楼上のオルガン奏者席に向かった。

音楽は淡々と流れ続ける。しかし、ここではどこまでが機械室でどこまでがそうでないのかの区別はない。どこもかしこも全てが機械だからだ。そして奏者席に人の姿はない。奏者を必要としないから。

サンクレールは、サンルイ大学医学部及び聖コスマス病院付き礼拝堂跡の中に築きあげられた自分の聖域を見渡し、法悦のそれに近いため息をついた。旧礼拝堂の身廊や内陣だった部分は工房として使い、鐘楼だった高い南塔は、彼の生涯の大半をかけて築きあげた一個の音楽機械そのものとなっていた。そう、これを作り始めてもう三十年近くも経った。人生の早いうちにこの場所を得られたのは幸運だった。まさに天の配剤、神の思召しとしか言いようにない。まさに主の望まれる通りだったのではないだろうか？　ここを手に入れたのは、彼がやっと一人前の職人になったばかりの頃である。すでに職人仲間の間では目立つ存在だった彼は、ステラ・マリス大聖堂を悩ませていたある問題を解決することによって、先代ボーヴァル王から破格の扱いを受け、この場所をアトリエとして終身の使用権を与えられたのだった。

ステラ・マリスのある問題とは、大オルガンの拡張である。大オルガンなど概念さえも存在していなかった頃にほとんどの部分が完成していたステラ・マリスは、それでも十七世紀末にはヨーロッパでも一、二を争うような三段手鍵盤つきの大オルガンを設置されていたが、もはやそれ以上の拡張は不可能だと思われていた。物理的にはまったく不可能なわけではない。しかし、その素晴らしいバロック・オルガンは、言わばあまりに出来がよすぎたのである。聖堂全体をくまなく満たし、柔らかく包みこみ、少しの割れも不快な反響もない完全すぎる音響は、それ以上の手直しを断固として拒んでいた。が、いかに完全なオルガンとは言え、物質はすべからく損傷と老朽をまぬがれない。ステラ・マリスの大オルガンは一八三〇年代にはすでに限界に達していた。プクステフーデやバッハを経て拡張し、未だ進歩を止めないオルガン奏法に対応し、それを超えたシステムを作らなければならなかったのである。

結局、すべての設計と建築を征したのは老練を極める親方衆ではなく、若輩のサンクレールだった。その時の武勇伝は、語れば半日を費やすだろう。何にせよそれは才能の勝利、熟練を先取りする感覚、神に愛でられたとしか言いようにない感覚以外のなにものでもない。ステラ・マリスを修理するには二年かかり、拡充には六年を、そして細部を完全なものにするのはさらに八年かかった。未だにステラ・マリスは進化している。その間、音楽機械の経験はステラ・マリスに活かされ、ステラ・マリスの経験は音楽機械に活かされた。言わばこの二つは同じ親に育てられた乳姉妹、あるいは互いの分身そのものなのだが、それぞれの人生はまったく違ったものになっていた。ステラ・マリスは人間が奏でる楽器としての理想を極め、そしてこの音楽機械は人間が介在しない音楽の理想を、今まさに極めようとしている。サンクレールはこの双子の姉妹を同じく愛して育ててきたが、今や彼が最後の愛情を捧げ尽くそうとしているのは姉のほうだった。そう、ステラ・マリスよりも先に夢見られた音楽機械は、生まれこそ両者ほぼ同時とはいえ、意義的にはステラ・マリスの姉なのである。

サンクレールが物心ついた頃からずっと夢見続けてきたものは、ただひたすらに純粋な音楽、音楽以外の理由も目標も持たない音楽。人の手に依らない、音楽そのものである音楽だったのである。

夢は叶えられる！　強く、果てしなく願いをこめ、己れの生命のすべてを捧げ尽くして仕えるのであれば！

　ここにその証しがある。

　柔らかいリズム。たゆたう旋律。限りなく自由な和声。

　それを奏でる音もまた、すでにこの世のものではない。どんな楽器にも、どんな声にも比することのできない音色。なにものにも喩えられない。

　しかしこの素晴らしい音楽でさえもが、この神聖なるシステムのごくわずかに、取るに足らないほどわずかな部分によって奏でられる試し弾きに過ぎないのだ。そう……ああ、このシステムの全てを作動させた時……想像を超える！　あまりにも！

　サンクレールはオルガン奏者席に達すると、幾つかの操作をして音楽を止めた。

　残響が消え、静寂が訪れる。これは私がつくったプログラムでさえない。そして、この音楽は私のつくったシステムがつくり出しているのでさえない。それはただ訪れ、私のシステムに宿り、そして奏でられる。ただそれだけだ。このシステムは単にそれが通り抜ける道でしかない。私にできるのは、その手段を用意すること、ただそれだけだ。

　それはイェルサレムだ。あるいは、主の地上における人間としての肉体だ。

　一八七一年、四月七日、聖金曜日。主イエスの千八百と何十回目の——神学的に正確な数え方は知らないが——受難の日だ。外は雨だ。ほとんど嵐といっていいほどの天気だ。そして今ごろはステラ・マリス大聖堂で、聖王教会で、聖コスマス教会で、ありとあらゆる教会でそれぞれに鐘が鳴らされているだろう。しかし、この古く厚い石壁に囲まれた旧礼拝堂の南塔にまではその音も届かない。この聖なるその日こそ、この全システムを作動させるにふさわしいのではないだろうか？　あるいは三日後の復活祭のほうがよりふさわしいだろうか？　もう、今すぐにでも、今からほんの数秒ののちであっても、システムはその全てを作動させることができる。いつでもだ。しかしサンクレールにも、最後に一つだけ、どうしても捨てきれない欲があった。誰かに聴いて欲しい……そう、それを聴き、その価値を知り、その感動を受ける耳と心を持つ、このシステムにふさわしい誰かに聴いて欲しいという欲望である。

例えばあの……。

その時、工房の入口につけておいた呼び鈴が音を立てた。

「どなたです？」

サンクレールがマイクに向かって呼びかけると、インターコムの向こうから聞き慣れた、しかし意外な声がした。

「私です！　ブルックナーです！……サンクレールさんでっか？　どこにいらっしゃるんです？」

「驚かないでください。そちらに届いているのは声だけですが……ええ、私は中にいます。いったいどうしたんです？　こんな時間に……」

それを聴くにふさわしい人物。そう、これもまた天の配剤なのだろうか。たった今自分が想像したまさにその通りの人物が現われるとは！

「とにかく入ってください。外はひどい天気でしょう？　工房に入ったら真っすぐ行ってください……ええ、明かりがついていますからすぐ分かるでしょう」

サンクレールにそう言われて、ブルックナー教授は濡れた外套を重そうに抱えながら、何かに怯えたようにおどおどした様子で工房を通り抜けて南塔にやって来た。

彼が最初に目にしたものは広い円形の部屋だった。中はかなり暗く、その天上は限りなく高い。高すぎて見えないほどだ。しかし、目が慣れてくると、塔の頂点にあたる急勾配の穹窿の線がはるか上空に交差しているのがうっすらと見えた。円の部屋の奥に鎮座するのは見紛うことのないオルガンの奏者席だ……！　そこに灯されたごくありふれた手鍵盤用の明かりと、奏者席の上からコンソール全体を照らし、地上にも少しばかり届く灯色の照明だけが、このあまりに広い鐘楼全体に光を供給しているのだった。奏者席は地上二階ほどの高さに掲げられ、極めて簡素なつくりとなっている。手鍵盤は三段らしい。しかし普通のオルガンとは明らかに違う、一見して判る特徴がある。すべての鍵盤の音域が広すぎるのだ。どれも八十八鍵あるかもしれない。そして音栓のボタンはほとんど無数に、奏者の手の届かなくなりそうなほど広い範囲にわたって設置されている。そして何よりも、ここにはオルガンのオルガンたる所以であるはずのパイプ群がまったく見当たらないことだった。天使像もポジティフの外装箱などはもちろん、世界中のありとあらゆるオルガンの正面を飾る、鈍く輝く錫の金属管もない。ここにはただ単に奏者席があるだけだった。

オルガン席の明かりは地上にぼんやりとした楕円の輪をつくっていた。その中心に人影が映る。サンクレールだ。彼は作業用の長い上っ張りを着ているのだが、逆光の中でそれは教皇の法衣のように見えた。

「どうなさったのです？　ブルックナー教授？　あなたが今、こんなところにいるなんて……。ロンドンにいらっしゃるのではなかったんですか？　確か、ロイヤル・アルバート・ホールの開場記念演奏会に招待されたとおっしゃっていたではありませんか？」

「そら、そうです……いや、そうでした。だけんど、実は……延期になっちまったんですわ。それが」

「延期ですって？　何故です」

サンクレールはそう聞き返したが、実は理由を知らないわけではなかった。日曜日の夜、サウス・ケンジントンで起きた謎の爆発事故――それとソーホウの大爆発との関係は判らないとされていたが――のあおりを食らって、ロイヤル・アルバート・ホールの一部が損傷し、演奏会が不可能になったのである。ブルックナー教授はどことなくぎこちない口調のまま、その通りのことをサンクレールに言った。が、サンクレールは実際、そういう一般の新聞で知ることができる以上のことを知っていたのだった。知っていたというより、推測できたのである。もちろんソーホウとサウス・ケンジントンの爆発事故は関係がある。当然だ。セントルークスの屋敷と《ムジカ・マキーナ》は地下の錯綜した下水道や地下鉄を利用して一群のケーブルでつながっていたのだから。破壊プログラムを作動させせれば、そのどちらもが破壊されるようにできている。ただ判らないのは、何故そうなったか、だ。あれはドゥルガを接続しなければできないことなのだが……。

「そうですか、爆発事故ですか……それは残念でしたね。しかし、どうしてボーヴァルに？　わざわざ私を訪ねて来てくださったんですか？　でもこんな時間に……」

「わしは来なけりゃならんかったからです！　どうしてもそうせにゃならんかった……わしには責任があるんですよ！　あの子を最初に拾ったんはわしだったんですから。わしには何が何やらさっぱり判らんかったですが、それでも……あの子はすべてを破壊した！　危うくロンドン全体を破壊しちまうかと思いましたですよ！　ドゥルガというのは……何でっか？　破壊神やということだそうじゃないですか？　インドだか何処だかの？　あの子が……あの子にあんなことをしたのは……ああ、信じられんこってすわ！　あなただったとは！　なんでです？　何故、あの子をあんなにしちまったんです⁉」

サンクレールは興奮したように少し声を高めて言った。

「あの子というのは、もしやドゥルガのことですか？　教授？……そうなんですね？　あなたは今、彼女を拾ったとおっしゃったが……」

「そうだす！　ステラ・マリスで、ちょうど二年前になりますわ。あの子はわしに救けを求めて来よったんですよ！　わしに救けて、と。あなたでなければならないのです、と。彼らは機械で音楽を造ろうとしているのです、と！　あの機械を……あの機械を止めてください、と！　サンクレールさん！　あの子は破壊しましたとも！　セントルークス卿も、モーリィ

さんも、みんな……みんな死んでしまいましたですよ！　ねえ！　サンクレールさん！　あ
あ……！」

「落ち着いてください！　教授！　それではあなたは、ドゥルガをセントルークスのシステムに接続したんですね!?　いったいどうやって……何てことだ！　あなたがドゥルガを拾って、そしてドゥルガの本当の機能も、本当の目的も知らないのに、それを達成させたとは……凄い！　完璧だ！　私はドゥルガを見失った時、それこそ半狂乱になりましたよ！　私の最後の目的を完成させる手段を失ったのですから。なのにどうです？　あなたが……よりによってあなたが、しかも……しかも、何も知らないまま……私の望みを叶えてくれたとは!!　素晴らしい！　確かに《ムジカ・マキーナ》の全システムを破壊できるのはドゥルガだけだ。ロンドンの爆発事故……そう……それは事故でもなく、偶然でもなく、まさに私の望みを叶えるという、天の思召しに他ならなかった……！」

「天の思召しですと……！」教授の口調が怒りから激しさを増した。「なんちゅうことを！　何と不敬な！　なんちゅう……サンクレールさん！　あんたは自分が何を言っとるんか分かっとるんですか！　罰当たりな！　狂気の沙汰だ！　悪魔め！」

教授は怒りに我を忘れ、外套を床に投げつけて踏みにじり、普段は口にしないような激しい言葉を叫んだ。これがあのオルガニストだろうか？　近くで見れば、その両のこぶしが震えているのも見えるだろう。彼は興奮のあまり言葉を失った。が、頬には涙がつたい始めている。

「ブルックナー教授……どうか落ち着いてください。どうか……そして分かってください。彼らは滅ぼされるべきだったし、あのシステムは破壊されるべきだった。そうでしょう？　あなたはあれを見ましたか？　彼らのメモリを？……見たんですね？　それならお分かりのはずだ。あんなものを存続させておくわけには……」

「だけんども！　サンクレールさん！　それを作っとったんはあんたでしょうが！　それだけやない！　《魔笛》《ツァウベルフレーテ》を作っとったんも、それをロンドンに持って行ったんも、何もかもあんたがしとったんでしょうが！　あんたが一番の悪者やないですか！」

「何と……あなたが《魔笛》のことまでご存じだったとは……！　しかし何故です？　私にはどうも、あなたが独力でそこまで調べられたとは思えないのですが……」

「その通りだ」

　サンクレールは教授の背後に現われた人物に視線を向けた。背の高い男。しかし彼は工房の側の暗がりに立ち、その姿はまだ定かには見えない。男は重い足音を響かせながら光の円に入り、教授をかばうようにその少し前に立ち止まった。

「ベルンシュタイン公爵……！」

「私が来たのはそれほど驚くことかね？」

「……いいえ……いいえ、驚きません。むしろ当然のことかもしれない。何故ならあなたは、ツィマーマンに《魔笛》を作らせた張本人なんですから」

　教授が弾かれたように顔を上げ、横からベルンシュタインをのぞきこむように見上げた。

ベルンシュタインはちらりとそれを見て受け流し、また楽楼上のサンクレールに向かって言った。

「確かに。否定はしない。しかし我々はあれを医療用の麻酔として開発した。そしてあのような副作用があると分かった時はすぐに廃棄をした。少なくともそのはずだったのだ」

「医療用ですと？　戦争用でしょう？」

サンクレールはさっきの興奮を鎮め、大きめの眼鏡を鼻梁の定位置にずり上げ、少しの動揺もない口調で言った。セントルークスのように冷静さの陰で計算をするようなところなど、彼にはまったくないように見える。しかしそれは逆に言えば、彼はこういった事態にあっても本当に動揺しないことを意味しているのだ。

「ブルックナー教授は驚いていらっしゃるようだ。ご存じなかったのですね。……ああ、ドゥルガを連れてきてくださったのですね？　しかしそちらのお若いお方は……ああ、判りました！　マイヤーさん！　あなたでしたか！」

サンクレールは淡い光輪の縁に立ち止まった二つの人影に目を留めて言った。マリアは明らかな恐怖の色を瞳に浮かべながら、フランツ・マイヤーにしがみつくようにして立っている。フランツは彼女の肩をしっかりと抱いて支えていた。

「その通りだ」ベルンシュタインが本人に代わって答えた。「判って当然だ。最後に会ったのもそう昔のことではないからな。二月にソーホウで彼から声をかけられたはずだ。何故あの時、フランツがセントルークスのもとにいるのを不審に思わなかった？　私と彼が関わりを持っているということも知らなかったのか？　そのことをセントルークスと話し合ったりはしなかったのか？　そして彼がマリアを連れていたことも？　あなたがずっと探し続けていたという破壊プログラムは、結果として、よりによってセントルークスが隠していたことになったというのに！」

「ああ……待ってください。私には何のことだかさっぱり……。それに、あなた方がどのように結びついているのか、私にはどうにも判らないのですが」

「我々にもあなたの真の役割は判らない。もし私が我々四人のことを語ったら、あなたは我々に自分自身の物語を聞かせてくれるかね？」

サンクレールは思いのほか満足げにうなずいた。

「ええ、喜んで！　私は確かに、今の今まで、誰に対しても必要最小限の秘密しか明かしてこなかった。しかし今日、この聖なる日に、私は究極のシステムを完成させた。それに加えてこの聴衆ですよ！　ブルックナー教授、私が選んだドゥルガ、バイエルン王と並び称される音楽の守護者ベルンシュタイン公、そしてそのあなたが選ばれた音楽家マイヤーさん……素晴らしい……これ以上の聴衆はいない。あなた方ならきっと、この音楽を耳にするに値するでしょう。そして、私のシステムの価値を解っていただくには、私自身のしてきたことをお話しするのがもっともよいでしょう。ええ、結構ですとも。ベルンシュタイン公。まずはあなたからお話しください。それから私が話しましょう」

「宜しい」

ベルンシュタインは高い楽楼を見上げずに、誰か正面にいる相手に語るように、真っすぐに前を見、彫像のように正した姿勢をまったく崩さずに話し始めた。まさに晩餐に招待され、語り始めた軍人の彫像だ。彼はこれから、ドン・ジョヴァンニに地獄行きを宣告したとしても何の不思議もなさそうだった。彼ははるか昔、オットー・ツィマーマンの死から始め、二年前の教授とマリアとの出会い、《魔笛》の噂と《イズラフェル》との関係、フランツへの試験、《プレジャー・ドーム》、ドナウ運河の惨事、シュトラウス家の秘められた――今なお、そしてこれからもずっと、当のシュトラウス家の人々はその真相を知ることのない――悲劇、パリ・コミューンとド・レアールの教団、元神童ヴァイオリニストや逃亡した皇帝との対話、ロンドンのクラブ・シーン、〈キリストの聖なる頭〉信心会と聖バーソロミュー病院での解剖、マリアの誘拐、自分と教授とフランツ・マイヤーとの記憶の三重奏、そして最後の大爆発に至るまで、それこそ全て、この物語の全容を、最後まで疲れも淀みも見せずに話しきった。

それはまさに物語だった。巧みに仕組まれ、細部にわたって計算され、綿密に推敲の施された、わざとらしいほど精緻で極度に人工的な物語に他ならなかった。それは、これまで自らが参加していながらその筋立てと自分の役割を知らされていなかった教授とフランツにも、初めて示され、解きほぐされ、明かされた一冊の書物だった。

「何ということだ……ベルンシュタイン公、先ほどあなたが言われた言葉の意味が今やっと分かった。ドゥルガを二年間も保護していたのがよりによって《イズラフェル》を作らせたあなたで、あなたはマイヤーさんとそれほど深い関わりを持っていたとは。そして私がずっと探していたドゥルガは、最後には、よりによって私が彼女をどうにかして送りこもうとしていたセントルークスのもとにいたのだとは……」

「しかしあなたは何故、自分が作り上げたロンドンのシステムを破壊したがっていたのだ？　私が知っているのは、今話したところだけだ。我々はあの時、セントルークスやダニエルから何もかもを聞き出せたわけではない。むしろ、何も聞けないまま、彼らはあの破壊プログラムによって滅ぼされてしまった……もしもあなたが作者なら、まさしく、面倒なことを書かずに物語を終わらせてしまうための方便のように。マリア＝ドゥルガとは本当は何者なのか？　あなたの真の目的は？　ボーヴァル王ベルナールの役割は？　あなたとツィマーマン博士、あるいはあなたとセントルークスとの関係は……？　我々はまだ何も聞いてはいないのだ」

「分かりました」

それまで、やはりわずかな身動きもせずにこの長い物語《レシ》を聞いていたサンクレールは、再び彼独特の大きめの眼鏡をずり上げて言った。

「それでは、今度は私のことをお話ししましょう。しかしベルンシュタイン公、私はあなたほどには語りの才がない……どうか私の話がそれてしまわないよう、よく見張っていてください。……ありがとうございます。何からお話しすればよいでしょうか？……私の欲するもの……？　そうですね、それがいいでしょう。

私が欲するもの、それは問われればいつでもすぐに、はっきりと答えることができます。純粋な音楽、完全で無垢な、まさに音楽以外のなにものでもない音楽です。私はそれを幼い頃から、おそらく物心がつく以前からずっと求めていたのです。私は腕はいいが平凡なオルガン職人の息子として生まれました。遊び場はほとんど父の工房でしたし、遊ぶことよりも父のまね事や手伝いをするほうが好きな子で……ええ、私はいつでも音楽を求めていました。とり憑かれていたと言ってもいいくらいに。私は当然、ごく普通の意味での音楽も愛しました。しかしその他にも、音楽ではない物音に含まれた音楽の一瞬に魅せられたのです。お分かりですか？　私の言っていることが？……そうです、まともな人なら誰もこんな言葉を相手にしないでしょう、私はそれこそありとあらゆる物音、例えば人の声の抑揚などは当然のこと、虫や蛙、鳥、犬や猫の鳴き声、木立を風が抜けてゆくざわめき、石工の鎚音、馬車の蹄と車輪、静かな部屋でめくられる本のページまで、それこそありとあらゆる物音に音楽の瞬間が含まれていることに気づき、それに魅了された……だれもが雑音や騒音と思うような物音にも、それは確かに含まれているのですから。

年頃になると、私は一時は音楽家になろうか職人になろうか迷ったのですが、結局は父のあとを継ぐことにしました。何故なら、演奏は自分のものであれ、他人のものであれ、決して私を満足させなかったからです。音楽は私を魅了しながらも、決して完全に満足させてはくれないのです。私はそれよりはむしろ、機械の誠実さと精緻さに魅せられた。そしてその頃すでに、私の求める究極の音楽を得るためには二つの方法が必要だということにも気づいていた。そのどちらをも追求するのなら、やはり音楽家よりはオルガン職人になるべきだと悟ったのです。

……その二つの方法ですか？　ええ……一つは、人間の手を介さないで音楽を存在させる方法、そしてもう一つは、あのあらゆる物音に含まれ、それでいてあまりにも僅かな音楽の瞬間を最大限に鋭く感じ取ることです。もうお分かりでしょう？　一つ目の方法は音楽機械へと結びつき、もう一つは薬物へと結びついていった。私は、それはもうありとあらゆる努力をしました。惜しみなく、徹底的にです。職人としては誰よりも早く技術を身につけ、勘を磨き、経験を積んでゆきました。私がステラ・マリス大聖堂のオルガン修復を手がけることができたのも、それによって先代ボーヴァル王からの保護を受けることができたのも……自慢ではありませんが……そのためです。そしてもう一方で、私は可能な限りの教育を受けた。私はそのために故郷を離れてボーヴァルで徒弟になったのです。ボーヴァルはたとえ徒弟であろうとも、何かを学ぼうとする者には惜しみなくその機会を与えてくれるユートピアですから。音楽や楽典理論はもちろん、哲学、歴史学、医学、生理学、生物学、数学、物理学、機械工学……ええ、とにかく、ありとあらゆることを貪欲に学びました。誰よりも早く一人前になってしまうと親方もそのことをとやかくと言わなくなったし、ボーヴァル王に認められ保護を受ける身になると、先達や同輩の職人たちも、誰も何も言わなくなりました。

この工房での研究と学問の日々は、私にとってはまさに至福の日々でした。時に絶望に襲われることはあっても、私は常に自分が進歩していることを確信していました。しかし、私一人ではどうにもできないことがたくさんあるのです。私がオットー・ツィマーマンと知り合い、協力を求めたのは、ちょうど今から二十年前です。私は二十代の後半で体力も自信もあり、日々進歩を遂げており、そうであるからこそより速い進歩と大きな成果を上げたくて焦りをも感じるような……そういう時期でした。ツィマーマンはちょうどその頃、もう五十歳を過ぎてロンドンの聖バーソロミュー病院で確固たる地位を築いていたのですが、やや実験の度が過ぎてバーツを追われ、サンルイ大学に身を寄せたところでした。私がもっとも頻繁に薬学の研究室に出入りしていた頃です。彼は神経に作用するアルカロイドの研究をしており、聴覚を伸展させる薬物を探っていた私とはすぐに意気投合しました。しかし彼は、結局サンルイ大学もごく短期のうちに去らねばなりませんでした。彼はドイツに渡りましたが、そういう薬物をどちらかが発見、あるいは発明すれば、かならずもう一方に報せると約束して別れたのでした。

それからまた五、六年ほど、私一人の孤独な研究の日々が続きました。私は三十歳を過ぎました。その頃に現われたのがセントルークスです。彼は当時、いかにもヴィクトリア朝の風潮らしく遠縁の親戚から莫大な財産を継いだところでした。そして若く壮健な父親と二人の兄がいるために爵位など継ぐ見込みのないという、ある意味でたいへんに恵まれた、気楽な地位にありました。そして彼はやはり音楽にとり憑かれていた。彼はその気楽な身分と莫大な財産を利用して、自分の好きな研究に没頭しきった生活をしていました。その彼がさらなる勉学の地として選んだのがサンルイ大学でした。セントルークスは私と非常に近い研究をしていましたが……ええ、彼の研究というのは、アリストテレス的認識論と生理学、電気学を基礎としたもので、つまりは、そう、あなた方はすでに実物を見られたのだから細かい説明の必要はないでしょう、そうです、脳から音楽を電気的信号として取り出す方法です。

確かに、それは頭の中で思い描くことはできても実際に音に出来ないもどかしさを一気に解消する方法です。当時私はすでに、電気の信号によって発信する装置……これもご存じでしょう……あのスピーカ群を作り出していた。つまりはこれに脳から取り出した電気信号としての音楽をつなぐことさえできれば、それで彼の研究は達成されるというわけです。

彼は私より少しだけ年上という程度で年齢的に近く、学問と音楽を愛するという点においても近く、私たちは身分や境遇の違いも感じずにすぐに親しくなりました。しかし私は、セントルークスとつき合うようになってすぐに、彼が私と秘密の全てを共有するに当たらない人物だと気づきました。彼は確かに音楽に憑かれていた。何よりも強く魅了されていた。しかし、彼にとって音楽とは結局、肉体的な快楽の刺激以外の何物でもなかったのです。私は音楽とは真理、何よりも純粋にこの世の真理を表わし、神の存在を証明し、もっとも高貴で神聖な、神が人間に与えたもうた最高の至福であると信じているのですが……しかし彼は違った。私はともに研究をしながらも、心の底では彼を軽蔑していた。しかしそれでも、彼の研究は私にも必要でした。というのも、私はその頃、発音装置を駆動し制御する音楽の信号……そのメモリを蓄えておく装置を必要としていたのですが、これが機械ではどうしてもうまくゆかなかったのです。聴いた音楽を記憶するように蓄え、そして記憶した音楽を思い出すように音楽を取り出す記憶装置……自分自身はこんなにも簡単にできることなのに、機械にはあまりにも難しいことだったのです。

　そこで私は、記憶装置を純粋に機械で作れるようになるまで、セントルークスの方法のうちに代用策を求めなければなりませんでした。彼の方法とは、音楽を記憶し、記憶した音楽を取り出す……そうです、あなた方が見られた通りの、あれです。私たちは困難とは言え、ある程度の……その、人体による実験をすることができました。何せ彼はそれこそ、喩えて言うならボーヴァル中のオルガンをすべて買い占めてしまうこともできるような資金を持っていましたし、ここは場所が場所ですからね！　〈キリストの聖なる頭〉信心会に似たものをスイスに設置したのです。最初のうち、私たちはモルフィンなどのアルカロイドを使用していましたが、しかし、どうしたってそううまくゆくものではありません。人間は誰しも、いつでも百パーセント音楽に没頭しきっていることなどできないのですから。何かこう……そうです、私がもう一方で求めていた手段、音楽の快楽を最大限に引き出す薬物のようなものがない限り、この研究は成功しそうにありませんでした。そうこうしているうちに、幸か不幸か、セントルークスは父上と二人の兄上をあいついで亡くされ、爵位を継ぐこととなってイングランドに帰らなければならなくなった。私たちがともに研究を始めて三年ほどのことでした。……ええ、そうですね、今からもう十三年ほど前でしょうか……何ですって、マイヤーさん？……なるほど、そうです、五八年、彼が帰ったのはその夏です。そうですか！　確かにそうですね。これはおもしろい！　あなたはたったひと月ほどの違いでセントルークスとすれ違っていたというわけですね！

……ええ、話を元に戻しましょう。セントルークス……そう、ウエストサーム男爵は五八年の夏にイングランドに帰国しました。それからしばらくの間、私たちは時々連絡を取りながらそれぞれに研究を進めていた。特にセントルークスはロンドンであの〈キリストの聖なる頭〉信心会を作って、あの恐ろしい研究をかなりの程度、進めていた。私はまた私なりに音楽機械を作っていたが……しかし、いかにボーヴァル王の保護を受けているとは言え、それはあくまでオルガン製作者としての保護に過ぎません。研究費は足りていたためしがなく、私は自分の作ったごく簡単な音楽機械──アンプやドラム・マシーンといった類のものですが──をセントルークスに売って資金を作らざるを得なかった。そして彼はそれらの音楽機械を使って《ムジカ・マキーナ》社、まさにその語の通り、〈機械の音楽〉を供給する会社を作ったというわけです。

そしてついにある日ツィマーマン博士がやって来た。六三年の冬です。彼はベルンシュタイン公国での秘密を私に明かしました。その時彼がボーヴァルに来たのも、ここにしかないイスラムの薬物の記録を調べるためだということになっていましたが、実はその年の秋に、《イズラフェル》はもうすでに完成していたのでした。彼が今まで何年も追求してきたある種のアルカロイドは麻酔作用に優れ、精神の伸展作用があり、そして何よりも、私たちが期待した音楽に対する強烈なまでの感覚伸展があります。もちろん、それは最後には常用者をアシッド・ヘッドにしてしまうあの副作用をまぬがれないものでしたが。しかし彼はそれをベルンシュタイン公に求められている麻酔として研究することによって完成させていたのです。しかしツィマーマンは、いずれ《イズラフェル》を麻酔として実用に付せば、すぐにでもあの麻薬としての作用が明らかになることを、そして、結局は現実にそうなった通りに処方を残さずに廃棄となるだろうことを見越していました。彼はそうなる前に《イズラフェル》を私に渡し、余命いくばくもない自分に代わって研究を続けてくれと言いに来たのでした。

彼の死については、だいぶ経ってから漠然とした噂で聞いた程度です……これは本当です。ボーヴァル王も関与していません。だいいち、ボーヴァル王は《イズラフェル》、いえ、《魔笛》の何たるかさえよくは分かっていませんでしたし、いずれにせよそれは私の発明だと信じていたのですから。私はもともと先代王の時代からずっと、ちょっとした諜報員の役割を負っていました。たいした役割ではありませんが。今ほど頻繁にではないにせよ、私はもう二十年も前から王室外交の一環として各国の宮廷礼拝堂や司教座聖堂に派遣されていましたが、そういうところに行くと、どうしてもささいな秘密や内輪の事情を知ってしまうものですから。そして今のボーヴァル王ベルナール陛下はあまりにお若過ぎる。私の息子と言えるほどのお年で、先代陛下にもお仕えしていた私をあまりに過大に評価されている節がある。私は陛下のそうした私に対する多大な信頼を利用させていただいたのです。

ベルンシュタイン公、あなたはよくご存じのはずだ。ボーヴァル王国が今までどのようにして生き延びてきたのかを。大国の秘密を握り、それを流通させて身の安全を図るという、あのやり方です。そのためにどれだけ広く精緻な諜報網が必要なことか！　そしてそのためにはどれだけの資金を、しかも表に表わされずに済む資金、はっきりと言って闇金が必要なことか！　研究費用が必要なのは私とて同様です。私はベルナール陛下に、ロンドンのクラブ・シーンに私が発明した薬物を売ることによって資金を作れると進言し、セントルークスには、私は例の目的にかなった薬物を完成させたのでそれを売ると、それぞれにそう言ったのです。

そこから先はあなたが言われた通りです。ベルナール王はルイ・ナポレオンを運び屋として利用し、セントルークスはロンドンのクラブ・シーンに君臨した。私は多大な研究費用を手に入れた。その結果とも言えますが、私の音楽機械は飛躍的に進歩し、私はセントルークス式のメモリを必要としなくなっていた。もう一方でセントルークスはメモリの量を増やし続けた！　私は、結局は聖なる音楽の冒瀆でしかない彼のシステムを何としてでも止めなければならないと思い始めた……。ドゥルガはそのための破壊プログラムです。セントルークスはいつだって優れた音楽を内包した頭脳を求めていた。ドゥルガをそうした優れたメモリとして彼に売り込み、どういう形であれそのシステムに組みこんでしまえば、あとはドゥルガが全てを破壊するはずだった。彼らは破壊プログラム・ドゥルガというものが何らかの形で存在することは知っていたが、まさかこういうものだとは想像さえできなかったはずです。実際そうだったでしょう？

破壊プログラムそのものはどうしても必要なものです。言わば、他の要因でシステムが破壊される可能性を完全に無くするのなら、その全てのしわ寄せを引き受ける一点が存在しなければならない。言いかえれば、その一点だけを守れば、他を守る必要はなくなる……彼らはそういう意味で、ドゥルガはむしろシステムの安全のために存在していると思っていました。それでいい……それでよかったんです。あとは、そうと知らせずにドゥルガを接続してしまえば……！

……いいえ、違います、教授、ベルンシュタイン公、私はドゥルガをアシッド・ヘッドにしてしまったわけではないんです。彼女は私が最初に見つけた時、すでにあんなふうだったんですよ。あなた方がサンルイにいらっしゃった年――六九年ですね、あの年の冬です。あの子を見つけたのは。ステラ・マリス大聖堂でした。雪が……そう、雪が降っていましたっけ。あの子は薄着で聖堂の身廊にうずくまって、私が内陣で調整していた小オルガンの音に、それこそあの年頃の私自身のように聴き入っていました。どう見ても浮浪児なのですが、司教猊下《げいか》も寺男たちも、この辺りではまったく見かけたことのない子供だと言っていました。その時からすでにああいうふうだったのです。私は彼女こそまさしく破壊神ドゥルガになると思い、引き取って帰りました。司教猊下には、あの後彼女はあるご婦人のご厚意でスイスの救貧院に入れられたと言っておきましたが、それは本当のことではなかった……しかし必要なことだったのです。それはともかく……いいえ、虐待などしてはおりません。ただ、麻酔を施す前に少々手間が要ったということはありますが……いいえ、ほんの時たまです。それもやはり必要なことだった……。

教授、あなたがサンルイでオルガンを弾かれた時……覚えていますね？　あの五月、あの頃、私はちょうどドゥルガのプログラムを終えたところだったんです。あのあとすぐにイングランドに渡る予定があったので、その時にドゥルガを連れてゆこうと思っていたのですが……まさかあなたがドゥルガを連れていってしまったとは！　そしてよりによってベルンシュタイン公！　あなたの手元にそんなにも長く居て、マイヤーさん、あなたがきっかけでセントルークスのシステムにつながれることになったとは！　不思議なものです。だからさっき言ったでしょう？　これこそ天の配剤だと。……さあ、これで私の物語は終わりです」

少しの間、沈黙があった。が、それを破ったのはやはりベルンシュタインだった。

「何を馬鹿な！　天の配剤だと？　この忌まわしい物語にそんなものがあるとすれば、それはあなたとセントルークスが結局は互いを信用しておらず、あまりに重要なことを秘密にしておいたということだ。あなた方がそれぞれの為すべき報告をしていれば、私が双方にとって危険人物であることはすぐに判ったはずだ。セントルークスは私を《フランキー・アマデウス》を奪い返そうとしている元パトロンとしてしか警戒しておらず、あなたは私など《イズラフェル》に責任を持つ張本人と知りながら、もはや関係のない過去の人物として放っておいた。もしあなたが私と《イズラフェル》の関係をベルナール王に報告していれば、王は当然、まさにボーヴァルの所以たるあの諜報網を駆使して私を監視し、私がウィーンを一歩も出ないうちに抹殺していただろうに！　しかしあなた方はそのうちのただの一つも行なわなかった。これこそ天の配剤と言うべきだな！　私はそのおかげで命拾いしたというわけだ」

サンクレールは感極まって深くうなずいた。彼は不安や恐れといったものはまったく感じていないのらしい。それどころか、彼は歓喜にうち震えてさえいるらしい……いや、らしいのではなく、まさにその通りなのだ！

「ああ……しかしベルンシュタイン公！　それで良いのです！　私たちが、あなたが今言われた通りにしていたからこそ、私の望み通りにドゥルガが本来の目的通りに作動し、あなたはボーヴァル王になど殺されず、そして、ここにこうして最高の聴衆を私のもとに連れてきてくださったではないですか！　それこそ天の配剤と言うべきでしょう！　それでよいのです！　さあ！　それでは最後の段階に入りましょうか！　そうですとも、今こそ、究極の音楽機械を作動させるべき時です。人間の手を経ない純粋な音楽の装置です。確かにこの音楽機械そのものは私という人間の手を経て作られています。しかし、私などは単に、この機械を存在させるために使われた単なる道具に過ぎないのです。機械自体はもはや、作動を開始させるという意味においてしか私を必要としない。エネルギーを供給する必要もない。何故なら、機械自体が、神の創られ給うたあらゆる物質、あらゆる瞬間、あらゆる音に含まれる純粋な音楽エネルギーによって動くからです」

「キカイて……サンクレールさん……？　どこにそないなものがある言うんでっか？　あのオルガンでっか？　音栓のない……あの……」

「いいえ、教授。あのオルガンはただ、実験段階で暫定的に必要だったものです。今はもう使っていません。もうそんなオルガンなど必要ないのですから。この塔全体がその音楽機械なのです」

教授とベルンシュタインとフランツは顔を上げて、薄暗い壁を見渡した。音管もなく、スピーカ・システムさえもない。ただ幾何学的な凹凸がとり囲み、それが限りなく高いところまで連なっているだけの壁。フランツは震えるマリアをしっかりと抱きしめて、高い穹窿を見上げた。暗闇の中に消える穹窿の底は、時おり、鋭く短い閃光によってその場所を示していた。あれは……そう、外の稲妻だ。ここには何も聞こえないが、外はもう、ここに入ってきた時以上の嵐になっているのかもしれない。……また光った。穹窿の底にはもう一つ、高く小さな丸天井《クーポール》が外に向かって突き出しており、周囲にはおそらく厚い硝子がはめられているのだろう。フランツは突然、落雷が来はしないかと心配になった。が、この南塔には確か、彼が医学生だった頃すでに避雷針が立てられていたはずだ。そうでなかったとしても、サンクレールがこの音楽機械をあらゆる危険から守る手立てを講じているに違いない。

「オルガンが必要ないて……サンクレールさん……あんたがそんなこと言わはるなんて……信じられんこってす！　サンクレールさん！」

「教授、あなたの奏でるオルガンは確かに素晴らしいものでした。人間にもあれだけのことができるのかと思うと、それはもう感動しましたとも。しかしその素晴らしい演奏にさえ、聴き入るうちには高揚や感動の揺らぎというものが、どうしても来てしまうものです。そうでしょう？　私たちはどんなに感動しながら音楽を聴いていても、どこかに必ず不満を持ってしまうものです。だからこそ私たちは理想を追い求めて音楽をやるのですが……それでも満たされきることはない」

ベルンシュタインは顔をしかめた。まるで自分自身の言葉を聞かされているようだ。

「音楽機械がもたらすのは、そうした澱みや揺らぎ、不安などのない、まさに究極の音楽なのです。そうして存在させられる音楽が完璧であるなら、その時は、それを聴くのに《魔笛》や何かのような薬物はもはや必要ないのです。あとはただ聴くだけです。結局、人間などは音楽をこの世にあらしめるにおいては何の意味もないのですが、しかし私たち人間とて神の被造物だ。私たちに音楽に関する何らかの才能があるとすれば、それはただ音楽を聴くという、その才能のみではないでしょうか？　それで充分なのです。……さあ、聴いてください。究極の音楽を。ああ、しかし、ベルンシュタイン公、変な気を起こさないでください。無駄です。機械はいったん動き始めたら、もうどんなことをしても止められないのですから。フェイル・セイフはこれ以上ないほど完全になりました。止める手段がない……いえ、ただ一つだけあるにはありますが、それが可能な人間などいはしないのですから、手段自体が存在しないのと同じなのです。……とにかく音楽を聴きましょう。機械が動き始まれば、あとはもう何が起こるかは分かりません。私たちは全員が魂を奪われてしまうかもしれない。しかしそれでもいいではありませんか。聴きましょう……さあ、機械の音楽《ムジカ・マキーナ》を！」

サンクレールは作業衣のポケットから、小指の先ほどの小さな鍵を取り出すと、オルガン奏者席に近づき、鍵盤の片隅に差しこんだ。

「私は他にも作動させなければならない機械がありますので、これで失礼！」

サンクレールはそう言うと、楽楼の隅の小さなくぐり戸から姿を消した。

「待て！　サンクレール！　サンクレール…………？」

何かが始まる。

音楽だ。

〈それ〉がやって来る。

聴き手たちは茫然として、何もできずにその場に立ちすくんだ。

描写することも、説明することも、あるいは何か他の音楽にたとえることもできない、まさにそれ自身であるより他に存在しようにない音楽。一度捕らえられれば、もはや二度と離れることのできない音楽。しかし、サンクレールの言うことが本当なら、まだ全ての音楽機械が作動していないはずだ。ならば全てが作動した時はいったい何が、どんな音楽が顕われるというのだろう！

ベルンシュタインは、それを聴いてしまいたいという強い欲望に駆られた。たとえそれで魂を失うことになったとしても……！

再び新たな音色が加わる。地面が揺れ動き、平衡を失って自分の位置を見失わせるような甘美な浮遊感が加わる。

その時、フランツの腕の中で心細げに震えていたマリアが彼の腕をふり払った。彼女は数歩離れたところに茫然と立ち尽くす教授のもとにかけ寄ると、その腕にしがみついてはっきりと言った。

「そう……思い出す……この音楽……この…でも…でも、だめ！　機械を止めて！」

「そんな……止めるいうても……そんな、何を、どう……」

教授はぼんやりした状態から突然正気に返ったように、鋭くオルガン席のほうに振り返った。そう、そうなのだ。機械そのものは止めることができないかもしれない。しかし、音楽を止めることができるのなら……。教授は右腕にしっかりとつかまったマリアを連れたまま、オルガン席に通じる梯子のような階段に向かって走り始めた。

「教授！　何をするつもりです!?　何処へ行くつもりですか!?」

ベルンシュタインは思わず教授のもう一方の腕を摑んだ。教授はそれを力一杯はねつけると、傲然と振り返り、そしてきっぱりと言い放った。

「止めんで下さい！……これはわしの仕事じゃけん」

もはや誰にも止めることはできない。教授は階段を楽楼まで登ると、そのまま奏者席に滑りこんだ。マリアはその脇にぴったりと寄り添うようにして立ち尽くしている。フランツは突然にマリアを失い、そして容赦なく降りそそぐ理性を奪う音楽に翻弄されて呆然としている。音楽が微妙に揺らぐ。ベルンシュタインも何歩か楽楼に向かって歩きかけたが、再び力を失って立ち止まった。しかし教授はまだ自分の意志で行動し続けている。彼は音栓のボタンを一通り見回すと、まず最初にもっとも基本的なプリンツィパール群を引き出した。美しいがはかなげなフレーテ管は思いきって省略する。ゲムスホルン、トランペット、華やかで力強い金管群、ヴォックス・フマーナ、ヴィオール系統……しかし迷いは一瞬だった。もっとも単純で基礎的な構成を素早く作り出すと、彼は何も考える間もなく、飛びかかるようにして弾き始めた。このオルガンのいったい何処から音が出るのかという不安はあったが、弾き始めると、オルガンは何処からともなく素晴らしい音色を発して教授に応えてくれた。

最初に訪れた波の合間を目がけて、微妙に揺らいだ旋律を主題にとり、対位法を組み上げる。機械音楽《ムジカ・マキーナ》は一瞬、戸惑って揺らぎを大きくしたかのように思えた。が、すぐに体勢を立てなおして、教授が作った対旋律を打ち消しにかかる。教授は遠隔調に転調し、もう一度転調し、さらに三度の音を省いて短調と長調の区別をつかなくする瞬間を連続させた。機械音楽は教授のオルゲンプンクトの回転形をドーリア調に移し、転調を阻み、一転して調性そのもののない破壊的な展開に持ちこもうとする。

教授はゲネラルパウゼで一瞬、全てをきっぱりと断ち切った。

これは戦いだろうか？　あるいは完璧になされる共演なのだろうか？

いずれにしてもそれはあまりに美しく、荘厳で、同時に官能的な音楽……音楽そのものであり、それ以外のなにものでもない音楽に他ならない。ベルンシュタインは再び、この音楽の快楽に全てを委ねてしまいたいという強烈な欲望に駆られた。これこそが私が今までずっと求め続けてきた理想の音楽、あるいは音楽の理想なのではないのだろうか？　それならば、これから先、何がどうなっても構わない、これを味わい尽くしてもよいのではないだろうか……？

数秒の間、教授が覇権を握った。厳格な法則にのっとった対位法が続く。ベルンシュタインははっと我に返った。

「フランツ！　サンクレールだ！　サンクレールを探せ！　まだシステムの全てを動かしきっていないのなら、彼を取り押さえろ！　彼を探せ！」

ベルンシュタインはそう叫ぶと、楽楼に通じる階段をかけ上がって、サンクレールがその中に消えていったくぐり戸から中に入った。扉の向こうにも、何処からともなく音楽が響き渡っている。目の前にあったのは上に通じる階段だった。ぼんやりとした白い光に照らされて、金属に塗装を施したらしいひんやりとした壁が浮き上がる。階段と、階段と、そしてまた階段と……金属の壁。これが音楽機械の内部なのだろうか。それはどこもかしこもが、複雑に入り乱れ、何処に通じているかも定かでない壁と階段の連続だった。音楽が聞こえる。この壁の向こうが音楽機械なのだろうか？　これらの無数の階段は、それぞれが何処に通じているのだろうか？　ベルンシュタインはサンクレールの名を叫び、階段を駆け上り、下り、壁に突き当たり、再び階段を上り、時に音楽に心を奪われて茫然と立ち尽くし、またサンクレールの名を呼んで階段を駆け上がった。……おかしい。この塔の内部がこんなに広いはずはないのだ。そしてこれほどまでに高いはずはない。しかし何処まで行っても階段と、壁と、そして音楽だ。音楽機械……それはこの壁の向こうにあるのだろうか？　それともこの空間そのものが……。

教授の転調の挙げ足を取るように、機械音楽が対旋律をつけて方向を乱し、その一瞬がまた甘美な浮遊感となってベルンシュタインの足元をすくった。彼は頭を振って、音楽を自分の中から押し出そうとするように叫んだ。

「サンクレール！」

答えはもちろんない。彼の声の残響さえもが、調性を持たない音群のうねりの運動に利用される。……目眩がする。ベルンシュタインはもう一度、思いきり叫んだ。

「サンクレール!!」

彼の声が階段と壁の間にくぐもって響き、聖なる光（Saintclair）という意味の名が、光の無い（sans clair）という言葉に聞こえた。

もうだめだ。立ってさえいられない。……目の前に扉が見える。ベルンシュタインはどうにかそれを認識すると、その扉を押しあけた。扉の向こうは彼が以前にも見た眺めだった。

彼は何処をどう行ったのか、結局、楽楼の上に戻ってきてしまったのである。

教授と音楽機械の戦い、あるいは共演はまだ続いている。ベルンシュタインは何故か突然、シュトラウスの言葉を思い出した。――踊っている最中に憂鬱症《メランコリー》で死ぬなんてことも、あるいはあるかもしれないじゃないですか。

もうだめだ。

ベルンシュタインは音楽――もはや教授の音楽とも、音楽機械の音楽ともつかない、一つのものとして融け合った音楽――に、理性の覇権を譲り渡しかけた。が、その瞬間、オルガンの穹窿一杯に、激しい爆発音が炸裂した。

音楽は大きく揺らぎ、一瞬、原型をとどめないほど醜く歪んだ。それは、あまりに美しい影像を長時間眺めている時に起こる現象、突然その美が醜く歪んだものに感じられる、あの一瞬である。ベルンシュタインは意識を取り戻して辺りを見回した。何かが爆発したような痕はない。音楽は再び勢いを盛り返しかける。が、もう一度、大気そのものが炸裂するようなバンという音が全てを押しつぶした。

音楽は突然、まったく突然に鳴り止んだ。音楽機械のものも、教授のものもである。究極のゲネラルパウゼが訪れる。残響は音楽のそれよりも、爆発音のもののほうがはるかに長かった。残響が引いていく。次の瞬間、硬い石の地面に動物か人間の肉体が強く叩きつけられる音——そうとしか言いようにない——が響き渡った。

「……フランツ！」

ベルンシュタインの視界の隅で、教授が奏者席に腰を降ろしたまま、体をねじって振り返った。が、ベルンシュタインの視線が中心に捕らえていたのは、下の床に仰向けに横たわるフランツ・マイヤーだった。そして彼の血。

「フランツ！」

教授とベルンシュタインは同時に駆けだした。ベルンシュタインに続いて教授が地階の石畳に下り立ち、淡い光輪の中央に横たわったフランツのもとに駆け寄った。彼は明らかに、ただ単に地面に倒れ伏したのではない。どこか非常に高いところから落下したのだ。ベルンシュタインは何か答えを求めるように頭上を見上げた。暗さに目が慣れると、もともと視力のよい彼には、丸天井の明かり取り窓が二枚、破れているのが識別できた。時おり降りかかる水滴はあそこから入ってくる雨だ。嵐の騒がしさも聞こえるようになっている。フランツはこの壁の凹凸を登っていったというのだろうか？　しかし一体、何のために！

稲妻が光った。その瞬間、ベルンシュタインはすべてを理解した。

「落雷か！　フランツ！　どうやった⁉……いや、いい。喋るな。避雷針のワイヤだな？……そうか……それをこの金属の壁に接触させたのか……」

「なんちゅうことを……！」

彼は壁を登り、穹窿の下に縦横に張りめぐらされたケーブルをつたって天窓まで行き、そして窓を破って外に出たのに違いない。そして引きちぎったケーブルやワイヤを避雷針につないだのだろうか。ベルンシュタインには、それで雷撃を引き込めるものなのかどうか、そして電流が何処をどう通っていったのか——自分も教授もまるで無事だったではないか！——といったようなことは判らなかった。が、フランツが音楽機械を破壊してしまったことだけは確かだった。そしてそれが、彼自身の生命と引き替えになされたということも。

教授はフランツの右側に膝をつき、ベルンシュタインは反対側で同じことをした。二人は恐る恐るフランツの不自然な方向を向いた両足を元にもどしてやった。が、フランツはうめき声ひとつあげなかった。彼はただ黙って虚空に視線を漂わせている。その瞳に涙が浮かび、あふれて流れ落ちた。

「痛むか？」

「いいえ……全然。ただ肩のあたりが少し。あとは全然……切れてますね……きっと、神経が……脊髄をやられた。本当に全然痛くない……」

ベルンシュタインは彼に何も言わずに、左腿のほとんど骨が突き出さんばかりに激しく折れた場所に触れた。が、やはり彼は何も感じていなかった。腰のあたりからかなりの量の血が流れている。少しでも動かせばどうなるか、誰の目にも明らかだった。彼自身も、見えてもいなければ感じてもいないが、それでも分かっているのらしい。が、フランツは誰かに大丈夫だと言って欲しいのかもしれない。なんとかして視線の焦点を合わせると、子供が何かを懇願する時の目つきでベルンシュタインを見ていた。

「いや、大丈夫だ。待ってろ、今……」

「マリア……！……マリア！」

フランツは突然、ベルンシュタインの言葉をさえぎって叫んだ。急激に意識が混濁しはじめたようにも見える。ベルンシュタインはマリアを連れてこようと立ち上がった。が、彼女はすでにフランツの足元に立っていた。ベルンシュタインが場所を譲ると、彼女は跪き、両手をフランツの頭のすぐ近くについて、目を大きく見開いて驚きとも悲しみともつかない表情でじっと見つめた。彼は半ばもうろうとしながらもマリアを認識したらしい。が、自分の意志で意識をはっきりとさせておくのはもはやできなくなりつつあった。

「……マリア」

「はい……」

彼女は初めてその名を呼ばれて返事を返した。

「どうして……きみは最後にも……僕を選ばなかった……何故……？」

しかしマリアは答えなかった。彼女は言葉で答える代わりに手をのばしてフランツの髪を愛おしげに撫で、不安そうな瞳から幾粒かの涙をこぼした。

「何故……………？」

マリアの涙はフランツの頬に落ち、二人の涙はとけ合って流れ落ちた。

フランツはもはやマリアに答えを求めようとはしなかった。彼はただ、誰に言うともなく、少しはっきりした口調で言った。

「知ってますか……僕はダニエルから聞いた……インドでしたっけ？　アジアの何処かでは、人間は死んでも……生まれ変わるといって。何度でも……そしてめぐり合って。ねえ……もしもそんなことがあるのなら……今度会った時は……今度こそ……僕を選んで……いいや、違う……！　違う……今度は僕が待たせる番だ……君が僕を探すんだ……。いいね？　僕はすぐに判る……絶対に……君を見れば、どんな姿をしていても……すぐに判るけど……ああ……だけど、君は……君は僕を……見つけてくれるだろうか？　どうして僕だと判る……どうやって……」

「大丈夫……すぐに判ります」

マリアはすでに薄れ始めたフランツの生命の響きが短調に転じる兆候を引き延ばそうとするように一つ一つの言葉をはっきりと、時間をかけて言った。

「すぐに判ります…………あなたの音楽を聴けば」

その言葉は確かにフランツに届いた。しかしそれが最後だった。マリアは彼に折り重なるようにしてうつ伏した。

フランツは明らかに死んでいたが、ベルンシュタインは一分ほど時間をおいてから彼のまぶたを閉じてやった。その瞬間ベルンシュタインは、フランツの胸の上に伏しているマリアの呼吸も同様に止まっていることに気づいたのだった。まるでワグナーのオペラのようではないか……ベルンシュタインも教授も口に出して言いこそしなかったが、その時、二人とも明らかに同じことを考えていたのだった。そして最後に教授が言った。

「サンクレールさんは、この子をステラ・マリスで見つけたと言っとりましたですね……最初からこんなふうだったと。この子はもしかしたら……このことのために天から降りてきた、本当の天使だったたんかもしれんじゃないですか」

† 　　† 　　†

あの時のフランツの思いがいったいどんなものであったのか、ベルンシュタインのみならず、おそらくは誰にも想像できないだろう。しかし彼の魂の強さとはかなさを思う時、どうしても涙せずにはいられない。今もそうだし、これからもそうだろう。これから先、ずっと。しかし、終結部《コーダ》は簡潔に、そしてもったいをつけたような引き伸ばしをしないこと。それはベルンシュタインの好みの一つでもある。彼はその場で感傷にひたるようなまねはしなかった。何もかもを素早く処理し、決断すべきことはきっぱりと決断した。

三度目以降の落雷を恐れて、冷たくなり始めたフランツの身体を担ぎ、マリアを抱き上げた教授を従えて旧礼拝堂を出るとすぐに、その第三波はやって来た。嵐はすでに収束の気配を見せていたが、それだけにその最後の一撃は強烈に感じられた。塔はついに炎上しはじめた。しかしそれは、ソーホウで見たソドムとゴモラのごとき激しい爆発ではなく、紙のようにはかない燃え方だった。

後日に検証が行なわれた時、塔の内部は融けてねじれた金属の骨組みや、原型さえ定かでない部品でいっぱいになっていた。形が識別できたのはオルガンの演奏台だけである。人々はその他の金属部分についてはオルガンの音栓――それもただ事でない量だったが――だろうという程度にしか考えなかったが、何にしても、あの時ベルンシュタインがサンクレールを探して必死に走り回ったほどの空間はあるはずもなかった。

ボーヴァル王ベルナールはこの落雷に伴った事故を「王宮に直接影響のあった事件」の一例として、管轄を宮内警察に移してしまった。実際、医学部と聖コスマス病院の敷地は王宮が立つ丘のふもとにあり、旧礼拝堂から舞い上がった火の粉の幾つかは王宮の時代がかった幕壁にも到達していたのである。もちろんこの措置は、ベルナールがベルンシュタイン公の進言を受けて行なったものだが、彼らの間でどういった話し合いが持たれたのかは、ベルナール王のもっとも信頼あつい側近たちにさえ知らされなかった。

サンクレールは何処に行ってしまったのだろう？　その答えはついに見つからないままだった。あるいは半分だけ見つかったと言うべきだろうか？　旧礼拝堂の焼け跡からはいくつものネズミや鳩の骨が見つかったが、人間のものは一体も、いや、一本の骨さえも発見されなかった。内部の残骸は危険すぎ、誰も演奏台より上の部分には登ることができなかったので、塔の全体がくまなく捜査されたわけではない。辛うじて踏みこめたのはオルガンの機械室にあたる小部屋だけだった。機械室からは焼け焦げた彼の眼鏡、小さな鏡、指輪、ねじ回しなどとともに、衣服一着分に相当する灰が見つかったのだが、しかしその遺品の中にサンクレール自身は含まれていなかったのである。

遺品はすべてボーヴァル王みずからが引き取った。が、その後、ベルンシュタインの求めに応じてサンクレールの装置の鍵は彼に引き渡された。彼はその小さな部品を愛用の時計の鎖につけて死ぬまで持ち歩いたのだった。そうするだけの価値もあろうというものだ。正真正銘の人間として生まれたサンクレールは、この装置を経て何やら人間ではないもののような去り方をしたが、もう一方でマリア＝ドゥルガは、あるいは人ではなかったのかもしれないが、この装置を経て最後には人間として死んでいったのである。

フランツは故郷オーバーエスターライヒに移送され、マリアはエーデルベルクの小さな教会に埋葬された。彼女の頭部に植えつけられた銀の針は、抜いてしまえばむしろ無残な傷痕を残すだけだろうと考え、ベルンシュタインはそれをそのままにし、彼女の長い髪を額のまわりに巻いて冠の形に結わせた。二人は離れ離れになって眠りについているが、そんな物理的な距離など問題ではないように思われる。ベルンシュタインは来年の同じ日、リンツとエーデルベルクで同じミサを演奏させるつもりだった。

本当なら今年の四月中にレクイエムを手配したいところだったのだが、それは不可能となった。それどころではなくなったのである。パリが火を噴いたのだ。外交の前線にも火がついた。しかしコミューンはベルンシュタインの予想を上回って長持ちし、最後の市街戦が行なわれたのは五月の末になってからだった。

一八七一年五月二十一日、日曜日、午後三時から三時半の間、ダゲール将軍麾下《きか》のヴェルサイユ政府軍第三十七混成部隊は、砲撃によって損壊したサン・クルー城門からパリ市内に突入した。それから一週間、後世に〈血の一週間〉と呼ばれる地獄のようなバリケード戦が続く。ドイツ軍は直接市街戦に加わったわけではないが、ヴェルサイユ政府軍と共同戦線を張ってコミューン軍の脱出を不可能にしていた。三万人以上もの市民が死んだと言われるが、その正確な数は定かではない。五月二十八日、壮絶を極めた最後のバリケード戦が正午のサン・モール通りで戦われる。抵抗者たちの処刑はペール・ラシェーズ墓地の東壁で行なわれ、六月になってもなお続いていた。ペール・ラシェーズ――ベルンシュタインがショパンの墓所として記憶していた墓地である。

パリ・コミューンの大惨事ののち、ベルンシュタインがウィーンを訪れたのは六月も半ばになってから、再び外交団の一員としてであった。彼がサンルイとヴェルサイユで難しい役割をこなし、フランツとマリアの移送を手配し、様々な局面に対処している間、教授はウィーンでいつも通りの仕事を淡々とこなしていたらしい。日常は確かにいつもの通りだったが、その姿から教授の心中を推しはかることはまったく不可能だった。ピアリスト教会の楽楼を訪れたベルンシュタインを、教授は去年の九月の時とまったく同じ態度で迎えた。教授はただ、八月にロイヤル・アルバート・ホールでやり直しの演奏会が行なわれることを報告し、フランツとマリアのその後の処置について少しばかり訊ねただけで、あの事件に関係のあるその他のことはいっさい口にしなかった。ベルンシュタインが二人の眠るそれぞれの場所を告げると、教授は目に涙を浮かべてそれを聞いていたが、やがて何も言わずに演奏台に上り、再びオルガンを弾き始めた。

ラインハルト・フォン・ベルンシュタイン公爵は、その後何年もの時が過ぎても、あの時のピアリスト教会での即興演奏の印象を思い出すことができた。それからさらに年月が経ち、対旋律や和音の細部の記憶が薄れ、曲自体を忘れた後になっても、社会民主党がゴータ綱領をかかげ、ツィルク子爵夫人が亡くなり、社会主義者弾圧法が制定され、ビスマルクが解任され、ベルンシュタイン自身があの時の教授の年齢をはるかに超えて余りある頃になっても、そして彼の死の直前、ドイツが共和国になろうとしている時にさえ、彼は半世紀近くも昔にアントン・ブルックナー教授という人のオルガンに深く感動して涙した瞬間を鮮明に思い出せたのだった。

ブルックナー教授はベルンシュタインより先、十九世紀中に亡くなったが、彼はそれまでに幾つかのミサや合唱曲、そして交響曲を八つと四分の三書いていた。教授の音楽はロンドンで教授自身が言ったとおりに、彼の死後にもまだ演奏されていた。それはいつまでも続くだろう。何世代、何百年かかろうとも、かつてフランツ・マイヤーだった魂が再来して演奏し、フランツの詩神がそれを発見するために。

ピアリスト教会での即興の記憶はその後の半世紀の間に、ベルンシュタインの心の中でマリアの消え去らない残り香とひとつになり、そしていつしかサンクレールのもっとも美しく純粋な部分の残照とも同化していった。けして見ることのできない彼のオルガン、果てしない不可視の空間に向かって開かれた精緻を極める音楽機械は、ベルンシュタインの胸のうちに、紫の陰影を帯びた透けるように薄い白銀の音栓の印象として宿った。サンクレールの音栓は天空に向けて高く限りなく続き、奏楽天使の翼から舞い落ちる金粉の中で大気を震わせ、歌い、遠い天頂の一点で教授の夢と交わっているのかもしれない。そしてフランツやシュトラウス兄弟、セントルークス、ダニエル等の夢と、あるいはベルンシュタイン自身の夢とさえ。

そこには不思議な確信がある。音楽のなかに結ばれた魂たち。その感触を共有する者たちの間にさし渡される、至上の法悦と親密さ。距離も時ももののともしない結びつきの強さ。

音楽の理想、あるいは理想の音楽について……教授がそれをどう思っているのかを聞きそびれたことを、ベルンシュタイン公爵は晩年に至るまで後悔していた。が、二人目のドイツ皇帝ウィルヘルム二世が退位する数ヵ月前、公爵自身の死の二日前に、エーデルベルクで教授の交響曲を聴いた時、彼はその答えを得たのである。

それはまさに、ベルンシュタインが生涯をかけて求めてきた答えそのものだった。

あとがき

デビュー作はその書き手に生涯ついて回る。社会的にという意味でもあれば、誰にも知られない、書き手個人の内面でという意味でもある。作家の経歴には、ほぼ例外なくデビュー作のタイトルが記される。筆名を変え、表向きの経歴からそのデビュー作を外したとしても、何処かにそのことを知っている読み手がいる限り、そして自分自身がいる限り、デビュー作の呪縛から逃れることはできない。良い意味でも、悪い意味でもだ。

ご承知の通り、『ムジカ・マキーナ』は、日本ファンタジーノベル大賞において「いかなる賞をも取り損ねた作品」である。できればあまり触れたくないことだが、そんな著者の思惑とは無関係に、認めざるを得ない事実だ。デビュー時にはできれば賞という肩書きがあるのが望ましい。また別なものを書いて来年も応募するか、目標を別な賞に変更するか……当然のように、当時の私は、新人賞というものを中心にして思い惑った。が、その時点ですでに『ムジカ・マキーナ』を読んでいたベテランの方々の意見は全く違うものだったのである。

誰もが違う理由を挙げながらも、結論としては同じことを言われたのだ。「賞がどうとか言うことよりも、この作品でこそデビューするべきだ」と。

もちろん欠点は多々ある。気負いもある。商業的成功という意味での期待はむしろ低い。が、数々のマイナス面を埋め合わせて余りある「デビュー作としての魅力」がある。この作品こそがあなたの出発点であるべきだ。デビュー作というのは、作家にとって一生使う名刺のようなものなのだから……

誰にどの言葉を言われたのか、今となっては定かではない。が、どの一言も、私にとっては納得の行くものだった。何となれば、『ムジカ・マキーナ』に誰よりも強い愛情を抱いていたのは、誰でもない、この私自身なのだから。「賞」よりも『ムジカ・マキーナ』を愛せと言われて反論などするはずもない。もっとも、この作品でデビューしろと言われたところで、たかが一応募者に過ぎない私に何ができるだろうか。分不相応なまでの奇跡が起きなければどうにもならないだろう。が、どういう経過を辿ったのか私自身には分からないが、幸いにも新潮社から出版していただけることになった。受賞者ではなく、過去に出版実績の全くない者が同賞からハードカバーでデビューするのは私が初めてであり、その後も例がないという。今思えば、ものすごいリスクである。実際、商業的にはさほど成功したとは言えない出版であった。まさしく、望外のご高配をいただいたわけである。

商業的成功や肩書きこそ得られなかったが、しかし、この文庫に解説を書いてくださった巽孝之先生を始めとして、プロ、アマ問わず目の肥えた読み手に「こいつは案外悪くないかも」と認めていただいたことで、この「生涯使う名刺」は間違いではなかったことが証明されたと言えるだろう。そしてまた、長く絶版扱いだったこの本に、「復刊ドットコム」での投票という方法があると教えてくださったのも、そこに復刊リクエストをしてくださったのも、決して数多いとは言えない読み手の方々であったことも、忘れてはならないだろう。

出版は決して一人ではできない。何やら奇跡の恩恵のような出版も、ごく普通の出版も、同じことである。早川書房から『ムジカ・マキーナ』を文庫化していただくに当たり、最近、とみにそのことを思う。デビュー当時はまるで自分の才能だけが道を開いたかのような思い上がりがなかったとは言いきれない。本人の自我は謙虚なつもりでも、無意識の大海がどうだったか分かったものではない。が、文庫化が決まって以来、デビューにお力添えをいただいた方々、時には過激とも思える言説を使ってまで励ましてくださった方々のことを、よく思い出すようになった。私がせめてここまでやってこられたことが、恩返しのカケラにでもなっていればよいのだが。

文庫化に当たっては、いつも何となくちぐはぐなことをやっている私を、時には姉よりずっと出来の良い弟のように、時には先生のように支えてくれるSFマガジンの塩澤快浩編集長と、ただひたすら憧れのイラストレーター、加藤俊章氏にも、もちろん、深く感謝している。そして別格の巽孝之先生には、やはり別格の感謝を捧げたい。

もちろん出版は、出す側だけではなく、読む側があってこそなし得るものだ。「復刊ドットコム」に投票してくださった方々、そしてこの本を手にとってくださった一人一人にも、可能な限りに真摯なお礼を申し上げたいと思う。

二〇〇二年春　　高野史緒

クブラ・カーンの音楽

SF批評家
巽　孝之

たったひとつの作品が、歴史を変えてしまうことがある。たったいまあなたが手にしている高野史緒の第一長篇『ムジカ・マキーナ』が、その好例だ。一九世紀後半のヨーロッパ楽壇を舞台に究極の技術で究極の芸術を探求するこの一作で、彼女は「音楽ＳＦ」というジャンルを決定的に成立させ、「音楽ＳＦの旗手」となり、ＳＦ史に新たな一ページを書き加えることとなったのだから。

本書が最初に注目を浴びたのは一九九四年、読売新聞社と三井不動産販売が主催し新潮社が後援する第六回日本ファンタジーノベル大賞の応募総数四九四篇から最終候補のひとつに選ばれた時である。惜しくも受賞は逸したものの、初版は翌年九五年七月二十日付で新潮社よりハードカバー単行本として陽の目を見る。一読して感銘を受けたわたしは、さっそく以下の書評をしたためた。「蒸気機関とコンピューターが奇妙にも併存して混淆し、世にも妖しいアラベスクを奏でる世界。実験精神あふれる音楽史改変小説の誕生を、心から喜びたい」（「ウォッチ文芸」、〈朝日新聞〉一九九五年八月二十八日付夕刊、七頁）

もちろん公平を期していうならば、これまで音楽ＳＦの試みがまったく存在しなかったとはいわない。アメリカではキム・スタンリー・ロビンスンの『永遠《とわ》なる天空の調《しらべ》』やルイス・シャイナーの『グリンプス』などの傑作が浮かぶし、我が国でも自身がミュージシャンである難波弘之の「飛行船の上のシンセサイザー弾き」や中井紀夫の《タルカス伝》といった先駆的作品が書かれている。にもかかわらず高野史緒による『ムジカ・マキーナ』が特権的な地位を享受しているのは、以後の彼女が、古典的なピグマリオン・コンプレックスをふまえながらも徹頭徹尾、音楽はＳＦでありＳＦは音楽であるという信念を貫き通していくからだ。さまざまなレパートリーのうちのひとつに音楽ＳＦをもとりそろえているのではなく、逆に音楽ＳＦの内部からさまざまな未知のフロンティアを発見し開拓していく作家、それが高野史緒である。その奥行きはヘンリー・ジェイムズ系の芸術家小説やウンベルト・エーコ風の歴史改変小説、Ｋ・Ｗ・ジーター流のスチームパンクといった世界文学的潮流とも絶妙に連動してやまない。

二一世紀を迎えた眼で、改めて本書の「読みどころ」を再点検してみよう。

何よりもまず物語の舞台が一八七〇年のヨーロッパ、すなわちちょうどフランスにおいてナポレオン三世（ルイ・ナポレオン）が皇帝として君臨した第二帝政期末期、つまり近代史のなかでもいちばんおもしろい時代に設定されているのが、目を惹く。二月革命をきっかけに成立した第二共和政をクーデタを経て終焉させた彼は時流の波に乗り、国民の圧倒的支持を得て一八五二年に独裁的権力を獲得。人気維持のため、産業革命を促進するとともに対外戦争をくりかえすも、メキシコ出兵で失敗し、普仏戦争にも敗れたため一八七〇年に退位、イギリスへ亡命し、それとともに第三共和政が成立する。ここまでは、誰もが知る歴史的事実にすぎない。

　そこで高野史緒は、第二帝政期の魅力を最大限に引き出すために、以後の第三長篇『架空の王国』（一九九七年）を中心とする諸作品でもくりかえし使われることになる架空の国家であり「詩神の谷《サクレ・ヴァロン》」とも渾名されるボーヴァルを導入した。物語は、同国のステラ・マリス大聖堂付オルガン調律師として魔術的な技法を誇るジルベール・サンクレールのすがたから始まる。本書の主役のひとりで究極の音楽を希求する北ドイツ連邦のラインハルト・マクシミリアン・フォン・ベルンシュタイン公爵もまた、このボーヴァルにて、彼自身が唯一の音楽的選定基準とみなし、のちに機械音楽システム全体の運命を握る少女マリアと知り合う。このあたりの伏線は何ともみごとに張られている。

　さて、物語にがぜんドライヴ感が加わってくるのは、ベルンシュタイン公爵が、対フランス戦後処理をめぐり帝国との調整をする外交団のひとりとして、オーストリア帝国の首都ウィーンへ向かうあたりからだ。というのも、最近になってウィーンに〈プレジャー・ドーム〉なる舞踏場ができてからというもの、モーツァルトまがいの〈魔笛〉と呼ばれる麻薬が蔓延しはじめたのだが、それはどうやら音楽に対する快楽を高感度にするものの、服用し続ける者に人格低下を引き起こし、最終的には廃人にしてしまうという、とんでもない薬物であるらしい。ベルンシュタイン公爵にとって衝撃だったのは、かつて七年前、自らのベルンシュタイン公国がいかにもマッドサイエンティスト風のツィマーマン博士に依頼し、主として負傷兵のための鎮痛剤として開発されながらもその恐るべき副作用ゆえに廃棄を余儀なくされた最高機密〈イズラフェル〉と、この麻薬〈魔笛〉が、寸分変わらぬ効用を発揮していたせいである。

〈イズラフェル〉、それはイスラーム教典コーランに登場する奏楽天使の名にちなむ。だがいったいなぜ、とうに破棄されたはずの薬物が、今ごろになって各国に流通し始めたのか。折も折、ベルンシュタインは自らの理想の音楽を実現するかもしれない若く才能あふるる指揮者兼ヴァイオリン奏者フランツ・ヨーゼフ・マイヤーと出会う。けれど自身のオーケストラにいまひとつ希望を見いだせないフランツは、イギリスから来たもうひとりのパトロンにして興行師トレヴァ・セントルークス卿らの妖しい誘いに応じ、フランキーなる別名で〈プレジャー・ドーム〉のDJなる副業に手を染める。それは「心に思い描く音楽を、本物のオーケストラ以上に忠実に再現する手段」、すなわち「録音」という名の神秘的な技術に魅了された結果であった。やがてフランツはウィーンから失踪し、イギリスの首都ロンドンはテムズ北岸、セントルークス卿の経営する会社〈ムジカ・マキーナ〉の一翼を担うクラブ〈キサナドゥ〉のDJにおさまる。そこで彼は、エスニック系DJダニエルからさまざまな講義を受けるが、その根本はこのような思想に集約される。「音楽は一つの宗教だ。演奏はその礼拝。俺やお前は司教であり、教皇であり、神託《オラクル》なんだ」（第二楽章「ロンドン」第一節「キサナドゥ」）。

折しも、ドナウ河本流と運河が交わるあたりで、シュトラウス楽団の楽士たちの死体が発見された。しかも、ロンドン歓楽街の〈キサナドゥ〉において〈魔笛〉の犠牲と思われる死体がつぎつぎと病院の解剖学教室へ運び込まれていく。このあたりのサスペンスフルな筆致は、トマス・ハリスをも彷彿とさせる。

誰がいったい何のために？　やがてベルンシュタインと亡命中のナポレオン三世が衝撃の邂逅を遂げることで浮上するのは、学問と諜報で勝ち抜くボーヴァル王国に弱みを握られたフランスが、秘密の品物すなわち〈魔笛〉をイギリスはセントルークス卿のところへ輸送するのに協力するよう要請されたことだ。そう、ツィマーマン博士とオルガン職人サンクレール、セントルークス卿、それにボーヴァル国王は、みなひとつの国際的な謀略に加担する共犯者なのである。そして、究極の麻薬が究極の音楽を導き、まさにその「記録」のためにこそ「自分の意志で音楽を出力してくれる記憶体」が要請され続ける。その先には、サイボーグ・ミュージックとでも呼ぶべきシステムがその全体を支配する人工楽園が拓けていた……。

一八世紀の去勢歌手《カストラート》がその声によって電話網の情報をハッキングするという驚天動地の物語が展開されるのは次作の『カント・アンジェリコ』（一九九六年）だが、じつはモーツァルトを中核とする一八世紀以来の精神史的伝統は、デビュー長篇の段階から連綿と培われている。『ムジカ・マキーナ』の背後には明らかに、一八世紀前半に活躍するイタリアの画家ピラネージから一八世紀後半より一九世紀前半に影響力をふるうイギリスのロマン派詩人サミュエル・テイラー・コールリッジ、その弟子格にあたるトマス・ド・クインシー、それに一九世紀後半のフランス象徴派を代表するボードレールやランボーらまでを貫く麻薬文化と人工楽園幻想の伝統が脈々と息づく。

本作品の場合、天才音楽家フランツの活躍する〈プレジャー・ドーム〉にしても〈キサナドゥ〉にしても、ともにコールリッジ（一七七二—一八三四年）の麻薬幻想による名詩「忽必烈汗《クブラ・カーン》」（Kubla Khan, 一七九八年）から着想を得ていることは、特筆すべきだろう（さらにいうなら、〈イズラフェル〉に至っては、コールリッジを敬愛してやまなかったアメリカ・ロマン派詩人エドガー・アラン・ポウが一八三一年にものした作品名である）。

げんに病がちだったコールリッジは一七九七年の夏、ポーロックとリントンのあいだにある農家で過ごしていたが、折しも椅子にもたれてサミュエル・パーチャスの旅行記を広げ「忽必烈汗は宮殿を建てるよう命じ、その中には広壮な庭園を含むことを条件とした」というくだりにさしかかった時、鎮痛剤の効き目で三時間におよぶ深い眠りに落ちた。目覚めると彼は、下手に努力せずとも、夢に触発されて目前に浮かんでいく事物を書き写していけば少なくとも二、三百行の傑作詩が絶対に書けるという自信に満ちあふれ、さっそく執筆にとりかかる。ところが、あいにく来客で一時間ほど邪魔されたために、いざ仕事に戻ってみると、幻想の全体像だけをおぼろげに記憶しているばかりで、せっかくの生き生きとした細部はすべて消え去ってしまう。かくして、できあがった詩は二、三百行どころか六十行にも満たず、「または夢の中の幻、ひとつの断片」なるサブタイトルが付されたほどだ。このエピソードは、前掲のピラネージがマラリア熱に浮かされて傑作絵画をものしたのと酷似した体験として、よく類比的に語られる。とはいえ、この短い詩行の中でさえ、この時の麻薬幻想の片鱗を窺わせるものがあるのは、その書き出しに明らかだ。「キサナドゥ（Xanadu）の地に忽必烈汗《クブラ・カーン》は壮麗なる歓楽宮《プレジャー・ドーム》（Pleasure-dome）の建立を決めた／そこには聖なる河アルフが、おびただしい洞窟をめぐり、暗澹たる海へと流れ込んでいくのだった」（一―五行）。

　さらに肝心なのは、ここで詩人が、かつて夢の中でエチオピアの乙女がダルシマーを奏でながらアボラ山のことを歌っていたのを思い出し、こんどはそれを自ら再現してみせたい、しかも自分が覚えたのと同じ感動を与えるようにやってみたいと望むところであろう。「さすれば、まさに音楽を奏で続けることで、わたしは中空にあの歓楽宮を自ら建立してみせよう――あの陽光に満ちた歓楽宮を！　氷の洞窟を！」（四〇―四二行）。そう、ここでは言葉のみならず音楽そのものによって歓楽宮を幻出させせんとするロマン主義的な意志が、あまりにもはっきりと現れている。この方法論は、『ムジカ・マキーナ』に即していうならば、音楽における「歓喜の名残りではなく、まさしく今、その快楽のまっただ中にいるということ」を記録するには人体実験すらいとわぬセントルークス卿一党のたくらみと合致する。かくして、人間が見る一見美しい幻想と、幻想が再構築する世にもおぞましき人体が絡み合うイメージは、コールリッジ本人が想定していた前掲ピラネージの絵画『幻想牢獄』（一七四二年）から、今日ではプログレッシヴ・ロックバンドの雄エマーソン・レイク＆パーマー（ＥＬＰ）がＨ・Ｒ・ギーガーの協力を得た『恐怖の頭脳改革』カバージャケット（一九七三年）にまで、影を落とす。

もちろん、作家本人の申請によれば、そもそも天才音楽家フランツのモデルはブルックナーの指揮者フランツ・ウェルザー・メストであり、悪徳興行師セントルークス卿のモデルはアート・オヴ・ノイズやフランキー・ゴーズ・トゥ・ハリウッドの悪徳仕掛人トレヴァー・ホーンであるらしい（高野史緒「リミックスの夢、あるいは夢のリミックス」、〈ＳＦマガジン〉二〇〇一年十二月号［特集・音楽ＳＦへの招待］三四頁）。ここで考え合わせるに、ＥＬＰと並ぶプログレバンド・イエスが一九八〇年代に再編成して生き延びたのも、元バグルスのヴォーカリストであった前掲トレヴァー・ホーンの尽力によるものだったわけだから、高野作品が得意とする「おぞましさ」や「いかがわしさ」のもつキメラ的魅力というのは、どこか音楽ＳＦ転じてはプログレＳＦとすら呼んでみたくなるのも道理だろう。だからこそたとえば第二楽章「ロンドン」第一節「キサナドゥ」で伝説的パブのひとつに「クリムゾン大王」（キング・クリムゾン！）の名が挙げられているのを見ると、思わずほくそえんでしまうのである。

以後の高野史緒は、前述した第二長篇『カント・アンジェリコ』以降、順調に作品を発表し続けている。一九九七年に発表された第三長篇『架空の王国』では、本書の中心舞台のひとつで現代フランスの山間に位置する架空の立憲君主国家ボーヴァルへ留学する一九歳の日本人女子学生・諏訪野瑠花を主人公に、謎の書物の中にこそ一六世紀以来の歴史の謎が隠されているというウンベルト・エーコばりの発想を活かし、高度に知的で過剰なほど冒険的なシンデレラ・ストーリーを完成させた。

また、一九九八年には第四長篇『ヴァスラフ』を発表、ここでは一九一〇年代に一世を風靡しつつも、やがて精神を病み非業の死を遂げた天才舞踊家ニジンスキーを一種の人工生命と見なし、二〇世紀前半の時点でコンピュータ・ネットワークで覆い尽くされたサイバーパンク・ロシアという「もうひとつの歴史」を構想する。人工生命が自走して人間的魂を獲得するかもしれないというのは古典的な技術論的主題だが、それを深い芸術論的思索によって華麗に塗り替えた本書は、まちがいなく仮想歴史文学転じては高野史緒にしか書けない音楽SFのひとつの到達点である。（その他の作品リストは、http://homepage2.nifty.com/takanofumio/index.htm）

いまもなお、デビュー当時の精神は失われていない。〈SFマガジン〉二〇〇二年五月号（特集・アンソロジーを編む愉しみ）では、「ヴェイパーウェア・オーケストラ」なるタイトルで、ラヴクラフトからクラーク、アシモフ、ブラッドベリ、それに夢野久作にまでおよぶ作家たちの音楽SF短篇を楽器別に分類し、オーケストラ的発想で編む音楽SF傑作選という、驚くべき離れ業をやってのけている。

「音楽は『少しずつ分かる』ということはないように思う。分かる時は一瞬のうちに『分かって』しまう」というのは、高野史緒自身の名文句だが（前掲エッセイ「リミックスの夢、あるいは夢のリミックス」）、同じことは彼女の音楽ＳＦについてもいえるだろう。本書『ムジカ・マキーナ』を手に取るあなたが、一瞬にして音楽ＳＦを、そして高野史緒作品を「分かる」奇跡を、心から祈ってやまない。

本書は、一九九五年七月に新潮社より単行本として刊行された作品を文庫化したものです。

星雲賞受賞作

グッドラック 戦闘妖精 雪風
神林長平
生還を果たした深井零と新型機〈雪風〉は、さらに苛酷な戦闘領域へ――シリーズ第二作

永遠の森 博物館惑星
菅 浩江
地球衛星軌道上に浮ぶ博物館。学芸員たちが鑑定するのは、美術品に残された人々の想い

太陽の簒《さん》奪《だつ》者《しゃ》
野尻抱介
太陽をとりまくリングは人類滅亡の予兆か？ 星雲賞を受賞した新世紀ハードSFの金字塔

老ヴォールの惑星
小川一水
SFマガジン読者賞受賞の表題作、星雲賞受賞の「漂った男」など、全四篇収録の作品集

沈黙のフライバイ
野尻抱介
名作『太陽の簒奪者』の原点ともいえる表題作ほか、野尻宇宙SFの真髄五篇を収録する

著者略歴　1966年生，お茶の水女子大学大学院人文科学研究科修士課程修了，作家　著書『アイオーン』『ラー』『赤い星』（以上早川書房刊）『カラマーゾフの妹』他多数

HM=Hayakawa Mystery
SF=Science Fiction
JA=Japanese Author
NV=Novel
NF=Nonfiction
FT=Fantasy

ムジカ・マキーナ

〈JA693〉

二〇〇二年五月十五日　発行
二〇一二年八月十五日　二刷

（定価はカバーに表示してあります）

著者　高《たか》野《の》史《ふみ》緒《お》
発行者　早川浩
印刷者　大柴正明
発行所　株式会社 早川書房
郵便番号　一〇一-〇〇四六
東京都千代田区神田多町二ノ二
電話　〇三-三二五二-三一一一（大代表）
振替　〇〇一六〇-三-四七七九九
http://www.hayakawa-online.co.jp

乱丁・落丁本は小社制作部宛お送り下さい。
送料小社負担にてお取りかえいたします。

印刷・株式会社亨有堂印刷所　製本・株式会社川島製本所

ISBN978-4-15-030693-9 C0193

本書は活字が大きく読みやすい〈トールサイズ〉です。